稀見筆記叢刊

續耳譚

[明]劉　忭
[明]沈遴奇　同撰
[明]沈儆垣
陳國軍　點校

文物出版社

圖書在版編目（CIP）數據

續耳譚 / 陳國軍點校. —2 版. —北京：文物出版社，2021.5
（稀見筆記叢刊）
ISBN 978-7-5010-6611-7

Ⅰ. ①續… Ⅱ. ①陳… Ⅲ. ①筆記小説-作品集-中國-明代 Ⅳ. ①I242.1

中國版本圖書館 CIP 數據核字（2021）第 048928 號

續耳譚 ［明］劉忭 沈遴奇 沈儆垣 同撰

點　　校： 陳國軍
責任編輯： 李縉雲 劉永海
封面設計： 程星濤
特約校對： 屈軍生
責任印製： 陳 傑
出版發行： 文物出版社
地址：北京市東直門内北小街 2 號樓 郵編：100007
網站：http：//www.wenwu.com
印　　刷： 寶蕾元仁浩（天津）印刷有限公司
經　　銷： 新華書店
開　　本： 880×1230 毫米 1/32
印　　張： 20
版　　次： 2016 年 8 月第 1 版
2021 年 5 月第 2 版
2021 年 5 月第 1 次印刷
書　　號： ISBN 978-7-5010-6611-7
定　　價： 88.00 圓

總目録

前言

本書全稱《新刻續耳譚》，又名《續耳譚》《續耳談》，明陳第《世善堂藏書目録》卷上著録「《續耳談》十六卷」，無撰者姓氏，卷帙亦誤。本書傳本，國内未見。據《日藏漢籍善本書録》子部·小説家類著録，日本見存兩種。一種原爲江户時代林羅山舊藏，現爲日本内閣文庫藏本，凡六卷，六册，每卷署「慈溪劉忭、烏程沈遴奇、沈儆垣同撰；撫東戴君賜參訂，繡谷唐伯成校梓」；另一種原是日本服部文庫舊藏，現藏日本早稻田大學，凡六卷，三册，署名「烏程李言、沈奇、沈垣同撰；撫東戴君賜參訂，繡谷唐伯成校梓」。兩書前均有「萬曆癸卯秋月吉旦東汝育和李自芳」撰《續耳譚引》。

本書國内現在雖無刊本流傳，但明清以來不乏記載。如明李維楨編《忠貞録》卷二選有《騎虎記》一篇，文末曰：「採掇烏程沈遴奇、沈儆垣《續耳譚》，里安王嘉榮述。」則作者爲沈遴奇、沈儆垣，烏程人。清來集之《樵書初編》卷三《馬殉主人》

條言「李言《續耳談》」。清程穆衡《水滸傳注略·斷頭溝》注釋曰：「沈奇《續耳談》。」則兩種版本均有不同範圍的傳布。

本書的作者有慈谿劉忭、烏程沈遴奇、沈儆垣，以及烏程李言、沈奇、沈垣等兩組六人。李言、劉汴、沈奇、沈垣等人，事蹟未詳，待考。沈遴奇，日本學者認爲沈遴奇（一六〇三～一六六四），字子常，則完全錯誤。《廣印人傳》曰：「沈遴奇，字子常，一字觀侯，號章溪，浙江慈溪人。工書，尤精篆印，深得梁幼從法。」清李放《畫家希知録》引鄭梁《寒村集》亦曰：「沈遴奇，字子常，號觀侯，一號章溪，慈溪人。工於書，尤精於篆印。」鄭梁《寒村集·見黄稿》卷一《沈章溪先生墓志銘》：

遴奇生富貴家，早歲補弟子員，美衣豐食，華屋甫田。洋洋然，視躡科第如拾芥。時天下治平，甚樂也。已，遭亂離，以好事蕩其家産，煢煢焉。貧老伶仃，然未嘗以爲厭而且憂其將息也。當某某居山時，遴奇以平昔交遊，嘗入山與之談天下事，出則張大其事言之，若爲之招致。然某死，則又與某某往還，狂風駭浪每歲必四五會。每一會歸，必曲折其間事，以與同志者相告語。戊戌己亥之際，忽得乩仙術，篤信而師事之，焚香拜禱，昏暮密議，往往耳語人曰：「吾乩仙云，某方兵且起，某年月日天下當大亂。」一夕，宿友人家，夜參半，忽開數重門，大聲叫呼曰：「今日兵真至矣！炮響震天，旌旗舳艫蔽江下矣。」如是者再三，鄰右皆驚，以爲有盜也，則皆起，而遴奇則已閉户就寢矣。叩之不應，明問之，忽忽不知。蓋皆夢中事也。遴奇卒於甲辰八月某日，年六十有二。

明李維樾編《忠貞録》明言本書沈遴奇爲烏程（今浙江湖州）人，而此沈遴奇爲浙江慈溪人；最爲關鍵的是其生於萬曆三十一年（一六〇三），而此時本書或已刊行。

烏程沈氏爲大姓。虞淳熙《虞德園先生集》卷一一《明虞母李太君墓志銘》中言及「萬曆己丑（十七年，一五八九）四月之望，虞母李太君無疾而卒」，其女孫有「字沈生遴奇者，以遠，故未渠會」。在時代上相近。另外，沈儆垣與歸安沈儆炌、沈儆焞等可能爲同族之親。

至於戴君賜，曾刊刻《新刊重訂出像附釋標注琵琶記》四卷，正文署名「東嘉高則誠編次；羊城戴君賜注釋；金陵唐晟校梓」。似乎戴君賜爲金陵唐氏書坊所聘之人，且兩个版本均爲金陵唐氏書坊所刊。

本書自認爲《耳談類增》續書。書前署時萬曆三十一年（一六〇三）撰《續耳譚引》所言「事新而豔，語爽而奇」，以及「余締閲之（《續耳譚》），大都如張沙羡所云：『可以勸，可以戒，可以博物而多識，可以解酲而却昏。』」等語，即分別出自江盈科、張文炎爲王同軌所作的《耳談引》《耳談類增序》兩篇序文；本書正文復採録了《耳談類增》的二十六篇小説，以爲正文。如是，萬曆三十一年爲本書的成書上限。又序刊於萬曆戊申（三十六年）王圻《稗史彙編》，已將本書列爲引用書目，則本書當刊行於萬曆三十一年至三十六年間。但日本現存兩種刊本，收録了郭正域撰，萬曆四十年（一六一二）史記事刻本《合併黄離草》中的「銅異」「鑄銅化異」「歐陽烈女」「玉主」「王孝子」「吴小仙」「陳文偉馭盜」「神醫」「厠生」等九篇傳記；另外，卷四「宦俠」、卷五「詩鬼」，紀時又出現「萬曆初年」「萬曆初」字樣，日本所藏本書，或爲晚出。

作爲一本志怪筆記選集，本書凡四百四十六條，除少數篇目取自明前，書中的絶大多數作品，都以王同軌《耳談類增》爲比模對象，故其取材、描寫、體式、主旨等，均有某種程度的相似。本書選材最爲集中的，則是陸延枝編行於萬曆十八年的《烟霞小説》。《烟霞小説》所收的十三部作品，如本書收録《蓬窗類紀》三十五則，《馬氏日鈔》十三則，《紀善録》六則，《庚巳編》六十五則，《紀周文襄公見鬼事》全篇，《高坡異纂》二十五則，《説聽》六十七則，構成了小説作品的主體。這種創作續書化與取材集中化，進一步强化了《耳談類增》的審美趨勢，集約地展示了晚明江南的志怪筆記的發展情態，具有較强的文學史意義。

本書選材的另一特色，就是將集部作品，經過編者的改寫，宛然成爲志怪小説。本書收録了祝世禄《環碧齋集》、張鳳翼《處實堂集》、王世懋《王奉常集》、屠隆《鴻苞集》、《由卷集》、郭正域《合併黄離草》等文集中的傳記、序文等屬性的作品。這些紀傳作品，在編者的選擇之下，通過删改、節録、改寫，一躍而成志怪小説。志怪小説從文集中選材，體現出晚明小説創編的新趨勢。

本書的一些作品，在晚明之後，成爲其他小説集、地方志、史學著作的選目，拓寬了它的文學影響力。如詹詹外史《情史類略》等多有從本書取材，且本書的一些作品，對晚明話本小説、通俗小説的創作也有不小的影響。

日本内閣文庫本與早稻田大學藏本，在篇目上完全相同，僅個別作品文字有歧。早稻田大學藏本，頁面多有損毀，卷三逸去「朱塔户」下半至「譙周墓」上半頁的五篇文字，卷四佚去從「荒異」至「盜食腕肉」的四十四篇作品的目録；而内閣文庫藏本印製精美，篇幅齊整。故以日本内閣文庫藏本爲底本，參以早稻田大學藏本及原始出處，加以點校。限於學識，疏漏之處恐亦難免，祈請讀者批評指正！

陳國軍

二〇一六年三月於甜稗書屋

二〇二〇年十月改於廈門

續耳譚引

《耳譚》始木於燕都，續梓於建業，續而閩而越，咸翻鐫焉。爲是求購者紛紛，一時赫蹄騰湧。夫《耳譚》者，《齊諧》之流也，乃人人争先睹之爲快者何？爲事新而豔，語爽而奇，爲見所未見，聞所未聞也，故見珍於人者若是已。余方讀禮家居，博極稗史，倏又睹有《續耳譚》之木。余締閲之，大都如張沙羨所云：「可以勸，可以戒，可以博物而多識，可以解酲而却昏。」補其所未備，增其所未聞，故知是集一出，赫蹄又貴市中矣。剞劂氏有嘉乎余言，遂欣欣筆之於簡首云。

旹

萬曆癸卯秋月吉旦

東汝育和李自芳撰

凡例

一、本書以日本内閣文庫藏明刻本爲底本，參以早稻田大學藏明刻本。

二、凡底本有誤，依據從古原則，校諸故事原始出處，他本及引書一般從略。

三、凡底本之訛、奪、衍、倒之文，悉據原始出處校改。各篇異體字，一般徑改；闕字，以方框（□）表示，并依據本文原始出處，在校記中注明。

四、刪節成文，且刪節比例過大者，爲避免繁瑣、支離，一般均指出文本原始出處，不做過度校注。

五、本書按語，主要注明文本原始出處，他書所引，以及對通俗文學的影響等。

六、本書各篇按語所涉文獻，均在據引文獻中標注作者、朝代與刊本情況。

續耳譚目録

卷四

卷五……三七七

卷六……四七一

卷一

祝烈婦

德興[一]祝瓊妻程氏，生二子，曰萃，曰英[二]，母子悉[三]被姚寇虜去。瓊不愛重貲，遣人[四]贖之。寇不滿意，第許贖其長兒萃，而猶執程氏與幼兒。程氏泣謂贖者曰：「吾終不辱吾夫。」至盤田，坐麥畦中，指寇大罵。寇怒而斃之。越三日，有族人過其

〔一〕「德興」，祝世禄《環碧齋尺牘》卷五無此二字。據尺牘前文「先人與先師鄉，不乏節烈之婦」，祝世禄籍貫江西德興，故作者徑前加「德興」二字。

〔二〕「英」，《環碧齋尺牘》作「某」。

〔三〕「母子悉」，《環碧齋尺牘》無此三字。

〔四〕「遣人」，《環碧齋尺牘》有「尾其後而」四字。

地，見小兒走入麥畦中，就而視之[一]，見程氏屍在。死[二]且三日，又值大暑，面色如生。而兒三日無乳不死。族人歸報瓊。瓊疾趨，收其屍，抱其子歸。瓊亦終身不再娶。祝無功説。

【按】本篇出自明祝世禄《環碧齋尺牘》卷五「與俞良仲」，乃節文尺牘内容而成；亦見於明詹詹外史《情史類略》卷一「祝瓊」、清謝旻《（雍正）江西通志》卷一〇、穆彰阿《（嘉慶）大清一統志》卷三一三等。

西洋異人

大西洋國有異人二[三]：一姓利，名瑪竇；一姓郭，名天祐[四]。俱突額深目，朱

[一]「視之」後《環碧齋尺牘》有「不辨識其活兒，而辨識其死母」一句。
[二]「見程氏屍在，死」，《環碧齋尺牘》作：「死母死」。
[三]「有異人二」，《梅花渡異林》卷四作「二人來」。
[四]「一姓利，名瑪竇，一姓郭，名天祐」，《梅花渡異林》作「一曰利瑪竇，一曰郭天祐。」

顔紫髯，從渠國中〔一〕泛海八年，始抵東粵。居粵十年，置産築居，約數千金，復棄之，擔簦至金陵。金陵〔二〕水部一官署，多厲鬼，入者輒斃。二人税居之，無恙也。

自稱西洋無常主，惟生而好善，不茹葷，不近女色者，即名天主，舉國奉之爲王。其俗重友誼，不爲私蓄。一入中國，日夜觀經史，因著《重友論》〔三〕，多格言。所挾異寶，不可縷數。其最奇者，有一天主圖，四面觀之，其日〔四〕無不直射者。又有自鳴鐘，按時即有聲，漏刻毫不爽。有玻璃石，一照目前，即枯木頹垣，皆現五色光。一鐵弦琴，其狀方，不扣自鳴，聲逾絲竹，即考之《博古圖》，並無此制。又方金一塊，長尺許，起之，則層層可披閱，乃《天主經》也。其囊若無長物，偶需數百金，頃刻可辦。居數年，人莫能窺其淺深。瑪竇攜前數寶，走京師，獻之今上，而天祐猶留金陵。

〔一〕「從渠國中」，《梅花渡異林》無此四字。

〔二〕「金陵」，《梅花渡異林》無此。

〔三〕《重友論》，《梅花渡異林》作《友論》。據明李之藻編《天學初函》、艾儒略《大西利先生行記》等，當爲《交友論》。

〔四〕「日」，《梅花渡異林》作「目」，當是。

若二生者，非可以風塵中人目之也。

【按】本文明支允堅《梅花渡異林》卷四《時事漫紀》，目録題「利瑪竇」。

洛伽山靈異

普陀洛伽山，大士道場也。山有兩住持，一曰大智，一曰真表。大智戒律精嚴，真表不持僧律。

萬曆庚寅，郡丞龍君德孚往勘，夜夢群生[一]並訟真表罪惡。旦日，進衆僧，曰：「若曹祝髮居名山，乃作種種兇悖，法無赦。」取《蓮經》火之，令僧衆悉跨焉。尋至寺後，瞻禮如來，甫及門，忽兩髀病軟，不可舉，兩人掖之以入。拜下，陡發大熱，扶入禪舍。腦間鬱結，痛楚不可忍。昏憒中，見沙門雲擁，頃傳佛旨曰：「奉道毀道，尤當重治！姑以愛民，作三石牛嗇官。」君念此必冥官之號，如是，某死矣。即有人

[一]「生」，諸書均作「僧」。本文音似而訛。

送「三石牛嗇官」劄子到，君辭不受。大智亦力爲誦經哀祈。又久之，始得兆，許懺悔焉。大智從定中，見一鐵圍城，中囚纍纍，並裸臥，龍君在焉。大智至心營解，忽見空中下白毫毛一道，若有人掖出之而甦。是夕，家僮於昏黑中，見兩玉女雙髽髻，手執幢蓋，遶君床而過。僮驚起大呼。君病良久已。

夫真表之罪以毀法，君之愆以毀經。然毀經以翼法，猶有善趣也。向令他人犯此，則永墮阿鼻地獄矣，安望此哉！見屠緯真《傳》。

【按】本文出明屠隆《鴻苞集》卷三〇「補陀山靈應傳」，有删節；亦見明支允堅《梅花渡異林》卷四、沈德符《萬曆野獲編》卷二八「毀經謫爲冥官」、朱國禎《湧幢小品》卷二六、姚旅《露書》卷一三《異篇》上、袁中道《游居柿録》卷二、清許琰《普陀山志》卷五、《明嘉興大藏經》五〇《歷朝法華持驗記》卷下等。

山東耕夫

山東有耕者，侵及鄰人之壠，鄰人與鬩，擊殺之，已抵罪。

後一年，鄰有生子者，能言前世事。人怪而問故，曰：「吾死後見陰司，憫其誤斃，因命復生，曰：『當爲某人子。』以二鬼送至鄰家房櫳外，見婦人將產，曰：『此即汝母。汝從顖門入。』二鬼即出，不聞哭聲，二鬼復入視，曰：『逃矣。』時吾匿桁[一]下，鬼尋獲，復送入顖門。良久，吾生。其家門户事，盡知之。」歷歷述説生平事，指示前所耕地疆界具悉。前抵罪者，因訴於官，曰：「吾殺人，罪當死。今所殺者，復生；吾可無死。不然，則死者生矣，而生者復死，吾以死酬誰乎？」有司召而問之，果如其言。

罪雖不釋，良可怪也。因知吾人果四大强合，形有時而盡，而神則無所不之也。故得道者，逸形以育神，乃能久視。憲副曹金具述之。

【按】本文出自明趙釴《晏林子》卷五，略有删節，凌濛初《拍案驚奇》卷一四「酒謀對於郊肆惡，鬼對案楊化借屍」敷衍之。

〔一〕「桁」，《晏林子》作「隱及架脚」。

廟碑自豎

高安字志康，山陽人，以貢授南宫知縣，卓有異政〔一〕。邑南有刺史李冰祠，庭有穹碑將仆，非百人不可挽。安以〔二〕禱雨至祠，祝曰：「神如有靈，碑能自豎，當〔三〕令祠宇一新。」明日，雷雨大作，田野霑足，碑亦屹然自立。因〔四〕新其祠，掘地得錢六十萬緡，以供役事。後纍陞官至參政〔五〕。

【按】本文出明薛贇等《（正德）淮安府志》卷一三「高安」，略有删節。

〔一〕「以貢授南宫知縣，卓有異政」，《（正德）淮安府志》作「貢太學。宣德間，授南宫知縣，清慎公勤，一邑稱治，弭旱銷蝗，卓有異政。」

〔二〕「以」，《（正德）淮安府志》無。

〔三〕「當」，《（正德）淮安府志》作「安當」。

〔四〕「因」，《（正德）淮安府志》作「以狀聞，許」。

〔五〕「後纍陞官至參政」，《（正德）淮安府志》作「陞杭州府知府，剸繁理劇，民不知擾。續陞布政司參政，卒於官。」

王可交成仙

王可交，華亭人，業耕釣。一日，棹舟入江，忽見中流有彩舫，載七道士，遠聞有呼可交名者。頃之，舟相逼，呼可交登舟。一道曰：「好骨相，合爲仙。」一道與之二栗，食之，甘如飴。命黄衣送上岸，覓所乘舟，不得，乃在天台山瀑布寺前。僧詰之，可交曰：「今早離家，蓋三月三日。」僧言：「九月九日，已半年餘矣。」後絶穀，住四明山不出。

【按】本篇唐王松年《仙苑編珠》卷下、五代沈汾《續仙傳》卷中、杜光庭《神仙感應傳》卷二等均載其事。可交成仙之事，諸説雖梗概略同，但敘述有繁簡之别。本文李昉《太平廣記》卷二〇、陳葆光《三洞群仙録》卷一四、陳耆卿《（嘉定）赤城志》卷三五人物門四、范成大《（紹定）吴郡志》卷四一、張君房《雲笈七籤》卷一一二、《五色綫》、元徐碩《（至元）嘉禾志》卷一四、趙道一《曆世真仙體道通鑒》卷二二、明顧清《（正德）松江府志》卷三一、王鏊《（正德）姑蘇志》卷五八、李賢《明一統志》卷九、王圻《續文獻通考》卷二四三、陸應暘《廣輿記》卷三、徐象梅《兩浙名賢録》外録卷一、張昶《吴中人物志》卷一一、張聯元《天台山全志》卷八、清黄宗羲《四明山志》卷三等，並録其事。

何烈女

何氏，泗州人，雖小家女，容止端莊。父早世，母貧病，無以存。有夫婦僑居泗上，自言通州人，詒母求女爲介婦，母不知其無子而許之。年十六，歸其家，尋徙淮浦，誘以爲娼。一日，留賈人，逼女事之，女不勝忿，佯許諾。良久，乃仰天大哭，以刀自刎，血流滿地。時都憲張公聞其事，即遣吏往案之，至則夫婦與賈人已逸去，隨命有司，以禮葬之，而女之冤竟未得伸。已而天旱，識者疑爲女冤所致。郡守楊公遂爲表其墓，果大雨，三日乃止。

【按】本文出明馬騤《清浦何氏烈女墓碑記》，多有删節；亦見《（正德）淮安府志》卷二〇、卷一六《雙烈祠記》、卷一一「烈女祠」，以及馬麟《續纂淮關統志》卷一四「藝文」、《古今圖書集成·明倫彙編閨閣典》第一一五卷《閨烈部》「何氏烈女墓碑記」、閔文振《涉異志》「何烈女」等。

瞽人復明

淮安衛人王鉉，年六十，喪其左目，未幾，右目續喪，朦然一瞽人，未嘗醫療。

丁丑歲，年七十，暑夜納涼仰臥，忽見星斗，起而稽顙。旬日間，兩目燎然。異哉！鉉性醇質，雖権子母，而其貧不能償，往往焚券。意者天贊鉉，使勉於善耶？

【按】本文出《（正德）淮安府志》卷一五，多有删節；亦見明張萱《西園聞見録》卷一六、朱國禎《湧幢小品》卷二〇「見星斗」、《（天啟）淮安府志》卷二四「禱星明目」、清來集之《倘湖樵書》卷四、趙吉士《寄園寄所寄》卷五等。

悍婦

烏程閔氏〔一〕族多懼内，大宗伯〔二〕午塘公〔三〕之兄，號南山〔四〕者，尤甚。一日，忤其婦，婦逼之，急匿房後樹上。婦持竹竿驅下，用鐵索繫之柱。宗伯公見之，乃曰：

〔一〕早稻田大學藏本《續耳譚》、馮夢龍《古今譚概》閨戒部卷一九作：「渭溪張氏」。

〔二〕早稻田大學藏本《續耳譚》、馮夢龍《古今譚概》閨戒部卷一九作：「少宗伯」。

〔三〕早稻田大學藏本《續耳譚》、馮夢龍《古今譚概》閨戒部卷一九作：「午峰公」。據《（崇禎）烏程縣志》卷六：「閔如霖，字師望。號午塘」可知《古今譚概》誤。

〔四〕早稻田大學藏本《續耳譚》、馮夢龍《古今譚概》閨戒部卷一九作：「號一山者」。

「我將見嫂請釋。」兄摇手低聲曰：「且慢！且慢！待他性過些，自放。」又二日，被責，潛逃鄰寺。婦竟追至寺。一僧方酣臥，婦不暇詳視，竟以大杖擊僧。僧張目曰：「小僧無罪，何故亂打？」婦踉蹌而歸。

【按】本文亦見明馮夢龍《古今談概》閨戒部卷一九「擊僧」、清張貴勝《遣愁集》卷一等。

負心報

丁某者〔一〕，戍籍也。客游燕市〔二〕，途遇一壯士，與之結爲死友。未幾，其人以盜敗繫獄，丁往省之。盜云：「我有〔三〕數百金藏某所，君取來〔四〕營救我，給我衣食〔五〕，

〔一〕「丁某者」，《處實堂集》卷八作「里中有丁某者」。

〔二〕「客游燕市」，《處實堂集》卷八作「其人客游燕」。

〔三〕「有」，《處實堂集》卷八作「尚有」。

〔四〕「取來」，《處實堂集》卷八作「往取之來」。

〔五〕「給我衣食」，《處實堂集》卷八作「如不可救，幸爲我給衣食使用」。

死則葬我〔二〕，餘金任君取之。」丁利其滅口也，以其金賂獄吏，斃之獄〔三〕。越三年，丁自燕歸，舟中忽倒，已大叫，自言是盜，大罵丁，並述爲丁所害〔三〕，故同舟人，始知丁有負心事〔四〕。相與跪拜祈之〔三〕，云：「丁自害君，與我輩何與？今君殺丁於舟中，重爲我輩累矣，盍緩之？」鬼曰：「唯唯。當先至其家俟之。」語畢，丁遂甦。及家三日〔三〕，忽復大叫，仍述前語，取鎚自落齒〔四〕，家人奪之，則揚刀自傷其胸，又奪之，則以指自抉其目睛盡出，血流滿面，觀者填道。或〔五〕問云：「汝既有

〔二〕「死則葬我」，《處實堂集》卷八作「我死，君便葬我」。
〔三〕「獄」，《處實堂集》卷八作「獄底」。
〔三〕「所害」，《處實堂集》卷八作「所害故，如右」。
〔四〕「負心事」，《處實堂集》卷八作「負心事如此」。
〔三〕「祈之」，《處實堂集》卷八作「而祝之」。
〔三〕「及家」句後，《處實堂集》卷八尚有「同舟人咸微叉之，初無恙也」。
〔四〕「自落齒」，作「自鍾落齒」。
〔五〕「或」字前《處實堂集》卷八尚有「予亦往觀之」一句；後有「獻」字。

冤欲報，何待三年？」鬼云：「向我繫獄，近得赦書，乃出耳。」已而，丁竟死〔二〕。所云赦書，是隆慶改元赦書也〔三〕。

【按】本文出明張鳳翼《處實堂集》卷八以及所著《譚輅》卷下；亦見明張萱《西園聞見録》卷一〇七、王同軌《耳談類增》卷四八《外紀冤償篇上》「丁戍」、程世用《風世類編》卷五、潘士藻《闇然堂類纂》卷六、李贄《闇然録最注》「負心記」、清李世熊《錢神志》卷五等，凌濛初《拍案驚奇》卷一四《酒謀財於郊肆惡，鬼對案楊化借屍》演爲入話。

古制慧林

崇德陸楷，爲太倉海防郡丞。時有僧名慧林者，談經吴門，村中民婦，環聽者甚夥。一孀婦，素佞佛，誤以此僧有道行者，製禪履餽之，僧疑婦悦己。次日，乞齋於

〔二〕「丁竟死」後《處實堂集》卷八尚有：「夫盜賊之人，宜若魂魄易散也，而尚有靈如此，孰謂死者無知哉！」一句。

〔三〕「是隆慶改元赦書也」，《處實堂集》卷八作「是時是隆慶改元也」。

庭，婦揮之出，與齋。僧大憾，夜持刀踰垣而入，驚群畜有聲，婦令婢起視，僧竟斬婢，直入婦榻逼之。婦毅然曰：「珍物任取，我誓不失節！」僧見婦不可奪，斬婦頭，復踰垣而去。三日户閉，寂無人聲，鄰家大駭，啟門而入，則婦與婢俱死矣。

適婦死之前一日，有族伯索逋税，與婦鬩，鄰疑伯之殺婦也，訟於陸丞。陸拷之急，伯遂誣服。索其首不得，苛拷不已。伯之女方十四，痛父受刑苛而自縊，囑父斷己首以抵婦首，獻於陸丞。時婦死已月餘，而女首淋漓若生。陸砭其故，伯不得已，以實對。陸聞心悸如有失，而恍見二女無首者立於庭，遂病。夜夢有神告曰：「古剎慧林」，陸不解，大書四字懸於門。偶一人解曰：「古剎者，僧寺也；慧林，乃僧名耳。」陸聞，偏訪諸寺，果有慧林者，已逃矣。遣捕密偵，獲於鎮江。僧謂捕者曰：「余居楚時，殺女子五十輩，未有知者。今以一婦人故而被獲，是我命也。」捕者懼僧挾凶器，偏搜得婦首，漆之與俱。每興至，則熟視，其淫暴如此。僧坐死，而婦之伯始脱。蘇人爲婦與女建雙烈祠。陸婿查舜佐與余友言甚悉，因詳紀之，以訂前集之贋。

【按】本文明馮夢龍《古今譚概》鷙忍部卷一六「兇僧」載之，兩者敘事多有差異。

泰和雷異

太倉王敬美先生，於萬曆戊寅正月十七日輶車過泰和，稍停郵舍。時雨雹大作，震雷轟轟。俄頃，喧言縣之前，稠人中，獨挈一人，置高土擊死。次日，猶置道傍可驗。其人匠者而善僞金，人以雷爲得所罪云。雖海内大憝，匪止一匠，然不能少息，而以蟄時出擊，且擊又以通衢，獨挈而擊也，真宰不可爽夫。見《奉常集》。

【按】本文出明王世懋《王奉常集》卷一四，多有删節。

汪孝子救父

汪存，歙東關人，事父極孝。嘗隨父商歸，舟宿邑之汝灘。天未明，父捨舟先歸。人言前路多虎，存不待飯，冒雨雪，追四十里始及。父果遇虎山陬，存立告天曰：「願虎傷己，毋傷吾父！」虎不動。盖存孝所感云。汪子象談。

【按】本文出明汪舜民《（弘治）徽州府志》卷九，多有删節。明凌迪知《萬姓統譜》卷四六、清來集之《倘湖樵書》卷四、趙宏恩《（乾隆）江南通志》卷一六〇、趙吉士《寄園寄所寄》卷二《鏡中寄》、李之素《孝經内外傳》外傳卷四等載之。

賸生

慈人王荁，號少廣，有異才，中萬曆癸巳會魁，與館選。荁父諱交，中嘉靖庚子解元，亦與館選。荁四歲時，父疾革，謂家人曰：「俟此兒成名，方可葬我。」後戊戌春，荁以編修歸葬父。

冬入京，至張家灣，病劇，見二青衣童子，持寳幡迎之去，進見閻羅王。行賓主禮。閻羅命掌判者，查荁陽數。判報曰「未」，即送之還。荁至屍所，從左肋入，覺肋痛不可忍，遂復蘇。荁謂妻曰：「予已見閻君，幸復得活。願棄人間事，從赤松、羨門遊矣。」更其號曰「賸生」。然不數日，旋就殞，時年甫三十二。

余憾閻君既赦賸生還，而不憖遺一二載，豈有餘於數者，數日不可減；而不足於數者，晷刻不可增耶？人謂王君抱侈才貌榮名，而不獲以壽終；不若老書生猶得幡皤於苜蓿於頭也。余謂王君誠嗇於壽，宇内知有王君矣。彼皤皤老書生，終與王君同盡耳，而誰知之耶？

英風紀異

番陽補闕胡公潤，當勝國時，有志天下。嘗畫松番君廟壁，而題其上，有「九天風雨蒼龍骨」之句。高皇帝見而異之，徵[一]爲督府都事。建文朝，擢右補闕，晉大理少卿。靖難兵起，公與方、黄諸公死之，赤其族，戍及[二]親友。近秀水屠侍御疏以聞，赦在戍者。新安程令君大書赦文，榜邑門，忽爲羊角風搏入天際，自午至申，復從空中落廳事前。鄉人嗟異，建祠祀之，詠歌成帙，題曰《英風紀異》。祝給舍云。

【按】本文出明祝世禄《環碧齋詩》卷二「英風紀異有序」，略有删節。

[一] 「徵」，《環碧齋詩》卷二作「尋徵」。
[二] 「戍及」，《環碧齋詩》卷二作「戍逮」。

因盜獲財

烏程潘内翰季子文陽，萬曆戊子，盜入寢室，獲陽，縛之，用斧劈其首，攫千金而去。將旦，僕爲解縛。陽密語父曰：「縛我繩，有清灰氣。」時正制仙舫，内翰至工所，佯稱規制之佳，給匠役領賞。引之入，一拷即伏，銀具在，止失數金。幽數日，將送官，群盜曰：「能貸死，願輸重財。」内翰佯諾。押至數十里外荒塚中，指一棺，曰：「第啟視。」及啟，黄白燦然，較前失，浮數倍。傍一人曰：「曩見十餘輩，衣麻號哭，扶柩而來，不意其貯金。」盜亦狡矣。

蘭玻

青州東門皮工王芬，家漸裕，棄去故業。里人爲贈一號，芬喜，張樂設宴。一黠少曰：「號『蘭玻』，可乎？」衆問何義，曰：「蘭多芬，故號蘭；玻，從名也。」芬大喜，重酬少年，諸人亦不覺其義。後徐思「蘭玻」，依然東門王皮也。

【按】本文馮夢龍《古今譚概·儇弄部》卷二二題「蘭玻」，注出《耳譚》，馮夢龍稍改其文。他如浮白齋主人《雅謔》、清褚人獲《堅瓠集》五集卷四、桑靈直《字觸補》卷五諧部等亦載之。

辨卓明卿父

仁和光禄丞卓明卿，前刻《藻林》，乃苕溪濠上王貢士所編，原名《王氏藻林》，王無力繕刻，明卿刻之，稱《卓氏藻林》，即其書。瑣屑，藝林不滿，而王氏勤苦，安可泯也。晟舍凌繕部亦有此本，爲卓死刻。其序，乃宋子明孝廉爲之。刻《子明集》，卓氏亦攘之矣。明卿之父，諱賢，生平業賈，壽終於家。前集誤云客死，《志》具王弇州先生《續稿》，特正之。

【按】本文所敘之事，早稻田大學藏《續耳譚》、明支允堅《梅花渡異林》卷四載之，文字多有不同；嗣後清談遷《棗林雜俎·聖集》《談氏筆乘·藝篢》也承其説。現美國哈佛大學燕京圖書館藏明吴興王良樞編輯《藻林》稿本，則可證實卓明卿所謂的《卓氏藻林》，當爲攘奪王氏所作，據爲己有。

雩龍

萬曆戊子夏，里寧波郡丞龍伯貞，諱德孚者，躬陟天井之極，四山如城，一潭如壁，迤北有洞，深不可測，水源源出，不竭也。衆僧口誦經咒，少選，細烟自洞中起。僧耳語：「龍且至，張罟延之。」龍作蛇身如繩，飲杯中，即以紗封其面，載至天井。易大盎以行，行數里一易水。忽有物如蛙，毿於盎。僧曰：「異哉！此旱魃也，龍殛之矣。」抵暮，捧盎入天寧寺。明日易水，龍蜿蜒出遊中庭，仰天作噓吸狀，已，覆置之盎中，火雲四起。又明日，雨祈祈下，至漏五下，殿中火光大作，雷聲轟轟，雨如注頃，而龍隨已去，封識宛然。中庭有遺蝦焉，盖示所取江河水云。見王司馬銘。

【按】本文出明汪道昆《太函集》卷七八「天井靈雨碑銘」，刪改成文。

卿雲

寧波城西，舊有大寶山。卿大夫請之郡丞龍君德孚，欲復之，時萬曆辛卯九月二十六日。龍君率陳大參觀甫、屠儀部緯真輩，步入後山，徘徊矚眺。龍君指點大寶山離立諸山中，雲木疏秀，嘗作金雲氣，鬱葱烟煴，故名。將築一庵，禮大士，相與理清净之業。語未畢，卿雲起西北，世界茫茫漾皛，若在琉璃銀海中，璀璨中微露青天，作鬱藍卵色。咸謂龍君皈心竺乾，佛本西教，卿雲適起西方，此其符也。見屠緯真紀。

【按】本文出明屠隆所撰《卿雲記》，多有删節；亦見明安世鳳《墨林快事》卷一二。

驅石

慈溪内江之南，三板津梁下，有石横據，廣計數丈，昂首如黿，名爲黿石，隨潮隱見，舟行犯之，輒碎，溺者歲不可數記，故又名厲石，人往往苦之。萬曆辛卯，郡丞龍德孚慨然曰：「有利則興，有害則除，余職也。」乃募勇力善没者，引繘維石，夾轆轤，兩舟拔之，三日不掉也，而繘截裂如嚙矣。公愕然，曰：「物必有憑，憑則侮人。或者鬼物之所憑歟？」明日，爲告文投之水。居人群語曰：「夜聞群鬼號泣江干。」旦視之，而石自浮。

公之治明州也，拯患排難，民甚德之。語曰：「山有虎豹，葵藿爲之不採。國有賢臣，邊境爲之不害。」信夫。見楊大參紀。

【按】本文明王圻《稗史彙編》卷九「驅石」、清楊泰亨《（光緒）慈溪縣志》卷五六、尹元煒《溪上異聞集録》等載之。

婦女在鏡

江南魯思鄙女，一日將妝，忽見一婦人在鏡中，披髮徒跣，抱一嬰兒。自是日日見之。思鄙自問其故，云：「君女前身爲建昌縣録事妻。録事娶我爲側室，逾年生此子。偶夫出，君女殺我並此子，投之井中，以石填之。詐其夫云：『我帶子逃去。』今雖後身，固當償命！」女遂卒。章安季談。

【按】本文《太平廣記》卷一三〇注出宋徐鉉《稽神録》，題曰「魯思鄙女」，文本與宋曾慥《類説》卷五〇全同。亦見宋張君房《縉紳脞説》、明解縉等《永樂大典》一六八四一「十二霰」、馮夢龍《太平廣記鈔》卷一七、徐應秋《玉芝堂談薈》卷一三、清王初桐《奩史》卷七三梳妝門三等。

蘇賊得活

隆慶三年間，水西門外董百户有女置别室。偶一夕更餘，女方刺繡，有盜潛入，匿几下。女已矙而見之，即呼婢曰：「吾欲於夫人處取綫，恐汝等不確，故特書之。」然實以盜故告其父。父擁群僕入，獲盜，欲鳴之官。女曰：「彼迫於饑寒耳，何忍置之死地？」勸之再三，父杖而釋之。

後女出嫁，忽有大盜至其夫家，將縛伊夫婦刃之。内一人熟視，曰：「此我活命主也。」遂以所掠者分給之而去，夫婦俱得免。

異哉，此女也！卒然乘之而不驚，膽何雄；陽爲不知而陰計之，智何巧；因縱而獲自全，識何大。即一盜，猶知酬恩，豈亦盜中之俠耶？

人變虎

越有樵夫王三，素無賴，習術張天師門下。三年，張以其愚頑，難授之秘，遣之歸。行時以一布囊與之，囑曰：「使汝生平足食，在此囊中。」開視之，乃一虎皮，並一符訣。王如其法，遂能變虎。每早出暮返，必獲羊豕無算，其妻固不知也，心實疑之。偶一日，施其所往，見於枯井内，出虎皮，將負而躍，妻急紾其手，不能化，變爲三足虎。自是不復歸。凡遇者呼其名，則摇尾而去；或者無不嚙者。萬曆乙未歲，忽入一民家隘處，共斃之。商玄明談。

虎變

予友江梅璵談：嘉靖末，隴西一縣令之任，適過山中，風雨暴作，聞鬱林中有誦經聲，探之，乃大士庵，少息焉。有一尼相迎，年既少艾，貌復傾城。是夜，令與之合歡，甚不忍别，遂與尼俱往，畜髮爲婦。居數年，生三子。後歸，復息此庵。婦亦忘其往事，從者見傍有枯井，開之，中繫一虎皮，取以進之。令婦即負皮變虎，自食三子。令徘徊數日始去，虎猶俟於道左，號叫而别。向使井不開，則虎終爲婦。天下事，固有不可曉者。

車孝廉救表弟

會稽孝廉車應祥卒，原居府山後。偶表弟吴某者來探其家，適遇車之故。僕曰：「欲見我主人乎？」當爲引道。」吴亦茫然，相隨而去，車見之，駭曰：「吾弟曷至此乎？」」吴以實告，涕泣求生。車曰：「予獲典陰陽籍，當爲汝圖之。」及閲籍，陽數尚有一紀。車遂引見閻君，白其事。閻君冕旒端坐，體甚嚴肅，鬼判齊列，刀戟森然，吴目不敢仰視，足不能匍行。車令二夜叉扶之，亟歸。時吴暴死途中，里人爲買棺盛之，將棄之隙地。棺内忽作聲，開視之，已甦矣，起而備陳本末，佈傳越中。商玄明談。

劉尚賢

孝感縣民劉尚賢、張明時二人，比黨爲友，實以利合。醉則拍肩矢日，願同生死。常謂：「我等無錢把撮，不見交誼；異日倘富貴，毋相忘。」偶夜行，見火燐燐，識其地掘之，果是銀根矗起如笋。二人大喜，謂：「宜具牲醴祭禱，而後鑿取。」尚賢已毒蓋中，令明時服之，明時亦置斧腰際，乘醉擊尚賢死，而不知毒發身亦死。蓋二人冢腹，俱欲獨有此物也。二家妻子，亦微知死故，復往掘銀根，幾徧畝地，濯濯無跡。二人蓋空死，而其爲義何義焉〔一〕。

【按】本文出明王同軌《耳談類增》卷五一《外紀逆報篇》題爲「劉尚賢張明時爲友」，明馮夢龍《古今譚概》卷一五載之。

羅雙泉

吉水羅雙泉循會試時，亡其囊中罽褐，同舍生内不自安。物色其人，紿循訪之。比入坐，故探其囊，出褐示循曰：「是不類君物耶？」循趋出，向其人曰：「物固相類，生醉語耳。」歸謂同舍生曰：「吾失褐，初無所損，彼得惡聲，尚得爲士人耶？」

〔一〕此句後，《耳談類增》尚有「萬曆乙未六月事」句。

同舍生始遜謝不及。

【按】本文見明劉萬春《守官漫録》卷二、王圻《稗史彙編》卷三一《雅量類》、佘之禎《（萬曆）吉安府志》卷三一、過庭訓《本朝分省人物考》卷六七、焦竑《國朝獻徵録》卷九五、許自昌《樗齋漫録》卷五、張萱《西園聞見録》卷一六、朱國禎《湧幢小品》卷一七、清張英《淵鑒類函》卷二七五人部三四、清張貴勝《遣愁集》卷四等。

二十八宿

申屠徒，芝城人。少業儒不成，賣卜糊口。隆慶丁卯仲秋九日早，有人急叩扉曰：「今科二十八宿，尚少一，可速往！」徒披衣而去。適提調官不飭，挨仆者無算，斃者二十八人，而卜者與焉。大抵前數已定，所云「莫之爲而爲者」，非耶？

鱉　祟

吴中一女子，自池邊汲水歸，卒遇美少年，心動焉。是夕，少年至，遂歡合。往來數月，女日就削弱，命垂絶，不得已，而私以實告鄰媪。媪曰：「試爲女圖之。」至晚，密伺床側，以紅綫數丈繫少年足。及早，見綫入池中，半留崖上。令人用利槍攢之，得一大鱉，重三十餘斤，作踉蹌狀。醫謂女：「必盡食之，可免死。」女如其言，果盡食之，遂愈。吳尚武談。

豕祟

秦中巨室延師歐陽廷傑誨其子。傑夜坐館中，忽有青衣婦，涕泣告曰：「我本鄰人妾，夫出經年不歸，嫡悍甚，不能容，願相隨焉。」傑曰：「館中斗室，何以藏汝？」婦曰：「我當日去夜來。君歸時，當與偕往。」乃内焉，爲通宵歡，但其口時有腥膻氣，竊疑之。後患病，淹淹有似弱症，傑益懼。一夕復來，傑以秤錘擊其左手，婦號陶而去。及早，聞主人肆中一牝豕，忽折前左足。視之，果錘傷也。殺而棄之，傑亦尋愈。後中隆慶庚午榜，官拜御史。

俳優滑稽

甲午[一]浙試，一有力者，以錢神買初場題，中式。主試者鎖闈日，得罪杭郡公，郡公銜之。撤棘後，郡公宴主試，密令優人刺之。其日演《荊釵記》，無從發揮。至「承局寄書」齣，李成問：「足下何來？」局答曰：「京城來。」成曰：「有新聞否？」曰：「關白內款矣。」成曰：「舊聞。」曰：「貢方物矣。」成曰：「何物？」曰：「一猪。」成曰：「猪何奇而貢之？」曰：「大不可言。」成曰：「驢大乎？」曰：「不止。」成曰：「牛大乎？」曰：「不止。」成曰：「象大乎？」曰：「不止。」成曰：「大無過此矣。」曰：「大不可言。且無論其全體，只猪頭、猪腸、猪蹄，你道易價幾何？」成曰：「多少？」曰：「只頭腸蹄亦賣千金。」成曰：「何人買得起？」曰：「一收古董人家。」蓋指中式者董姓耳。主試聞之，赤頰，不歡而罷。

嗚呼！主試者固通關節可刺矣，向非優人滑稽，郡公即欲刺之，安能曲盡形容之

[一] 早稻田大學藏《續耳譚》作「戊午」，《古今譚概》《堅瓠集》等作「萬曆丙午」。

妙哉！使主試靦顏喪氣而不敢發也，優人亦有古優孟、優旃風乎？

【按】本文見於明馮夢龍《古今譚概》微詞部卷三〇「頭場題」，刪去本文評語；清褚人獲《堅瓠集》二集卷四、《優語集》卷六、楊恩壽《續詞餘叢話》卷三等亦載之。

老嫗騙局

萬曆戊子，杭郡北門外居民某者，年望六而喪妻，有二子婦，皆夭冶，而事翁皆孝敬。一日，忽有老嫗立於其門，自晨至午，若有期待而候不至者。翁出入數次，憐其久立，命二子婦迎款，詢其故，嫗曰：「吾子忤逆，將訴之官，期姐子同往，久候不來，腹且枵矣。」子婦憐而飯之，言論甚相愜。至暮，期者不來，因留之宿。一住旬日，凡子婦操作，悉代其勞，而女紅又且精妙。子婦惟恐其去也，因勸翁曰：「嫗無夫，而子不孝，煢煢無所歸；翁喪姑無耦，盍娶之？」勸之甚力，翁乃與之合焉。

又旬餘，嫗之子與姐子始尋覓而來，拜跪老嫗，委屈告罪，嫗猶厲詈不已。翁解之，乃留飲。其人即拜翁爲繼父，喜母有所托也。如此往來者三月。一日，嫗之孫來，請翁一門，云：「已行聘。」嫗曰：「子婦來，何容易也。吾與翁及兩郎君來耳。」往則醉而返。又月餘，其孫復來請云：「某日畢姻，必求二位大娘同來光輝。」子婦允其請，且貸親友衣飾，盛妝而往。嫗子婦出迎，面色黄而似病者。日將晡，嫗子請二子婦迎親，詒之曰：「鄉間風俗若是耳。」嫗佯曰：「汝妻雖病，今日稱姑矣，何以自不往迎，而勞二位乎？」其子曰：「規模不雅，無以取重。既來此，何惜一往？」嫗乃許之。於是嫗與其子婦及二子婦下船往迎。更餘且不返，嫗子假出睹，孫又出睹，皆去矣。及天明，徧覓無踪，訪之房主，則云：「五六月前來租房住，不知其故。」翁與兩父子悵悵而歸，親友來取衣飾，乃傾財償之。而二婦家來覓女不得，訟之官。翁與兩子恨極，自盡。

嗚呼！嫗之計亦神哉！誑其婦而殺三命，天必殛之矣。然無故而留客，無謀而娶妻，翁亦有取死之道也。

【按】本文見明馮夢龍《智囊補》雜智部狡黠卷二七，《拍案驚奇》卷十六《張溜兒熟布迷魂局，陸慧娘立決到頭緣》入話敷衍之。

劉方燕巢

劉方，方姓，女也。年十三，僞爲男子，從父扶母喪還鄉，父死於河西務劉叟家。叟無子，遂爲之子，曰劉方。後叟復□〔一〕一人爲長子，亦避難來從者，曰劉奇。叟死，二子皆議婚。方不從，奇爲《燕詩》以悟弟曰：「營巢燕，雙雙雄，辛苦營巢巢始容。若不尋雌寄彀卵，巢成畢竟巢成空。」方和曰：「營巢燕，雙雙飛，天設雌雄事有期。雌兮得雄願已足，雄兮得雌胡不知？」奇見詩，大疑，方以實告，始知是女子，便欲合婚。方曰：「雖爲自配，實亦天緣。須告三墳，會親友，庶不爲野合。」從之。後成巨族，號「劉方三義」云。夫劉方能詩且淑慎，非若豔而椎者，人可挑也。此配豈云燕巢，實五色文鴛隊矣。

【按】本文原出明陶輔《花影集》卷一「劉方三義傳」，核之文字，實從王同軌《耳談類增》卷八「劉方劉奇夫妻」抄録而來。亦見明徐應秋《玉芝堂談薈》卷一〇、詹詹外史《情史類略》

〔一〕早稻田大學藏《續耳譚》此處同爲墨釘。

卷二「劉奇」、王會昌《詩話類編》卷七、《五雜俎》卷八、《繡谷春容》卷四「劉方女僞子得夫」、林本、馮本《燕居筆記》卷九「劉方三義傳」、何本《繡谷春容》卷七、清褚人獲《堅瓠集》續集卷四、王初桐《奩史》卷七、《(乾隆)武清縣志》卷一二、張之洞《(光緒)順天府志》卷一〇九人物志一九等；馮夢龍《醒世恒言》卷一〇《劉小官雌雄兄弟》據此演爲話本；葉憲祖《三義成姻》、王元壽《題燕記》、范文若《雌雄旦》、黄正中《雙燕記》、佚名《彩燕詩》（又名《風雪緣》）等據以演爲戲曲。

黄花晚香

慈人劉世龍甫成進士，任南京刑曹，即疏諫世廟，言甚切直，廷杖一百二十棍〔二〕，幾死獄中。夢神語曰：「汝善自愛，『黄花晚節香』，無憂斃耳。」後歸田三十年，不問家事，日以翰墨自娱。穆廟立，表其忠，晉尚寶司少卿。

〔二〕「一百二十棍」，《明史》卷二〇七列傳九五劉世龍本傳作「八十」。其后言「穆廟立，表其忠，晉尚寶司少卿」，可補正史之闕。

【按】本文見明張萱《西園聞見録》卷九五。

白璫

時有一權璫，與縉紳飲。諸縉紳方劇談，而璫者不能置一語。仰見屋上烟籠葱起，謬曰：「焉用佞！」諸縉紳聞之，疑璫者誚己。及移時，復仰視，曰：「烟太佞。」諸縉紳俱[一]大笑，疑遂釋。

【按】本文亦見於明馮夢龍《古今譚概》無術部第六。

小團魚

溧陽狄某，任雲南定遠縣知縣。有富翁死，而其妻掌家，積有數萬金。叔告縣，

[一]「諸縉紳俱」，《古今譚概》作「衆人」。

密囑之曰：「追得若干，願與平分。」狄信之。拘其嫂到官，酷刑拷訊，至以鐵釘釘足，滚湯澆乳。於是，悉出所有四萬金，狄得二萬，而婦遂齎恨以死。及狄罷歸，一日晝寢，忽見其婦手持小團魚掛於床上，乃大驚異。未幾，徧體生疽，如團魚狀。以手按之，四足俱動，痛徹骨髓。晝夜號叫，逾年乃死。五子七孫，俱生此團魚疽以死，止一孫僅免，今亦無置錐之土矣。

【按】本文見於宋邵雍《夢林玄解》卷二三、明劉萬春《守官漫録》卷三、張萱《西園聞見録》卷二四、李贄《闇然録最注》、余懋學《仁獄類編》卷二八、陳良謨《見聞紀訓》、清姚文然《姚端恪公集》外集卷八等。

竹祟

正德四年春，袁州府治内竹生花結米，衆皆異之。偶一道人紫冠黄服，謁守者，曰：「此饑饉之兆。」是年，果大旱，餓死者無算。及冬，去其竹，而嗣歲大熟。人皆稱爲竹祟。

【按】文本所載之事，見載於明嚴嵩《（正德）袁州府志》卷九，曰：「是歲，竹生花結米，民採食之」，「五年，旱」，亦載清謝旻《（雍正）江西通志》卷一〇七。

石爐下山

慈人劉平，諱志業，中嘉靖乙丑進士，平生敬事漢壽亭侯。及守漳州，怪無壽亭廟，偶莅演武場，視其地曠莽，捐俸立廟。廟成，乏一巨爐，衆報某山有一石，可爲爐，令工琢之。而石大山峻，數十人不能下，公方躊躇，越宿，衆報石已在山足矣。關公之靈感，類如此。

【按】本文亦見明王圻《稗史彙編》卷一三二「爐下山」。劉平身世，見明楊守勤《寧澹齋全集》文集卷六。

節孝

江右一婦熊氏，劉渭清妻也。忽賊至，家人悉奔，時渭清方病劇，惟熊在旁。賊掠其貲，並擁出户，乃抱幼子，僞隨賊行。至李隆德塘，置子於涯，抱賊同投於水。群黨救之不得，皆斃焉。及賊退，子猶啼號。鄰人曾魁憐而收育之。長爲武弁，捕盜，乃得前黨，遂殺以祭母。母子節孝，人共奇之。

【按】本文見於明王圻《稗史彙編》倫敘門賢媛下，題「劉渭清妻」，李賢《明一統志》卷五五、王圻《續文獻通考》卷七七、劉松《（隆慶）臨江府志》卷一二、清謝旻《（雍正）江西通志》卷九八、潘懿《（同治）清江縣志》卷八等載之。

水母神異

山西榆次縣，一貧婦孀居，善事姑。凡姑飲食，非河水必不食，而河去其家四、五里。每晨，婦必往汲水供之，無間寒暑，如是者數年。後一日取水，歸半途，爲塵沙所污，復往汲。歸及門，檐瓦忽墮桶中，又慮不潔，亟走河干。有一老人問之，婦以實告，老人歎曰：「孝哉！婦也。當有以濟汝。吾有一皮鞭，可置缸底，提起一二寸，水即至。」婦試之，果然。姑疑婦之不汲而得水也，潛偵其狀，見缸底有鞭，取而棄之。時婦方櫛沐，水忽湧至，婦坐缸上，不止，竟溺水死。邑人立廟祀之，遇水旱，祈禱必應，稱爲「水母娘娘」。

【按】見明王圻《稗史彙編》卷四八，清王初桐《奩史》卷七九飲食門二亦載之，注出《邇言》。本文所敍爲民間「水母娘娘」原型故事，今山西太原晉祠廟難老泉旁的水母樓（又稱水晶宮），就是這一故事的神化。而在舊北京，則被挑水行業奉爲行業祖爺。《（嘉靖）太原縣志》載：「俗傳晉祠聖母姓柳氏，金勝村人。姑性嚴，汲水甚艱。道遇白衣乘馬者，欲水飲馬，柳不恡與之，乘馬者授之以鞭，令置之甕底，曰：『抽鞭則水自生。』柳歸母家，其姑誤抽鞭，水遂奔流不可止。急呼柳至，坐於甕上，水乃安流。今聖母之座即甕口也。」

梅婦

貴池縣唐氏女，適朱姓，夫早卒，婦事姑如禮，而姑性凶淫。偶有富商投其舍，姑與之通。見婦貌，悦之，密以金賂姑，姑利其有，誨婦與之淫。弗聽，迫之弗從，杖之，至加炮烙，身無完膚，終拒焉。姑以不孝訟於郡，時通判毛玉，亦以商人賂，加婦以法，觀者咸冤之。欲婦言其故，婦曰：「若爾，妾幸全矣，如陷姑以惡何？」然恐卒污其身，遂縊死於梅樹下。死三日，神色不變，人呼爲「梅婦」。隆慶三年事，迄今冤尚未白。嗚呼！痛哉！婦生不辰，逢此厲姑，而死必於梅，豈以梅之清白芬烈，可方其心節耶？

【按】本文故事出明楊慎《升庵集》卷一一，見於明王崇《（嘉靖）池州府志》卷七、李栩《戒庵老人漫筆》卷四、何喬遠《名山藏》卷九〇、過庭訓《本朝分省人物考》卷一〇七、李紹文《皇明世説新語》卷六、李贄《焚書》卷五、賀復征《文章辨體匯選》卷五三七、清張廷玉《明史》卷三〇一、萬斯同《明史》卷三九四、查繼佐《罪惟録》閨懿列傳卷二八、顧有孝《明文英華》卷六、王初桐《奩史》卷一七等。陸人龍《型世言》第六回「完令節冰心獨抱，全姑醜冷韻千秋》、覺夢道人《三刻拍案驚奇》第六回「冰民還獨抱，惡計枉教施」演爲話本。

虎神

平陽一山氓，偶外出，其婦往田間掇蔬，爲虎所噬，母往呼婦，虎又噬之。及氓歸，莫知所在。覓之，見途中有血跡，知被虎害，遂持一斧，隨跡入山中，果得虎穴。中有三虎子，盡殺之。須臾，聞咆哮聲，雄虎先以臀進，氓盡力一斫，飛奔，遇雌者，相嚙不已，遂俱斃，氓亦力竭，執斧立僵而死。後衆人遂立祠，爲虎神以祀之。是山竟絶虎患。

【按】本文與宋濂等修纂《元史》卷一九八列傳第八五所載石明三殺虎事相似。「石明三者，與母居餘姚山中。一日明三自外歸，覓母不見，見壁穿，而臥内有三虎子，知母爲虎所害。乃盡殺虎子，礪巨斧立壁側，伺母虎至，斫其腦裂而死。復往倚岩石傍，執斧伺候，斫殺牡虎。明三亦立死不仆，張目如生，所執斧牢不可拔。村人葬之，立祠祀之。」本文或本此演繹而來。

雲異

正德間，江西有黑雲、紅雲，若相鬥者。久之，則分爲兩城人馬，洶洶若攻城狀，城中人應之。明年，甯藩叛，王守仁舉兵滅之。

【按】本文出明俞弁《山樵暇語》，多有删節；亦見清吕毖《明朝小史》卷一一「正德紀」、來集之《倘湖樵書》卷六等。

搏虎善息

辰州山氓葉彪者，父子三人皆有異力，善搏虎。每晨必食斗米許，肉十數斥〔二〕。頭頂鐵笠，大足容身，各持槍斧，重三十餘斤，往來深山窮谷中，雖足跡所不到處，必入焉。虎見其狀，即驚走，三人必追斃之。後忽夢猛虎數百，環繞咆哮，覺而起視，無所見。如是者數次，三人乃自省，曰：「虎雖不仁，吾必欲盡殺之，毋乃忍乎？」遂相誓不復搏虎，俱以令終。藉令心無止足，未必不終填虎喙。嗟乎！彪父子可謂善息矣。

狗奸

漳州紙賈，行旅數年不還，其妻性淫而貌實陋，人莫與交，不得已，而甘心於畜

〔二〕「斥」，當爲「斤」。

犬。臨合，以布囊其足。後賈歸，與妻同臥，犬遂號咷，嚙賈首而斃。鄰里數知其狀，鳴之官。婦與犬同坐死。每會審時，見者無不切齒。夫人雖至淫，奚至不擇畜類。天地大矣，何所不有。不書名姓者，諱之也。陸別駕親鞫其事，與予言。

【按】本文所録之事，爲明代刑事案件之一。出版於嘉靖二十六年華察刊戴冠《濯纓亭筆記》卷七言：「聞頃年，刑部有犬奸婦人而噬殺其夫之獄」，則其事當在嘉靖二十六年之前。署名祝允明《祝子志怪録》卷三《狗奸》，其所敘述之事，與本文在故事情節上有其相似之處。清曹去晶《姑妄言》第十二回「鍾情百種鍾情，宦萼一番宦惡」所寫卜氏之淫，如「同那狗行樂之時，被他那爪子上的指甲抓得皮肉生疼，想了一個妙策，做了四個布套，將他四個爪子套住」，與本文描寫相近。蒲松齡《聊齋志異》卷一《犬奸》：「青州賈某客於外，恒經歲不歸。家蓄一白犬，妻引與交，習爲常。一日夫歸，與妻共臥。犬突入，登榻齧賈人竟死。後里舍稍聞之，共爲不平，鳴於官。官械婦，婦不肯伏，收之。命縛犬來，始取婦出。犬忽見婦，直前碎衣作交狀，婦始無言……後人犬俱寸以死。嗚呼！天地之大，真無所不有矣。然人面而獸交，獨一婦也乎哉？」《聊齋志異》對本文故事情節、敘述語詞等承續痕跡，極爲明顯。而何求《閩都別記》第三十四回，所寫劉九娘之「抱家犬作老公」的「新文」，則又從《聊齋志異》而來。清董含《三岡識略》卷二「犬奸」所記：「關東一婦，性淫蕩，夫往戍所，經年不歸。家畜一犬，黠甚，婦每置於懷，因與之接。犬與人道無異，而健捷善嬲戲，能晝夜不息，絶愛之。未幾遂孕，彌月一産三犬。地方以爲妖，聞於官，細鞫，始得其實。」也是本文之新演化。

宋翼還魂

宋翼，會稽白米堰人。一日，無病死。其魂，竟走百家廟，遇故友林元，驚曰：「汝何至此？」翼曰：「我夜卧，但見青衣數輩，以麻王名擒我，我故隨之而來。今已來矣，將若之何？」元曰：「麻王者，我府中七殿主也。昨牌拘宋一，非汝也。汝可急返。若一回頭，必不生矣。」翼如其言，遂得活。須臾，聞里中宋一死，則益信始之誤也，迄今翼尚存。予友商玄明目睹者。

阿寄

阿寄者，淳安徐氏僕也。徐氏昆弟，别産而居，伯得一馬，仲得一牛，季寡婦得寄，寄年五十餘矣。寡婦泣曰：「馬則乘，牛則耕，蹌踉老僕，乃費我藜羹。」阿寄歎曰：「噫！主謂我力不若牛馬若耶？」乃畫策營生，示可用狀。寡婦悉簪珥之屬，得金一十二兩，畀寄。寄則入山販漆，期年而三其利，謂寡婦曰：「主無憂，富可立致矣。」又二十年，而致産數萬金，爲寡婦嫁三女，婚二郎，齎聘皆千金。又延師教兩郎，皆輸粟入太學。而寡婦阜然財雄一邑矣。頃之，阿寄病且革，謂寡婦曰：「老奴馬牛之報盡矣。」出枕中二楮，則家計巨細悉均分之，曰：「以此遺兩郎君。」言訖而終。徐氏諸孫竊啟其篋，無寸絲粒粟之蓄；一嫗一兒，僅敝緼掩體而已。

【按】本文出自明田汝成《田叔禾小集》卷六本，文字稍有不同；明李贄《焚書》卷五、陳師《禪寄筆談》卷九本、賀復征《文章辨體匯選》卷五三七、焦竑《國朝獻征録》卷一一三、《熙朝名臣實録》卷二五、《戒庵老人漫筆》卷四、李贄《李温陵集》卷一七、徐象梅《兩浙名賢録》卷一〇、張萱《西園聞見録》卷六等均載録。

本文田汝成聽聞於俞鳴和，事在有無之間。但嘉靖以來，史作、方志等多有據此爲阿寄立傳的。清張廷玉《明史》卷二九七列傳第一八五、萬斯同《明史》卷三九三孝友傳、《石匱書》卷二〇四、《罪惟録》列傳卷二四、《（雍正）浙江通志》卷一八九等，以爲實有其人其事，並以之爲

「義僕」「忠義」「孝友」的官方典型。一些明文總集，如顧有孝《明文英華》卷九、黄宗羲《明文海》卷四〇三傳一七等，也納入本文。至於《黯然堂類纂》卷一、《剪燈叢話》卷一一、《五朝小説》等收録本文，則視爲傳奇之作。本文馮夢龍《醒世恒言》卷三十五《徐老僕義憤成家》引爲本事，抱甕老人《今古奇觀》卷二五選録其事；在此影響下，李漁《連城壁》戌集寫了「與嘉靖年間之徐阿寄一樣流芳」的故事；而清無名氏，則將本文譜爲傳奇《萬倍利》。

沈司馬居

余家祖室素多鬼，居者非貧即夭，衆皆棄之。余太父中憲公爲季子，惟父兄所與，不敢辭。時家司馬方十歲。一早過視居中書舍，突見青衣鬼數十輩，相顧驚惶，縮入牆壁間，自此鬼遂滅。

後嘉靖戊午春，司馬夜讀館中，甫登榻，一冠服者，揭幕凝視，忽然不見。是歲，司馬鄉薦，聯登己未第。繼此，科甲磊磊。太父享年九十，而子孫不下百人，皆出一塊土。

信乎，鬼焉能爲人害哉，蓋人自惑之耳！

孟夏異桂

慈人王福徵，始爲諸生時，大困。萬曆壬午春，館於吴門，自傷齒漸長，遊道多窘，輒考輒數奇，無進取之望，日夕抑鬱不得志。時方四月，見庭中桂樹，私自祝曰：「王生今秋若有好信，則桂可吐芳。」祝畢，熟視良久，桂芳果欣欣漸吐，明旦，一枝大開。王君心喜，歸試。是年，果領鄉薦，旋中壬辰進士。

【按】王福徵登第之因，明清時人以爲「還金登第」，本文則以「孟夏異桂」的奇異，增加了新的傳説。

元宵觀燈

槜李鄉民鄒一言，好善喜施〔二〕，夫妻俱七十餘，家頗殷厚。築室於東塔寺側，以

〔二〕「槜李鄉民鄒一言，好善喜施」，《鴛渚志餘雪窗談異》作「鄉民鄒一言，性好善，喜施捨」。

焚修爲業。嘉靖甲子歲元旦，沐浴更衣，將詣城隍廟行香，道經宣公橋，微聞橋下私語甚切，始以爲舟人泊宿於此[一]。頃間，火光慘淡，點點出没於兩岸。但見五六人擁坐水上，或披髮，或攘臂，或嬉笑，或偶談。一人曰：「某方聘王惜嬌妻何？」一人曰：「某[二]方弄璋，如幼子何？」一人曰：「童子無知，亦罹此禍。」一人曰：「嫠婦何罪[三]，且當其災。」一人曰：「冥數如斯，不必長歎。但元宵未至，吾輩有久留之悵耳。」一言細聽[四]，莫解所謂[五]。俄聞城樓鈴鐸聲，衆人皆散入水去，不知其何鬼與祟也。

及上元節，俗有慶賞例，以二、三十家爲率，構一小樓跨街，上下羅珠翠，飾錦綺，熒煌照耀，恍奪人目。夜輪飲於中，其餘又逐立彩棚一架。合城男女老幼，竞賞

[一] 此句後，《鴛渚志餘雪窗談異》尚有「然不宜起之早也，因薄霧中，不能辨」句。
[二] 「某」，《鴛渚志餘雪窗談異》作「某人」。
[三] 「嫠婦何罪」，《鴛渚志餘雪窗談異》作「匹婦奚罪」。
[四] 「細聽」，《鴛渚志餘雪窗談異》作「倚欄細聽」。
[五] 此處，《鴛渚志餘雪窗談異》有「正疑驚間」。

爲歡。至十五昏時，城中俄傳東門燈彩之盛，有女樂美觀，優劇逞鼓，聞者争往。方出城，所謂盛者，絶無有見。但一美人，龍髻雲鬟，纖腰侈體，綽約於燈月光中。又香藹襲人，豔婢雲繞，見者競逐，甚至笑謔雜浪，不下數百人，而美人不以爲意也。擁至宣公橋西堍，美人忽不見。方在擠塞喧鬧時，而諸人益騰沸。忽已，後有神人，身長丈餘，手持大斧，厲聲闊步，前曰：「莫笑，莫笑，當爲吾斧一飽！」於是諸人一時驚走。至春波門限，又見一絳袍青面之神，拍馬持槍，從東當路，諸人無奈，皆伏死樓門之下，殆不可計。其入水亡者，又不下數十。及撈屍，皆兩兩相抱，堅不能解，甚至三人、四人、五六人，而抱手者亦如之。其門樞後，又各有僵立死者，人人顔色若生，可異哉。自是，嘉城放燈之例遂寢。一言聞之，歎曰：「事固有數，吾非曩者預有所聞，亦幾不免此矣。」於是，焚修益堅。

【按】本文出明周紹濂《鴛渚志餘雪窗談異》卷上「觀燈録」，文本稍有删改；亦見於《（崇禎）嘉興縣志》卷一七等。

銅異

王司徒見峰公，始爲楚大中丞，及晉職，以太淑人壽歸，見銅撾二，在棨戟，命冶人鎔之，曰：「開府時物，吾不以示子孫、誨子孫？」盈冶人從事，金躍於地，判爲二符，其合如契，視之狀，若列仙，若金母，若鸞鶴，若蓬島，冶人驚詫，以告縣大夫。縣大夫圖之以告瑞，司徒曰：「意者，天壽予母。神告之耶？金石象之耶？」大司丞郭美命紀。

【按】本文出明郭正域《合併黄離草》卷一七「司徒王見峰公七十壽序」，删節成文。

猢猻報寃

有人蓄一猢猻，鳶飛下，搏其子啖之。猢猻哀鳴不食，往廚中取肉，戴頭上，立中庭，似有所伺。逡巡，鳶爲搏肉，猢猻劈其翅而斃之。見者大快。

【按】本文見宋謝維新《事類備要》别集卷七九走獸門、曾慥《類説》卷五二、祝穆《事文類聚》後集卷三七毛蟲部、明彭大翼《山堂肆考》卷二一九毛蟲、清吴寶芝《花木鳥獸集類》卷下、張英《淵鑒類函》卷四三二獸部等，文字多有不同。

鑄銅化異

劉淑人者，參藩灤川公配，虔奉大士，其慈悲救濟，一如《普門品》所説。其誕辰，偶鑄一銅器，忽幻成菩薩像，及樓閣、峰巒異態。精一之感，貫金石、通神明矣。張令君爲紀其事。

【按】本文出明郭正域《合併黄離草》卷二三「劉太淑人傳」，删節成文。

歐陽烈女

歐陽女，名金貞，歐陽梧之長女，許聘羅欽仰。歲乙未，梧授拓城學博，攜仰之任。後梧奔喪歸，舟次儀真，仰墜水死。貞年甫十四，未字，驚號即欲赴水，父母極力抱持。次日，仰浮水面，貞撫屍慟哭，欲自縊，父母委屈諭止。及殮，貞自剪髮，繫夫右臂，以永矢自誓。葬畢，即白父母，往羅事姑，甚得姑歡。後父起復，補淳安諭，時姑亦死。貞度不可留，乃歸父母。父母曰：「汝今更何望？我爲汝擇婿。」貞隨應曰：「昔夫殮時，女有束髮纏其手，肯開壙出女髮，乃從命。」父母遂止。江漢合流，間有茲閨閣之秀；風氣遞變，即再詠喬木可矣。郭祭酒談。

【按】本文出明自郭正域《合併黄離草》卷二三「歐陽烈女傳」，文字、情節多有删節；亦見清萬斯同《明史》卷三九四列女傳。

玉主

林某，閩人，素豪俠不羈。與燕姬劉氏暱，括囊納之，資斧垂盡，姬能茹苦甘貧。逾時，益不能支，林將別業，勸姬且歸。姬誓死不從，林不獲已，別去，商於嶺西。姬悲咽死，林聞不勝驚悼，刻玉主，題「劉氏之魂」，綴以《斷腸曲》，語甚淒其，時懷袖中，每出以示人。

後挾數十金，復之嶺西。涉江，舟師故大盜，殺之，沉其屍。時郡司理素知林狀，夜夢婦人號啼而來，若訴冤者。翌日，督吏大索，得盜，出玉主焉。尋起林屍於江，盜論如法。宗伯葉進卿談。

【按】本文出明郭正域《合併黄離草》卷八「玉主行」，清汪森《粤西詩文載·詩載》卷九也載之。

王孝子

明州王伯化，孝於親。時島寇犯浙，母虞氏病不能行，母勸伯曰：「吾度不能行矣。兒第去，徒戀我無益，袛殄爾父嗣也。」伯化再三哀泣，不肯去。寇至，將刃其母，伯力抱母頸，稽首請代，寇憐而釋之。母獲以壽終。葉宗伯談。

【按】本文出明郭正域《合併黄離草》卷六「王孝子行」，也見明徐象梅《兩浙名賢録》卷六孝友、張萱《西園聞見録》卷二、清嵆曾筠《（雍正）浙江通志》卷一八四等。

女淫男

馬湖陳壽奴，本小家女，年十八，已醮矣。一日，牝間忽生肉具，自是每月望前爲女，望後爲男。其爲男也，能與女交。初變時，人尚不知，數女爲其所污。既而，事漸播，郡守禁之獄，驗之，果如人言。以爲妖祟，不欲上聞，杖而遣去。祝去病談。

【按】本文見明王圻《稗史彙編》卷一七二「女淫男」；清程哲《蓉綽蠡説》卷一引，注出《耳譚》，文載：「馬湖府陳壽奴已醮，忽生肉具，望前爲男，望後爲女。太守以爲祟，杖遣之。」清曹去晶《姑妄言》中所謂香姑者，似之。

顏公洞

雲南臨安府，去城數十里，有洞曰顏洞。嘉靖中，蒙自縣丞顏宏所開也。其地兩山夾歧，水從洞入。洞口白石柱如玉，垂水中，闇然莫測，人莫敢進。顏放舟燃火而入，窮其至極，然後知洞有三層，迤邐盤旋而上，入深四十餘里，廣處可坐千人，高不知其幾何。洞水出阿彌州。下洞一龍，仰附於洞前。二足捧頭而下，鱗角眼爪，纖悉俱備。中洞獅、象相峙於口，内則飛走之禽，器具之物，不可枚舉。若白鷺、青魚、黄羅傘、紅桌圍，種種色相宛然。而鐘、鼓二石，扣之，聲且肖也。入深，觀音半身，面如傅粉，唇若點硃，頭挽一髻，左有青石净瓶，右有白石鸚鵡。盡則石床一張，上下四柱，鑽花片壁，即人間之拔步耳。上洞一僧一道，蹲踞相視，若漁樵問答之狀。極後洞門，坐一老翁，戴東坡巾，但少生氣耳。又普安進山四十里，有玲瓏石樹一株，一則緑幹紅花之桃，一則青幹白花之李，非若繪畫於壁者也。東吴王孟璿睹。

【按】本文出自明郎瑛《七修類稿》卷一「生平奇見」；明施顯卿《奇聞類記》卷二、章潢《圖書編》卷六七、徐應秋《玉芝堂談薈》卷二五等載之。

情死

萬曆丁酉，吾鄉潘孝廉元發言，㰹溪一塾師子，年近十四五，與同席學生情猶伉儷。塾師將歸，二人慮歡不終，同縊死。頃至白門淮清橋，二童亦以情密同溺死。

又臨溪長橋一婦奸露，夫將鬻之，遂與所私者，黄昏時，合抱以帨繫之，滚橋下，墮一漁舠獲救。後相期，各縊死。

情欲之溺人，至死不渝，而甘蹈尾生之行，而不惜也，亦愚矣。

誤解

會稽朱□□〔一〕，因販茶，以羡金鬻官，皆呼爲「茶官」，素不學無知。偶姻家遇詞客，印證古今，談及宣尼，擊節曰：「據如此説，是一才子矣。」又言馮婦，則曰：「果是當時一美婦人。予聞久矣。」

近臨溪人姚京與村學究孫一經，夏月納涼，頃之，雲翳，孫曰：「必有大風。」姚詰之，曰：「夏雲多奇峰，」聞者斷腸。

【按】本文見明馮夢龍《古今譚概》無術部卷六，題作「强作解字」；亦見浮白齋主人《雅

〔一〕　早稻田大學藏本也爲兩空格。

詎》、張岱《快園道古》卷一五等。

因死出魂

隆慶初，處州劇賊徐四十一，繫武林，將決，素與一劊子手善，因懇曰：「爾能脱我幸甚。」劊曰：「予安能脱爾也？」因懇再三，劊不得已，紿曰：「但臨刑，我喝聲『走』，爾當急走。」劊默笑：「癡奴乃爾！」及決，劊果喝，囚魂急趨，悠悠渺渺出城，往富春去。偶民家父死，未殮，魂輒附之，少頃甦焉。身雖父，而言語則囚也。

居恒每云：「城中有一故人恩未酬，我必一往。」家人以其衰憊，屢止之。延半載許，必欲往。徒步入城，至劊家，已昏黑扃門矣。囚大呼：「予在此！」劊驚曰：「此徐四十一聲音。我已手刃矣，何以至此？」因啟門偵之。囚一見，驀仆地死，劊密移別所。後其家覓屍瘞之。

人死而魂不散，往往他附，總之，遊魂耳。若斯囚見劊而仆，此以假遇真，自澌滅矣。涪老所紀嵩橋返魂事，信有之歟？沈滅之談。

飛閣流舟

衢州城西三層樓，下臨衢水。奉常王敬美公過之，故人李君、同年張君，以兩道邀集樓上，固請書扁爲重。公仰視其上，先有扁云：「飛閣流舟」，公匿笑不禁。二君問故，公謂：「此四字，幸而不留名，然爲萬衆所目。彼所取義，得無採王子安《滕王閣記》中語耶？」二君曰：「然。」「然則子安記，乃『流丹』非『流舟』也。蓋此君少而誤讀『丹』字爲『舟』字，見此樓高，而下有行舟，以爲天造地設，不知『流舟』是何文理？」二君亦大笑，亟除之。

【按】本文出明王世懋《二酉委譚》，多有删改。

雌甲辰絶對

唐小説有遺裴晉公以槐癭者，郎中庾威在坐，云：「是雌樹所生。」公偶及年甲，庚云：「與公同是甲辰生。」公笑曰：「郎中便是雌甲辰。」宋小説程文惠與龐相同戊子生，程已貴，龐尚爲小官，嘗戲龐曰：「君乃小戊子也。」龐後大拜，文惠曰：「今日大戊子，却爲小戊子矣。」雌甲辰、小戊子，大是奇對。可用爲齊年故事。

【按】本文宋李昉《太平廣記》卷二五〇、魏泰《東軒筆録》卷一五、謝維新《事類備要》前集卷五八、佚名《錦繡萬花谷》卷二七、曾慥《類説》卷一七、朱勝非《紺珠集》卷一二、祝穆《事文類聚》卷四四、元陰時夫《韻府群玉》卷四、明查應光《靳史》卷一一、陳耀文《天中記》卷三九、五一、馮夢龍《古今譚概》卷二六、郭良翰《續問奇類林》卷二三、蔣一葵《堯山堂外紀》卷三〇、彭大翼《山堂肆考》卷一四三、許自昌《捧腹集》卷三、詹景鳳《古今寓言》卷九、卓人月《古今詞統》卷一五、清獨逸窩退士《笑笑録》卷一、張玉書《佩文韻府》卷四之七等並載之。

屠印姑

屠印姑者，明州觀察公倬孫女，生而端麗美好，嫁同邑陸耿章。耿章淫凶無行，好博，蕩其産盡，多負博徒債，以姑爲質。先以孌，又許壽嘗姑，逼與淫亂，因而鬻奸。姑執不從，耿章誘脅之百端，又令壽强就姑。姑以死力拒脱。耿章大怒，操巨槌擊姑，極其楚毒，徧體爲傷，幽之别室，臨衢路，破壁短垣。姑冬月衣破單衣，坐藁枕塊，扃户絶粒，有身四月，不勝諸苦，胎死而身亦斃。

嗟夫！男死留香，女死留名。令女不能力忍其百苦，而從夫於昏卒，豈維兩宗之羞，腥穢東海矣。屠儀部談。

【按】本文出明屠隆《棲真館集》卷二一「屠印姑傳」，多有删節；亦見清嵇曾筠《（雍正）浙江通志》卷二〇八、羅有高《尊聞居士集》卷五、錢維喬《（乾隆）鄞縣志》卷一一、徐時棟《烟嶼樓詩集》卷九五、吴德旋《初月樓聞見録》卷四等。

張解元

嘉禾張巽，素無文名。嘉靖戊午春，偶夢神語曰：「成不成，平不平，緑水灣頭問老僧。」及道試，竟置劣等。自郡城徒步歸，過蕭寺，少憩焉。有老僧捧茗進，曰：

「解元請茶。」巽忽憶前夢，問曰：「此是何地？」僧曰：「是緑水灣。」巽喜且疑。本年果發解。所云「成不成，平不平」者，的是戊午解元云。

是科有柴喬者，其祖嘗夢八九十人一踪，每人分銀一大錠，首張巽，其孫喬與焉。時喬尚未生，因書榻留驗。不逾年，生孫，遂名喬，後果中張巽榜。

【按】本文亦見清周亮工《字觸》卷一、褚人獲《堅瓠集》餘集卷一等。

男尼

烏程晟舍里，有佛廟。萬曆丁酉五月，有遠來少尼，作倡，大建佛寺，婦女群聚，幾百餘人。里有凌太守之弟，擁蒼頭突至，索少尼覩之。尼峻拒，再三不出，乃大恚，以言撼之。尼不得已，方出一見，即令僕詬辱之，袪其衣，乃一雄尼。群婦女一時驚惶逃避，競捕尼送官，人人大快。

【按】本文署名「南陵風魔解元唐伯虎選輯」《僧尼孽海》「云遊僧」條載之。

償銀報

安吉州地浦灘一貧民，負税繫獄。家僅畜一猪，妻鬻之以抵税，竟得僞銀。計無所出，抱幼子將投水。有徽商偶遇，問其故，甚憐之，即出己銀，代爲完官。夫因得脱，然心疑婦之有他也，乃攜婦夜往徽人所，獨令婦叩門謝之，以偵其狀。徽商聞婦人聲，輒曰：「汝是何人？」婦曰：「頃僥惠脱吾夫，特踵謝耳。」商曰：「我獨卧旅邸，豈可昏夜放汝入乎？汝第歸，無庸謝也。」婦曰：「吾夫同在此。」商即披衣下床，未數步，牆忽壓卧榻，盡裂。

夫當生死緩急之際，即所捐甚微而所全甚大，且暮夜曾無睥睨，陰德尤大，不先不後，脱兹叵測之災，冥冥施報，亦神巧矣。

【按】本文亦見明張萱《西園聞見録》卷一六；明凌濛初《二刻拍案驚奇》卷一五「韓侍郎婢作主人，顧提控掾居郎署」入話敷衍之。

廉丐者

蘇城[一]有少婦張氏歸寧，使青衣挈首飾一箱隨後，中途入厠遺却，即行始覺，返覓，則有丐者守之，即以授還，曰：「命窮至此，奈何又攘無故之財乎？」婢殊喜，以一釵爲謝，丐笑麾之，曰：「不取多金，乃獨愛一釵耶？」婢曰：「兒倘失金，何以見主母？必投死所矣。遇君得之，是賜我金而生我死也。縱君不望報，敢忘大德耶？吾家某巷，今後每日早、午，俟君到門，當分口食以食君。」丐者曰：「汝[二]身在内，何由得見？」婢曰：「門前有長竹，第摇之，則知君來矣。」丐如言往，婢出食之。久而家衆皆知，聞於主翁，疑有外情，鞫之，吐實。翁義之，召丐畜於家，後以婢配焉。

美哉！乞丐。饑寒迫身，而爲士君子之行，不尤難乎？吾故録之，爲好義者勸。

[一]「蘇城」，《説聽》前有「余少聞蔣氏姑言」句。

[二]「汝」，《説聽》作「爾」。

惜逸其姓名耳。

【按】本文出明陸延枝《説聽》卷三；明張萱《西園聞見録》卷一七、詹詹外史《情史類略》卷二「蘇城丐者」等載之，程毅中《古體小説鈔·明代卷》認爲本文爲清宣鼎《夜雨秋燈録》卷一「青天白日」所本。

顧主事

太倉州吏顧某，凡迎送官府主，城外買餅江某家，往來如姻。後餅家被仇嗾盜，攀染下獄。顧集衆訴其冤，得釋。江有女，年十七矣，卜日送至顧所，曰：「感公活命之恩，窮[二]無以報，願將弱息爲公箕帚妾。」顧留之月餘，使妻具禮送歸。父母詢之，女獨處一室，顧未嘗近也。父又攜女而往，顧復却還。後餅家益窘，鬻女於商。又數年，顧考滿赴京，撥韓侍郎門下辦事。一日，侍郎他適，顧偶坐前堂檻上，聞夫人

[二]「窮」，《説聽》作「貧」。

出，趨避。夫人見而召之，旋跪庭中，不敢仰視。夫人曰：「起！起！君非太倉顧提控乎？識我否？」顧莫知所以，乃謂曰：「身即賣餅兒也。賴其商[二]以女畜之，嫁充相公少房[三]，尋繼正室。秋毫皆君所致也。第恨無由報德，今天幸相逢，當爲相公言之。」侍郎歸，夫人乃備陳首末。侍郎歎曰[三]：「此仁人[四]也，盍揚之以彰其德[五]。」於是[六]，竟上其事，孝宗稱歎不已[七]，命着令該部查何部缺官[八]，遂除禮部主事。

【按】本文出明陸延枝《説聽》卷三；明張萱《西園聞見録》卷一五、《人譜類記》卷下、《鴻書》卷六三、張英《淵鑒類函》卷二七五、陳鏡伊《法曹圭臬》、《巧談》上編、陳弘謀《五種遺規·在官法戒録》卷三、《曲海總目提要》卷一八《三元記》附録《三不可》等載之，明凌濛

〔二〕「其商」，《説聽》作「某商」。

〔三〕「少房」，《説聽》作「少室」。

〔三〕「歎曰」，《説聽》作「曰」。

〔四〕「此仁人」，《説聽》作「仁人」。

〔五〕「盍揚之以彰其德」，《説聽》作「盍揚之」。

〔六〕「於是」，《説聽》無。

〔七〕「稱歎不已」，《説聽》作「稱歎」。

〔八〕「著令該部查何部缺官」，《説聽》作「命查何部缺官」。

初《二刻拍案驚奇》卷一五「韓侍郎婢作主人，顧提控掾居郎署」敷衍之。

樟柳神

文公長子奎，從宦滁州時，與一客遊。客多異術，能令鬼報事，即俗所呼樟柳神者。奎欲受其術，客教令斷欲四旬，乃設食於野外，以夜間同往。客作法召鬼，享以食，鬼來無慮萬數，如風雨怪驟，奎驚甚，幾喪魄。客呼鬼名，一一問之，曰：「願從公子遊乎？」鬼言「不願」，即去。次至一鬼，云：「願從。」客出小木偶人，書鬼姓名，及生年月日於其上，以授文，縫著衣領間。晨起沃盥，墮地，而文不知也。鬼奔訴客，客語文，令拾之。尋浴於地〔二〕，方褫衣，又墮草間。圉人削草，雜其中，投馬食槽。鬼復往訴云：「今必被馬噛死矣。」且言：「文君疏脱如此，我不願從也。」客來誚讓，令撿得之，就奪去。

〔二〕「地」，《說聽》作「池」。

他日，奎遊郊外，其僕書僮者墜馬氣絶，掖歸，召客視之，曰：「此魂出耳，當爲召之。」索一雞，持至向地作法，收其魂附雞，雞便昏仆，攜還，及公署門，則鼓翼叫躁，不肯入，曰：「是有故也？」重攝僮魂於空中，問之，答云：「某欲進去，奈門神不肯放何？」於是設祭於門，乃以雞入，帖帖不動，以置僮身畔，少頃即活。

【按】本文出明陸延枝《説聽》卷三。

唐伯虎俚歌

吴趨唐解元伯虎赴省試，有忌其文名壓己者，中禍黜歸。行素不羈，至是益遊酒人以自娱，故爲俚歌勸人及時行樂。其辭曰：「人生七十古來少，前除幼年後除老。中間光景没多時，又有炎霜與煩惱。過了中秋月不明，過了清明花不好。花前月下得高歌，急須滿把金樽倒。世上錢多賺不盡，朝裏官多做不了。官大錢多心轉憂，落得自家頭白早。請君試點眼前人，一年一起埋青草。草裏高低多少墳，年年一半無人掃。」又《題子胥廟》云：「白馬曾騎踏海潮，由來吴地説前朝。眼前多少不平事，願與將軍借寶刀。」其胸中感憤，可想見已。

【按】本文出明陸延枝《説聽》卷三；亦見明唐寅《唐伯虎先生集》外編卷三、俞弁《山樵暇語》、清唐仲冕《六如居士外集》等。文中所記唐伯虎《一世詩》，明蔣一葵《堯山堂外紀》卷九一、曹學佺《石倉歷代詩選》卷四一六、郭良翰《問奇類林》卷二四、江盈科《雪濤詩評》、清劉聲木《萇楚齋四筆》卷一〇等多載之。

蘇某忠孝

都御史彭公澤，奉命討河南流賊，募辯士往招降，否即與約戰。開封府學生員[一]蘇某請行，藩司給元寶二錠。蘇至賊營，賊禮宴，呼白大王者，與之談古今。蘇嚮應無窮，白敬服。或云：「白即某處薛御史，以罪罷黜，入賊爲謀主云。」賊取人心食蘇，蘇食之。賊不服招，而回戰書，書尾有詩云：「劍指青山山破裂，馬飲長江江水

[一]「學生員」，《説聽》作「學生」。

竭。精兵指日下南陽，干戈盡染生民血。」蘇歸，返金於官，曰：「往時弗却者，爲老母計。今既生還而受此，是以貨行，非忠王事也。」彭公歎賞，聞於朝，命下，送國子監讀書，以酬其勞〔二〕。惜乎，徒揚其姓，而〔三〕逸其名也。

【按】本文出明陸延枝《説聽》卷三；明張萱《西園聞見録》卷一八、清黄叔璥《南臺舊聞》卷一六載之。

周中立禄命如神

周中立，以禄命之説，知名都下。劉尚書纓爲都御史時，爲逆瑾所中，下制獄。事已白，猶未復官，造問休咎，先以亡兒儆命試之，中立曰：「此命大佳，然厄於三十三，能過此則善矣。」儆没之年，正如所云。劉公心服之，乃示以己命，中立喈喈

〔二〕「以酬其勞」，《説聽》無此句。
〔三〕「惜乎，徒揚其姓，而」，《説聽》作「惜」。

曰：「此大貴人！目下雖有憂厄，然已出險就夷。異時，官至八座，福履甚盛，未可量也。」

時鄉人陸坦爲禮部主事，以公事被繫，當坐重辟。會有内援，得解。命未下，公方遣吏爲詗其事，因以坦庚甲視之，中立云：「此亦貴人也，但比日方有官事，其憂甚大，然亦解矣，猶可食禄數年。」問：「何時？」曰：「不出今日中，當有佳報。」適所遣吏跪曰：「已有旨，陸止降外任。」公殊駭，視日，正中矣。坦尋出爲知縣，稍遷郡倅以卒。

刑部吴主事，嘗從問命，中立爲寫一通授之，吴以視囚入獄，二子尚幼，戲水濱，失足俱溺死，妻驚痛，且恐夫歸被譴，遂自縊〔二〕。吴出獄方知，往咎中立，曰：「此大事，何不速〔三〕告我？」中立曰：「吾固言之矣，第歸視吾書。」吴檢其書，中有兩語云：「雙雙燕子入池塘，紅粉佳人上畫梁。」乃驚服。

〔二〕「自縊」，《説聽》作「自經」。
〔三〕「速」，底本作「素」，據文義改爲「速」。

【按】本文出明陸延枝《説聽》卷三；《稗史彙編》卷五二「周中立」載之。

夏巫忍穢

鄉有小民夏某，初爲巫，范舉人汝輿戲曰：「汝初降神，宜有靈異以示衆。明旦，吾握糖餌，令汝商之，汝言而中，則人信服矣。」巫幸甚。及明降神，聚觀者甚衆，范握狗矢，謂之曰：「汝能知吾掌中物乎？」巫笑曰：「糖餌。」范舒拳，佯拜曰：「果神明也。」即以狗矢逼令吞之。巫恐事泄，遂〔二〕忍穢啖盡。范暴其受欺，衆鬨然而散。

【按】本文出明陸延枝《説聽》卷三。

徐縉諱死不講

徐縉講《論語·曾子有疾章》，空「鳥之將死」四句，既而有御札下内閣，云：

〔二〕「遂」，《説聽》無此字。

「今日講書，足見講官忠愛。但死生常理耳，何必諱。明日還補進來。」上之英明特達如此。

【按】本文出明陸延枝《説聽》卷四，多有删節。明陳繼儒《聞見録》卷六、陳師《禪機筆談》卷二載之。

谷大用問紗帽

太監谷大用，迎駕承天時，所至暴横，官員接見，多遭撻辱，雖方面亦有不免者。然欲撻辱，必先問曰：「你紗帽那裏來的？」湖廣某縣令聞之，略不爲意，云：「到我，必不受辱。」及大用過其地，某入見，大用仍喝問云云，某答言：「老公公，知縣紗帽在十王府前三錢伍分白銀買來的。」大用一笑而罷，竟無所加也。某出，人問之，曰：「中官性屬陰，一笑更不能作威矣。」是令，智謀之士也，記之俟訪其姓名。

【按】本文出明陸延枝《説聽》卷四；明馮夢龍《古今譚概》卷二二、清獨逸窩居士《笑笑録》卷三、趙吉士《寄園寄所寄》卷一等載之。

金華猫

金華猫，人家畜之三年，後每於中宵蹲踞屋上，仰口對月，吸其精，久而作怪。入深山幽谷，或佛殿、文廟中爲穴，朝伏匿，暮出魅人，逢婦則變美男，逢男則變美女。每至人家，先溺於水中，人飲之，則莫見其形。凡遇怪者，來時如夢，日漸成疾，家人夜以青衣覆被上，遲明視之，若有毛，必潛約獵徒，牽數犬至家擒猫，剥皮取〔一〕肉，以食病者，方愈。若男病而獲雄，女病而獲雌，則不可治矣，人多爲是遲疑至死者。

府學張教官，有女年十八，殊色也，爲怪所侵，髮盡落，後擒雌〔二〕猫始瘳。姑蘇王訓導玉次子隨任，亦罹此禍，病數年，還鄉得生。今其地不敢畜黄猫，以成精者多是類也〔三〕。

〔一〕「取」，《説聽》作「炙」。

〔二〕「雌」，《説聽》作「雄」。

〔三〕此句後，《説聽》尚有「王之孫祖福，嘗道其事」句。

【按】本文出明陸延枝《説聽》卷四；清褚人獲《堅瓠集》秘集卷一、黄漢《猫苑》卷上、王初桐《猫乘》卷四等載之。

尹某《西厢記》

盧秀才化承，家葑門，其姻尹某，嘗宿外寢。一夕，忽見男女數人，僅長尺許，謂尹云：「汝欲看《西厢記》乎？」即搬演，與優人無異。尹驚呼，盧弗聞也。明旦知之，怪復夜起，命家人操兵擊之，入床頭而没，檢得《西厢記》一本，乃尹素所嗜者，且觀且歌，怠以爲枕，日久紙盡油矣。盧焚之。既而假寐，若有言者曰：「能滅我形，難滅我神。」遂時時火起旋熄。

盧有侍婢，夜見空房中燈光熒熒，晝見嬰兒臥地，首像木偶，而身如綫，一月間，驟長若年十六七者，每於窗際窺婢。一晚，竟樓入房曰：「我仙人也。」迫與合焉。以餅食婢，味似鵝油，飽三日弗餐，衆訝問，始吐實。久之，庭前牆倒，下有巨蛇，意其爲妖也，從是妖怪沓出，乃遷去。

【按】本文出明陸延枝《説聽》卷四。

黄河應夢

慈人劉尹鶴爲諸生時，館於檇李孝廉胡其久家。夜夢鳴榔巨汶所，乃生平目所未睹者。俄而溺水，幾不能出，雲長公以刀提之獲全，醒時未解所謂。後萬曆辛卯，領鄉薦北上，舟次黄河，夜甫沉睡，而舟漏水溢，見雲長公促之，始驚覺，已臥水中矣。適同試者過於側，爲解衣換舟，得不溺。時舟次，與前夢中所見者，境界盡合，於是始信吾人生平休咎，原有定數，而益見壽亭之靈，無在不顯赫矣。

【按】本文出明丁礦《關志》。

神龍現體

慈水之東，有聖井潭者，爲神龍所居，禱雨立應。嘉靖初年，慈邑大旱，士民惶懼。邑令龍姓者，布袍草履，徒步斬荊棘，捫蘿葛，躡險絶之上，長跽數四。神龍示光怪，稍現其鬚。邑令復拜，求不已。神龍遂騰躍，噴湫瀑，霹靂、火電大作，邑令驚死，而大雨旋數尺。邑民爲令立祠，春秋享祀不絶云。

景德幽瀾傳

檇李嘉善縣，有景德寺，寺比丘每見一麗人月白風清之夕，或獨立庭中，或行吟窗外，詰之，從容對答，笑語可掬，若狎之，則飄然去矣。衆比丘苦其將孽也，符驅之，咒遣之，甚至兵刃叱逐之。旋避復來，亦莫能踪跡其處。一日，有胡僧過寺，長身巨目，勇力絶人。叩其術，能降魔伏鬼，衆比丘喜，以女子事請焉。胡僧曰：「既不媚人，必非祟也。試偵其狀而驅除之。」時霖雨初霽，衆度夜必至。胡僧杖錫端坐，至二更餘，聞庭中有聲，密於窗隙窺之，果一女子豔質雅妝，從西北冉冉而出，將至庭中，迴旋徐步，對月長吁。胡僧從容喝曰：「窗外誰家女？」女曰：「堂中何處僧？」胡僧曰：「好敏捷佳人。」女曰：「真風流長老。」胡僧急以鐵錫追擊，中其肩膀，即投入地，胡僧遂插錫爲識，呼衆比丘掘視，無所得。至五六尺深，惟清泉一泓，甘潔可啖，遂以石砌其傍，立亭於上，匾曰「幽瀾」。

【按】本文出明周紹濂《鴛渚志餘雪窗談異》帙上，多有删節。

古鏡

成化甲辰〔一〕二［十］年，宿州農夫墾田，遇古墓，獲鏡及燈臺各一。磨鏡照之，見墓中人僵臥，猶帶弓矢，驚駭，撲之於地。又見農家室户，男女宛然，以爲怪物，擲之不復顧。獨攜燈臺，鬻於富室，且談及鏡事。其夜，燈臺發光如晝，富室以獻於官。時蜀人〔二〕萬本知州事，得之，大喜，寄饋其族人〔三〕大學士安〔四〕。安欲並得鏡以獻

〔一〕「成化甲辰」，《雙槐歲鈔》作「甲辰」。
〔二〕「蜀人」，《雙槐歲鈔》作「四川崇慶州舉人」。
〔三〕「族人」，《雙槐歲鈔》作「叔祖」。
〔四〕「大學士安」，《雙槐歲鈔》作「萬閣老安」；後有「遺書亦道及鏡事」一句。

上，乃移書索之甚亟。本遂逮繫農夫追索，子〔一〕不可得。繫獄三年，安去位，始獲釋。

【按】本文出明黄瑜《雙槐歲鈔》卷九，題「名畫古器」，有删節。明徐應秋《玉芝堂談薈》卷二七、姚旅《露書》卷一〇、清姚之駰《元明事類鈔》卷三〇等載之。

因假得真

越有二生者，讀書於鑒湖之充至寺。一生巧而多智，一生拙而佞佛。拙者每朝夕焚香，懺於大士前，欲求棘試七題，巧者聞而嗤之。一夕，寫七題置香几下，拙者忽見，信爲大士密諦，偏採坊刻佳者，及諸名士窗構者，熟之。及就試，果出是題，遂獲售。

夫一誠所感，無微不應，豈士有拙誠，彼蓮花座上遂假乎？於儇薄者而顯其靈耶？嗟乎！巧爲拙用，信矣。

〔一〕「子」，《雙槐歲鈔》作「了」，當是。

古時人

臨之樟樹鎮，一婦新寡，忽有人稱納聘者，未諾而郎君已入室矣。其人白皙，美姿容，善風調。朝去暮來，如是者半載。婦所欲，隨須即至，婦更以此稍饒，亦心昵之，如世夫婦矣。問其姓名，則曰：「吾本古時人，即以此名可也。」以故人咸呼爲古時人。一日，忽語婦曰：「吾久婿若家，不可不會若親與鄰。」其婦難以治〔二〕，其曰〔三〕：「若但稱『古時人』通刺，約旦日會若家，吾自能供具。」婦勉如其言。諸親鄰咸錯愕，姑試往以觀其事。至期，肅賓以入，則供張甚盛。親鄰坐賓席，古時人自坐主席。凡安坐送湯，皆如人禮。第聞其聲音，未見形狀。坐久，則觥籌交錯，謔浪相加，衆賓歡極，大醉乃罷。次日，親鄰以此訓請，無不赴飲盡歡。盖人亦愛之，忘其爲怪矣。

〔二〕「治」，《耳談類增》作「治具」。
〔三〕「其曰」，《耳談類增》作「曰」。

稍暇，必過其家，呼古時人與遊。或有演神戲者，古時人亦拉其鄰，雜稠人中坐看，但杌几必虛一人之坐，以待古時人，而人終不見也。坐稍擠，則必呼曰：「汝坐太逼，令我無坐處。」後數載，忽流涕語婦曰：「吾將去矣。」婦牽衣，泣而挽之。曰：「緣數盡是，吾不敢留也。汝好自愛，尚當爲汝儲五年糧。」乃遺婦以五年之資而去，以後絶不聞影響。更五年，而其婦亦殁。爲儲五年糧者，亦預知其期也。張肅之謂是朱謹吾公談。

【按】本文出明王同軌《耳談類增》卷四六「古時人」，亦見清謝旻《（雍正）江西通志》卷一六一。

僧大乘幻術

中都僧緣果善幻，其徒有髮僧曰大乘，傳其術，益詭異。性無賴狂誕，常往人家踞左席，極飲大啜，人多厭之，甚至驅除，不爲意。衆知其貧，無家，故索飲以難之，大乘許諾。及往，扉尚鎖，中空無人，群詬之。乃大乘自外來，曰：「失迎，主人罪也。」開扉肅衆入，尚無一物。第敲壁，壁門開〔二〕，皆瓊樓瑤闉、華筵極感〔三〕海陸之饌，姬人歌舞妙麗，按節合樂，皆非人間有。衆疑身在幻中，又疑是仙，皆悔向者之侮之也。座有盛生、李生，目挑麗人而欲〔三〕所歡，曰：「甚不如也。」大乘已心知之，曰：「徵君所歡至佐酒，可乎？」二生曰：「何得有此？」已而，二姬皆至，歡笑如平生，酣醉。夜深，復從壁門散去。二生即往二姬家偵之，二姬方醒，各言昨夜與君在某家席上〔四〕作何語，坐客某某。盛所歡首簪一花，盛陰摘之，此姬獨謂失花。盛出袖中，衆始大愧。與仙人居而視爲庸劣，真無目也。競往邀款，絶跡矣。宋伯子談。

【按】本文出明王同軌《耳談類增》卷四五「僧大乘幻術」。謂緣果嘗與己期，當來京師，緣果藴術而談理學，益莫測其爲何如人也。

〔二〕《耳談類增》「開」後有「中」字。
〔三〕「感」，《耳談類增》爲空格。
〔三〕「欲」，《耳談類增》作「思」。
〔四〕「席上」，《耳談類增》無。

小姑二身

戊戌秋，有從江右來者，謂楊子曰：「南浦男子張某，逆婦李小姑，至中途樟樹下，少憩。俄而起，舁夫覺輿倍重，相與目訝之。比抵家，二女自輿中同出，音容妝飾，即小姑兩身也。舉家大駭，里人觀者盈門。二女互相詬，彼指此爲妖，此指彼爲妖。小姑父母來，亦不能辨。其母曰：『我女臂膊上有黑痣』。解衣驗之，彼此皆有。聞之〔二〕，即逮至公庭，隔訊之，各辯説如出一口。或謂此乃野獸之妖，須用狗汁厭之。或謂張天師符，能驅怪物。然用此二術，終不輸服。天地間有事異若此乎？」楊子曰：「無異也。鬼魅之事，往往有之。城南樹精，能識神仙。武三思妖妾，不敢見狄梁公。欲治此，有何難哉？趙廣漢爲京兆，有男人似此者，趙分幽兩處，各以十餘人守之，絶其飲食。越五七日，一饑餓不能起，一强健如初。趙曰：『此妖也。』即欲置之鼎鑊。忽烈風迅雷，妖遂粉碎爲塵土。其真男子漸漸有生。後最善走，日行六七百

〔二〕「聞之」，《耳談類增》作「聞之郡」，當是。

里，至一百二十七歲，乃坐化。其事載在《一刀屠記》。今試放[二]而行之，小姑當與麻姑並傳矣。」楊公，黄郡侯蓉江也。

一女二身莫辨，事誠怪，然不獨此。君子指小人爲小人，小人亦指君子爲小人，故孔稱跖爲盜跖，盜跖亦稱孔爲盜丘；蜀檄操爲賊操，操亦檄備爲賊備。横口一時，霾翳白日，其爲怪何如，而獨於怪詫哉！

【按】本文出明王同軌《耳談類增》卷四六「小姑二身」。

狐子鬼兒、怪兒

績溪黄令君士元言，其里張公，守雲南某郡，有隸鬼兒、怪兒事。辛卯[三]歲，胡比部蓮峰，述以語我曰：「張公守雲南時，嗔二皂常不見，且名鬼兒、怪兒，何不祥

[二]「放」，《耳談類增》作「仿」。
[三]「辛卯」，《耳談類增》作「辛酉」。

也。」掾以其故對，咨問〔二〕果然。盖其父農人，常夜行田間，有狐拜月，已，化好女子，且預以皮匿叢薄〔三〕間。農人皆見之，佯爲不見，故與語，拉歸，以爲小婦。復陰於叢薄間取其皮，别置之。狐失皮，遂不能化。得婦其室七年，生二子，鬼、怪是也。然常有戚容。農人以其久無他腸，故調之曰：「憂失皮乎？」狐大駭，苦哀懇。索得皮，着之即化狐〔三〕躍去。顧二子曰：「汝饑寒，當於汝父始遇我地呼我。」自是，呼母輒得物，然不多，故爲隸而數往，見嗔於守也。

【按】本文出明王同軌《耳談類增》卷四七「狐子鬼兒怪兒」。

楊化冤獄案

楊化冤報，往姚侍御羅浮面語〔四〕御史大夫沈繼山，予聞而識之，然梗概耳。今從

〔二〕「咨問」，《耳談類增》作「皆曰」。
〔三〕「叢薄」，《耳談類增》作「叢」。據下文當爲「叢薄」。
〔三〕「化狐」，《耳談類增》作「化」。
〔四〕「面語」，《耳談類增》作「以語。」

侍御得其罪案一通，因稍從其文，悉識以見實際。夫此既實，則凡諸冤報附魂者，何不實也。

曰于大郊，即墨縣人。狀招：大郊本户，有興州右屯衛頂當祖軍一名徐守宗。守宗令本衛先存，今故被大郊謀死。楊化於萬曆二十一年月前來討取軍裝，宿大郊家，陸續打討銀二兩八錢。本年月日，楊化同大郊趁趕鰲山衛集，在於衛城内尹三家飲酒。大郊思得楊化身邊有銀，要行勒死，故意用黄燒酒灌醉。至日落時，楊化沉醉，不能行走，大郊扶化騎驢，同往衛北石橋子溝，哄楊化下驢，稍睡再行。楊化依從，下驢臥地。大郊候至一更，窺見無人，不合將楊化驢繮繩解下作扣，當套楊化脖項，將帽塞口，用脚踏面，兩手扯繮繩〔二〕，勒死〔三〕。隨於腰間搜劫前銀，纏在自己腰内。比大郊恐天明有屍不便，又不合，隨將楊化屍用驢馱至海邊離本莊三里許，即丟海内。當將前驢趕至黄鋪舍漫坡棄撇纔回家。前驢失落無存。至本年二月初八日，已隔十二日，

〔二〕「繮繩」，《耳談類增》作「繩」。

〔三〕「勒死」，《耳談類增》作「登时勒死」。

楊化前屍被水，仍潮〔二〕至本社海邊。比有本社保正于良等，將情報李知縣。查得海潮死屍，不知何處人氏，何由落水，難明。除責令一面訪拿外，李知縣遂禱於本縣城隍神，務期報應，方顯靈佑。本月十三日，楊化陰魂隨附大郊本户于得水伊妻李氏身上，方在碾米，忽跌在地。良久，口稱「我是討軍裝楊化，在鰲山集，被大郊將黄酒灌醉」云云，「我恐大郊逃走，官府連累無干，以此前來告訴。我家還有親兄楊大化、妻李氏、二男、二女等情」。此時，于良等聽知，報於老人邵强、地方牌頭小甲等。隨將大郊叫至李氏家，兩相面對相同。李氏又稱：「你快拿出我銀子來，不然，我就打你，咬肉泄恨。」大郊因見李氏説出前情，不能隱匿，隨自吐稱是，却不料這等陰魂附人通明等語。于良等當押大郊回家，將原劫楊化纏袋一條，内盛軍裝、銀二兩八錢，於本家灶鍋烟籠内取出，連贓送縣。比大郊畏懼在監，無人送飯〔三〕，要將本户人攀扯管顧，又不合妄稱于從豹、于大敖、于大節三人，以致于良等亦將三人拘集，並大郊於十四

〔二〕「水，仍潮」，《耳談類增》作「水潮」。
〔三〕「送飯」，《耳談類增》作「供送牢食」。

日首送到縣。覆審李氏，與大郊面質前情，一一相同。及查于從豹等曾否〔二〕同劫，李氏吐稱並不相干，正恐累及平人，故來通明。大郊亦稱鬼神難昧，委係自己將楊勒死，圖財是實。本縣看係謀殺人命重情，未經檢驗，當押大郊等，親詣海邊潮上楊化屍所，相驗得本屍云云。本府看得楊化，以邊塞貧軍，跋涉二千里，銀不滿三兩，于大郊輒起毒心，先之酒醉，繼之繩勒，又繼之驢馱丢屍海内。彼以爲葬魚腹，求之無屍，質之無證，已可安享前銀，宴然無事。孰意天道昭彰，鬼神不昧。屍入海而不沉，魂附人而自語。發微曖之奸，褫凶人之魄。至於「咬肉泄恨」一語，凜如斧鉞；「恐連累無干」數言，赫然公平。化可謂死而靈，靈而真，正不遂死而亡者。孰謂人可謀殺，又可漏網哉！該縣禱神有應，異政足録。擬斬情已不枉。緣係面鞫殺劫，魂附情真，理合解審定奪。督撫軍門孫評審蒙批：「楊化魂附訴冤，面審俱薊鎮人語，誠爲甚異。仰按察司覆審詳報。」取問罪犯到府，于得水泣曰：「妻李氏久爲楊化冤魂所附，真性

〔二〕「曾否」《耳談類增》作「是否」。

迷失，有子弗乳，母子不免[一]兩傷。」卑職喚至案前，曲爲開諭，李氏猶然爲化語。怒叱之曰：「爾冤既雪，魂當依爾體骨，何爲耽閣[二]人妻子。可速去，不然，則痛責汝！」復叩頭曰：「小的行矣。」李氏起走，復令人拉之，轉曰：「吾叫楊化去，李氏將何之？」復怒叱之。如此回轉數次，將欲刑之，李氏始仆地，喚不應，目瞑色變如死人。得水並[三]其母附耳以乳名呼之，痛哭不已，猶不醒，但四體搖戰，汗下如雨。久始張目視曰：「吾李家閨女，何故在此？」業知其真魂返矣。硃筆大書數字鎮之，令得水扶出。次日，同知劉提審李氏，涕泣不能出一語。相應解回，免其再提。

【按】本文出明王同軌《耳談類增》卷四八「楊化冤獄案」，明徐榜《濟南紀政》「楊化記」載其事，凌濛初《初刻拍案驚奇》卷十四「酒肆對於郊肆惡，鬼對案楊化借屍」敷衍之。

[一]「母子不免」，《耳談類增》作「不免母子」。

[二]「耽閣」，當爲「耽擱」。

[三]「並」，《耳談類增》作「與」。

韓氏、僧妙存

灤州有新守某公抵任，過宿古庵中。明月疏林，見美婦欲前復却、徘徊隱見。公曰：「汝妖乎？」曰：「妾訴冤者。」乃歌曰：「韓氏妙存，兩分了風流冤業。因此上僧房淫媟，先貪後殺空流血。沉冤未雪，悲咽，捱不過孤魂明月。」忽不見，而哀音尚激林飆。公味詞中義，妙存必是寺僧。抵任咨問，果有，逮而鞫治之。僧即曰：「冤債不可逃也。」遂供出。盖婦居與鄰，因與通。後婦悔欲絶，而僧疑有他，遂殺埋寺中久矣，掘屍貌如生。以僧抵償。姚侍御羅浮嘗見其獄詞。

【按】本文出明王同軌《耳談類增》卷四八「韓氏僧妙存」。

長洲民仇便

長洲彭華鄉民仇便，小姓暴富，與同里周之家有隙。周田苗數十畝，正垂穗，而仇乘夜率衆盡拔去之。明發，周往視，悵恨莫知誰何，彳亍而歸。遇一老問往南山路，周指示之，因問叟：「何來早若是？」曰：「是大異事。昨暮過宿龍王廟，至夜半，神鬼走動，喧呼聲漸近，懼臥神案下避之。已而燈化[二]熒煌，紅袍金襆，兩兩來過。廟神伏迎，來者曰：『此地仇便拔周某田苗，惡最深重。奉上帝旨，遣雷部施行，仍禍其家。』廟神對曰：『已奏聞矣。』故一夜不睡，來早也。」周驚，不敢對。老去，向人述語如此。皆哂其誕。至七月，便屋被雷擊破，人始駭異。尚謂禍止是，亡何便死。有三子復死，其人[三]家業瓦解。顧朗哉談。

便之厲人者小，而自厲已極。盖苗爲天生以養人之物，不獨爲周有也。

【按】本文出明王同軌《耳談類增》卷三〇「長洲民仇便」。

夏桂洲相國

夏公爲閣老時，值上崇醮事，内閣諸大臣，皆道服，而公獨服儒，以是放歸，節

[二]「燈化」，《耳談類增》作「燈火」。

[三]「其人」，《耳談類增》作「其二」。

高身樂矣。時與一豪民齒長者會飲，豪民侮之，且欲踞其右，曰：「汝既爲民，與我等！」公慚忿，故從。中命復起，而竟讒死於相嵩。邪正不兩立，身既退，即與野人争席，正可以自全，而復置是身俎上，欲從東門黄犬，何可得耶！其曰「奸臣在側，岳少保且不自免」，千古明鑒。又其時諺曰：「夏桂洲，不知休。晴時不出屋，直待雨淋頭。嚴介溪，好癡迷，善惡到頭終有報，只争來早與來遲。徐存齋，慣使乖，閉門家裏坐，禍從天上來。高宇玄〔二〕，不要錢，一心只要柱檠天，争奈東君不見憐。」風刺犁然矣。

【按】本文出明王同軌《耳談類增》卷三一「夏桂洲相國」；明徐復祚《花當閣叢談》卷二、朱國禎《湧幢小品》卷九、清褚人獲《堅瓠集》三集卷一等並載之。

御史大夫吴公

御史大夫吴公時來，以諫議奏劾分宜父子奸貪誤國，語太激，世廟大怒。庭鞫

〔二〕「高宇玄」，《耳談類增》作「高中玄」。按高拱，號中玄，則本文作「宇玄」，誤。

問：「是誰所使？」曰：「爲孔子、孟子所使。」又問：「此何語？」曰：「孔、孟教臣，爲臣當如此，是其所使也。」天顔少霽，得釋，戍邊地〔一〕。詔〔二〕復職。李維寅談。

【按】本文出明王同軌《耳談類增》卷三一「御史大夫吴公」；清褚人獲《堅瓠集》續集卷三載之。

分宜子世蕃

分宜相當國時，朝貴以筵款，即就相宅設筵。及時，但請出把杯耳。一日，相出少坐，即以倦退，曰：「世蕃陪客。」及蕃出，嗔父喚己，□目〔三〕周視，復入，曰：「閉門。」其時門即下鑰，凡堂中諸有，悉徹如掃。諸公無可爲計，據地達旦。某公且

〔一〕「邊地」，《耳談類增》作「邊」。

〔二〕「詔」，《耳談類增》作「已詔」。

〔三〕「□目」之「□」，文本墨釘，《耳談類增》作「瞠目」。

有朝事，不勝張惶，幸與其幹奴歡，前告以故，得獨從後門出。復迤邐步至前街，得輿馬歸。蕃之棄客，相未必知。奴之困客，蕃未必知，皆權勢所使，豈翅君門萬里。

有客方病脾，蕃知之，故與飲啖，終日不令起，有〔二〕旁門皆閉。其人强自持，及上馬，溲穢即時及趾。

蕃臥吐唾，皆美如〔三〕以口承之。方發聲，婢口已巧就，謂曰「香唾盂」。

後籍没其家，予里某君方理其郡，奉臺使檄往，見榻下委棄織成綾巾無數，不省其故。袖其一，出以咨衆。有知者掩口曰：「此穢巾也。每與婦人合，輒棄其一，歲終數之，爲淫籌焉。」驕奢傲誕如此，不亡何待。

尚書趙文華者，蕃狎客也，其媚世蕃，又異。偶於世蕃第，鋪錦罽，織成雙陸點位，曰「雙陸圖」，别飾美人三十二，衣裝緇素各半，曰「肉雙陸」，以進之。對打，而美人聞聲，該在某點位，則自趨站之。寒月腕皆不出，曰「肉雙陸」與「香唾盂」

〔二〕「有」，《耳談類增》作「而」。

〔三〕「美如」，《耳談類增》作「美婢」。

正可作對，則所謂「肉屏風」不足論矣。

一日，蕃謂趙曰「華馬」，趙即伏地候乘。而白郎中，亦其狎客也，即伏作馬杌，蕃因踐而乘之。行數步，蕃呼白作「白狗」。一日，令人以煤塗面，曰「此黑狗也」。「白狗」「華馬」，又可作對。

然世蕃才絶敏，諳熟國朝典故、邊事機宜。諸事務輕重，非世蕃分處，莫當上旨，亦實出上命，故君、父皆倚以爲重。寵日盛而勢益張，禍日益深也。以任子秉樞衡，真古今異事。其如小有才，徒足以殺其軀，何薛考功有言：「分宜之八百萬金，華亭之二百萬頃，皆近代所未有。」然以其富言，而相業固徑庭矣。

【按】本文出明王同軌《耳談類增》卷三一「分宜子世蕃」；明詹詹外史《情史類略》卷五「嚴世蕃」、馮夢龍《古今談概》汰侈部第一四「香唾盂」、「肉雙陸」、「淫籌」、清趙吉士《寄園寄所寄》卷六等節載之。

新婦言動

予里有嫁女於山中者，半道大雪，夜宿於所親家。其家但知蘇女以火，而喧雜中，遺婿僵坐客堂。女獨曰：「婿有火乎？」家始火及於婿，得蘇。周侍御言，其里黄安，有嫁女者，隆寒渡河，婿馬驚墮。即起之〔二〕，無衣可更。女令人盡去婿濕衣，而出綿被裹婿納輿中，自乘馬歸，是夜婚合。此言而得其當也，行而得其當也〔三〕。即非可宜言、宜行之時，而不失其正，所謂權而得中，乃禮也。聞是時人皆賢智二女，而二婿終身篤愛有加也。故禮本人情，權生於變，即兒女子倉促自有，義何由外？

【按】本文出明王同軌《耳談類增》卷三一「新婦言動」。

夷虜雪冤

予嘗阻雪，泊舟蕪湖，其中人告我，往歲倭寇過河下，以所掠婦女數百人，半是

〔二〕「即起之」，《耳談類增》作「起之」。

〔三〕「行而得其當也」，《耳談類增》無。據後文「宜言、宜行」，此句所增有其合理性。

粉黛韶秀，皆相連，裸而拽船。俟其作弩，故卒砍繩〔二〕，令其顛仆露醜，以爲笑資。又在某地，以嬰兒攢疊作塚，積柴焚之，亦皆鼓掌。頃晤楊中舍，謂達虜昔破石州，以城中婦女小足，皆從脛截斷，載之盈大車而去。其在庚戌，虜犯都城，掠得婦女，皆裸淫於馬鞍之上，故令城上人見之。而沿邊擄入，以皮條穿婦人項下骨，聯綴之，逐馬奔歸，則其恒也。

又正德間，流賊劉六、七躪河南北諸藩，每破城，獲婦女，皆挾令裸臥草野，彌望千百，俟其傳飧醉飽，鼓而群淫之，以爲樂。今細人居平世，恒喜其亂〔三〕，盖不知其禍也。

【按】本文出明王同軌《耳談類增》卷三二「夷虜雪冤」。

續斷舌

塾師涂君言，其里南昌一舉子，有鑽穴之行。既久，其夫知之，挾婦嚙其舌，因

〔二〕「砍繩」，《耳談類增》作「斷繩」。
〔三〕「其亂」，《耳談類增》作「亂」。

持以訟於所司。是時，有人教舉子復以針刺舌斷處，急剪狗舌，乘熱接之，即合。明日詣訟庭，示舌固在，訟者受大械，抵罪。然狗舌稍長，語常期期，不如其舊。可笑也。

【按】本文出明王同軌《耳談類增》卷三二「續斷舌」；亦見明黄學海《筠齋漫録》卷一〇、清褚人獲《堅瓠集》廣集卷六等。

洪陽先生名言二首

公恕足以孚衆志，坦易足以消群疑。禮數毋減於分中，喜怒毋溢於法外。毋偏信爲所賣，毋偏向爲所欺。毋恃健而過勞。毋乘倦而遷就。莫臨機而失好事，莫徇世而務多營。忿才興，徐停氣以思之；欲初萌，遽猛省以遏之。

清貴容，仁貴斷。莫苛刻以傷厚，莫磽確以沽名。毋借公道遂私情，勿施小惠傷大體。憑怒徒足損己，文過豈能欺人？處忙更當以閑，遇急便宜從緩。分數明，可以省事。毁譽忘，可以清心。正直可通於神明，忠信可行於蠻貊。

【按】本文出明王同軌《耳談類增》卷三五「洪陽先生名言二首」；亦見張萱《西園聞見録》卷九、清程庭鷺《多暇録》卷一、陳弘謀《五種遺規·從政遺規》卷下、王朗川《言行匯纂》、葉玉屏《六事箴言》等。

楚侗先生名言二首

俗情濃釅處，淡得下。俗情勞碌處，閑得下。俗情苦惱處，耐得下。俗情牽纏處，斬得下：方見學識超粤處也。譽而喜，毁而愠，利則競，害則擾，汩汩然役於物而不悟，囿於俗而不知自振，吾恥之。

自處超然，處人藹然；無事澄然，有事斬然；得意欿然，拂意泰然，此非養盛者不能也。燕居獨處，汩汩然；群居類聚，施施然；没會没理，轇轇然；臨境上轂，倀倀然；志得意適，揚揚然；困窮拂郁，戚戚然；則其所養可知已矣。

【按】本文原出明耿定向《耿天台先生文集》卷一九雜著；明王同軌《耳談類增》卷三五、張萱《西園聞見録》卷九、《昨非庵日纂》、清金蘭生《格言聯璧》存養類等載之。

卷二

棺異

往聞[一]邊城有小棺數十具，啟之，皆紗帽紅袍，以爲異説，頗不甚信。近[二]至關中，則同僚徐方伯[三]云，向在甘州，以輯城[四]破土，見有一小棺，出之，已而愈𡁠愈多，棺皆長二三尺，啟視，鬚髩儼然老人也。服飾不同，大都[五]紗帽紅袍者，亡慮數

〔一〕「往聞」前，《二西委譚》有「天下事有不可曉者」句。
〔二〕「近」前，《二西委譚》有「數以問人，多云有之」句。
〔三〕「徐方伯」之後，《二西委譚》作「時方在甘州，張大参在涼州，其説尤異。徐云」。
〔四〕「向在甘州，以輯城」，《二西委譚》作「修甘州城，初」。
〔五〕「大都」，《二西委譚》作「大都多」。

十。衆喧然，遂止，不復發，爲祭文，掩而葬之。竟不知是何物，又不知是何緣得葬城土之内。人云〔一〕涼州亦同，時有之。此事〔二〕自古未聞，或云是妖狐所化，然妖狐〔三〕能靈異於生時，豈其死〔四〕而猶不復其本質，則益不可解〔五〕。王奉常談。

【按】本文出明王世懋《二酉委譚》，多有删節；亦見明王世貞《弇州史料》後集卷六〇、方以智《物理小識》卷三、清葉紗《明紀編遺》卷五、程哲《容槎蠡説》卷六、來集之《倘湖樵書》卷一二、孫之騄《二申野録》等。

魚遊沸油

嘗見一戲術者，以綫繫一小金魚，遊百沸油中，出之入水，猶能活。後偶閲《抱

〔一〕「人云」，《二酉委譚》作「張云」。
〔二〕「此事」前，《二酉委譚》有「二君皆目擊，可信人也」句。
〔三〕「妖狐」，《二酉委譚》作「妖」。
〔四〕「其死」，《二酉委譚》作「死」。
〔五〕「不解」後，《二酉委譚》尚有「始知天下大矣，存而不論，寧獨六合之外？」一句。

朴子》云：「礬石一把，納活魚口，與無藥者，俱投沸膏中、猛火之上，其銜藥者，浮戲瀺灂不死，無藥者，已就糜爛。」則此方在晉時已傳。礬石所在有之，何必萬里外耶？王奉常談。

【按】本文所記魚遊沸油之事，首見曹植《辨道論》；《三國志·魏書》「方技傳」第二九、《後漢書》卷七二上等亦載之：「『取鯉魚五寸一雙，合其一煮藥，俱投沸膏中，有藥者奮尾鼓鰓，遊行沉浮，有若處淵，其一者已熟而可啖。』余時問：『言率可試不？』言：『是藥去此逾萬里，當出塞，始不自行不能得也。』」

明何孟春《餘冬序録》卷四三載：「曹植記甘始言：『取鯉魚一雙，令一含藥，俱投沸膏中，有藥者遊行浮沉有若處淵，其一者已熟而可啖。』植問之：『可試否？』甘言：『此藥去此萬里，非自行不能得也。』」按《抱朴子》書：『礬石一把，内活魚口，與無藥者，俱投沸膏中、猛火之上，其銜藥者，浮戲瀺灂不死，無藥者，已就糜爛。』二公皆以此明仙家服食之效也。礬石在處有之，未試而甘必取萬里外，豈非礬之類耶？」

根據文詞，本文當出自明何孟春《餘冬序録》。

童子遺精

沙頭鎮[一]一童子，年未十歲，其陰忽長如巨人而毛，似能行人道者。已，漸頷下生鬚，徧體俱毛，時時覆體爲交媾狀，遺精地下，未幾而殞。王敬美先生談。

【按】本文出明王世懋《二酉委譚》，删節成文；本書將《二酉委譚》所記一條故事，分作「童子遺精」和「婦人食屍」兩篇。

徐爵爵

大璫馮寶之腹心曰：「徐爵爵雖起罪戍，握縉紳進退權，得罪宗社爲大[二]。」未

[一]「沙頭鎮」前，《二酉委譚》有「邇來怪事不可勝書，獨二事最真而最奇。其一」句。

[二]「得罪宗社爲大」後，《二酉委譚》尚有「然年老多智而好施，頗不爲小民所怨」之句。

敗〔一〕半歲前，夢〔二〕一神人，長三四寸，呼〔三〕謂曰：「爾禄盡矣。」爵懼而拜，問：「是何神？」答曰：「吾即君身中神耳。」爵因哀祈免死，神因教之持齋可延也。爵自是斷酒與肉，日奉佛、施棺。已而難作。予爲神〔四〕既許之延矣，奈何不免？或謂朝貴延爵致酒，强使食肉〔五〕，爵不得已，始嘗一臠，因遂不守。夫爵因緣爲奸，罪實迷天，善念乍萌而乍止，天實使之不終也〔六〕。王敬美談。

【按】本文出王世懋《二酉委譚》，多有删節。

〔一〕「未敗」，《二酉委譚》作「爵未敗」。

〔二〕「夢」，《二酉委譚》作「予聞之客云：爵一夕臥夢」。

〔三〕「呼」，《二酉委譚》作「呼爵」。

〔四〕「已而難作。予爲神」，《二酉委譚》作「予頗異之，復以質姻家史金吾爲信。然已而難作，愈信愈疑爲神。」

〔五〕「或謂朝貴延爵致酒，强使食肉」，《二酉委譚》作「金吾爲余言，君不知耶？爵肉食三月矣。蓋朝貴奉之者，延爵致酒，謂公何自善信妖夢也？强之食」。

〔六〕文末一段議論，未見《二酉委譚》，當是作者所爲。《二酉委譚》作「籲！何其神也？兹事余不先聞，必謂好奇者傅會其事。今歷歷若符契，然烏可不紀？或曰：爵得罪大，即持齋可遂免乎？曰：爵能致神感好善，一念爲之，其走權貴而終死於權貴，天實使之不終也，於道何疑？」

婦人食屍

吴江一婦人病狂，走一〔一〕郡城，徧覓死屍食之，將取〔二〕腸胃，臭〔三〕不可近。渠自云：「絶美，好肴饌不逮也。」日食屍不可計數。兒童群逐之，官爲録繫，久之釋遣，不知所終〔四〕。王敬美談。

【按】本文出明王世懋《二酉委譚》。

姑奸媳

姑蘇老人耿志者，染病月餘，其媳侍奉湯藥，旦夕惟謹，翁病尋愈。姑疑翁之有

〔一〕「走一」，《二酉委譚》作「走入」。
〔二〕「將取」，《二酉委譚》作「捋取」。
〔三〕「臭」，《二酉委譚》作「臭味」。
〔四〕此句後，《二酉委譚》尚有「二事皆載記所未有。沙頭童子似爲妖孽所憑，若吴江婦人頗似有占《五行志》中，皆一假新聞也。」之句。

私於媳也。夜乘子出，戴翁帽服，輕至媳臥榻調之，媳大詬駡，剺破其面，遂披衣徒步還家，訴父母曰：「翁忍爲獸行，我已破其面矣。」潛自縊死。詰旦，父至婿家，翁儼然出迎，而面毫無損。父大駭，密語翁曰：「吾女昨暮歸，言翁之不仁，破其面，已自縊死，而翁面無傷，何也？」翁沉吟曰：「是矣！是矣！怪予婦之稱疾不起也。」至榻呼之，則以被蒙頭而拒翁，翁挽之起，面無完膚矣。訟之官，竟斃於獄。萬曆壬辰年事。

【按】本文清王初桐《奩史》卷一七載之，注出清魏裔介《資塵新聞》，誤。

語讖

烏程〔一〕諸生閔宗宣〔二〕，嫻雅工文。萬曆庚子，臨試，夢人語曰：「汝今年未中，

〔一〕「烏程」，早稻田大學藏《續耳譚》作「義烏」。
〔二〕「閔仲宣」，早稻田大學藏《續耳譚》作「文仲宣」。

後必中探花。」婦戲曰：「不是探花，莫非『貪花不滿三十』？」閔曰〔二〕：「無妨。我今已三十矣。」是年十一月間，忽與婦忤，持刀自刎，母苦勸，乃擲刀於地，一仆不起。死之明日，即渠初度三十，止缺一日。讖亦巧矣。

神　祟

山陰徐玄岡爲諸生時，家有五顯神，時時作祟。每公出，輒曬其配，有時致白鏹，或金簪墜，錯落於前。公入，神輒驚曰：「將軍來矣。」一時竄匿，所攜物，亦都無有。或曰無故自移，或火光閃爍而不焚。公具牲醴，爲文禱於城隍，祟遂滅。後公舉進士，備兵粵中，征瑶賊奏功，稱將軍者，神可知矣。

憲使爲閻君

宋方麓侍御，令德清時，嘗云：川中某憲使公，平生耿直，肩輿過深山，巒嶂幽

〔二〕「閔曰」，早稻田大學藏《續耳譚》作「文曰」。

異，仰見崖側，有「酆都」二大字，雙扉儼然。公自下叩扉，忽大闢，層閣森嚴，公縱身入，騶從止於外，僅二卒隨之。又至一門，二卒亦不得入。公將登，皆有冕旒緋袍者九人出延，公曰：「吾聞君十殿，今止九，何也？」衆曰：「虛席俟君耳。」頃之，治具，氣色不似人間。公疑訝未食，傍一青衣，似其家故僕，低語公曰：「食此不復可出矣。」公卒不食。臨別，九人叮嚀曰：「某月某日候君來。」公自是急治後事，屆期，沐浴更衣，與家人別。坐堂上，語人曰：「迎我者向外，若拱揖狀。」目遂瞑，但聞空中異香，經時不絕。

樹異

余於萬曆己亥歲，至南康縣治。一樟樹，大十數圍，不知植自何年。扶蘇蔽天，冬月葉盡脱，獨東向一小枝葉轉茂。至夏，徧樹皆蟲食，此枝依然獨存。詢之土人，皆莫曉其故。或曰：「東向近暘，故無害。」然東向密叢中，惟此不凋，亦異矣。樹下有七姑祠，豈神物所憑歟？庚子冬，見金陵國子監，右上一枝獨茂。又天地壇左，亦一枝葉存；屈曲如虬龍，又北向者。俟知者辨之。

殺奸

浙省貢院旁皮工趙二妻，與鸛橋周本號「臭臘肉」者奸有日，趙未知也。其友曾珌知之，以告，且授以刀，令捕殺之。萬曆戊戌年間，本泛西湖，珌趨語趙二曰：「斯人頃在湖上，夕歸，或往汝家。吾與汝踪跡之，可殺也。」趙如其言，二人同候於途。本偶然爲他友邀去，不至。珌語趙曰：「我盍往汝家探之？」至則寂然無人，珌叱其婦曰：「何物淫穢，死頃刻矣！汝知我與若夫厚乎？我第言，可貸汝死。汝從我否？」婦懼，從之。趙踵至，得奸狀，即舉刀斫之，乃珌也，大驚，旋斫其妻。

夫珌始勸趙殺周，或激於意氣；乃乘周不至，潛肆淫逼，負友甚矣。周倖脱死，珌之死，蓋天意哉。

烈婦

鄧氏，臨江新淦人，秀才曾景昭妻。嘉靖二十九年冬，曾晝被盜，鄧氏扶姑攜子走，盜得之。盡出所有，求脱姑子，盜仍繫鄧脛迫之，行至牛尾洲，欲污之。鄧厲駡，攘臂擊盜，盜怒，斷其脛死。後人常見死所有黑氣如車輪，事聞旌表，歐陽文莊公銘其墓。

【按】本文出明歐陽德《歐陽德集》卷二六「旌貞婦鄧氏墓志銘」，多有删節；亦見明劉松《（隆慶）臨江府志》卷一二、清謝旻《（雍正）江西通志》卷九八、穆彰阿《（嘉慶）大清一統志》卷三二四等。

沈氏火異

西吴竹溪沈司馬子季和，遷居未久，時有火發，或床或几，或楹或廡，日凡數次，舉家驚惶，司馬父子獨怡然自樂。延半月餘不止，司馬公具牲醴，享城隍神於郡，家即聞異香絪緼。明午，有新買小婢舉火，偶爲人窺見，鞫之，盖緣其家近主舊址，得離此，則歸有期耳。若斯婢者，以爲無知，則惡念何以萌；以爲有知，則惡計何以拙。輒試而輒不獲逞，非有神力呵護，不止此矣。婢名米英，年十二，萬曆戊戌七月事。

東嶽戲夢

浮碧山之神，惟東嶽最靈，凡以夢祈者，應如響。邑中有父子同應鄉試者，禱於嶽，嶽以夢示曰：「汝往問『秦棗三孺人』可矣。」二人未解所謂。偶下山，見一丐婦，浣於河，問之曰：「『秦棗三孺人』者爲誰？」其婦張目咤曰：「汝奚問爲？」盖此婦與邑少年秦棗三狎，故有是號，忽聞其語，而心怪之也。二人猶未悟，對曰：「吾欲問我父子誰中。」其婦駡曰：「錯你娘的倒會中！」其年，父果中。異哉！嶽神倘亦戲言出於思者乎？

【按】本文亦見明馮夢龍《古今譚概》雜志部第三六、清趙吉士《寄園寄所寄》卷六等。

章選部父

德清章選部元禮父少槐，素以孝聞。元禮初令莆圻，父同至莆，適太夫人誕辰逼，兼程而歸。涉太湖，風發舟溺，盖誕前一日也。所月〔二〕後，元禮遣奴偵歸狀，家始倉惶，計途中有他故。元禮弟叔達，覓至湖濱，僉云：「前有香舟覆没，浮五屍，其一瞿貌修髯衣綺者，地方某以爲必巨家人，具棺殮之，日久，棺毁。」叔達往驗之，僅存枯骸，中有連齒可辨。叔達往叩其家，出一扇，盖蕭太史書贈其父，曩殮時，得自袖中者，即易衣棺貯焉。萬曆辛巳年事。

人生修短，固有定數。没巨浸中，復獲歸骨故丘，盖亦奇矣。人以爲孝感所致云。

【按】本文出明王世貞《弇州山人四部續稿》卷九八「章少槐君暨配孫孺人合葬墓志銘」，多有删節。

〔二〕「所月」，據文意，當爲「數月」。

辟支幻化

貴竹一僧，貌癯骨立，日募化長階，自言將裝三金佛。日隨所入多寡，輒易酒食，縱得四五金，必具甘膬以盡爲度，所□〔一〕不下百餘金，衆共叱曰：「爾賺人金，博一飽耶？」相與凌之。僧〔二〕曰：「姑俟三日後，不裝，惟諸君命。」是夕闔户，僧獨居，明日，一佛徧體堆金，衆大駭。又明日，一佛堆金。衆詰僧曰：「何物無賴，爲口腹而愚弄人？必有幻術惑世。若能白日裝佛則已，不爾，當執送官。」僧曰：「此特易耳。若曹於午後，各頂香合掌長跽以俟，我試裝之。」衆如僧言，畢集，觀者數千人，僧望佛一唾，徧體皆金，較前佛更覺光彩燦然。即臍内出火，須臾，圓寂。時一行脚僧曰：「此辟支佛幻形。」乃知佛家廣開善門，曲爲接引，蓋特示變化神通，以堅向善者也。

〔一〕「□」，早稻田大學藏《續耳譚》亦爲墨釘。

〔二〕「僧」，底本爲墨釘，早稻田大學藏《續耳譚》亦爲墨釘。據文意，當爲「僧」。

莒城狐異

莒城北門泰和坊徐氏女，足不逾閨外。一夕，月色微明，見美男子，年可十七八，冉冉而來，時門已扃，從窗隙謂女曰：「如此月明，能出步否？」女以爲盜，恐懼不敢發聲，但鑰窗。少頃，忽立女前，不知從何入也。女遂迷眩，口作呻吟聲。家人驚呼。男遂去。自後每夕凌逼，多方禳解不止。暮乃徧集鄰嫗十餘人，擁女圍坐，拋石揚砂，終夜不止。將旦，各覓鞋不得，或枕下，或床上，或草間，或灰底，潛藏不一。將爲炊餉，鄰媪炊忽變黑，不敢食。富陽有宋相公善除妖，子孫世傳一人得祖術。其家迎至，結壇，禹步噀水，有童子伏屋角，囁嚅不敢下，焚一符，童忽墮，行地上，如飛。又焚一符，形漸縮，以劍揮之，乃小狐也，即火之，怪遂滅。此萬曆癸巳年事。

又己亥歲，城外朱洪村史氏子，獨居一室，嘗注意鄰女而不可得。忽夕有女絕豔者來就，史視之，真鄰女也。女曰：「辱想念，不靳陋質，乘父母出，自薦於君。」史狂喜不禁，竟諧配匹而去。每數夕一至，凡珍具佳果等，惟史所欲，咄嗟而具。越半載許，史形漸槁，衆詰之，終不吐實。乃夜就寢所，密覘之，見青火熒熒，不逾數尺，乃大驚，知爲妖物所憑。遷之別室，爲納婦，即鄰女。合巹之夕，妖亦至，兩女體質毫無辨別。次日，語父母，乃請宋相公孫來。至武林北關，即書符焚之，其家已見紙錢飛繞庭中，第聞啾啾有聲。及到家，符凡三四焚，寂然無見，即披髮誦咒，又合眸静思。少頃，即持符向後荒園大樹下焚之，命掘土，見一巨狐死穴中，觀者如堵。皆茗事之近者，故並紀之。

紹興賣卜人

隆慶庚午，紹興岑太守姬方娠，太守出，一人衝道，縛至府，叱曰：「汝業何事？」曰：「賣卜。」太守曰：「我夫人有娠，弄璋乎？弄瓦乎？試爲卜之。」其人俗子，莫曉何謂，漫應曰：「璋也弄，瓦也弄。」太守怒，責逐之。未幾，偶雙生，一子一女，太守遂大奇其術，禮而敬之，卜人名遂著。張汝爲談。

【按】本文所敘與宋周密《癸辛雜識》别集卷上「何生五行」大同：「平陽縣八丈村有何生者，雖爲傭，而能談五行。當詔歲設肆城中，有士人以女命來扣，云：「有孕，方可免災。」問：

「弄璋邪？弄瓦邪？」答云：「也弄璋，也弄瓦。」不知爲何等語而去。後果孿生二子，一男一女也。」本文明王圻《稗史彙編》卷八四、張岱《快園道古》卷一五、清王用臣《斯陶説林》卷一〇上、褚人獲《堅瓠集》餘集卷一等亦載之。

蔡廣文夢

江西貴溪廣文蔡紹襄，萬曆庚子秋，因就試入省。舟次瑞洪，見樟樹大十餘圍，内有荒祠，襄徘徊久之。是夕，夢於樹傍，與神相揖讓，神曰：「公中江和榜。」俄有群儒生突出，若相角狀，神語襄曰：「汝不必與争，可隨後去。」襄數之，得七十三人，覺而大異。至省，即往藩司，查應舉姓名，見鄱陽有江和，徧訪得見，遂與同寓，致殷勤焉。及放榜，江和擢第一，襄擢七十四名，果隨七十三人後，毫不爽云。

【按】本文見清金福曾《（光緒）南匯縣志》卷二二。

水　湧

萬曆丁酉八月，吴中水忽沸湧，平地頓高丈餘，俄頃即平，三百里外皆然，竟不知何怪也。

閔仲升辨冤

邵武閔仲升，令安城時，鄉民陳志與鄒選一連楹而居，偶有隙，將陷之。萬曆辛巳五月，選一以販黍，大爲市人王秀之所辱，志密操利器，伺於要路，殺秀之，移屍從己垣下，暗挖一穴，密瘞於選一家。次日，告選一殺人，且云：「屍現瘞其家。」閔遣丞往驗之，竟從選一家得屍。閔疑之，因自往埋屍處，有土盖穴，命剜去，見浮土，一路通陳志家，知志所殺，而以陷選一也，因坐志死。於是，選一之冤得白。陳志之計似巧而愚，向非仲升明察秋毫，選一幾不免矣。

地湧白蓮

華亭妙嚴庵，萬曆乙未十二月，有遊僧自言從普陀來，掛錫庵中。日坐蒲團誦經，佛座下乾土，忽生白蓮十餘本，逾八日方萎。丙申三月，坐龕中，合掌向西和南者再，目遂瞑，吐火自焚。望龕羅拜者以萬計。徐稚方談。

【按】本文亦見清張宸《龍華志》卷八。其事與人，原在宋代。「理宗端平二年乙未十二月，有異僧自言從普陀來，卓錫寺中，結茅爲庵。日坐蒲團誦經，座下乾土，忽生白蓮十餘本，逾八日方萎。戊申二月，坐龕中，合掌而逝，吐火自焚。望龕羅拜者以萬計。事聞於上，賜額『白蓮教院』。」

溺女報

越俗：嫁女，必盛奩具，貧家多不育女。古虞陳一清妻，連溺三女，置床下桶中，封其口。萬曆甲午夏，復産女，溺之，將啟桶，忽一小紅蛇躍出，纏其左股，牢不可解，昂首啐其腹，母與蛇皆斃。恒情：見溺者，雖途人必力援之。而數女皆由己一人而溺，土苴骨肉，果報宜矣。

【按】本文清陳鏡伊《幾希録》載之。

沈祥卿存孤

嘉定龔尚書之孫，娶同里沈祥卿女，夫婦皆早世，生子敏卿。當敏卿時，尚書公業衰矣，諸豪奴孱其子，乾没其資無算。敏卿爲諸生，憤其家不振，日與婦拮据治生，諸豪奴心已不便，思有以中之。會婦病卒，子錫爵方在乳，敏卿益按籍可求，諸豪奴計窮。伺敏卿夜宿田舍，計殺之，且索孤兒。僕李松獨心憐之，顧力不能抗，欲抱匿他所，念遠近無可托，乃走數十里，挈而之祥卿，祥卿收撫之。是時，敏卿好友殷無美輩，痛龔氏之禍，力白所司，追捕不可得，則促遊邀者，以計悉掩殺之。龔氏孤，已失月餘矣。後稍稍知之，祥卿爲謝諸君曰：「諸君幸爲龔氏復仇，然業已散盡，兒幼未可歸。」於是，錫爵偕其僕松，竟育祥卿所。漸長，則延師教之，已，又爲聘於名族。比弱冠，學有成矣，祥卿曰：「是不可令龔氏久廢蒸嘗。」乃遣之歸。亡何，祥卿卒。又若干年，而錫爵舉進士，僕松者尚無恙。祥卿僅一幼子，今亦養龔君所。

夫春秋時，嬰杵以存趙孤顯，左氏不書，至《漢》《史》所稱。獨行率多毀身存義，以爲文士譎於文類爾。今觀祥卿事，古今有心人，多有之，何可誣也。若龔君能以身顯，賢於李氏遠矣。

【按】：本文出明王世懋《王奉常集》卷一四，明張萱《西園聞見録》卷一八、清尹繼吾《江南通志》卷一五九等載其事。

吕真人

有道士投宿鳳陽曹三香店，有惡疾，道士以箸針其股，曰：「回心！回心！」既出，見户外有皂莢大樹，枯死已久，遂以粒藥投樹竅中，以泥封之。須臾，失道士所在。翌日，皂角復生，枝葉敷榮。三香疾亦愈。遂爲建祠於郡東北。袁堪輿談。

【按】本文出宋洪邁《夷堅志補》卷一三，多有删節。《夷堅志補》原文載：元祐末，安豐縣娼女曹三香得惡疾，拯療不痊。貧甚，爲客邸以自給。嘗有寒士來寄宿，欲得第一房。主事僕見其藍縷甚，拒之。三香曰：「貧富何擇焉。」便延入。少頃，士聞呻痛聲甚苦，問其故，僕以告，士曰：「我能治此症。」三香大喜。士以箸針其股，曰：「回心！回心！」三香問先生高姓，亦曰：「回心！回心！」是時殊未曉。門外有皂莢樹甚大，久枯死，士以藥粒置樹竅中，命僕以泥封之。俄失士所在。是夕樹生枝葉，旦而蔚然。三香疾頓愈。始悟「回」之爲「吕」，遂棄家尋師。邑人於其地建吕真人祠。

夢報大魁

于忠肅公，葬於西湖三橋之南，立祠肸蠁，神甚靈感，凡祈夢者，皆有奇驗。嘉靖丁卯，東杭有鄉民逋於官，計不知所出，往叩于公。夜夢小鼠戴一笠，未解，復叩之公，夢曰：「明晨，有羅孝廉以紅氊晨囊而來，此春闈狀元也。汝可預報，即以夢叩，自明矣。」鄉民如公旨，候於途。時會稽羅萬化，以祈夢至，果以紅氊果其裝，鄉民即長跽，請曰：「相公得非羅姓否？」萬化怪而詰之，鄉民曰：「相公果姓羅，則來春必大魁，神已有旨，不必再祈矣。弟小人有夢，惟相公占之。」羅曰：「鼠戴笠帽，乃一『竄』字，汝宜逃矣。」羅心甚喜，不宿歸，旋中戊辰狀元。

岑方善弈

姚江岑小峰，素善弈。偶步月園林，遥見二仙姬對弈，笑語泠泠。岑就視，局終，仙姬不復見。尋畫一枰于募頂，臥想局機，遂擅勝場。游永嘉，見十一歲小兒當局，岑視良久，駭曰：「此兒五六年後，名在我上。」岑又之燕，日遊公卿間，聲籍籍起。忽鬨傳新至方生，渭津妙弈。岑往較，甫數着，岑猛省曰：「子非曩時永嘉對局小兒耶？」方稔視曰：「然。」竟日兩弈，岑兩負，遂嘔血而死。方自此名動天下，莫與埒焉。

【按】本文明姜准《歧海瑣談》載之。

冥器偶人

匯沮潘氏，將舉宫保公襄事，募人爲冥器，如騶從狀。匠役囑旁居曰：「曷飲食我，不然，將爲祟。」皆不之信。有潘儆凡者，偶出其室，燈下見數童子與交巾者冉冉而入，又戎冠持戈戟者，若搏擊然。適儆凡歸，大呼咤，一時都無所見。次日，具牲醴遣之，又款匠役，祟遂止。

又沈解元僕老，三日自製偶人，工巧如生。時爲演戲，忽有逸者。徧覔，一在竹簞上，一在薰籠下，一在被底，悉取焚之。

大較精神所寄，久而成祟，自然之理，矧面目膚髮肖人者乎？張伯玉談。

雲長救張母

嘉靖壬辰，山東平度張縣丞妻，隨第三子異居。偶夜半，爲衆鬼由窗孔中擡出。中途，見里人劉積者，夜偶出門，張妻號泣求救，積不應，閉門而去。至郭外，將棄諸水火中，值武安王過，衆鬼狼狽跪伏馬前，王叱之，曰：「早還老嫗於故處，遲則斬之。」衆鬼誤送老嫗於長子家，其門堅閉，王以刀指之，門自開。嫗蘇而泣，長子起視，相顧駭愕。好事者急往問劉積。積云：「夜見黑氣如□〔一〕，洶洶而來，令人毛髮悚然，趨而避之。」

【按】本文明丁磺《關帝志》載之。

金丹活人

嘉靖壬子，燕南饑饉病疫，劇不可治。綺氏令賈一鴞父，閉目絶食七日。一夕，大言曰：「關王以金丹一粒活我也，吾生矣。」頃飲水，即汗而愈。既而母亦疫且革，亦得丹愈如前。

一鴞舍京邸，夢神結天下一人四大書，儼然王所授也。寤而問筊正陽門祠，解

〔一〕□，兩種《續耳譚》，均爲墨釘。

曰：「前三三與後三三。」及鄉會名第，前後皆九數，果驗云。

【按】本文出明穆氏《關帝歷代顯聖志傳》卷二「丹救貫一鶚父母」，多有删節；前段《古今圖書集成》博物彙編神異典卷三八等載之，後段《綺氏廟碑記》載之。

薛素素

京師名妓薛素素，體貌修妍，妙擅諸伎。最奇者，能反手持弓，遞發二丸，先發者遇後發丸立碎，觀者驚服，以爲由基、宜僚合爲一人也。又善賦詩，喜與騷人墨士往還。萬曆戊戌，嘗集唐律十首，書素箑，贈苕中吴允兆，凑合天然，書更遒逸。允兆時出示人，予目睹之。

虎齧淫僧

楚南渭白馬寺僧，窺見戍人張武妻妍麗。一夕，乘武醉歸，僧礙之道上。婦晝夜撫其屍號哭，絶食者七日，幾死。母强勸，勉食水飯。時嚙其棺成穴，及葬，力以身殉，母挽之而出，遂不肯歸，廬墓而居，唯一弟與婢隨焉。

一夕，僧乘其弟歸，往睥睨之。婦大叱，僧抽刃斷其首。婢寐方覺，又欲淫其婢，婢詬詈，僧並婢刃之，潛埋廬側，無人知之。

一日，僧往檀越家，道經其地，有虎嚙僧。蹲伏地上，以足刳地，怒號不已。須臾，虎去。里人見穴中二骷髏，各具襯〔二〕殮之，爲建祠其上，以婢附焉。隆慶壬申年事。羅四維談。

産蛇

勾吴沈孝廉妾，娠十四月，楚痛不可忍。忽有二物從臍中出，首尾俱蛇，而背腰如人形。母尋斃，二蛇不知所之。

〔二〕「襯」，早稲田大學藏《續耳譚》同，誤，當爲「櫬」。

昔竇武母産武時，並産一蛇，送之林中。後母卒時，葬有大蛇至葬所，以頭擊柩，俯仰蛣屈，若哀泣之容，有頃而去。事載正史。

按人生蛇已怪異不足信，而蛇集葬所，尤異。前二蛇災其母，此孝其母，物類固不侔歟？

越婦丹青

會稽傅氏女，名道坤者，貌麗而慧，幼習丹青。同郡范太學初議婚，惑日者言，竟娶他姓。不逾年，弦斷，將再娶，而傅尚未字，太學君曰：「豈赤繩繫定，留待我耶？」遂續前議。居一二載，絶不露丹青。後元夕張燈街衢，燈帶偶失繪，衆倉皇覓善手，傅聞，援筆繪之，觀者競賞。自此伎倆漸逞。尤工山水，即唐宋名畫，臨摹逼真，大都筆意清灑，神色飛動，咸比之管夫人。落款或范傅，或道坤。好事者争購之。然非妯娌親洽，輾轉相浼，終不得也。筆墨楮研，以四婢典之，時不停肘，太學君惟研膏拂箋，嘖嘖從臾而已。予友沈季和得數幅，甚珍之。

【按】本文清姜紹書《無聲詩史》卷五、湯嗽玉《玉臺畫史》卷三名媛下、陶元藻《越畫見聞》卷上等載之。

歐陽德父

歐陽文莊公德，泰和人，父三十喪偶，無嗣。一日病死，其弟具棺殮之，寄於鄰寺。父赴冥司，見閻王，閻王云：「汝壽應七十有一歲，有子登第，封汝三品，汝當復回陽世。」於是，以手拍棺，寺僧聞之，倉惶走報，其弟爲之發棺，果生矣。後再娶，生文莊，以太常卿封，年七十有一，始卒。

貞妾

瑞州劉孝廉文光，嘉靖己丑，與同里廖暹上春官，廖從老嫗買妾，僞指劉君曰：「娶汝，劉君也。」女即拜劉，劉辭謝。明日，老嫗詣劉講婚，劉曰：「娶妾者，廖也，非我也。」嫗歸語女，女誓曰：「吾既拜劉，業已許之，豈肯易志？不然，有死而已。」劉不得已，曰：「後三年方得來娶。」女矢志無他適，劉遂納聘。辭赴南雍，酌酒爲别，贈詩曰：「玉手纖纖捧玉杯，仙郎南去幾時回？天涯到處生芳草，須記凌寒雪裏梅。」後文光謁選北上，遂納，舉二子，俱登第。閔水部談。

【按】本文明王圻《稗史彙編》卷四五「節妾」、蔣一葵《堯山堂外紀》卷九七、詹詹外史《情史類略》卷二「劉舉人妾」、張岱《夜航船》卷五、清王初桐《奩史》卷一九、汪灝《廣群芳譜》卷二三等載之，明無名氏《雪裏梅》傳奇敷衍之。

烏報

福州陳魯，年十五喪父，廬於墓。有黑烏如鴽，爲鷹所搏，投其懷，魯以衣蔽之，得免，分羹糝以畜之。里有富民，得心疾，求是烏肉，魯不可，曰：「始固活之，今以財棄之，猶不救也。」養之一年，毛羽成，乃以彩綫結其羽，縱之去。烏回翔鳴咽，乃入雲表。

既十年，其世父爲山東尹，坐誣謫戍，因喪其明，魯往視之。世父曰：「兒來甚善，然此轄戍者嚴急，有一餘丁必令操習，兒不得歸矣。」匆匆與貲，遂行。途中，以姑布子卿術自濟。至仙霞關，雪甚，迷不知道，腹又餒，自分死矣。須臾，一黑烏盤旋不已，魯視之，曰：「果吾所養，當前導，否則去。」烏立展翅，若聽許者。引三十餘里，夜分始逢一鋪，噤不能言，以手擊門，主人出，疑爲鬼物，掖之入，曰：「人也。」圍爐久之，始能言。問鄉邑，曰：「福州。」曰：「福州有陳魯孝子，子識之乎？」曰：「我即是也。」其子捧魯首哭，曰：「子何以至此？吾，汝父執也。」因告與來故，相與灑泣。明旦，視樹上黑烏，翅彩尚在。因歎天恤孝義，殆不薄也。

【按】本文出《勝攬餘談》，明徐𤊹《榕陰新檢》卷一一、清魯曾煜《（乾隆）福州府志》卷七五載之。

再世狀元

毘陵孫狀元繼皋將誕，父夢峨冠緋袍者入室，詢之，曰：「吾，唐皋也，今居爾家矣。」是夕，生公，因名繼皋。唐係正德甲戌狀元，公亦以萬曆甲戌擢狀元云。

岳武穆後身

鳳陽徐公鵬舉，未生時，母夫人祈夢，夢神云：「岳武穆一生爲秦檜讒阻，今降生汝家，安享富貴功名七十餘年。」既生，視背上，有黑痣一片，如武穆所刺「精忠」字，因襲武穆字，名鵬舉。後以開國功，封魏國公，七十餘齡始卒。

【按】本文出明王同軌《耳談類增》卷一三，多有改易。原文曰：嘗聞魏國徐公鵬舉生時，太夫人夢岳鄂王至其家曰：「吾在漢爲翼德，在宋爲鵬舉，皆受世難苦矣。今來汝家作福德王公。」故公名字兩因之。而後爵位名壽，果符不替。

舉子包眼

萬曆丁酉，楚士周懋伯試留都。仲秋八月，懋伯子欲送父入關，夜半，懋伯起，其子熟卧不知。及父出，子猶卧未覺，父疑有疾，就呼之，子曰：「兒夢入棘闈，見諸舉子紛紛皆以白帕包眼，其不包者無幾。」父曰：「汝見何人不包？」曰：「王某、劉某不包。」父曰：「我包否？」曰：「父亦包也。」父曰：「果爾，則落選必矣。」竟不終場而止。是年，王、劉皆得雋。

壬午科，湖廣同考試官某，將閲卷，夢數人持紅紗罩，跪白曰：「請老爺上罩。」及畢事，又夢前數人曰：「請老爺去罩。」將所取卷覆閲，亦平平耳。場事信有鬼神，非徒據楮上空言而已。鄒廣文談。

【按】本文前段「周懋伯試」，清來集之《倘湖樵書》卷六載之。

汪一清

漳之鎮海，有汪一清者，嘉靖辛酉，廣東張連倡亂，犯漳郡諸城。汪以諸生爲所獲。已而賊執一婦人至，汪視之，則同學友人妻也。因紿賊：「此吾妹氏，請無污之，以待贖。不則，吾與妹俱碎首於此，若曹何利焉？」賊因並汪與婦人閉置一空室中，昏夕相對，凡匝月，始贖歸。

【按】本文見明李紹文《皇明世説新語》卷一、張萱《西園聞見録》卷六、李贄《闇然録最注》、張岱《快園道古》卷一、清趙吉士《寄園寄所寄》卷二、陸壽名《續太平廣記》卷一五、張貴勝《遣愁集》卷三等，清尹元煒《溪上遺聞集録》注出清張履祥《張楊園全集》，誤。

王尚義

王尚義，諱芳，太倉人。嘗訪友小直沽，適慈溪費生廷槐病臥旅舍，與之語而歎曰：「奇士！奇士！胡自困頓塵土乎？」移至寓所。時其饑飽寒暖，而將護之。明春，攜與同舟南還。夜夢生墮橋下，拯之不得。晨起焚香誦咒，爲生祈請。病良久，已而又病，便溺狼藉，市瓷缶，親爲滌除。所需藥物、果餌，無不備。生感涕曰：「吾何以報先生？」至潤州，易輕舸，欲到姑蘇就醫調治。次吕城而病革，涕泣謂芳曰：「生平心事，百不一伸，天乎？已矣，倘埋道傍，乞書『慈溪費廷槐不瞑目之柩』。」言脱而逝，雙眸炯然。芳曰：「古今旦暮，孰爲彭殤？仲津達人，胡爲怛化！」摩其眶而不瞑，乃舉其手，枕之於股，拊膺而言，曰：「四海一家，誰非兄弟？骨肉弗面，命也。何如君有四弟兩兒，親養有托，毋更戚戚也。」生喉間砉然有聲，目乃漸瞑。

匿屍三日，舟人不覺也。抵虎丘，營棺衾，手浴含殮，權厝半塘僧寺，而訃其家，逾月而父至。於時，環寺門觀者咸嘖嘖，曰：「不意今人中，復得古人。」有蘇蘇隕涕者。

論者曰：昔郭仲祥負吴保安之孤歸葬故丘，范巨卿夢張元伯之喪，素服追挽，彼皆久要，猶嚮千載齒頰，乃若王君之於費生，萍水相逢，遂成死友，千里維持，半塘挽送，其艱辛□□〔一〕，雖至親猶難名爲，尚義豈虚也哉！

【按】本文明李贄《續藏書》卷二五、明張萱《西園聞見録》卷一八、過庭訓《本朝分省人物考》卷二四、焦竑《熙朝名臣實録》卷二五、《國朝獻徵録》卷一一三、何喬遠《名山藏》卷九九、清傅維鱗《明書》卷一三七列傳五、顧有孝《明文英華》卷九、王昶《（嘉慶）直隸太倉州

〔一〕「□□」，内閣文庫本兩字失，早稻田大學藏《續耳譚》作「骫骳」。

志》卷三二、吴肅公《明語林》卷一、張履祥《楊園先生全集》卷四三等載其事，所載詳略不一。

因妾自縊

徽人有賈於山東者，妻性鯁直，中年無子，勸其夫買妾。妾至而置之別室，令夫往妾所，其夫甫去，而即高聲喝曰：「忍不得！忍不得！」夫不得已，止妻所。次晚謂夫曰：「別室，吾不能甘。令設床於予床之裏，而從予身上過去，即可矣。」夫如其言，又呼：「忍不得！忍不得！」夫不得已，復止。次晚，又謂夫曰：「各床，吾不能甘。令同床可矣。」夫如其言，將與妾歡，又呼曰：「忍不得！忍不得！」夫不得已，復止。明日，責其妻，妻曰：「吾爲嗣而買妾，且所以得買者，唯子之命。今子如此分，乃太毒乎？」妻三思謂夫曰：「予在，則終不能忍，又不欲以予一人之故，而絶君之嗣也。」遂自縊而死。休甯友人汪子象與予談。

奇扁

江右古諭蕭太山，好奇士也，名其堂曰「堂堂堂」，軒曰「軒軒軒」，亭曰「亭亭亭」。一日，邀陳侍郎偏歷亭館，至一洞，陳戲之曰：「此何不名『洞洞洞』？」蕭爲不懌。劉太史談。

【按】本文明蔣一葵《堯山堂外紀》卷八三、馮夢龍《古今譚概》卷二、查應光《靳史》卷二七、許自昌《捧腹集》卷一、清張玉書《佩文韻府》卷二四之三等載之。

魂交

萬曆戊子秋，太末士人王舜賢，由赴試入省，偶偕三友，行經孤山島中。將夕，過一處，門徑瀟灑，一少姬立幌下，姿態妍麗。四人方注目，姬亦不驚訝，斂袂延入，詰其姓氏，姬曰：「妾，姜麗華也。父母俱歿，托身於人，夫君遠遊未還，妾僑居於此六年矣。作伴者，惟鄰家媪耳。」四人神魂俱蕩，將治具怡情，姬曰：「妾忝爲主，何敢重煩執事?」頃以片瓦擲隔垣，一媪即至。姬曰：「第爲我治榼，吾自有佳醞在。」須臾，酒肴悉具。三友皆劇飲酩酊，舜賢獨不飲，卒與姬狎，情好甚篤，遽有山海之盟。詰旦，三友從之歸，舜賢曰：「吾止於此不歸矣。」三友固挽之，臨行兩相號泣，各訂後期。舜賢至寓，綣念不已。中有年稍長者，恐少年耽色，嚴爲防之，不令出。舜賢徘徊終夕，恍恍如有所失。及曉，已仆地死矣。三友復至前處，但空宇闃寂，絶無居人，止一旅櫬。詢之鄰叟，曰：「六年前，徽人有少妾殁，寄柩於此。」三人憮然而去。

瘞鵝

杭之酒家，率以燒鵝請客。肆有懸鵝，毒蛇旋繞入其腹，行者過而見之，私計曰：「以是啖客，客不中毒死乎?」乃對酒家曰：「家適飯客，欲市鵝，直幾何?」酒家以直告，探其囊，金不足，因與酒家之鄰相稔，稱貸而市之，乃瘞其鵝於鄰之隙地，而得瘞金焉。鄰人與酒家見而争之，曰：「是某所瘞也。」遂共訴於分巡僉事。已僉事訊得其情，乃判曰：「一念之善，天報之若響。女奈何以逆天也？」杖酒家與鄰人，而以金歸葬鵝者。

【按】本文李贄《闇然録最注》載之。

程烈婦

程烈婦，婺源西城[一]人，年十八而嫁。一日歸寧，適里有强暴汪子良，欲私其母，女大駡曰：「賊奴敢爾[二]！吾母受污，吾寧就死！」子良大恚，因毆踣之，引繩勒其咽，猶[三]含糊駡不絕聲，以水灌口，益[四]束縛之，覆以浴杆，壓以巨石，遂死。以

[一]「西城」，《徽州府志》所「城西」。

[二]「敢爾」，《徽州府志》作「忍爲禽獸之行」。

[三]「猶」，《徽州府志》前有「女未即死」一句，後有「捽之」句。

[四]「益」前，《徽州府志》有「又不死，鮮血濡縷」句。

槁裏屍，焚爲灰燼，揚之於野。不數日〔一〕，母亦驚悸死。時郡廳前，夜有悲號聲，如怨訴者，太守〔二〕孫遇，曰：「得無有寃死不伸，如梧丘鵠亭之鬼乎？」備偵之，盡得其狀〔三〕，子良伏罪。方郡丞談。

【按】本文出明汪舜民《（弘治）徽州府志》卷一〇，多有删節；明李賢《明一統志》卷一六、王圻《續文獻通考》卷七九、清穆彰阿《（嘉慶）大清一統志》卷一一四等載之。

法　定

近清江通惠寺有僧法定死。是夜，鎮劉氏生一子，背上有「法定再來」四字。

【按】本文出明朱震孟《汾上續談》，有删節；清謝旻《（雍正）江西通志》卷一六一、潘懿《（同治）清江縣志》卷一〇等載之。

〔一〕「不數日」前，《徽州府志》有「復以危言震撼，其母閉之」句。

〔二〕「太守」，《徽州府志》作「以白太守」。

〔三〕「備偵之，盡得其狀」，《徽州府志》作「未幾，御史行縣詢其略，俾遇覆治之」。

徽賈德報

萬曆壬午冬，徽賈某者，過九江，見江干有十數人，皆裸體，號泣垂死，賈急泊船救之。內有孝廉七人，以遇盜厄此，賈盡出己衣，分給之，又各贈路資十金。七人心銜賈者而去，而賈者終不問七人爲誰也。

是科癸未，登第者六人，相誓平生必報賈者。後賈因資盡，自鬻於檇李屠沖陽憲副家爲奴。庚寅歲，閩莆方萬策爲嘉湖巡道，屠宴方，賈在傍執役。方見賈，矚目不輟，賈懼而避之。方乃呼至几前，審其來歷，賈以實對。方曰：「爾曾記七八年前，曾幹着好事否？」賈已忘，良久始自省，曰：「曾於九江，活數人命也，無爲也。」方即出席長跪稽首曰：「我恩兄也，七人之中，我與焉。」即以是告屠，即遺三十金贖之歸。款留月餘，贈以千金，又致書同難者，各助之，賈遂大富，仍歸於徽。

夫起人於寒江，或觸於一念之慈悲，惟喜捨，而絕無望報之心，非甚盛德，不能有此。天使其囊橐飄零，煢煢無倚，反爲人奴隸者。實冥冥之中，正欲陰有以厚報之耳。

【按】本文明張萱《西園聞見録》卷一六、清趙吉士《寄園寄所寄》卷一〇、盛楓《嘉禾徵獻録》外紀三、王士禎《居易録》卷二〇等載之。

大頸魔

張文柱，昆山人，登順天戊子榜，授臨清州守，攜一妾、一女、一婢、二奴婦居内，而外有數蒼頭，絶不相聞。

一日，張出，至夜半，忽聞傳呼聲，初意張婦，令婦出門探之，不返；又令婦偵，婦亦不返。婢登壙密視，見一羽冠絳袍者，頸大如斗，身長及檐，危站庭中，而二婦俱仆地，作割雞聲。婢驚悸，不能言，遂倒於壙頭隙處。鬼隨入室，將破絮塞妾口鼻，次及女，頃刻俱斃。鬼又徘徊四顧，如有所索。婢猶在隙處不起，免於難。少焉，張至，見諸斃者狀，亦仆地，終不蘇。

及旦，婢方出語蒼頭，聞之於上官。上官猶疑婢與蒼頭之有他也，嚴刑訊鞫，婢以顛末告，終始不二。又拘彼中父老審之，云：「嘉靖末年間，曾有大頸魔爲害，正與婢所見相同。」遂釋之。

傷哉！張之罹於禍也。張以異才，僅博一守，而使其骨肉三人死於非命，豈夙孽耶？

項三救婦

姑蘇項三，於萬曆己丑歲貿絲汴城。適其地大祲，見兩夫婦對泣甚哀，項叩之，夫以貧故，得四金而賣其婦，因别而哀泣。項即如數助之，返買婦者金，夫婦得全。後歸，是日，應渡黄河，其僕先登舟待主，而主以駑騎不前，舟既滿載，時且不及，衆皆却之。方掛帆而颶風忽作，載者盡覆，時項已至河干，目睹其狀。項役以事阻，令僕持厚資先歸，忽夢神語曰：「汝僕十二日後當絶，可亟反。」項兼程而進，甫至家，僕已死，其資一無所失。計其期，適十二日也。

夫四金雖微，而活夫全婦之功實大。天既免其厄，又完其財，其報施亦厚矣。

【按】本文見於明張萱《西園聞見録》卷一六。

餐狗道人

東鄉王恕十七者，父某故希心羽化之術，家築層樓，繪群仙翩躚像，朝夕焚椒虔事焉。他日，以箕祝曰：「某將裹糧問道四方，倘庶幾有遇乎？」箕降筆：「可無事遠遊。某月某日，當有道人來，爲爾師。」

屆期，一道人披衲持鉢索齋，王喜，爲厚其齋，而奉之樓居。久之，王某以他出，囑妻謹事師，所需輒應，而命恕十七侍。道人因謂恕十七：「家有狗乎？幸烹爲我餐。」恕十七以謂母，母恐誤，試遣再問，果矣，且令熟蒸來，毋遺一毛骨。妻烹狗以進，道人提箸食盡，而以一爪遺恕十七啖之，因懷骨袖中。王某歸，妻告之故，愕然，亦不敢請也。數日，道人告行，留不可，王乃爲具裝送之。道人曰：「能棄家從我乎？」王曰：「師奈何不宿？爲吾言，待家事數種畢，從師易易耳。」道人曰：「子既未可即去，來歲某日，當復至。子慎待我。」王敬諾，遂別。別未數里，而所烹犬從後掉尾至，獨一足蹴躃然，視之，則缺一爪。王大驚，亟追索之，杳無踪跡。歸而悔恨不即從之去，第謹守所約，先一夕掃除以待。

忽報有債某者，貧無償，將挈家遠遁。王念往返止四十里，當不失迓道人期，乃去。而債某者卒爲所窘逼，自經死。王以逼死人命，反出殯錢和解之，薄暮乃得歸，則家固未見道人來也。一牧豎云：「適有乞兒衣藍□[二]，索主不得，遺一破衲，令報主。今置牛皂中。」取視之，故王所爲置衲也，内裹赤金重四兩，計償前齋饋費云。

【按】本文明李贄《闇然録最注》載之。

騾鬼

余鄉陳方伯繡山先生，曾於洛陽官署中夜見一騾鬼，繞樹而走，且作聲。亡何，幼子有小疾，誤爲庸醫所殺，先生每不樂焉。時上遣使廣搜秘書，使者適爲先生同年，出書相視，中有語云：「見騾鬼者，主喪幼子。」先生歎曰：「事固有定數哉！騾鬼何足怪，而失兒何足悲也。」遂爲釋然。

[二] 此字，内閣文庫及早稻田大學藏本均爲墨釘。

殺猴報

僰國一遊民，素善畜猴。入山取一猴子，猴母怒而争之，乃撲殺其母，持其子以歸。適遊民夫婦俱出，獨留一嬰兒在家，及返，見猴負屋隅，捧兒啖之，骨肉碎裂，肝腦狼藉。亟爲追捕，猴已逸矣。

嗟夫！人殺猴之母，猴食人之兒，盖畜類亦有靈哉，而報施信不爽矣。

劉偉屍解

劉知府偉，朝邑人。初以鄉舉令文水，擢御史，所至皆不嚴而治，以厚德稱。父喪，廬墓三年，人稱其孝。

生好神仙，比疾病，命其子曰：「即死，毋埋葬我。」及死，其鄉人有自遠方還者，多從道中見之。寄問及其家，其子因不敢葬。今都御史韓公邦奇，劉氏甥也，獨不信，屢促其子襄大事，子亦未忍違父命。久之，韓公爲山西僉事，方視事，忽閽人持偉名紙入報，韓驚起，憲使張公璉問之，韓公備言：「舅氏死已久，人傳仙去。某未之信。今通名紙者，即其人也。」憲使問狀，閽人言：「此人戴古氈笠，青絹袍，一童子扶之，肩布囊，立門外。」遂命延入，從中道緩步而前。韓公遥識之，遽起迎候，於是同僚悉下堦揖入。起居無異平生，但簡言，問之則對。坐定手接茶而不飲，坐中亦莫敢先發言。韓公起，邀就旁室中相勞苦，答曰：「久别，特遠來視汝。」語及家事，頗作悲泣之狀。韓留款，不可，即起别去。謂韓曰：「汝弟邦靖，可速令歸矣。」出門復攜童子步行去，僚友相視駭愕，令人踪跡之，至一遠寺中止。明日，韓公訪之，寺僧曰：「昨暮有劉知府寄居方丈中，早言進謁韓公去矣。」求之竟不見。

邦靖歸家不久，養病身卒。劉氏聞之悲悼，發棺視，惟一履存焉。

【按】本文出明楊儀《高坡異纂》卷上；明朱國禎《湧幢小品》卷二、清姚之駰《元明事類鈔》卷一九載之。

楊廉夫詩

楊廉夫《題臨海王節婦》詩曰：「介馬馱馱百里程，青楓後夜血書成。只應劉阮桃花水，不似巴陵漢水清。」後廉夫無子。一夕，夢一婦人謂曰：「爾知所以無後乎？」曰：「不知。」婦人曰：「爾憶《題王節婦詩》乎？爾雖不能損節婦之名，而心則傷於刻薄，毀謗節義，其罪至重，故天絶爾後。」廉夫既寤，大悔，遂更作詩曰：「天隨地老妾隨兵，天地無情妾有情。指血齒開霞嶠赤，苔痕化作雪江清。願隨湘瑟聲中死，不逐胡笳拍裏生。三月子規啼斷血，秋風無淚寫哀銘。」後復夢婦人來謝，不久果得一子。

【按】本文原出元陶宗儀《輟耕録》卷三「貞烈」，但文字同明楊儀《高坡異纂》卷上；明戴冠《濯纓亭筆記》卷五、蔣一葵《堯山堂外紀》卷七七、《續巳編》、王會昌《詩話類編》、林本、馮本《燕居筆記》卷一「剡溪死節」、詹詹外史《情史類編》卷一「王氏婦」、清潘永因《宋稗類鈔》卷三、陳衍《元詩紀事》卷七、陶元藻《全浙詩話》卷二四、《古今圖書集成》明倫彙編閨媛典卷一一七等載之。

戚編修

丘文莊公濬，初與戚編修瀾字文湍同館友善。戚公以母喪歸，所居在餘姚縣長亭港。服闋，將入都，夜過嶇山〔二〕嶠塔子嶺前，遥見燈燭人馬，夾岸而至。戚公方醉寢舟中，人告之，戚公起，推蓬謂之曰：「君等爲迎我來者，即當前驅；不爲迎我來者，宜自散去。」一時所見，恍惚皆前行，既遠漸不見。戚公至錢塘，疾作死，坊有神降，自稱戚編修，死爲錢塘潮神，人敬祀之。

弘治甲寅，瓊山夫人吳氏至京師，道出鄱陽，夜夢戚見之，且告以：「來日將有風波之阨，戒勿行。」比明，天極晴朗，夫人故以他事緩之。同艤數十舟，行無何，皆遇暴風雨漂殁，獨夫人舟無恙。至京，以告公，公爲詩文，遣官齎御酒、香帛至浙江，屬布政使李贇望錢塘祭之。其詩曰：「幽顯殊途隔死生，九原猶有故人情。曼卿真作蓉城主，太白常留翰苑名。念我明明來入夢，哀君惻惻每吞聲。朝回坐對黄封酒，悵歎雞壇負舊盟。」其序曰：「文端先生，别我去也，餘二十年矣。夫人鬼殊途，於故人妻子，尚有憐顧之意，況生爲人乎？予因老妻述其夢中所見，感歎者久矣。曰：『不但今世無此人，亦未聞古有此神也。』古詩有云：『莫憑無鬼論，終負托孤心。』予愧

〔二〕「嶇山」，《高坡異纂》作「陘山」。

於君也多矣，故拉淚書此八句以達之，君神遊八極，幸勿笑曰：『我不識世間人，作何等語。』雖然，予年逾七望八，在人世幾何時哉，冥冥之中，相見盖有期也。明年乞骸南還，道錢塘江，求一帆風以相送，不知肯於夢中一會晤否耶？」其祭文略曰「嗚呼，文端剛勁之姿，英邁之氣，高義弘達，直上薄於雲天。巨眼空闊，每下視夫塵世。老妻南來，舟次江滸，夢中仿佛如見，告以風波將至，既而果如所言，卒免顛躓，人傳君之爲神。莅胥濤而享祀，即其所至而徵之，無乃兼司夫江湖之事」云云。

明年，公薨，夫人扶柩歸，經錢塘，時贊猶在任，仍設祭江滸，以戚公配享。

【按】本文出明楊儀《高坡異纂》卷中；明丘濬《瓊臺會稿》卷五、楊愼《升庵集》卷七三、焦竑《玉堂叢語》卷八、《國朝獻徵録》卷二一、王世貞《弇州史料》後集卷六九、《弇山堂别集》卷二九、蔣一葵《堯山堂外紀》卷八六、過庭訓《本朝分省人物考》卷四九、張岱《石匱書》卷二一〇、清陳田《明詩紀事》乙簽卷一九、葉鈖《明紀編遺》等載之。

袁忠徹神鑒

東溪先生楊浩然，諱集。髫齔時，父谷堂徵士，諱宗，字叔振，命早過鄰家黃氏。

其家門尚未啟，從門外呼之。有一人聞叩門聲，暗中呼先生，將與語，先生心懼不應。急叩而入，論事畢，天已明。黄氏子式送出門，其人猶在，注目良久。問曰：「汝爲誰氏子？」旁人謂曰：「楊姓」。其人曰：「惜哉！吾初聞其聲，法當位極人臣，名滿天下，故佇立伺之。今觀其貌，與聲不稱，後日官亦至五品。然其聲洪遠，當獲福宏長，不在其身，子孫必有興者。」又謂黄氏曰：「此兒亦不凡，位當七品。」言畢竟去。徵士聞其事，遣人追訪之，其人乃袁忠徹也。

東溪先生年十八，爲縣學生，嘗齎詔至福山巡司，例有款贈銀五兩。同行者又二人，皆長年庠友也，盡取之，止以款筵食品送先生。先生以二人皆前輩，口雖不言，而心甚不平。其地濱江，逕向江獨步而去。二人疑先生有後言，徐躡聽之。先生至江濯手，欣然笑曰：「巡司齎詔，豈吾志哉，願此輩常享例贈矣。」二人竊聞之，從後遽推先生入水。先生兩手下拒，入沙土中，持一物，起視之，乃銀一錠。此銀入水，久爲波浪洗囓，光潤瑩白，傳玩可愛，適與巡司贈禮，輕重相符，人共駭異。灑酒臨江，歡燕而別。

後先生以景泰五年會魁及第，觀政兵部，以章綸鐘同事上書言之，進一級，除安州知州，後亦下制獄去位。我朝進士，五品出守，自此始。壽七十有八歲而終。黄式以歲貢，官至知縣。忠徹神鑒並驗云。

【按】本文出明楊儀《高坡異纂》卷中；明焦竑《國朝獻徵録》卷七七載之。

李孜省

李孜省，南昌人。初爲小吏，至都下，以雷法動憲廟，與僧季曉同被寵幸。孜省爲太常日，有御史巡按江西。將行，孜省囑之曰：「吾婿龔正弼，鄉人皆以掄魁擬之，歲當大比，幸爲屬意。」御史許諾。凡各省秋試，臨場巡按察院，例有堂考，遂以正弼名置第一，實爲秋闈地也。至初場，正弼不至，御史遣人傳呼於門，門吏追訪於其家，略無踪跡。至巳刻，始鎖院降題。迨二場，日將晡，正弼忽自外歸。家人驚喜，問之，曰：「吾攜卷赴院時，有數人相持而行，心志昏憒，逕入城隍廟，置我於神像後。耳目聞見，無異平生，心亦了了。神前祈禱之人，其語言一一皆能記憶。晨昏鐘鼓，亦悉聞之，但口中不能言，手足不能動耳。吾竊計今日已過二場，默禱求歸，遂脱然能行矣。」

乃知國家之事，莫重於進用賢才，當自有鬼神司之，豈一奸邪小人所能干撓哉〔二〕。

【按】本文出楊儀《高坡異纂》卷中，删節成文。

陳杦符水

江西副使周憲，字時敏，湖廣安陸州人。正德六年，贛州華林山馬腦巖賊亂，周與參將趙越督兵捕之。南昌府知府李公承勳時以他事偶至贛，聞士人陳杦善以符水召將，言未來事甚驗。其法作符咒畢，鎖筆硯於空室中，須臾，聞閣筆聲，開扃視之，則紙上詩成矣。讀畢，即投諸火，不許留一字。周、趙二公召杦至，招李夜會，初亦不甚信也，但密置紙筆於東室，而封識杦於西室，三人夜張燈宴於中堂。周善笑，謔浪恣肆，略不敬禮。其夜天無纖雲，忽震雷擊案，庭燭盡滅，盤盂皆中裂。三公辟易而起，杦從西室排户出，暗中伏地請罪。啟東室視之，紙上但有「周憲如何好笑」六

〔二〕此句後，《高坡異纂》尚有大段故事。

字。因共敬禮，各書姓名，封鑰如故，而修謹以伺，周公應紙詩落句云：「千金難買汝心肝。」未幾，周遇賊，同其子幹，策馬以進，爲士卒先，大戰於桐梓嶺。援兵不至，爲賊所擒，父子俱死，剖食其心。賊既平，李公復求詩，於紅紙上作字甚佳。李公欲收其筆，因以別紙色似者，對枚付火，而以詩紙密藏書帙中。明旦，忽書中烟起，發視之，惟紙灰一幅宛然，書無纖毫熏灼痕也。周既死，後有以其事奏聞，謚節愍，旌其門。

【按】本文出明楊儀《高坡異纂》卷中；明王圻《稗史彙編》卷五一三題「陳枚符水」載之。

木生經奇會傳

木生，字元經，少有俊才。康陵朝〔二〕，以鄉薦入太學，與龔司諫謹〔三〕有場屋之舊。

〔二〕「康陵朝」，《高坡異纂》作「時康陵朝」。
〔三〕「龔司諫謹」，《高坡異纂》作「龔司諫喧」。

屢欲以生才藝上聞，生曰：「人各有時，若錐處囊中，穎當自脱，寧待援手他人乎？倘〔一〕果薦上，元經惟有披髮〔二〕入山耳。」司諫不能强，生亦謝去。攜琴書〔三〕，遨遊齊魯間，攬結諸英俊。或眺覽名山水，往來兩都，時人莫能窺其際也。嘗登泰山觀日出，夜宿秦觀峰。夢有老婦攜一女子，相見甚歡，如有平生之分。既又遺一詩扇，展誦未終，忽曉鐘鳴，驚寤〔四〕而起。其所夢經行道路第宅，歷歷皆能記憶。

明年，將入都，道出武清。散步柳陰中，過一溪橋，道旁有遺扇在草中，收視之，上有詩云：「烟中芍藥朦朧睡，雨底梨花淺澹妝〔五〕。小院月昏人定後，隔牆遥辨麝蘭香。」仿佛是夢中所見者，珍襲藏之。行未幾，遥見一女郎，從二女侍遊樹下。迤逦將近，生趨避之。時爲三月既望，新雨初霽，微風扇暖。女郎徐邀二侍，穿別徑，結伴

〔一〕「倘」，《高坡異纂》作「尚」。
〔二〕「披髮」，《高坡異纂》作「被髮」。
〔三〕「攜琴書」，《高坡異纂》作「攜琴」。
〔四〕「驚寤」，《高坡異纂》作「驚悟」。
〔五〕「淺澹妝」，《高坡異纂》作「淡淡妝」。

而去。生佇立轉盼，但見〔一〕帶袂飄舉，環珮鏘然，百步之外，異香襲道，綽約若神仙中人。遂以所佩錯刀，削樹爲白，題一絶句曰：「隔江遥望緑柳斜，連袂女郎歌落花。風定細聲聽不見，茜裙紅入那人家。」倚徙彌望，乃行前至野店中。問諸村民，或曰：「此去里許，有田將軍園林，豈即其家眷屬乎？」生明日又往樹下，竟日無所遇，惟見溪水中落花流出，復題一絶句，續書於樹，曰：「異鳥嬌花不奈愁，湘簾初捲月沉鈎。人間三月無紅葉，却放桃花逐水流。」自後不復相聞，然前所得遺扇，每遇良辰勝會，未嘗不出入懷袖，把玩諷詠，愛如珙璧。

壬午，聖人嗣統，數載間，文恬武熙，天下無事，思得賢士，與之共興禮樂。司諫時已歷通顯，嘗因燕對奏上曰：「臣所知有木元經者，才合春卿，名收賈董，陛下必欲更定禮樂，非其人不可。」上遂命收入選部。時朝廷將大營建，隸名工曹。曹長師旦〔二〕心善生，每事暇，輒邀生同遊。當春牡丹盛放，旦所司有器血廠〔三〕，約生明日會

〔一〕「但見」，《高坡異纂》作「但覺」。

〔二〕「師旦」，《高坡異纂》作「師丹」。本文形似而訛。

〔三〕「器血廠」，《高坡異纂》作「器皿廠」。本文形似而訛。

廠中，同出土橋諸名園賞之。生如期至〔一〕，旦偶以他事後期，廠中皆上供御器，非主者至，不得入，生固勒馬以伺〔二〕。道傍〔三〕有井，馬渴，絶銜奔水。生恐，下馬，馬逸，左右皆前逐馬，生就立井傍民舍。

其家以貴客在門，召一鄰翁至，延生入。初經重屋，僅庇風日，似一中下民居。再起一闗，則高堂藻飾，别一景象。又西過曲徑，越小院，其中樓臺闌楯，金碧耀輝，恍非人世。生稍憩，便欲辭出。翁曰：「内人乃老夫寡妹，年亦逾五矣，幸暫留。伺馬至，行無傷也。」生起揮扇逍遥，歷覽畫壁，翁從傍見其扇，進曰：「此扇何從得之？」生曰：「吾十年前，過武清所得，道旁遺棄也。」翁借觀，遽持入内。頃之，出告生曰：「天下事，萍梗遭逢，固有出於偶然者矣。適見扇頭詩，疑爲吾甥女手筆，入示吾妹，固非誤也。」生初入其室廬，皆若夢中故所經行者，心固已異之矣，及聞翁

〔一〕「如期至」，《高坡異纂》作「至期達」。

〔二〕「生固勒馬以伺」，《高坡異纂》作「生因勒馬以俟」。

〔三〕「道傍」，《高坡異纂》作「道旁」。

言，愈疑之。再引入一曲室，幃幄妍麗，金玉爛然。至一几〔一〕榻整潔，琴瑟静好，莫能名狀。須臾，一老婦出拜。自言：「姓錢氏，先夫田忠義，官至上輕車都尉。往歲扈從西征，爲流矢所中，輿疾歸武清。小女娟娟，時年十四，隨侍湯藥，偶遺此扇，不意乃入君子之手。今夫亡三載矣，睹物興懷，不覺遂生傷感。然當時溪樹上有二絶句，不知何人所書。小女因尋扇再至其地，經覽而歸，至今吟哦不絶於口。」生請誦之，即其舊題也。老婦因請命娟娟出見，傳呼良久不至。母自入，謂女曰：「客即樹上題詩人也。」娟娟强起，嚴服靚妝，與母相攜而出。至則玉姿芳潤，内美難徵，儼然秦觀峰夢中所見也。生又以夢告母，共相嗟異。久之，馬至，珍重辭謝而去。

明日，鄰翁以娟母命來曰：「未亡人有二女，其少先行矣，娟最愛，將賴以終未亡人身。然幽贊以神，明協以人，未亡人尚敢以身自愛乎〔二〕？請以弱女爲君子虞侍〔三〕。」

〔一〕「一几」，《高坡異纂》作「其几」。
〔二〕「尚敢以身自愛乎」，《高坡異纂》作「尚敢吝其愛女乎？」
〔三〕「爲君子虞侍」，《高坡異纂》作「爲君子侍」。

生辭之，翁申母命曰：「先將軍無慶育弱息僅存〔一〕，使君子不以下體是遺。家雖亡，得婿公瑾，亡人且無憾矣。」生乃請卜之，得解之九二，卜者曰：「田獲三狐，姓著占辭，事無不濟。但三狐得矢，恐不能永終貞吉耳。」生猶豫木決〔二〕，翁致三命曰：「吾聞古之君子，處大事必假於夢卜。夢生於心，卜決於人。今婚媾及事矣，乃不内決於心，而顧取決諸人耶？」終不得辭，卒以其年四月戊寅成禮。

娟娟妙解音律，通貫經史，凡諸戲博雜藝，靡不精曉，情好甚篤。未閱月，大工皇木至潞河，生將督運南行，勢不能留，室内又少親幹，乃鎖院而去。母先亦暫至武清，遣人問娟娟，從門隙中附詩於母，寄生曰：「聞郎夜上木蘭舟，不數歸期只數愁。半幅御羅題錦字，隔牆裏贈玉搔頭。」是夕，生適自潞還，娟出迎。生曰：「方從馬上得詩，未有以復。」即口占贈娟娟曰：「碧窗無主月纖纖，桂影扶疎玉漏嚴。秋浦芙蓉倚叢葉，半窗〔三〕斜映水晶檐。」生他日偶得鄉人書，獨坐深思。娟以詩解之曰：「碧

〔一〕「先將軍無慶育弱息僅存」，《高坡異纂》作「先將軍無遺育，弱息僅存」。

〔二〕「木決」，《高坡異纂》作「未決」。

〔三〕「半窗」，《高坡異纂》作「半妝」。

玉杯中琥珀光，燈前把勸阮家郎。不須更憶人間世，千樹桃花即故鄉。」

其冬十月，生以太夫人憂去職，河冰既合，娟適病，不能偕行。生存亡抱恨，計無所出，邀母與娟同居，約以冰解來迎，相與悲咽而别。明年春，娟病轉劇，遣翁子錢郎，以詩寄生曰：「楚天風雨繞陽臺，百種名花次第開。誰遣一番寒食信，合歡廊下長莓苔。」生遣使往迎，比至，則不起匝月矣。辛卯冬，生再入都，過母家，見娟娟畫像，題詩其上曰：「人生補過羨張郎，已恨花殘月減光。枕上游仙何迅速〔二〕，洞中烏兔太匆忙。秦娘似比當時瘦，李衛慚多舊日狂。梅影横斜啼鳥散，繞天黄葉倚繩床。」時人〔三〕多傳誦焉。

【按】本文出明楊儀《高坡異纂》；明詹詹外史《情史類略》卷九「娟娟」、《續艷異編》「娟娟傳」、王會昌《詩話類編》、清褚人獲《堅瓠集》八集卷二「木生奇遇」等載之，文中詩歌爲清錢謙益《列朝詩集》閏集卷九、張豫章《四朝詩》卷一一五、徐釚《本事詩》卷三、陸紹曾《古今名扇録》等載録。

〔二〕「何迅速」，《高坡異纂》作「何遲速」。
〔三〕「時人」，《高坡異纂》作「時」。

武侯遺制

雲貴人相傳，諸葛武侯居隆中時，有客至，屬妻黄氏具麵，頃之麵具，侯怪其速。後潛窺之，見數木人斫麥、運磨如飛，遂拜其妻，求傳是術，後變其制爲木牛流馬云。

侯初平南夷，夜聞軍中多謳歌思歸，遂召衆各與一磚，曰：「若輩久苦行役，欲遄返耶？枕此而臥，詰朝抵家矣。」從者果然，不用命者，終莫能歸。今雲南管内有一城，居民皆四川人，云即其後也。

雲貴土司堂後中門甚低，出入必俯首，云武侯遺制，欲其敬朝廷也。若有稍高其户者，輒禍起蕭牆矣。

苗民家家供祀武侯，取穀逐顆剥米以炊，日不暇給，云亦始自武侯，俾終歲勤□□獲〔一〕，居閑思叛也。今雖苦難，不敢違其制。

〔一〕「終歲勤□□獲」，早稻田大學藏《續耳譚》、《説聽》作「終歲勤勞弗獲」。

【按】本文出明陸廷枝《説聽》卷一，有所删節；第一條亦見明謝肇淛《五雜組》卷五，第二、三條，見署名諸葛亮《諸葛武侯文集》卷二、第四條出該書卷四，清來集之《倘湖樵書》卷一一載之。

李真一

道人李真一，河間與濟縣人，因妻子死，棄家爲全真教。嘗與吾鄉陳某言：其道中三人俱有出塵之志，一山西、一揚州、一京口。京口人，乃書手也。偕至登州，見樵夫拾薪於海濱，問：「蓬萊山可到乎？」曰：「可。」即艤破船以待，曰：「是何可濟？」樵言：「第行無虞也。」二人欣然，而京口人憚往，二人力挽同載。樵以一葫蘆舀其舟中水。少選，抵山下，見一人出，飄飄有凌雲之態，謂樵者曰：「爾何得與外人來？」三人拜言，願爲弟子，其人不許，懇之，令各以手模其心，舒視，一人手白，一人手班，至書手純黑，乃曰：「班不如白，黑者大難。」書手慚恚，請歸，曰：「吾亦安能捨妻子而居此耶？」其人即留二人在山，令樵者操舟送之歸，乞路費，與錢二百，請益，曰：「此自足用矣。」頃復到岸，問蓬萊遠近，則云「七千里」。二百錢，在途用去復來，及家無一錢矣。手終身黑。

【按】本文出明陸延枝《説聽》卷一。

彭公毁祠

廣東南雄府學有淫祠，中塑女子像，號「聖姑」，師生媚禱虔甚。永樂十三年，吉安永豐彭公勗，以進士乞外補，得教授南雄。聞祠事，欲毁之，未言也。未至郡百餘里，一生來迎候甚恭，公問曰：「予此來非有宿戒，子何自知之？」生曰：「然。初不聞公爲郡教也，乃聖姑見夢言之，且道公邑里、姓第甚悉，遂遣相候耳。」因從容言聖姑之神異以感動公，公益惡之。

抵任，積薪祠所，擬以夜往，佯爲遺火者，因而焚焉。生又夢聖姑來，曰：「此翁意極不善，子盍爲我言之？即不聽者，吾亦能爲之禍。一二日間，當先死其奴，後若干日，子死，若干日，婦死，若干日，死其身矣。」生具以告，公不爲意。數日，其奴詹果暴死，家人懼，潛禱而蘇。公聞之怒，登時投炬爇之。後子及婦〔二〕相繼死，期日皆如神言。學徒咸勸復其祠，不許。至期，公竟無恙，生疑之。

一夕，復夢聖姑來，因詰其言不驗，神謝曰：「吾鬼也，安能生死人？彼死者，自是命當絶，吾特前知之，以相恐耳。公貴人，前程遠大，吾尚畏之，何敢犯耶？」公後以御史提學南畿，爲師儒稱首，仕終按察副使。

【按】本文出明陸廷枝《説聽》卷一；明張萱《西園聞見録》卷一〇六、清褚人獲《堅瓠集》餘集卷三等載之。

王老遊酆都

相傳太監鄭和下洋時，葑門〔三〕有衛卒王老者，其舟被風飄至一島。散步島上，忽見城門大書「酆都」兩字，亟回，適值一人出，乃其故友也。懷置簿籍，若曹吏者，

〔二〕「子及婦」，《説聽》作「其子與婦」。

〔三〕「葑門」，《説聽》作「吾鄉葑門」。

謂曰：「何爲來此？」卒告以遇風，吏曰：「來此亦是因緣，可隨吾觀獄。」引入一處，王者據坐堂上，兩傍侍從獰怪。庭中一官人被鈎懸其背，一婦跪戴火爐，並有慘苦之貌，其傍一無首者，腔中辨析不已。卒大怖，問：「此何罪？」曰：「此汝蘇州衛指揮何某，婦人即其妻〔二〕。妻受之，不告其夫，而盜竟被刑，故累其夫受此耳。」卒曰：「可免乎？」曰：「若修法事薦拔，亦可。」俄又引至廊下，皆荷校者，吏指一人，曰：「汝識之乎？」卒熟視之，乃其里中水夫也，謂卒曰：「煩語家人，多多懺悔。」觀畢，吏顧二皂送出，曰：「子舟久候〔三〕，可便歸也。」恍惚間，身在舟中。更入島尋之，無見矣。

月餘抵家，訪問何指揮者，正患背疽，其妻首發火病，咸困頓欲死。卒告以所見，何妻懼，曰：「有之。」即出銀盥盆付僧，誦經追薦，而夫婦皆愈。又問水夫，正是相見日死，其家聞之，亦薦以經典云。

〔二〕此后，《説聽》有「無首者盜也。盜被獲，以銀盥盆求援其妻」句。

〔三〕「久候」，《説聽》作「久俟」。

【按】本文出陸延枝《説聽》卷一；《吴都法乘》卷二九載之。

朱某遇死妹

太倉朱某，家鹽撇口，偕十五人爲商，渡海往崇明，舟破，衆皆溺死，獨某得附破舟，漂流六七晝夜，饑甚嚙其衫迨盡。

至一島，隱隱若有屋廬，某自忖雖死，且覬焉。遥登陸，見殿宇巍峰，扁曰「紫陽府」。遥見一婦人於道傍汲水，貌絶類其妹，思妹與夫皆死久矣，安得尚存？逼之果爾〔二〕，驚呼曰：「兄何自來！」某告以故，妹因言：「是地，紫陽真人所治，掌録天下罪囚。汝妹夫見執役於此〔三〕，而家居密邇。兄饑矣，往飯。」乃引至家，門宇整潔，問：「妹夫何在？」曰：「差出勾人，當歸矣。」「向來安否？」曰：「大佳。此

〔二〕「果爾」，《説聽》作「果耳」。

〔三〕「於此」，《説聽》作「于府」。

與世人無異，但世人不能來耳。」俄而夫歸，曰：「何以有生人氣？」妻云：「汝舅在此。」即趨見，相勞苦如平生歡。爲之設食，且云：「世間物也，但吃無害。」因問舅：「便歸耶？住此耶？住此亦不惡。」某言：「母老子幼，吾焉能留？亟欲歸耳。」夫云：「歸亦甚易，吾當相送。」及晚，復令飽餐，妹隨至水濱，殷勤而别。夫乃負之而行，戒其閉眼。行時但聞風水聲，須臾，大呼「開眼」，即置之於地。妹夫忽不見，而身在故灘上矣。

【按】本文出明陸廷枝《説聽》卷一；清王昶《（嘉慶）直隸太倉州志》卷六二、《古今圖書集成》方輿彙編職方典卷六八八等載之。

偶然狀元

泰和曾狀元鶴齡，永樂辛丑會試，與浙江數舉子同舟，率年少狂生，談論鋒出。曾爲人簡默，在衆若無能者，各舉書中疑義問之，巽謝不知，皆笑曰：「夫夫也，偶然預薦耳。」遂以「曾偶然」呼之。既而，衆俱下第，曾占首榜，乃寄之以詩曰：

「捧領鄉書謁九天，偶然趁得浙江船。世間固有偶然事，豈意偶然又偶然。」

【按】本文出明陸廷枝《説聽》卷一，明陳師《禪寄筆談》卷三、蔣一葵《堯山堂外紀》卷八二、焦竑《玉堂叢話》卷八、馮夢龍《古今譚概》卷三六、查應光《靳史》卷二六、清梁維樞《玉劍尊聞》卷九、褚人獲《堅瓠集》卷三、趙吉士《寄園寄所寄》卷二、獨逸窩退士《笑笑録》卷三等載之。

狀元巧對

施狀元槃，字宗銘，東洞庭山人。少有奇質，其父攜之商山陽主富人羅鐸家。有張都憲者來飲，鐸命其子與狀元偕出見，都憲令屬對，曰：「新月如弓，殘月如弓，上弦弓，下弦弓。」狀元對曰：「朝霞似錦，晚霞似錦，東川錦，西川錦。」都憲異之，謂鐸曰：「有資如此，何不成之乎？」鐸固長者，即俾與子同學，給其貲費，業成還鄉。久之，登薦，魁天下，時年二十有三矣。

【按】本文出明陸廷枝《説聽》卷一；亦見明張弘道《明三元考》卷四、蔣一葵《堯山堂外紀》卷八五、馮夢龍《古今譚概》卷二九、張岱《快園道古》卷五、清趙吉士《寄園寄所寄》卷六、趙宏恩《（乾隆）江南通志》卷一六五、陳夢雷《古今圖書集成》理學彙編學行典卷二九二、梁章鉅《巧對録》卷五、汪陞《評釋巧對》卷一五等。

枯楊怪

無錫華氏，有怪作，竊物貨，移器皿，苦無以毆之。一夕，失其妻髻及酒壺。其主，儒者也，發怒取《周易》揲蓍，忽見米堆上出四大字云：「瀆則不告。」華曰：「吾不誠耳。」因齋戒而占之，得爻云「枯楊生稊」云云，思之許久，乃悟曰：「豈舍後枯楊乎？」因命家僮持斧而往，見楊根下一大穴，以杖挑之，得女髻，又探之，得酒壺。於是伐其木而壞其穴，寂無他焉。

【按】本文出明陸廷枝《説聽》卷二。

蛇祟

無錫塘莊倪仝業爲巫，奉五通神。其妻陸氏美顔色，一夜有巨蛇如椽，出於其室，登陸床，束其身而淫之。陸號其夫，夫至，見之忿，急欲殺蛇，卜云：「神所爲也，不得殺。」遂不敢犯。自是陸病萎黄伏枕，蛇留身畔不去。其形備五色，交接宛如人道。夫每進湯粥，蛇不動，若生人來觀，輒怒齧婦體。半歲，其婦身死[一]，而是蛇亦失其所在[二]。

【按】本文出明陸廷枝《説聽》卷二。

假雷公

鉛山有人，悦一美婦，誂之不從。乘其夫病，時天大雷雨，晝晦，乃着花衣，爲兩翼，如雷神狀，至其家，奮鐵錐錐殺其夫，即飛出，其家以爲真遭雷誅也。又經若干時，乃使人説其婦，求爲妻，婦從之。伉儷甚篤，生一子，已周歲矣。一日，燕語，

[一]「其婦身死」，《説聽》作「婦死」。

[二] 此句後，《説聽》尚有「此與《夷堅志》妖蛇淫婦事相類」句。

漫及前事，曰：「吾當時不爲此，焉得汝爲妻。」婦佯笑，因問：「衣與兩翼安在？」曰：「在某箱中。」婦俟其人出，啟得之，即抱此物，赴訴於官〔三〕。張公擒其人至，伏罪論死。

【按】本文出明陸廷枝《説聽》卷二。

節婦妖僧

慈溪張公昺令鉛山，鉛山民俗惡薄，婦人夫死，輒嫁；亦有病未死而先受聘財，以供湯藥者。獨傅四妻祝氏，夫死不嫁。舅姑欲奪其志。弗從。先是，公立二牌於庭，諭孀婦有願守者，跪「節」字牌下；願嫁者，跪「羞」字牌下。署其牒，各聽所願。舅姑以此紿婦，云：「若守節須聞官。」以婦不識字，使投願嫁牌，公判從其家長，乃謂婦曰：「父母官命汝改嫁，汝安得違之？」婦曰：「唯唯。必待吾祭亡夫，始從

〔三〕「即抱此物，赴訴於官」，《説聽》作「即抱赴訴」。

命。」舅姑即許受聘。至日，設奠痛苦，潛投後園圃池中死。家人尋覓，見衣裾露水上，乃得婦屍，遂以土並屍填其池。

自是邑中大旱，百方祈禱不雨。公先移文城隍，約三日雨，不應，乃齋宿神府。夜夢婦人衣縞素，泣拜陳冤，具言其居止姓氏。公寤，即躬至其所，召其家人詰責，皆吐實。啟土見屍，顏貌如生。公哭之慟，爲文以祭，未訖，大雨如注，平地水深滿尺，因罪其舅姑及同謀者，即殮葬如禮。欲疏其事於朝，有楊尚書者沮之，不果，乃建祠立碑祀之。

有妖僧羊角禪師號能前知，且善咒死術。有怨者，往賂之，僧削木爲札，書其人姓名、年甲以實羊後，羊死，其人死矣。以是，遠近神之。前後縣令，皆畏憚，不敢問。公至任朞年，有老婦訴僧詛其子，子方赴人飲，死席上。公受其詞，僧已知，語其徒曰：「張公此際，正躊躇矣。」公乃出獄中死囚，令擒此僧，即貸其死。僧又知之，曰：「張公遣囚擒我，今至矣。」其徒勸之亡，僧曰：「不可。公，正人也，行將安之？且吾數已盡，殆不免矣。」既而囚至，遂縛僧到縣治，士民觀者如堵，皆言僧不可犯。公不聽，杖之至百。僧了無傷，而杖隸俱呼號稱痛。公釋其縛，謂曰：

「汝能咒杖者死，復咒其生，吾即活汝。」試之不驗，遂收於獄。其夜，大風撼屋宇，公曰：「是僧所爲也。」乃正衣冠而坐，待曙升堂，呼僧出，厲聲詰責，褫其衣縛之，以屈方拍案，僧股栗，肋下墜一珠，紅光閃爍，又墜一小册，乃妖術書也。公召同僚至，取二物焚之，將以斧劈其頭，僧曰：「待某自死。」遂死。公恐其詐，使舁至獄中，掘地瘞之，壓以巨石。三日發視，屍已腐矣。

【按】本文出明陸延枝《説聽》卷二，多有删節；清錢維喬《（乾隆）鄞縣志》卷一五、萬斯同《明史》卷二四六、徐開任《明名臣言行録》卷四〇等載傅四妻祝氏妻事，明焦竑《國朝獻徵録》卷九八、張萱《西園聞見録》卷一〇七、清來集之《倘湖樵書》卷三、李調元《尾蔗叢談》卷三、熊賜履《閒道録》卷一四等載妖道羊角禪師事。

陳公迂介

南京陳公鎬，爲山東提學副使時，夜至濟陽公館，庖人供膳而無箸，恐公怒責，而公則略不爲意。或請啟門外索，弗許。庖人則削柳條爲箸，公曰：「禮與食孰重？」

竟不夜餐，啖果數枚而已。

善食酒，父慮其廢事，寓書戒之，乃出俸金，命工製一大盅，鐫八字於内，云：「父命戒酒，止飲三盞。」士大夫聞之，互相談笑。

若公者，真迂介之士矣。

【按】本文明周暉《續金陵瑣事》「供膳無箸」、馮夢龍《古今譚概》卷二載之，李紹文《皇明世説新語》卷三、張萱《西園聞見録》卷九等載「膳而無箸」事。

陳嗣初吟詩

陳嗣初太史家居，有求見者，稱林逋十世孫，以詩爲贄。嗣初與之坐，少選入内，出手一編，令其人讀之，則《和靖傳》也。讀至「和靖終身不娶，無子」，客默然。嗣初大笑，口占一絶以贈云：「和靖先生不娶妻，如何後代有孫兒？想君自是閑花草，不是孤山梅樹枝。」客慚而退。

【按】本文出明陸廷枝《説聽》卷二，删節成文；蔣一葵《堯山堂外紀》卷八二、焦竑《玉堂叢話》卷八、焦周《焦氏説楛》卷六、查應光《靳史》卷二六、馮夢龍《古今譚概》卷一八、李紹文《皇明世説新語》卷七、清張貴勝《遣愁集》卷一、陳夢雷《古今圖書集成》明倫彙編交誼典卷一〇一等載之。

李陸善謔

西涯公善謔，多見前輩志述。近聞其居政府時，庶起士進見，公曰：「今日諸君試屬一對，云『庭前花始放』。」衆哂其易，各思一語應之，曰：「總不如對『閣下李先生』。」衆一笑而散。

陸式齋大參，在成化間，留滯郎署最久。其遷職方也，西涯時爲學士，戲語之曰：「先生其知幾乎，曷爲又入職方也？」式齋應聲曰：「太史非附熱者，奈何只管翰林耶？」聞者以爲善謔。

【按】本文出明陸廷枝《説聽》卷二；見載明郭子章《六語》諧語卷七、焦竑《玉堂叢語》卷八、蔣一葵《堯山堂外紀》卷八七、李紹文《皇明世説新語》卷七、查應光《靳史》卷二八、陳繼儒《見聞録》卷四、馮夢龍《古今譚概》卷二九、清梁章鉅《巧對録》卷五、吴肅公《明語林》卷一一、姚之駰《元明事類鈔》卷一七、陳夢雷《古今圖書集成》明倫彙編交誼典卷一〇一、汪陞《評釋巧對》卷三等。

胡顧不妄祖

胡公同知處州事，行縣至青田，有縉紳家與公同姓。來見，請通譜，曰：「先安定教授蘇湖，在二州者，多其子孫也。」公謝曰：「予未嘗受此於先人，義不敢許。」其人强以譜授公，公行一驛，遣人遞還之。

袁州守周山顧公禎，其鄉人同姓者，以家譜求通，云：「與公族俱出自野王公。」作詩却之，有「周山自是源流淺，不向墳頭拜野王」之句。若韓襄毅不祖稚圭，沈潤卿記之矣。卓彼三公所見，非企美狄武襄者耶？

【按】本文見明張萱《西園聞見録》卷四，第二則，亦見王會昌《詩話類編》卷二七。

鶯聲雁影

何尚書文淵守温州時，屬邑永嘉有百姓朱良觀、良旦兄弟争財，訟於郡。文淵訊知其情，皆惑於婦言也，乃屬其鄉之耆老，立兩人庭下，以大誼開諭之，因援筆判一詩於其狀後，有「只緣花底鶯聲巧，致使天邊雁影分」之句，良觀兄弟感泣伏謝，遂相敦睦。其事與蘇瓊無異。温人至今稱賢守，必先文淵。

【按】本文明蔣一葵《堯山堂外紀》卷八二、雷禮《國朝列卿紀》卷二四、李紹文《皇明世説新語》卷二、張萱《西園聞見録》卷三、焦竑《國朝獻徵録》卷二四、祁承㸁《牧津》卷一二、朱國禎《湧幢小品》卷二二、陸應陽《廣輿記》卷一一、張岱《夜航船》卷五、清梁維樞《玉劍尊聞》卷二、江伯震《孝悌録》、孫衣言《甌海軼聞》卷三九、張貴勝《遣愁集》卷一一、陸壽名《續太平廣記》卷一七等載之；清不題撰人《檮杌閑評》第十七回「涿州城大奸染厲，泰山廟小道憐貧」引用此兩句詩。

《荊釵記》辨

蕭山來主事子禹，爲予〔二〕言：孫汝權，乃宋朝名進士，有文集行世；玉蓮，則王十朋之女也。王十朋劾史浩八罪，乃汝權嗾之。理宗雖不聽，而史氏子姓，怨兩人刺骨〔三〕，遂作《荊釵記》誣之，以玉蓮爲十朋妻，而汝權有奪配之事，其實不根之謗也。

【按】本文出陸延枝《説聽》卷二，節録成文；明姜準《歧海瑣談》、清褚人獲《堅瓠集》四集卷二、王初桐《奩史》卷二一、焦循《劇説》卷二、杭世駿《訂訛類編續補》卷上、楊恩壽《詞餘叢話》卷三等載之，爲研究南戲的重要資料。

蔡西圃誅檜詩

秦檜墓在金陵江寧鎮，歲久榛蕪。成化乙巳秋八月，爲盜所發，獲貨貝以鉅萬計。

〔二〕「予」，《説聽》作「余」。

〔三〕「刺骨」，《説聽》作「次骨」，誤。

盜被執，而司法者末減其罪，惡檜也。蔡西圃[二]昂歷事大理，親閱囚牘，爲作詩以快之，云：「元奸構虜孤忠殘，二帝中原不復還。恨無明王即顯僇，至今遺穢江皋間。」「當時殉葬多奇寶，玉簞金繩恣工巧。荊榛無主野人耕，狐兔爲群石羊倒。一朝被發無全軀，若假盜手行天誅。甯知浙上鄂王墓，報祀應將天壤俱」。

【按】本文出明陸廷枝《説聽》卷二；明王會昌《詩話類編》卷二七、清《堅瓠集》壬集卷一、曾衍東《小豆棚》卷五、李伯元《莊諧詩話》卷三等載之。

周八尺

周八尺兩臂廣長八尺，故得名，漁千[三]閶門城壕。忽一夜有青衣散髮者，從木簰下起，謂周曰：「某溺死於此，有年矣。君肯遺一飯，並紙錢，當有以報。」周如其所須。鬼

[二]「蔡西圃」，《説聽》作「吾鄉蔡西圃」。

[三]「千」，爲「于」字之誤。

飯訖，囊紙錢灰[二]，問：「何用？」云：「當錢使。詰朝於某處張網，則獲魚若干。」果然。是後鬼嘗起籜下[三]，塘西周秀才，甲科貴人也。

一夕，欣然有喜色，曰：「明日午時，替身來矣。」周問：「爲誰？」曰：「挾鵝者。」及明，果有一人至，爲鵝矢污襦，濯諸水濱。周訊之，云：「家有八十老母，賣是以供朝夕。」遂去，其夜，鬼對周云：「彼有耄親，吾故捨之。某月某夕，有婦人來，吾可取而代也。」至期方暮，某氏婦與夫爭，競投水，家人奔救，得免。周叩其故，曰：「此婦有娠，何忍害其兩命耶？」

久之，鬼來告別，云：「吾本下鬼，以再次放生之仁，見録於上帝，敕我爲無錫北門土地，從此逝矣。某日廟中塑像成，衆共賽社，即吾到任之期也。君可不來相賀乎？」周問己之生業，曰：「毋棲棲於此。無錫東門，乃爾發跡地也。」是後，無復影響。

[二]「紙錢灰」，《説聽》作「紙灰錢」。

[三] 本文闕文，《説聽》作「得所須則豫告捕魚處及獲魚數，無爽。又説下」

周如期，攜麸酒至廟，果像成建會，男女雜遝，見此鬼冠帶而出，與之對飲，傾壺而別，他人不見也。此景泰末事。

及天順甲申，兩周秀才瑄、觀，同舉進士。周到無錫東門，傭工於一寡婦之家，遂相與[二]爲偶。經營産業，漸致殷富，與婦生一子焉。鬼之言悉驗。

【按】本文出陸延枝《説聽》卷二。

陳胡子

寧波有陳胡子者，以美髯得名。其人生不識字而有異術，能治奇疾。人往求治者，不施藥餌，但隨意所用，或取壁間泥塗患處，無不立愈者。有袁指揮妻患瘰癧，延治之，即瘥。後袁妻以他病死。

一日，有巨艑泊陳門，請視疾，曰：「吾，盛店楓橋楊家也。」陳疑此處大族無楊

[二]「相與」，《説聽》作「與」。

姓者，不欲行，强之，乃登舟。但聞風水聲，俄頃即至。其家門宇高煥，延入中堂，一婦人出，陳視之，乃袁妻也，驚問之，曰：「吾今爲楊尚書第三子婦。吾夫他適，吾瘰癧病發，不及待其歸，屈君來治耳。」陳爲留七日，心神恍惚如醉。既而夫歸，妻言其故，即相見，款待殷勤，出金銀、糖果爲謝，其妻自饋白金八錢。陳受置於懷。復命舟送還。未至陳門，操舟人遽擁之上岸，金銀、糖果俱置於田間而去。

陳仆地昏然，有人行過，見而識之，扶歸，竟日始蘇，備述其事。視其糖果，皆泥所爲，金銀則紙粘者，惟婦所饋，乃真銀也。越歲，陳死。至今，其地有楊三舍人廟云。

【按】本文出明陸廷枝《説聽》卷二。

孔公報德

侍郎長洲孔公鏞，字韶文。爲諸生時，家赤貧，至饔餐不給，每詣學，則買二餅充饑。五聖閣有道媪，見其旦晚經門，一日迎入問故，公以實告，媪心憐之，謂曰：

「吾家晝則有齋，夜則有燈。秀才肯僑居此乎？」公從之，遂得肆志於學。後舉進士歸，媪已卒，公斬衰冠送葬焉。

嗟乎！是媪之濟孔公也，恩深於漂母矣。淮陰贈生，義重千金；韶文事死，禮齊喪妣。古今英雄報德之隆，固如是夫。

【按】本文出陸延枝《説聽》卷二；亦見明王圻《稗史彙編》卷八七、鄭瑄《昨非庵日纂》卷一七、張萱《西園聞見録》卷一六、陳繼儒《見聞録》卷七、清褚人獲《堅瓠集》續集卷四、周召《雙橋隨筆》卷七等。

陸公不淫

參政太倉陸公容，少美風儀。天順三年，應試南京。館人有女，善吹簫，夜奔公寢。公紿以疾，與期後夜。女退，遂作詩云：「風清月白夜窗虚，有女來窺笑讀書。欲把琴心通一語，十年前已薄相如。」遲明，托故去之。是秋，領鄉薦，時年二十四。

【按】本文出明陸延枝《説聽》卷二；明劉萬春《守官漫録》卷一、王圻《稗史彙編》卷二

三、葉廷秀《詩譚》卷四、蔣一葵《堯山堂外紀》卷八六、張萱《西園聞見録》卷九、詹詹外史《情史類略》卷四、清金植《不下帶編》卷二、陸壽名《續太平廣記》卷一五、汪學金《婁東詩派》卷二、姚文然《姚端恪公集》外集卷九、趙吉士《寄園寄所寄》卷二、褚人獲《堅瓠集》四集卷一、史潔珵《感應類鈔》、王昶《（嘉慶）直隸太倉州志》卷六〇、錢德蒼《解人頤》等載之，陸人龍《型世言》第十一回「毀新詩少年矢志，訴舊恨淫女還鄉」入話敷衍本文，清樵雲山人《飛花豔想》第十一回「古寺還金逢妙麗」、杜剛《娱目醒心編》卷九「賠遺金暗中獲雋，拒美色眼下登科」、郭小亭《濟公傳》第八回「煉法術戲耍劉泰真，李國元失去天師符」等引用了文中詩歌。

鄭公正直

鄭公鋼，字德新，長洲人，爲人端慤，言動一以禮。少授徒於富家，主婦窺而屬意。一日，坐讀書，有老嫗俯度其足，問：「何爲？」曰：「娘子欲爲君作鞋耳。」鋼正色叱之，即束書歸，不復登其門。平生自守率類此。

【按】本文出明陸廷枝《説聽》卷二，删節成文；明張萱《西園聞見録》卷九載之。

王文恪題《純陽渡海》

王文恪公年十二能詩，有以《吕純陽渡海像》求題，公援筆書其上，云：「扇作帆兮劍作舟，飄然直渡海洋[二]秋。饒他弱水三千里，終到蓬萊第一洲。」識者已知公爲遠器矣。

【按】本文出陸廷枝《説聽》卷二；明焦竑《玉堂叢語》卷七、蔣一葵《堯山堂外紀》卷八八、清褚人獲《堅瓠集》四集卷四、陸紹曾《古今名扇録》、趙吉士《寄園寄所寄》卷六、蔣鳴珂《古今詩話探奇》卷下等載之。

盧御史非朱子

東陽盧御史格，字正夫，著《荷亭辨論》，多非朱子。其友某或云屠尚書滽見之，寄

[二]「海洋」，《玉堂叢話》作「海風」。

以詩，云：「桃花開徧玉樓春，杜宇聲聲花外聞。啼得血流唇舌破，桃花依舊發精神。」譏其勞而無益也。然盧公自任朱子之忠臣，豈以是詩爲病乎？

【按】本文出明陸廷枝《説聽》卷二；明王會昌《詩話類編》卷二七、清宋長白《柳亭詩話》卷二八載其詩。

范昌辰自歎

范昌辰，吴縣人，工於詩，没世後，散逸不傳。余少聞五嶽黄山人誦其《自歎》一絶云：「我欲策短笻，操瓢乞於市。漂母是何人？王孫乃國士。」

【按】本文出明陸廷枝《説聽》卷二；明王會昌《詩話類編》卷二八載之，馮夢龍《墨憨齋重定雙雄記》第二十四折「兄弟從軍」引用《自歎》一詩。

陳公錯誤

太常卿陳公音，字師召，福建莆田人，有文行，而性恍惚多誤。前輩傳其事，以爲笑。近又得數事，敘列于左。

刑部郎中浙江楊某，字文卿，又有山西人楊文卿爲户部郎中。一日，浙江楊氏招飲，而師召造山西楊氏。時文卿尚寢，聞其來，亟起迎之。坐久，師召不見酒肴，乃謂曰：「觴酒豆肉足矣，毋勞盛設。」文卿愕然，應曰：「諾。」入告家人，使治具。俄而浙江使人至，白以主翁久俟，師召始悟，曰：「昨日所請者，乃汝主耶？我誤矣。」乃一笑而去。

嘗檢書，得友人《招飲帖》，師召忘其昔所藏也，如期而往。纍茶不退，主人請其來故，答曰：「赴君飲耳。」主人訝之，而難於致詰，具酒共酌。席罷，方憶去年今日曾邀陳也。

清旦入朝，誤置冠纓於背，及睹同列垂纓，俯視頷下而駭，曰：「公等悉冠纓，而吾獨無，何也？」一人遽持其纓正之，曰：「公自有纓，獨無背後眼耳。」諸公大噱。

嘗自院中歸，語從者曰：「今日訪某官。」從者不聞，引轡歸舍。師召謂至某官家矣，升堂周覽，曰：「境界全似吾家，何也？」又睹壁間畫，曰：「是我家物，緣何在此？」既而家僮出，叱之曰：「汝何爲亦來乎？」僮曰：「是吾家也。」師召始悟〔一〕。

西涯嘗戲與擲骰子，得幺，則指曰：「吾度其下是六。」反之，果六也，各骰〔二〕皆然。師召大驚，語人曰：「賓之，天才也。」或諭之曰：「彼給公耳。上幺下六，骰之〔三〕定數，何足爲異！」師召笑曰：「然則我亦可爲。」因詣西涯告之，西涯先度其必至，別製六骰，錯亂其數，師召屢擲〔四〕不中，乃歎曰：「兄真不可及也，豈欺我哉！」

【按】本文出明陸廷枝《説聽》卷二；其中，「文卿招飲」條，見焦竑《玉堂叢語》卷八，「檢書」條，見明蔣一葵《堯山堂外紀》卷八七、查應光《靳史》卷二八、馮夢龍《古今譚概》卷五等。

〔一〕此後，《説聽》尚有一段小字評論。
〔二〕「各骰」，《説聽》作「各色」。
〔三〕「骰之」，《説聽》作「骰子」。
〔四〕「擲」，《説聽》作「商」。

兄弟食梅

長洲劉憲副瀚之，族有兄弟二人，初本孿生，貌極相肖。市有鬻青梅者，梅甚大，其兄戲與決賭，云：「能頓食百顆。」市人云：「果然，當盡以擔中梅相餉。」劉食其半，佯稱便，旋入門，而其弟代之出，食至盡，而衆莫能辨，遂爲所勝。古所謂伯偕、仲偕之事，殆信有之。

【按】本文出明陸廷枝《説聽》卷二；明馮夢龍《古今譚概》卷五載之。

卷三

龍異

正德十三年五月十五未申時〔一〕，常熟有白龍一、黑龍二，自西北來，天地晦冥。至俞市村，乘雲而下，目光如炬，吐火焰焰，麟甲頭角皆現，轟雷掣電，猛雨狂風，居民三百餘家，屋數千〔二〕間，席捲而去；船十餘舸，墜地爲齏粉，瓦石、梁柱、樹木，星散四飛，驚死者三十餘人。至酉戌時，三龍乘雲望東海而去〔三〕。是夜，紅雨如注，五日夜乃止。

〔一〕「未申時」，《震澤長語》作「未申之間」。
〔二〕「數千」，《震澤長語》作「千餘」。
〔三〕「三龍乘雲望東海而去」，《震澤長語》作「至東海乘雲而去。」

【按】本文出明王鏊《震澤長語》卷上；明李默《孤樹裒談》卷一〇、沈德符《萬曆野獲編》卷二九、徐學聚《國朝典匯》卷一一四、江盈科《雪濤小説·聞紀》、清張廷玉《明史》卷二八志第四、趙宏恩《（乾隆）江南通志》卷一九七、馮桂芬《（同治）蘇州府志》卷一四三、傅維鱗《明書》卷八五志二二、嵇璜《續文獻通考》卷二二八、王應奎《柳南隨筆》卷五、萬斯同《明史》卷三八志一二、談遷《國榷》卷五〇、《二申野録》卷三等並載此事。

玉　龜

南京紫金山，即古之鍾山、蔣山也，高皇〔一〕陵寢在焉。葬之時，掘土數尺，見一玉龜〔二〕，頭頸〔三〕長數寸，口目足尾，儼然皆真〔四〕，今藏太廟。久晴而腹下有水，則

〔一〕「高皇」，《七修類稿》作「我太祖高皇帝」。
〔二〕「玉龜」，《七修類稿》作「石龜」。
〔三〕「頭頸」，《七修類稿》作「頸」。
〔四〕「口目足尾，儼然皆真」，《七修類稿》作「首足口目皆具」。

雨；久雨而腹下燥，則晴，其異如此。

余於萬曆庚子秋謁陵，請之守者，得睹。膚理細澤，數墨玉然。又聞土中原有九玉龜，掘時飛逸其八，衆人急掩之，僅得一龜存焉。記此以俟考證。

【按】本文「余於萬曆」之前，出明郎瑛《七修類稿》卷九，名「石龜」。

朱塔户

朱達悟，滑稽之流，睚眦必報。或訛呼其名爲塔户，必搆中之乃已。有與交者，折簡畀僕往，速朱飲。僕及其門，問焉，訛其呼，朱應曰：「吾是也。」遂覓一石重百斤，書其上曰：「來人稱塔户，頑石壓其頸。」乃封裹紿僕曰：「汝主索此物，吾割愛與之。汝速歸，毋息肩，恐吾兒還則追奪也。」僕極力負還。主見之，不覺大噱。

凡親友〔二〕飲宴必召朱，朱必赴。間發一談，使人捧腹不已。一日，諸少年游石湖，

〔二〕「親友」，《蓬窗類紀》作「親交」。

背朱往。既解纜，喜曰：「塔户不知也。」朱忽在舵樓，躍出，曰：「予在矣。」蓋朱預知背己，賂舟子藏以待也。衆驚笑，延朱即席，且吟且進。朱曰：「湖有寶積寺，幽潔，主僧善予，盍一登？」衆從之，挈榼以往。酒數行，朱佯醉，臥僧榻，日西猶未醒，呼而掖之，輒摇首曰：「眩，莫能起。」僧亦固〔二〕留。衆先發，朱從間道還，時已暝，乃濡其衣履，披髮，擊諸同遊者户，倉皇告曰：「不幸舟觸石沉於湖，予偶得漁者援焉。」諸聞者長少驚啼。趨往至楓橋相值，皆無恙，惟相笑〔三〕而已。朱但憤其背己與訛呼其名而爲是，小隙不貸，類如此。

【按】本文出自明黄暐《蓬窗類紀》卷四；馮夢龍《古今譚概》第二二、浮白齋主人《雅謔》載之，《姑妄言》第二回「竹思寬逢老鴇得偶，錢貴姐遭庸醫失明」中鐵化「罰僕抗磨」等情節與此相似。

〔二〕「固」，《蓬窗類紀》作「曰」。

〔三〕「相笑」，《蓬窗類紀》作「有笑」。

楊文理善吟

楊文理，紈綺子也，侈靡善吟，中歲貧甚。與杜公序善，杜以進士出爲攸令，楊欲往謁，闕道里費，趑趄久之。楚有商於吴者，難楊曰：「爲我作《行舟》八詠，即載以往。」題曰「篷、檣、篙、櫓、錨、纜、舵、跳」。楊援筆一揮而就。商讀之，躍然起敬，載之往，且厚贈之。嘗記其詠《篷》曰：「雨濕湘帆翠欲流，飄飄偏稱木蘭舟。才從紅蓼灘頭掛，又向白蘋洲畔收。數葉飽風淮浦晚，一繩拖雨洞庭秋。蓬萊聞説三千里，藉爾何當作勝遊。」《櫓》曰：「誰倩公輸巧斲成，翩翩渾訝逐風鷹。分開水面秋烟冷，斲破波心夜月明。船尾駕來三尺短，棹頭摇去五銖輕。不堪聲作伊州調，客裏聞來倍慘情。」餘不能全記。《檣》有曰：「宵歸海面[一]疑撐月，晚泊山隈欲礙雲。雖受[二]高標平地起，最憐孤影隔溪分。」《篙》曰：「誰剪瀟湘玉一枝，棹郎常向

[一]「海面」，《蓬窗類紀》作「海上」。

[二]「受」，《蓬窗類紀》作「愛」。

手中持。撑開楊柳橋邊市，移過桃花渡口祠。」《錨》曰：「一環似月分中墜，四齒如錐向上擎。」《纜》曰：「秋風任擲孤篷外，夜月長維古渡邊。」《舵》曰：「不入絲塵芳草路，慣依疏雨落花津。」《跳》曰：「踏破曉霜還有跡，溜殘春雨不生苔。」如此等句，誠亦動人，惜不見其全集。

【按】本文出自明黄暐《蓬窗類紀》卷三；明蔣一葵《堯山堂外紀》卷八一、王會昌《詩話類編》卷一七、王良臣《詩評密諦》卷四、徐應秋《玉芝堂談薈》卷八、清褚人獲《堅瓠集》五集卷四、趙吉士《寄園寄所寄》卷四、李伯元《莊諧詩話》卷三、民國楊鍾義《雪橋詩話》三集卷二等並載之。

死女嫁人

遼東別駕王某者，有女少艾卒，王別轉，以路遥，未便攜歸，暫停客舍。後代任者徐君樹德，川中人也。子貌頗雋，尚未室。偶遊園中，問：「爲何人棺？」守者以顛末告。子心慕其美，憑棺而嘆羨之。是夕，子獨宿，一女叩門，謂：「逼於繼母而欲投之也。」乃納而合焉。往來數月，無異狀，但不火食。後子病垂絶，父母苦詢之，始以實對。忽一夕，女至，强以火食進少許，父母躍入執之，不能去。叩之再三，備言其故。徐作書語王，王不信，令子來視之，果妹也。及發棺視之，但空棺矣。遂以禮，配爲夫妻，相敬如賓。生三子，皆顯。友人陶元甫談。

【按】本文與《牡丹亭記》等還魂小説，有異曲同工之妙。

男化女

洛中二行賈，最友善。忽一年少者腹痛，不可忍。其友極爲〔一〕醫治，幸不死，旬餘而化爲女。事聞〔二〕撫按，具奏於朝。適二賈皆未婚，奉旨配爲夫婦。此等奇事，亘古不一二見者，萬曆丙戌年事。予寓晉，目擊邸報〔三〕。

〔一〕「極爲」，《稗史彙編》作「亟爲」。
〔二〕「聞」，《稗史彙編》作「上」。
〔三〕「此等奇事，亘古不一二見者，萬曆丙戌年事。予寓晉，目擊邸報」，《稗史彙編》作「此萬曆丙戌年事」。

【按】本文見明王圻《稗史彙編》卷一七二「男化女」、詹詹外史《情史類略》卷一一「化女」、清趙吉士《寄園寄所寄》卷五等。

樵周墓

吴鑑，建昌人，登隆慶戊辰第，授四川南充令。南充縣治有三國樵周墓，至今爲厲。凡令下車，必以禮享之。吴不信，不爲禮。甫入署，夫人下輿，若有人擊之，遂仆不起。詰朝，吴坐堂上，見一緋服者從中道進，衆逐之，乃遁去。歲餘，適吴有巡查之委，其母及子共居署中，子平日頗醇良，忽變兇悍，以大母鉗制不利己，遂以棍斃之。吴亟歸，子已竄矣。覓三年，始獲，裂其屍以祭母。吴遂請告，終不出。

夫夫人暴卒，已爲異，至於以孫弑祖、以父殺子，其罹禍，亦奇且慘矣。非厲鬼爲祟，斷不至此。嗟乎！爲鑑者，奈何一念堅持，而忍貽害至此乎？

王文捕許妖

許道師，尹山之小民也，善房中術，以白蓮教惑人，欲鈎致婦人爲亂。有傳道者數輩，事之以爲神佛，遂鼓動一境，皆往從焉。

其人居一室中，人不得妄見。以五月五日，取蜈蚣、蛇、蠍、壁虎等五種毒物，聚置一甕中，閉而封之，聽其相食，最後得生者，其毒特甚，乃取而刺其血，和藥浸水，貯之。令婦人欲求法者，必令先洗其目，云「不爾不清净，不可以見佛。洗後入室，金光眩然，妄見諸鬼神」相愚，無知者於是深信之，以爲誠佛也。道師坐一大竹籃中，令婦人脱衣，抱持傳道。婦人不肯者，則請令小兒摸其勢，果若天閹者，於是兢〔一〕不疑之。及親體，則迫而淫焉。婦人或聽或不聽，無不被污而出，不敢語人，故其後至者不絶。有沈三娘者，與之淫尤密，每招村之婦女來傳法，則並污之。惑者既衆，恒所聚人亦幾百數。

〔一〕「兢」，《吴中故語》作「竟」。

時都指揮翁某新至，欲以此立功求升，百户李慶贊之，遂白都御史王文，張皇其事。文時以賑濟在蘇，亦有喜功心，三人議遂合，乃發衛兵五百人往收之。知府汪滸、指揮使謝某坐中軍，李慶爲前哨。妖黨初但以淫人，故爲左道，實未敢爲叛也。至是，懼死，乃相率遁去，居田野中。其類惑之者，執竹槍、田犁之器衛之，許道師坐一石上，衛兵列陣而對之。其黨曰：「汝軍家勿動。吾師少誦一咒，則汝等來者皆死。」衛兵惑之，果欲返走。中一卒曰：「賊首坐在石上，何難擒也！」馳突前至道師所，執其衣領擒之，餘皆盡縛無脱者，盖將三百人焉，皆以檻車載送捷上。

尚書于謙在兵部，深知其飾功，止特奏升翁一級，餘並不遷。賊首置極典，連誅者三、四十人，沈三娘者，亦與在焉〔二〕。

〔二〕此句後，《吴中故語》尚有大段文字，其文爲：後李慶進本，自陳其功，乞遷官。于尚書立案不行。慶争曰：「若如此，則使他日有警，人不肯用心也。」于曰：「吾，杭州人，豈不知此事僞耶？今一士執一人遂謂之討叛乎？」遂罷。許妖之罪，自是滔天，不容誅矣！然其間田野愚夫，有一時無知相從者。因三人有遷官之心，遂使三百人皆以大辟死，誠何心耶？後文被誅，翁亦縊死，李慶之二子皆爲盜，死獄中，亦報施之不爽也已。

【按】本文出明楊循吉《吴中故語》；清梁顯祖《大呼集》卷八等載之。

人妖

成化庚子，京師有寡婦，善女紅，少而艾，履襪不盈四寸，諸富貴家相薦引以教室女刺繡，見男子，輒羞避，有問亦不答。夜必與從教者共寢，亦必手自鑰户，嚴於目防〔一〕，由是人益重之。

庠生某慕寡婦，必欲與私，乃以厥妻詒爲妹，賂鄰嫗往延寡婦。寡婦至，生潛戒其妻，將寢則啟户如厠。妻如戒，生遽入，滅燭，婦大呼，生扼其吭，强犯之，則男子也。厥明，縶送於官。訊鞫之，姓桑名翀，年纔二十四歲，自幼即縛其足，喬裝女態〔二〕而爲是圖。富貴家女與之私者，殆以千計〔三〕。法司以其事奏聞〔四〕，憲廟以爲人妖，

〔一〕「目防」，《蓬窗類紀》作「自防」。
〔二〕「足，喬裝女態」，《蓬窗類紀》作「足小」。
〔三〕「殆以千計」，《蓬窗類紀》作「如幹人」。
〔四〕「以其事奏聞」，《蓬窗類紀》作「上其獄」。

着法司置諸極典云。

【按】本文出明黄暐《蓬窗類紀》卷一；清覺羅石麟《山西通志》卷二三〇雜志、張之洞《（光緒）順天府志》故事志六雜事上、王初桐《奩史》卷四一、趙吉士《寄園寄所寄》卷五等載之，馮夢龍《醒世恒言》卷十「劉小官雌雄兄弟」入話敷衍之。

李學士窮身

成化間，有善摩骨相者，遇李文達公賢，徧身按撫，以爲此骨法，必是乞丐。至唇間，大駭，長跽，曰：「貴格在此，當居一品。」時賢未第，衆皆疑訝，未信。後賢登第，爲大學士，始服其神相。公平生止御布衣，如衣綺繪則體癢，必解去方止。蓋二歸三昧之理，中藏叵測，斯豈面壁人耶？何其勘破塵世也？

鵬　精

都閫安承勳，豪侈甲於西蜀，家園周遭數里，中蒔花疊石，備極巧麗，其最勝者，仙人塢、瀫瀨灘、滴翠樓、跨虹棧、却月亭，諸處鑿巨池，四岸各設一院，每院歌妓數十，以年稍長者主之。月夕興至，駕一舟，名「烟水凫」者，往來池中。凡至一院，歌曲喧然，真如中天臺閣、塵世丹丘矣。

西夷達魯不花贈以鵬精，其色碧紺，以油囊裹之，外加錦帶，束之臍下，狎美人通夕不倦，曉則解之，次夕復然，諸姬皆不勝苦。一夕，少姬竊精投之池中，主偵得之，取試如初。至八十餘，猶夕擁數女而睡，面若桃花。豈兼馴内養歟？陳濳夫談。

三應夙冤

烏程范祭酒應期，嘉靖乙丑狀元，家居不緝，臧獲頗横。御史彭應參欲以鋤豪，博風勵名。及按，湖鲞踴訐告祭酒，縣令張應望、彭希旨且厚索未厭。概罪范僕，逼其子致鴆死，所散家財殆盡，鄉民猶環集呼詈，祭酒不堪，懸榻而死。時萬曆甲午夏。其配吴夫人抵都擊鼓鳴冤，范曾爲今上儲傅，聞之震怒，敕錦衣衛官校械彭、張廷鞫。彭罷官，張論遣。謂范、彭、張，乃三應相值，亦夙冤也。

巨賈還妾

惠州山人杜以唐妾，名紫薇花，幼年秀慧，杜甚嬖之。嘉靖末，移居湖湘，舟次龍浦，遇盜至，家人踉蹌登岸，盜劫其財。及盜去，家人返舟，忽失一妾，竟無踪跡。隆慶己巳，杜至合浦巨賈王國禎家，見禎繡兜膝，潸潸淚下。禎問故，杜曰：「此類吾妾手澤。」語訖，不覺哭失聲，禎爲感動。頃入，見己妾，亦悲咽。再三詰之，妾曰：「我實杜山人姬，向緣遇盜，失於龍浦，爲人挾至，奉公中櫛。適聞來客哭聲，試睹之，乃吾夫也。」禎嗟訝曰：「有是哉！吾爲慷慨男子，豈以幃牆愛，斷人夫妻耶！」遂不索其直而還之。

典史中狀元

甯晉曹鼐初以鄉舉，歷代州校官，改泰和典史。宣德間，擢進士第一，官至少宰兼大學士。盖典史，乃未入流之官，故得與諸生校試云。

嚴都堂剛鯁

嚴德明，在洪武中，爲左僉都御史，嘗掌院印。以疾求歸，發廣西南丹充軍，面刺四字曰：「南丹正軍。」後得代，歸吴中，居於樂橋，深自隱諱，與齊民等。宣德末年猶存。西軍之過，暴苦民家，公奮手毆之，西軍訟於都察院，被逮。時御史李立坐堂上，公跪陳云：「老子也曾在都察院勾當來，識法度的〔一〕，豈肯如此？」李問云：「何勾當？」嚴公云：「老子在洪武時，曾都察院掌印。今堂上版榜所稱『嚴德明』者，即是也。」李大驚，急扶起之，延之後堂，請問舊事，歡洽竟日而罷。

後御史繆讓家宴客，教授李綺上坐，致公作陪。公時貧甚，頭戴一帽已破，用雜布補之。綺易其人，見公面上刺字，憐而問之，云：「老人家爲何事〔二〕刺此四字？」公怒，因自述：「老子是洪武遺臣，任左僉都御史〔三〕，不幸有疾，蒙恩發南丹。今老

〔一〕「的」，《吴中故語》作「底」。

〔二〕「爲何事」，《吴中故語》作「何事」。

〔三〕「左僉都御史」，《吴中故語》作「僉都御史」。

而歸。」且曰：「先時法度利害，不比如今官吏。」綺亦大驚，拜而請罪，因退避下坐。先輩朴雅安分如此〔二〕。

【按】本文出明楊循吉《吴中故語》；亦見明張萱《西園聞見録》卷一〇〇、《廣西通志》卷八六、汪森《粤西叢載》卷六、趙吉士《寄園寄所寄》卷六、《古今圖書集成》明倫彙編官常典第三六四等。

楊公不争

尚書楊公仲舉，吴人，有厚德，從軍武昌，與廬陵楊文貞公布衣交。後文貞貴顯，薦爲景皇帝潛邸官僚。居京師乘驢，鄰翁老得子，驢鳴輒驚。公聞，賣驢徒步。久雨，水溢鄰穴〔三〕垣瀦水公家，家人欲與兢，公曰：「天不恒雨，晴當自涸。」鄰葺頹垣，

〔二〕此句後，《吴中故語》尚有文：「聞之長者，洪武時吴中多有仕者，而惟嚴公一人得全歸焉。今其子孫不聞如何也。然當公在時已埋没不爲人所知，況其後乎？」

〔三〕「穴」，《蓬窗類紀》作「大」。

復侵公地，公亦不較。作詩曰：「普天之下皆王土，再過來些也不妨。」金水河橋成，命簡有德者試涉，廷臣首推公焉。

【按】本文出明黄暐《蓬窗類紀》卷二；亦見明焦竑《玉堂叢語》卷一、張岱《快園道古》卷一、清趙吉士《寄園寄所寄》卷二、清姚之駰《元明事類鈔》卷三八等。

馬致安不淫

馬致安，其先西域人。致安生中國，讀聖人書，用變夷俗，故不忌猪犬肉訓。蒙自給，貧不能娶，僦敝廬而獨處。鄰有嫠婦，暮夜〔一〕叩門，即之。致安曰：「汝爲士人妻，今則未亡人矣，乃不自檢如此！又欲污我潔士乎？而況與汝槁砧爲友乎？可速去〔二〕！」遂〔三〕堅扞其户，婦愳而去〔四〕。

〔一〕「暮夜」，《紀善録》作「莫夜」。

〔二〕「可速去」，《紀善録》無此句。

〔三〕「遂」，《紀善録》無此字。

〔四〕「而去」，《紀善録》作「而出」。

【按】本文出明杜瓊《紀善録》；明張萱《西園聞見録》卷九載之。

吴訥不貪

吴訥，字敏德，蘇之常熟人，爲御史，巡按貴州，得代而還。例言三司得失，其都司官，以黄金若干兩，於人跡不到處，追而送之。訥不啟其封，作詩題其上曰：「蕭蕭行李向東還，要過前途最險灘。若有贓私並土物，任他沉在碧波間。」後以都御史致仕，爲時名臣，年九十而終。

【按】本文出明杜瓊《紀善録》；其事及《却金詩》，明都穆《都公譚纂》卷上、陳全之《蓬窗日録》卷八、王錡《寓圃雜記》卷二、王兆雲《皇明詞林人物考》卷二、張萱《西園聞見録》卷一三、葉廷秀《詩譚》卷四、項篤壽《今獻備遺》卷一四、清褚人獲《堅瓠集》卷二、徐開任《明名臣言行録》卷一九、姚之駰《元明事類鈔》卷一〇、張夏《雒閩源流録》卷三、趙吉士《寄園寄所寄》卷二、鄂爾泰《（乾隆）貴州通志》卷四五、張英《淵鑒類函》卷三〇九、三六一等載之。

火異

正德七年三月，江西餘干之仙居寨，夜震雷颸風〔一〕，西北方有火如箭，墜一旗〔二〕上，如燈籠〔三〕。有卒撼其旗，火飛上竿首，卒因發火銃之，其火四散，各寨槍上皆有光如星，須臾而滅。

五月，廣西萬春北寨，槍上俱有火。

八月〔四〕，山東秦始皇廟，夜鐘鼓自鳴，火起桑上，樹熖而枝葉無恙，廟宇毀而神像如故。

祝融氏固自變幻，然未有如此之奇者。

【按】本文出明王鏊《震澤長語》卷上或《震澤紀聞》卷下；亦見明施顯卿《奇聞類記》卷

〔一〕「夜震雷颸風」，《震澤長語》作「夜雷電以風」。

〔二〕「一旗」，《震澤長語》作「旗杆」。

〔三〕「如燈籠」後，《震澤長語》有「光照四野」句。

〔四〕「八月」，《震澤長語》作「三月」，據文意，當爲「八月」。

二、徐學聚《國朝典匯》卷一一四、清傅維鱗《明書》卷八五等。

穿塚大異

風水之説，從來遠矣，而徽人尤重之，其平生搆争結訟，强半爲此。遂有僇民朱從志等數十人，詭知地術，杜撰妖書，創製鬼印、鐵車、棒械，鑽石掘磚，無堅不入。窺已驗之地，蠱誘豪貪，以圖厚利。每發塚時，必外張皮帳，以掩燭光，布盛草土，以覆故跡。穴大如斗，而賊徒朱明，號穿山甲者，緣穴出入，其捷如神。毀棺易屍，任從簸弄。或男女相混，或一擲數骸，或入贋骨以雜真，或出真骨以入贋，如是者數年，毒流縉紳之家，不下數萬。萬曆己亥歲，事發，坐死者十六人，論遣者四人，擬徒者三十餘人，其脱逃者甚夥。

嗟乎！不劫人之財，而劫人之命脈，不殺一二人，而殺千萬人，慘過於採生，罪浮於劫奪，真出於耳目見聞之外，而律文不載之條也，其切齒可勝道哉！

【按】本文當從明王同軌《耳談類增》卷五四「徽歙發塚盜」之中所附「發塚大變事」改寫而

成；亦見明王圻《稗史彙編》、清趙吉士《寄園寄所寄》卷一一等。

徐文定公

文定公〔一〕初試京師，夢至一所，若今文淵閣者，上有三老立焉，授公鑰匙一握，公出至門，密數之，其匙得六。後公入仕，司經局，左、右春坊，詹事府，吏部至内閣，司印果六。

又公爲詹事時，服闋，至蘇城，聞王時勉名醫也，令診之。時勉以〔二〕公脈有歇，至不敢言。公曰：「吾脈素有異。」時勉曰：「若是，則無妨也。」然終不樂。次謁范文正公廟，少憩息〔三〕，忽夢一衣冠偉人來謁，曰：「勿憂也！公之壽年，還有兩干。」覺而思之，以爲二十年也。其後二十二年卒，盖干之爲字，兩一〔四〕，合爲二十二

〔一〕「文定公」，《震澤長語》作「徐文定公」。

〔二〕「以」前，《震澤長語》有「既診」。

〔三〕「少憩息」，《震澤長語》作「少憩」。

〔四〕「兩一」，《震澤長語》作「兩十兩一」，當是。

云。其神驗如此。

【按】本文出明王鏊《震澤長語》卷下，多有删節；也見明李默《孤樹裒談》卷八、署名宋邵雍《夢林玄解》卷一二、陳士元《夢占逸旨》卷五等。

繼子

白希，郢中人，爲徵仕郎，無子，不欲以侄繼，抱屠家子子之。後希死數年，仲冬，偶客過訪，留宿側室。東方未明，聞有奔走聲，客起視，見男婦數輩，或仕服，或儒服，或青服，徘徊顧盼，若有饑色。又一人賤服，腰插一刀，長尺許，踉蹌而進，竟入室。後少頃，陽陽鼓腹而出，數人頓足歎曰：「苦矣！休矣！又不得餐矣！」凄然而退。客驚愕莫解，備審之伊家老蒼頭，云：「是夜以長至，令作祖考祀。其持刀者，主人生父也；頓足去者，其白氏宗也。」

嗟夫！以希之謀，謂己能世享其業，而不知死後之不得一飽也。向使以侄爲子，則肸蠁原自相通，誰能攘之？雖不可謂希無子，而白氏之世澤，從兹斬矣。張光禄談。

捐金活婦

楚人張弼[一]，偶往江干，見水中一少婦，起之，問所由，則夫行賈久不歸，以爲死也。夫曩稱貸富人金，將没人婦，義不辱也[二]。弼即出三十金濟之，且詒之曰：「吾於而夫，友也，而夫實不死，此金而夫所致也。」婦得金，免於難，弼竟不言名姓。逾月，夫果歸，婦告之故，則未有所謂友人致金者也。婦跡之，不可得，第日夜爇香禮佛祝之。比弼且死，而始以語諸子。郡人争傳其事，知爲弼。

異哉！爲善而惟恐人之知也。後孫時應，官吏科給事，縉紳滿庭，人謂陰報云。郭祭酒談。

【按】明張萱《西園聞見録》卷一六載之。

[一]「楚人張弼」，《西園聞見録》作「張弼，楚人，張給事應之大父也」。

[二]「義不辱也」，《西園聞見録》作「婦義不辱也，欲溺水死」。

釋女鞋疑

秀才甕榛，晉上黨人[一]，館於富翁家。忽孩子持女鞋爲戲，棄之館，榛以爲非雅，掩之床頭以滅其跡。一日，主人臥其床見之，遂疑榛之私於其妾也。是夜，密持利刃，同妾往書室，獨令妾叩門，曰：「妾羨君久矣，願侍枕席。」榛厲聲曰：「吾爲此狗彘行，即人不知，能逃天鑒乎？況爾本良家婦，何故至此？不速去，吾當語汝主人。」然主人之疑，終不盡釋。後偶同榛坐談，孩子復持一鞋出，主人遂豁然，以前事盡吐，賓主益歡。徐青宇談。

【按】本文見明張萱《西園聞見録》卷九。

李王神異

苕上神曰李王，專理陽間賊盜事，因爲塑像，置小輿中。往來若有求者，虔心必

[一]「秀才甕榛，晉上黨人」，《西園聞見録》作「甕榛者，上黨人」。

應。萬曆丁丑歲冬，玉陽沈司馬家，偶數金置几上，忽不見，乃迎之來。投牒數紙，神即降小輿，直入臥室，擊碎火籠，金果在灰中。又呼衆男婦審之，突撲一婦，果盜金者，拜地伏罪。後失絲，方議請王，絲忽見。於是，人益畏憚之。

螻蛄出囚

廬陵守太原龐企自言，其祖坐事繫獄，而非其罪，不堪拷掠，誣伏。獄將上，有螻蛄行其左右。其祖謂螻蛄曰：「異哉！爾有神，能活我耶？」因投飯與之，螻蛄食之而去。有頃復來，形體稍大，異之，乃復與食。如此數十餘日，螻蛄忽大如豕。及報當行刑，螻蛄忽掘壁成大孔，乃破械而去。後遇赦得活，其家因以四節祀螻蛄於衢，至今猶爾。

【按】本文出晉干寶《搜神記》卷二〇；唐徐堅《初學記》卷二〇、釋道世《法苑珠林》卷七八、宋李昉《太平廣記》卷四七三、《太平御覽》卷九四八、謝維新《事類備要》外集卷二〇、明陳耀文《天中記》卷五七、彭大翼《山堂肆考》卷八九、清陳元龍《格致鏡原》卷九八等載之。

烈鴛

成化六年〔一〕，鹽城太湖〔二〕漁人，見鴛鴦交飛，獲其雄烹之。雌戀戀飛鳴，竟投沸湯而死。漁人悲其意，爲棄羹不食，人〔三〕稱之曰「烈鴛」。禽鳥微物，乃能如此，彼梁冀尚在，而孫壽私交於秦宮。夫君已亡，而息嬀偷生於楚國，何哉〔四〕？因賦《烈鴛謡》〔五〕，以愧不如鳥者。「烈鴛可悲，雄已死，雌依依。寧同鑊中烹，不向湖上飛。生來相從〔六〕不相捨，如今奮翅同所歸。何事楚宮嬌不語，露桃脈脈東風裏。」

【按】本文出明黃瑜《雙槐歲鈔》卷八「貞燕烈鴛」，删節成文；也見明沈長卿《沈氏日旦》

〔一〕「六年」，《雙槐歲鈔》作「六年十月」。

〔二〕「鹽城太湖」，《雙槐歲鈔》作「淮安鹽城大踪湖」。

〔三〕「人」，《雙槐歲鈔》作「余」。

〔四〕「何哉」，《雙槐歲鈔》作「何以爲人哉」。

〔五〕《烈鴛賦》，《雙槐歲鈔》作「二詩」。因本文前半部分删去有關貞燕的文字，故後段也相應地删去了《貞燕謡》一詩。

〔六〕「相從」，《雙槐歲鈔》作「相隨」。

卷三、慎懋官《華夷花木鳥獸珍玩考》鳥獸續考卷一〇、《粤嶽草堂詩話》等，並對清王士禎《池北偶談》卷二三「青鸞操」的創作，有着直接的影響。

王伯讓

王伯讓，行貨於閩，度馮公嶺，見一人仆於道，一婦守而泣，一童負行李，佇而俟。王善醫，視其脈，暑所中耳，即取藥畀之而去。仆者遣童子問名氏，曰：「我蘇人王伯讓也。」抵閩，爲貨滯不即歸。明年始促裝，以酒飲邸主告别。甫散去，主遽殂，厥妻訟王行毒，王就逮。郡倅訊鞫之，閱牘，見王名，力辨其誣，乃獲釋。倅即向仆者，事之相遇如此。

【按】本文出明黄暐《蓬窗類紀》卷二。

徐用禮題《劉阮天台詩》

徐用禮，號南州，能詩，往往有佳句。本富家子，以詩貧。晚歲落莫〔二〕，卒藉詩給日，尤工香奩，有《南州集》。嘗題《劉阮天台圖》，曰：「白雲蒼靄迷行路，水複山重不知處。行過磵谷有人家，忽見東風萬桃樹。芳香豔態娱青春，花間得遇娉婷人。五銖衣薄捲烟霧，笑語便覺情相親。神仙雖遇終離别，千古佳名自傳説。天台山水至今存，桃源望斷空月明。」亦可詠誦。

【按】本文出明黄暐《蓬窗類紀》卷三；明王會昌《詩話類編》、清褚人獲《堅瓠集》補集卷四等載之，文中「題劉阮天台詩」，明王良臣《詩評密諦》卷三、清錢謙益《列朝詩集》乙集卷七、官修《題畫詩》卷六三、汪霦《佩文齋詠物詩選》卷二三百、張豫章《四朝詩》明詩卷四一等均載録。

〔二〕「落莫」，《蓬窗類紀》作「落」。

王尚文《詠棉花》

郡照王尚文《詠棉花》曰：「採採西風雪滿籃，御寒功已陪春蠶。世間多少閑花草，無補生民也自慚。」石田沈啟南《詠蠶》曰：「衣被深功藏蠶動，碧筐火暖起眠時。願言努力加餐葉，二月吴民要賣絲。」此二詩亦可傳也。

【按】本文出明黄暐《蓬窗類紀》卷三；明李詡《戒庵老人漫筆》卷七、許自昌《樗齋漫録》卷四、《緒書堂明稗類鈔》引《公餘日纂》等並載之。

孟小姐惠日庵題詩

孟小姐，校官澄女，嘗過惠日庵，訪尼僧，書其亭曰：「矮矮牆圍小小亭，竹林深處晝冥冥。紅塵不到無餘事，一炷烟消兩卷經。」此詩殊雅，故並傳之〔一〕。

〔一〕「詩殊雅，故並傳之」，《蓬窗類紀》作「詩亦佳」。

【按】本文出明黃暐《蓬窗類紀》卷三；明蔣一葵《堯山堂外紀》卷九三、清錢謙益《列朝詩集》閏集卷四、王初桐《奩史》卷七六、張豫章《四朝詩》明詩卷一一五、況周頤《續眉廬叢話》、褚人獲《堅瓠集》丁集卷二、民國《康居筆記滙函》等並載之。

高季迪詩名宇内

臨川饒參政介之，至正末，領諮議參軍事於吳，慕高季迪才名，召之至再，强而後往。因命題倪雲林《竹木圖》，實試之也，且以木、緑、曲爲韻，季迪充口〔一〕答曰：「主人原非段干木，一瓢倒瀉瀟湘緑。逾垣爲惜酒在樽，飲餘自鼓無弦曲。」饒大驚異其敏捷，且歎賞其詩。延之，因勸之仕，季迪〔二〕笑而不答，時年才十六。又二年，年〔三〕十八，頎而長矣，未娶〔四〕。婦翁周仲建有疾，季迪〔五〕往唁之，周出《蘆雁圖》命

〔一〕「充口」，《蓬窗類紀》作「信口」。
〔二〕「季迪」，《蓬窗類紀》作「先生」。
〔三〕「年」，《蓬窗類紀》作「先生年」。
〔四〕「頎而長矣，未娶」，《蓬窗類紀》作「頎而長，貧未娶」。
〔五〕「季迪」，《蓬窗類紀》作「先生」。

題，季迪[二]走筆賦曰：「西風吹折荻花枝，好鳥飛來羽翮垂。沙闊水寒魚不見，滿身風露立多時。」翁曰：「是子求室也。」即擇吉日以女妻焉[三]。

【按】本文出明黄暐《蓬窗類紀》卷三；明蔣一葵《堯山堂外紀》卷八〇、王禹聲《續震澤紀聞》、清褚人獲《堅瓠集》二集卷三、林之望《養蒙金鑒》卷下等並載之。

鹿鳴宴素服不簪花

天順末，蘇郡學生陳燧，夢宴鹿鳴，同坐者[三]皆素服，不簪花，爲諸朋輩言之，或以爲非吉徵。後陳登成化戊子鄉薦，揭曉前二日，適太皇太后崩詔至[四]，明日鹿鳴宴[五]，果皆素服，不簪花。其奇驗有如此。

[一]「季迪」，《蓬窗類紀》作「先生」。
[二]「翁曰：『是子求室也。』即擇吉日以女妻焉」，《蓬窗類紀》作「翁即擇吉日以女妻焉」。
[三]「同坐者」，《蓬窗類紀》作「同坐」。
[四]「適太皇太后崩詔至」，《蓬窗類紀》作「適詔至，乃太皇太后崩訃也」。
[五]「鹿鳴宴」，《蓬窗類紀》作「鹿宴」。

【按】本文出明黄暐《蓬窗類紀》卷四。

蛇渡船

萬安皂口驛下四十里，有舟子夜夢人來渡，至皂口，謝銀壹錢，覺而心怪之。天微明，船艙内，忽檢得紙包，沾水猶濕，開視之，銀果如數，而覓其人不得。忽林莽中，有蛇昂頭，若欲渡狀，舟子曰：「求渡者，汝耶？則密休後艙，無驚前艙秀才也。」蛇如言，入伏。少頃，至皂口，舟子以杖叩艙，語曰：「渡船者，可上岸矣。」蛇以頸〔二〕左摇，舟從之左，委蛇而去。舟子停棹，密偵蛇所往，時有修艌船隻上人〔三〕在水次，蛇忽噛〔三〕内一人至死，復轉〔四〕攛叢莽中去。舟子驚訝，以爲前生孽也。劉觀吾談。

〔二〕「頸」，《西園聞見録》《闇然録最注》均作「頭」。

〔三〕「上人」，《西園聞見録》《闇然録最注》均作「工人」。

〔三〕「蛇忽噛」，《西園聞見録》《闇然録最注》均作「蛇忽從左浮水過」。

〔四〕「復轉」，《西園聞見録》《闇然録最注》均作「復轉回」。

【按】本文明張萱《西園聞見録》卷一〇九載録；亦見李贄《闇然録最注》，題曰「蛇渡船記」。

徐天明

徐天明，不知何許人〔一〕，上書言國家災祥修短之數〔二〕。上惡其惑衆，問曰：「汝自知死所乎？〔三〕」對曰：「臣當死〔四〕於緋衣小兒之手。」上故令一老千户衣青〔五〕，押出斬之。斬後，方知監斬千户，姓裴名嬰，蓋所謂「緋衣小兒」也〔六〕。

【按】本文出明郎瑛《七修類稿》卷一三「徐劉先知」，多有删節；明張岱《石匱書》卷二一〇載之。

〔一〕「何許人」，《七修類稿》作「何籍」。

〔二〕「上書言國家災祥修短之數」，《七修類稿》作「洪武間因奏國家災祥之數」。

〔三〕「上惡其惑衆，問曰：『汝自知死所乎？』」，《七修類稿》作「太祖曰：『汝知自乎？』」。

〔四〕「當死」，《七修類稿》作「死」。

〔五〕「上故令一老千户衣青」，《七修類稿》作「帝即故令一老千户」。

〔六〕「姓裴名嬰，蓋所謂緋衣小兒也」，《七修類稿》作「之名裴嬰，乃緋衣小兒也。」

臼精

會稽章司理在任時，往謁上官，晚不能前。適堡中有官署，向以多祟，勿輯。章不得已而入宿焉，心實畏之。張燈危坐堂中，隸卒百人，環繞於外。更餘，惡風驟至，燈盡滅。是夜，微有月色，見二門忽開，一白衣者擁數十輩，傳呼而進，齊至檐下，抛磚投石，多不中人，即中者，亦不甚傷，達旦而去，及門而止。章即令人掘門下地，深五尺，有一古石臼，潔白如玉，旁有小石塊甚夥，並起而碎之，鮮血淋漓，祟遂滅。章季安談。

龍取蛛珠

弘治間，登州山中有蜘蛛與龍鬥，而龍爲蛛絲所困。後有火龍來，焚其絲，蛛不能爲，遂爲龍取珠去。蛛死，黑水流山下，身徑上丈六尺。又上江山間，龍與蛛角，取其珠，山震木折，水湧數里，居民有飄没者。吴兩江談。

《酉陽雜俎》云：「蜘蛛大如車輪。」怪不之信，由此而觀，乃知六合之内，何異不有？未可以不見爲誣也。

【按】本文出明郎瑛《七修續稿》卷六「大蜘蛛」，多有删改；亦見清來集之《倘湖樵書》卷三、袁棟《書隱樵説》卷一五等。

寄姬不辱

維揚秦君昭，少[一]遊京師，其友鄧載酒祖餞，既而，舁一姝色小鬟至前，令拜秦，因指之曰：「某主事[二]所買姬也，幸君便航附[三]。」秦弗諾[四]，鄧懇之再三[五]，勉從

[一]「少」，《南村輟耕録》作「妙年」。
[二]「某主事」，《南村輟耕録》作「此吾爲部主事某人」。
[三]「幸君便航附」，《南村輟耕録》作「幸君便航，可以附達」。
[四]「弗諾」，《南村輟耕録》作「弗敢諾」。
[五]「鄧懇之再三」，《南村輟耕録》作「鄧作色曰：『縱君自得之，亦不過二千五百緡耳。何峻辭乃爾。』」

之〔一〕。迤邐至臨清，天漸暄，夜多蚋〔二〕，納之幃中〔三〕，直抵都下。定館，往見主事〔四〕。主事以小車載婦〔二〕。逾三日，謁謝曰：「足下，長者也。昨已柬報鄧公〔三〕，且使知足下不孤〔三〕鄧公之托矣〔四〕。」遂相與劇飲，盡歡而罷〔五〕。

竊謂「下惠之女，夜無所適；叔子之女，兩無所投」，不得已而留之。秦於〔六〕主事，非有相知之素，鄧友之命，峻拒之可耳。雖能爲柳爲顏，然非常道也。

〔一〕「勉從之」，《南村輟耕録》作「勉强從命」。
〔二〕「夜多蚋」，《南村輟耕録》作「蟲蚋可畏」。
〔三〕「納之幃中」，《南村輟耕録》作「納之帳中同睡」。
〔四〕「定館，往見主事」，《南村輟耕録》作「置舍館主婦處，持書往見，主事問曰：『足下與家眷來耶？』曰：『無有。』」
〔二〕「主事以小車載婦」，《南村輟耕録》作「主事意極不悦，隨以小車取歸」。
〔三〕「昨已柬報鄧公」，《南村輟耕録》作「昨已作答簡，附便驛報吾鄧公」。
〔三〕「孤」，當作「辜」。
〔四〕「鄧公之托矣」，《南村輟耕録》作「托之意矣」。
〔五〕「遂相與劇飲，盡歡而罷」，《南村輟耕録》作「遂相與痛飲，盡歡而散」。
〔六〕「於」，當作「與」。

【按】本文出元陶宗儀《南村輟耕録》卷四「不亂附妾」；亦見元鄭元祐《僑吴集》、明張萱《西園聞見録》卷九、清陸壽名《續太平廣記》卷一五、潘永因《宋稗類鈔》卷九、邵遠平《元史類編》卷四〇、魏源《元史新編》卷五〇列傳三四、葉良儀《餘年閒話》卷三、趙吉士《寄園寄所寄》卷二、徐成敟《增修甘泉縣志》卷一二等，明呂天成所撰雜劇《秀才送妾》，引爲本事，明陸人龍《型世言》第二十回「不亂坐懷終友托，力培正直抗權奸」，改編成話本；清褚人獲《隋唐演義》第六十九回「馬賓王香醪濯足，隋蕭后夜宴觀燈」引入小説。

奇姓

天順甲申進士㿝茂，音與陜同，英宗改爲陜。嘉靖己未進士哀貞吉，世宗改衷。萬曆戊戌進士卝，又休寧醫人團一元、士人皁自牧、與鎮江火桂林者，皆奇姓也。

【按】本文英宗改姓事，明陸容《菽園雜記》卷八，陳士元《名疑》卷三、張自烈《正字通》卷二載之；世宗改姓事，清周廣業《經史避名匯考》卷四六引《六書正義》、張澍《姓韻》卷一九等載之。

夢雲神語

餘姚陽明先生，初名雲，以太夫人夢五色雲入懷而生也。兩歲未言，有一老僧以名露天機，改今名，遂言，即不凡。

姑蘇顧文康，名企。一日，鄉間儒生假宿于鄭文康公祠中，似聞神語云：「明日狀元顧鼎臣來。」儒生謂庠中無此人。早起，忽見公入，語以夢，公曰：「吾正將易此名耳。」果以名中狀元。

【按】本文王陽明改名事，明蔣一葵《堯山堂外紀》卷九〇載之；顧文康改名事，署名宋邵雍《夢林玄解》卷三四、明顧鼎臣《明狀元圖考》卷二、張鳳翼《夢類占考》卷八載之。

舉子更名

德清金明時，初名陵。萬曆戊子，夢中一金明時，遂改名「明時」，是科果中。又閩中解元洪世遷，夢神語云：「今科中者，洪世武也。」因改「世武」。及中，則嶺南人，同名者。己卯科，武林諸生李茂芳，夢閲《試録》，有「李雋才」名，亦改名「雋才」。及填榜，主司見「雋才」，以爲類廝走名，置不録。夫夢同，改名亦同，或中，或不中，或中他人，總有定數。

浙場揭曉日，舉人由貢院迎至文廟，每一舉人，則執役者十六人，以一吏督之。近辛卯科，予逆旅主人，夢解元周書，闊頤而長髯者。及放榜，解元乃毛鳳起，而督吏爲周書，其貌即夢中所見者。由此觀之，非但舉子進取有數，即一吏之微，亦由前定，豈偶然哉！

諷語

陸式齋先生一日與張給事宴，投壺中耳。給事曰：「信是陸兵曹，開手便中帖木耳。」陸答曰：「可惜張給事，閉口嘗學磨兜。」堅給事〔二〕有慚色。

〔二〕「堅給事」，據文義，當爲「張給事」。

【按】本文明蔣一葵《堯山堂外紀》卷八六、馮夢龍《古今譚概》第二十四、查應光《靳史》卷二七、清褚人獲《堅瓠集》庚集卷四、王陞《評釋巧對》卷一等載之。

軌格

西川費孝先，善軌格。有王旻者，行賈成都，求爲卦。孝先曰：「教住莫住，教浴莫浴。一石穀，擣得三斗米。遇明即活，遇暗即死。」再三戒之，令誦此數言足矣。旻受教行，途中遇大雨，憩於屋下，路人盈塞，乃思曰：「『教住莫住』，得非此耶？」遂冒雨而行。未及屋倒，獨得免。旻之妻已謁鄰人，俟旋歸，將欲毒之，約其私人曰：「今夕新浴者，乃夫也。」日欲晡，呼旻先浴，重易巾櫛。旻悟曰：「『教浴莫浴』，得非此耶？」堅不從。婦怒不省，因反自浴，即受害。旻驚睨罔測，遂獨囚繫官府。拷訊獄就，不能自辨。郡守録狀牘，旻悲泣曰：「死即死矣，但孝先所言終無驗矣。」左右以是語上達。翌日，郡守命未得刑，呼旻問曰：「汝鄰比何人？」曰：「康七」。郡守曰：「殺汝妻者，必此人矣。」遂捕之，一訊果然。因謂僚佐曰：「『一石穀，搗得三斗米』，非康七乎？」旻既辨雪。誠「遇明即活」之數與？明者，旻也。

【按】本文或出東晉干寶《搜神記》卷三，題「費孝先之卦」；五代和凝《疑獄集》卷一〇、宋章炳文《搜神秘覽》上、元懷《拊掌録》、明陸楫《古今説海》説纂一二、陳耀文《天中記》卷四〇、董斯張《廣博物志》卷二二、賓子偁《敬由編》卷一二、郭子章《六語》讖語卷五、王士翹《慎刑録》卷三、余懋學《仁獄類編》卷一六、馮夢龍《智囊》卷一〇、無名氏《輪回醒世》卷九、清陳芳生《疑獄箋》卷三、李清《歷代不知姓名録》卷三、陸心源《宋史翼》卷三七列傳第三七、彭遵泗《蜀故》卷二五、周亮工《字觸》卷一等載之；《龍圖公案》中的「斗黍三升米」，似據此敷衍。

己丑榜進士

大方伯咸陽雍公世隆，爲庠生時〔二〕，嘗夢盜一牛騎歸，未至家，牛主追及之，反

〔二〕「爲庠生時」，《蓬窗類紀》作「昔爲吴令，爲予言其爲庠生時」。

縛雍手，以杖棰其背，遂覺。是歲，登鄉薦；明年己丑，第進士。乃悟曰：「身在牛上，乃己丑也；反縛，綁也，盖己丑榜中進士云」。

【按】本文出明黄暐《蓬窗類紀》卷四。

死猶顧親

劉福，蘇衛人，所居值石塔營西〔一〕。貧甚，恒稱貸，負薪以給日，日所贏歸貸主，滿一券，則易券復貸。一日，貸券滿，劉病作，力疾齎券復往貸。貸主羅洪然慮劉以病費所貸錢，無所取償也，遂拒。劉憤恨，劇病死。

劉之父，時爲人家〔二〕厩卒，貧無葬地，火其屍〔三〕。後三日，貸主暮從石塔醉歸，忽見劉捽衣索券，羅昏憒仆地。舁至家，雙目直視，以拳擊牆，若相搏狀，指爪流血，

〔一〕「值石塔營西」，《蓬窗類紀》作「宜石塔營西」。

〔二〕「人家」，《蓬窗類紀》作「吾家」。

〔三〕「屍」，《蓬窗類紀》作「骸」。

曰：「吝三百文不貸，致我死，何忍也！」家人知爲劉，羅拜乞免，焚以楮幣，祀以牲牢，終不釋。良久曰：「喚吾父來，厚贈之。」家人匍匐，强其父往，以青蚨千輩爲饋，羅忽醒[一]。

【按】本文出明黄暐《蓬窗類紀》卷五。

嗟夫！若劉者，可謂孝矣。既死，猶顧其親；世之有親而不肯顧者，愧於劉多矣。

犬異

朱明寺前民家有牝犬，乳一子。翌日[二]，有來詢犬者，徘徊囁嚅，主疑而問之，曰：「無他，求一見耳。」引之見，目睫有淚，主益疑。他日[三]復至，復不言如故[四]，

[一]「醒」，《蓬窗類紀》作「蘇」。
[二]「翌日」，《蓬窗類紀》作「翌旦」。
[三]「他日」，《蓬窗類紀》作「它日」。
[四]「如故」，《蓬窗類紀》作「故」。

自後三四日輒一至，至輒以餅餌飼犬，問之，終莫言。主紿曰：「犬必妖也！吾將烹之。」遂不令見。其人懼，曰：「犬，吾亡父也。夜夢語予曰：『業緣未盡，墮君家犬胎，明將誕矣，必三載而後釋。』覺而怪之。及來詢，果符，故不能捨。」主惻然，欲畀之去，曰：「向云三載始釋，不及期，恐更他〔二〕墮，莫若君所也。」主遂不以犬視犬，省之者亦如故。越三載，其人來，泣請主畀之犬。犬不繫，從〔三〕至家，竟斃。然則輪回之說，恐亦不誣也。

【按】本文出明黄暐《蓬窗類紀》卷五。

黄鐵脚

黄鐵脚，穿窬之雄也。鄰有酒肆，黄往貰，肆吝與，黄戲曰：「必竊若壺，他肆易飲。」是夕，肆主挈壺，置臥榻前几上，鐍户甚固，遂安寢。比曉失壺，視鐍如故。

〔二〕「他」，《蓬窗類紀》作「它」。
〔三〕「從」，《蓬窗類紀》作「而從」。

亟從他肆物色，壺果在。問所得，曰：「黄某。」主詣黄，問故。黄用一小竿，竅其中，俾通氣，以猪溺囊繫竿端，從窖引竿，納囊於壺，乃嘘氣脹囊，舉而升之，故得壺也。

【按】本文出明黄暐《蓬窗類紀》卷五；明馮夢龍《智囊補》卷二七、《古今譚概》第二十一、清俞樾《茶香室續鈔》卷七等載之；凌濛初《二刻拍案驚奇》第三十九卷「神偷寄興一枝梅，俠盗慣行三昧戲」中懶龍偷酒家錫酒壺事，當從此而來。

傅海不孝弟

傅俊，生二子。長曰海，善經理，足以備養，而沮於其妻。次曰小小，孱且幼，藉其父以食。父老而康稔，歲足自給，且以給其幼。弘治癸丑，山東旱甚，比得雨，又浹旬不止，漲溢通衢，生理肅索，居民艱窘。俊日一爨亦罔繼，往就海養。海初以窶辭，既而曰：「即養，不能及其子〔二〕。」父曰：「然則汝以養吾者養吾幼，吾自圖

〔二〕「其子」，《蓬窗類紀》作「其弟」。

之。」言訖去，遂不見，已跳[一]入閘河死矣。幼子匍匐來死所，求父屍不獲，遂赴水死。觀者泣下。嗚呼！海不孝而不蒙顯僇[二]，小小死孝而不被旌褒，司民社者，將得辭其責乎？

【按】本文出明黃暐《蓬窗類紀》卷一。

孝順王

閩揮使王某，少孤，賴母氏撫育，得世廕官。母卒，浮屠氏曰：「滌屍穢水，勿污地，則死者釋愆資福。」王亟命勿覆，貯留他器，日以杯飲之，越百日，乃竭。八閩咸稱爲「孝順王」云。他[三]行尤有奇絕者。王近四十，乏嗣，其妻爲納麗寵以進，

[一]「跳」，《蓬窗類紀》作「躍」。
[二]「不蒙顯僇」，《蓬窗類紀》作「不罹顯戮」。
[三]「他」，《蓬窗類紀》作「它」。

王具冠裳，焚香祝天〔二〕，曰：「某實不德，天斬吾後。吾不承天，又污一女子體，吾不爲也！」乃伏地長號，妻懼而還之。後連生二子。噫！孰謂矢不可格耶？

【按】本文出明黄暐《蓬窗類紀》卷二；亦見明張萱《西園聞見録》卷三、《榕陰新檢》卷一、王圻《稗史彙編》卷四六等。

徐志不屈

合肥徐志，勳臣裔也。眇一目，其氣與詩俱豪。少司馬長沙王公偉與相契。景泰中，延徐至京，語曰：「予閲將臣，無逾君材者。第失爵久，卒難復。已約大司馬于公矣，翌日，畢朝過我，君少屈膝可圖也。非直有義當然，選將亦吾職耳。」徐謝曰：「爵可失，膝不可屈。屈膝得爵，後會當何如處？」明日，于至，徐竟不出，遂罷。嘗有詩譏邊將曰：「龍沙逆虜初回馬，麟閣功臣已賜貂。」又曰：「丈夫若得封侯印，

〔二〕「祝天」，《蓬窗類紀》作「籲天」。

不使胡人〔二〕夜渡關。」觀此，可想見其爲人矣。

【按】本文出明黄暐《蓬窗類紀》卷三。

詩史

天順中，首相江右陳公薨於位。有吊以詩曰：「何事先生早盖棺，薤歌聲裏〔三〕路人歡。填門客散恩何在？負郭田多死亦安。鹽海已無前日利，冰山誰障舊時寒。九泉若見南陽李，爲道羅倫已復官。」亦詩史也。

【按】本文出明黄暐《蓬窗類紀》卷三；明史鑒《西村集》卷三、清錢謙益《列朝詩集》閏集卷五、陸以湉《冷廬雜識》卷五、吴士玉《駢字類編》卷五六等載之。

題李白墓

采石江頭，李太白墓在焉。往來詩人，題詠殆徧。有客書一絶，云：「采石江頭

〔二〕「胡人」，《蓬窗類紀》作「胡兒」。

〔三〕「裏」，《蓬窗類紀》作「聚」。

一抔土，李白詩名耀千古。來的去的寫兩行，魯班門前掉大斧。」亦確論也。

【按】本文出明黄暐《蓬窗類紀》卷三；明馮夢龍《古今譚概》卷七、陳仁錫《無夢園初集》幹集四、清褚人獲《堅瓠集》四集卷二、趙吉士《寄園寄所寄》卷一二、錢德蒼《增訂解人頤廣集》等載之。

尹岐鳳

宣德中[一]，簡太學生，年五十以上，放回田里。而儒士應賢良方正舉者，輒得八品官。尹翰林岐鳳有詩曰：「五十餘年做秀才，故鄉依舊布衣回。回家及早養兒子，保了賢良方正來。」

【按】本文出明黄暐《蓬窗類紀》卷三；明葉盛《水東日記》卷一、馮夢龍《古今譚概》卷三一、葉廷秀《詩譚》卷四、清褚人獲《堅瓠集》四集卷二等載之。

[一]「宣德中」，《蓬窗類紀》作「永樂中」。

于節庵清風滿袖

于節庵，以兵部侍郎巡撫河南、山西，遷大理寺卿〔二〕，前後幾二十年。其赴京，獨不挾土物賄當路。汴人嘗誦其詩曰：「絹帕蘑菇共香綫，本資民用反爲殃。清風滿袖朝金闕，免得閭閻議短長。」

【按】本文出明黄暐《蓬窗類紀》卷三；明葉盛《水東日記》卷五、張萱《西園聞見録》卷一三、雷禮《皇明大政記》卷一一、陳建《皇明通紀法傳全録》卷一九、葉廷秀《詩譚》卷四、王會昌《詩話類編》卷七、沈國元《皇明從信録》卷一八、清嵇曾筠《（雍正）浙江通志》卷二八〇、陶元藻《全浙詩話》卷二九、吴士玉《駢字類編》卷一七五、民國楊鍾羲《雪橋詩話》三集卷五等載之。

鬼　詩

有人泊舟采石，夜聞鬼哭，既而若謳吟者，達旦。大書一詩沙上，云：「長鯨吹

〔二〕「大理寺卿」，《蓬窗類紀》作「大理卿」。

浪海天昏，兄弟同時弔屈原。千古不消魚腹恨，一家誰識雁行冤？紅妝少婦空臨鏡，白髮慈親尚倚門。采石江邊腸斷處，一輪明月照雙魂。」讀之，真可憐哉！

【按】本文出明黄暐《蓬窗類紀》卷三；明陳仁錫《無夢園初集》幹集四、清錢謙益《列朝詩集》閏集卷六、褚人獲《堅瓠集》丁集卷一、《解人頤》寄感集、《古今圖書集成》博物彙編神異典卷四六、《太平府志》卷四四等載之，清邵彬儒《俗話傾談》卷三將之捏合，闌入小說。

吕公井

吴東林山，有沈東老者，酒爐甚潔。有黄滌道人，類吕純陽者，嘗就飲，東老未嘗索金。飲三年，道人至井口，葫蘆中出紅丹一丸，擲井而去。自是，泉水香冽，取造酒味極佳，日飲者以千計，家大饒。三年後，道人復來，語東老曰：「吾報盡矣。」以葫蘆吸井，紅丹自入，道人忽失所在，酒不復佳，飲者亦稀。其地至今有吕公井。陳孺完談。

【按】本文所謂沈東老與吕純陽的故事，宋元多有紀傳，如阮閲《詩話總龜》後集卷三九、趙彦衛《雲麓漫鈔》卷一、陳鵠《耆舊續聞》卷六、胡仔《苕溪魚隱叢話前後集》後集卷三八、談鑰《（嘉泰）吴興志》卷一七、元趙道一《歷世真仙體道通鑑》卷五一等均有記載；宋趙令疇《侯鯖録》卷四等，又記載了道人石榴皮留詩之事。本文當是此類傳説故事的進一步演化。

蘆王廟

宣德間，錦衣衛千户孫表使琉球，道過白石磯，蘆葦蒼茂中，一蘆獨巨。表戲曰：「可稱蘆王。」自此，蘆遂爲祟。舳艫往來，必虔祀之，否則，風波掀蕩，多不能保，遂構廟，曰「蘆王廟」。表使還，見神宇森然，詰之，知爲蘆王，立命毁廟，祟遂絶。

吾進士

吾謹，姑蔑人，中書廷介子，負奇傲世。嘗辭家，登少華山，學仙不就。歸而群俠客擊劍、弄丸、蹴鞠，日飲胡姬肆，每大醉歸。騎出都門，咸目之曰：「此非吾中書兒耶？吾氏自是墜矣。」謹聞，遂屏絶外好。下帷三月，試有司，風動衣裾，五色爛然。有司怒，將笞之，謹曰：「請閲謹文，後行笞可乎？」有司閲文奇甚，又試《五馬賦》更奇，有司大物色之。已而鄉舉第四，計偕京師。時父故人爲相，謹往候，會故人有事出，五往不見。後故人過謹，亦五至不見，故人心銜謹。試禮帷，不得魁。致比廷試，又抑置第三甲，憤志不平。試館選，詩曰：「突兀三山近，蒼茫五嶽低。身霄漢上，一掃浄紅霓。」見者益惡其輕薄，又不與選，遂大恚，不肯仕，五上書乞歸。乃徧交名流，若山人孫一元者，相與慷慨高唫，肆力研摩，竟以是死。漢人云：「斫馳之材，泛駕之馬。」以在上所遇之豪舉，如謹故人，始屈抑之，是矣。乃卒聽其淪落不收，視古休休大臣何如耶？屠緯真談。

【按】本文出明屠隆《由拳集》卷一九「吾謹傳」，多有删節；亦見清袁鈞《四明文徵》卷一六等。

程烈女

程女名菊英，開化人，雅修閫德，字同里張氏。青陽富人徐某者，慕程氏色，百計圖之不得，則賂權力者，言於督府，督府檄縣兵圍程氏。程氏父死之，繫其兄而逼程氏行。於是，盡縫其相衣，固束懷短刀，語嫂曰：「家有老母，幸善事之，從此逝矣。」遂行。程氏兄赴縣官，縣官利富人金，五刑畢具。程氏行止半途，謂侍者曰：「去城幾何？」侍者曰：「十里。」乃就輿中以帶自縊而絶。所司命禮葬之，旌其家。

【按】本文出明屠隆《由拳集》卷一九「程烈女傳」，多有删節；明王圻《稗史彙編》卷四八、何偉然《十六名家小品》屠赤水先生小品卷一、賀復徵《文章辨體匯選》卷五四〇等載之，東魯古狂生《醉醒石》第四回「秉松筠烈女流芳，圖麗質癡兒受禍」本事據此敷衍。

九日壓頂

成化甲午，陸君獻之[一]赴試南畿，夢九日墮壓其頂。陸驚而寤，告友人以詢吉凶，莫能詳解。比揭曉[二]，獻之以《易》列名第八，《易》之魁，則徽州張旭也。「旭」即九日之徵，而壓陸之頂上，是以[三]不得爲魁云。

【按】本文出明黄暐《蓬窗類紀》卷四。

斷頭港

東魯張鳴岐，以進士來宰吴邑。舟抵縣，將升輿，既曰：「事有前定也。」學諭汪有本問故，張曰：「疇昔將遷[四]時，夢舟泊斷頭港，疑爲不祥。今縣當水盡處，適與

[一] 「陸君獻之」，《蓬窗類紀》作「今同知台州府事陸君獻之」。
[二] 「揭曉」，《蓬窗類紀》作「揭榜」。
[三] 「是以」，《蓬窗類紀》作「陸故」。
[四] 「遷」，《蓬窗類紀》作「選」。

夢符，故慨云。」

【按】本文出明黄暐《蓬窗類紀》卷四。清程穆衡《水滸傳注》釋「斷頭港」引之。

再世夫妻

陸源，予同舍生洪之兄。源妻娠將娩，源夢見一翁一嫗，翁問源曰：「吾兩人當再世夫婦。吾爲君之子，妻爲東城陳某之女，翌早俱生。有瘞金，在陳室左偏石礎下，盍往取之？」比曉，源果得子；往詢東城陳某，果得女，陳所夢亦如是，遂相與〔一〕。礎有石，覆一甕，探之，則清水也，悵恨〔二〕而還。是夕，又夢前翁云：「物各有主，不吾見故幻。第攜吾脱毛衫往，當得金。」厥明，源與洪同往。陳壁藏數人以俟，源置衫發甕，赤金爛然。壁藏者哄出，又幻非鐵非土，洪潛懷一枚還〔三〕。後兩家子女竟

〔一〕「相與」，《蓬窗類紀》作「與發」。

〔二〕「悵恨」，《蓬窗類紀》作「悵怏」。

〔三〕「一枚還」後，《蓬窗類紀》有「予親見之」句。

不育。

【按】本文出明黄暐《蓬窗類紀》卷四。

蛇附食

都匀有柳王祠，其像獰惡，深目廣頤，喙尖而張。人享之，盛羅牲醴，拜祝畢，出而闔户，從隙處窺之，見青巨蛇從神口中躍出，食盡仍入口。少不虔，輒得禍，祀者接踵。吉安陳僉憲，過而聞之，曰：「吾當爲一方除祟。」命具饗，又設麵包，中藏寸刀。公爲文自禱神，亦闔户窺之，蛇食如前。未幾，有饗神者，蛇不復出。公令毁像，蛇斃神腹，祟遂滅。

【按】本文見王圻《稗史彙編》卷一三三。

魂附

烏程孝廉閔櫻圃公，殁數年，忽一夕，魂附一婦人，坐中堂。聲音舉止，宛然公也。呼三子及群僕，處分家事，一一如生前。又語其配曰：「吾往時有趙仲穆《山水圖》，藏某笥；有玉印池，藏某笥；不及與汝言，今猶在否？」語畢而婦蘇。

又余師山陰張康衢先生言，族叔吉殁逾年，魂忽附賣卜人，其故相善族侄，聞而往詰之。吉語娓娓，侄猶不信。試令誦《易》，即熟誦。侄又云：「前因一密事，叔贈我詩，無人知者，今能成誦乎？」吉又誦詩，一字不謬。

閔、張俱世家，事甚著。大較人死精英未散，往往憑依於人，乃知漢獻帝死七日，小宮人作帝語，觥籌無算，不足怪也。

白洋黿異

白洋朱氏，爲越中名家，甲科奕世。祖塋有石沙臨水，形如黿。每水没黿，族必登第，如兩御史節、篪與太守燮元、縣令瑞鳳，登第時皆然。隆慶辛未歲，一巨黿出塚傍，爲里人獲而殺之。萬曆乙未，里人復獲一黿，朱氏捐金贖之，大盈一丈二尺，偏體金紋，五色鮮異，目光如電，有四人立背方行。爲文奠之，並卜所往，欲之海，遂以舟載。將至海，尚餘數十丈，一躍而上。頃聞水聲劃劃，遂不見。

【按】本文見王圻《稗史彙編》卷二六一。

江十八

仁和張灝，與姻家婦江八婦〔一〕私，乘其夫出，約以夕至。鄰人江十八知之，詐爲張狀，先往求合，婦嚴拒。江素無賴，時佩刀以行，即舉刀斫之，攜頭擲怨家李縫工後垣。灝隨入八娘家，見屍横流血，驚走，爲巡夜者所獲，送之邑。令劉君洪謨鞫知姦情，又衣有血跡，灝不勝拷掠，竟認殺人，第無首，獄尚未決。曩夕，一縫工早起，見女首，亟藁土埋之，爲鄰叟窺見，鳴之錢塘令。令嚴訊縫工，竟不知首從何來，姑繫之獄。

劉令每以灝事未決，怏怏於中。萬曆己亥夏，禱之城隍神，夢神語曰：「俟旦日，

〔一〕「八婦」，據下文當爲「八娘」。

君有所往，獄自明矣。」及旦，劉偶以事至江口，見群鴉鳴舞江沙，旋繞不去，劉數之，得十八鴉。默念：「殺人者，得非江十八耶？」數日後，閲門夫册，有江十八名，竟械之至，一訊而伏。詢女首所在，云：「抛擲縫工家。」遂移文錢塘，縫工得免焉。

【按】本文見詹詹外史《情史類略》卷一八「張瀕」。强暴殺人，幾令無辜者受斃。神固默啟之，劉悟亦巧矣。

米中下水

鎮江城陽世敷，貿粟爲生。素性狡詐，凡貿先和以水。萬曆戊戌六月，震雷擊死，背有朱書一行，如卦文隶，觀者如蟻，皆莫能辨。忽一羽人手持一杖來，衆詢之，羽人笑曰：「此極明白，有何難識？」遂以杖立豎字中，分明「米中下水」云隶。張減之談。

八童戲死

德清雉溪側，有村學究，課八童子。以放膳歸，途中有一樹，曲横水涯，以索懸魚箄，大可容百觔。一童戲脱履，下箄取魚，八童皆下，索絶箄沉，八童皆溺死。童家相訝，久而不歸，一父至館探之，學究曰：「去久矣。」童父覓至水涯，見岸上多履，而箄索已絶，即呼衆舉箄，八童死其中，慘動行路。潘元發談。

于保兒還鄉

解州下馮村，有于保兒者，聘本村汪氏女，甫三日而戍南海。汪氏家居，以紡績爲業。每飯輒留米一匙，積至月朔，市香紙，謁武安王廟，以祈夫回。時保兒在彼，爲總戎牧下。卯三月昏暮時，王謂保兒曰：「汝思家否？」泣而告曰：「僕離鄉萬里，而瀚海隔絶，何以能到？」王曰：「吾亦解人寓於此，今將西還。既欲還，當偕行。」遂帶子焉。後瞬息間，墮於下馮村之東壟，徧體沾濕，肋骨楚痛。及旦，匍匐叩諸耕者，始知至家。見父母與妻，相持而哭，備道回家之由，乃知神力之祐，汪氏至誠之感。伍中隨報逃，即保兒是夜還家之明日也。至今人皆能道，汪、于二家尚有人焉。

【按】本文見明《（成化）山西通志》卷五、《陝西通志》卷二三〇、《關西歷代顯聖志傳》第八則、《解州全志》卷一八、《古今圖書集成》明倫彙編閨媛典卷三一等。

張進士回生

隆慶丁卯，張水部與弟計偕至桃源，弟病革未殮，恍若有神，繞舟呼曰：「是人且不死，關公以王孫友愛，故來報汝。」水部因舁弟屍，徙至野廟中。走關公祠，祝曰：「侯於先主異姓也，猶能情篤。某親兄弟，奈何相棄於此？」死之日，爲孟秋晦日，迨是中秋矣。水部視其魄，不陽亦不化，背腹相湊，若無腑臟者。水部私念：「營魄能無離乎？我嗽嗽然，隨而哭之，魄不得載營矣。」偕一僕屏息廟中，夜不敢舉烟火。旦走侯祠，捧明水一盂，燔祝辭投水中，歸以沃屍，搦顙抉其口，以五分瀝之，顙有泚。水部喜，籲侯彌急。一夕，屍起，慹然立，立忽仆，僕走告。水部曰：「幸矣！似有生矣。」水部急入，提其耳，曰：「某在斯。」諦聽之，微有息，水部又低語曰：「弟來！弟來！」已乃喉嗌然聲出，謂：「形不類已，詫水部。」水部按方寸間，指之曰：「是非爾乎？」因撥其目，微若欲視者，則索鑒求照，見其口嗚而鼻張漆漆然，循其兩股，至於腹，流絡轉動，忽起坐，但服湯，數旬而復。自死至甦，凡十有八日。水部，名克文，戊辰進士，終比部郎。弟名堯文，癸未進士，任衢州守。

昔趙簡子死七日而甦，非真死也，其猶在夢境乎？張仲子既死而力回之，神哉！遊神奪舍，道家以爲恒驗，而吾儒以爲渺茫。六合大矣，又有外吾六合者，於事何所不有？若張氏伯仲，其説足以風世，又不特志異也。四明俞少傅有記，予節録之。

【按】本文所敘張堯文回生事，爲隆慶六年之事。據此事爲文者，有明施篤臣「張侯回生傳」、王世懋《王奉常集》卷二八「張生回生論」、王同軌《耳談類增》卷二八、余有丁《余文敏公文集》卷五、張萱《西園聞見録》卷三、朱震孟《河上楮談》卷一「回生傳」、查鐸《查先生闡道集》卷二「回生説」、蔣以化《西台漫記》卷四「紀回生」、張言恭《青蓮閣集》卷七「題新淦張進士回生傳後」、《關帝歷代顯聖志傳》第十六則「桃源救張堯文還魂」、清王士禎《皇華紀聞》卷

二、趙吉士《寄園寄所寄》卷二等。

髑髏怪

御用監奉御來定，五月間，差往南海子公幹。從五六騎出城，舁肴酒爲路食。日午至羊房南大柳樹下，脱衣卸鞍，坐樹根上，以椰瓢盛酒，搗蒜汁濡肉自啖。回顧一髑髏在傍，來夾肉濡蒜，戲納髑髏口中，問之曰：「辣否？」髑髏即應之曰：「辣。」終食之頃，呼辣不已。來驚悸，令人去其肉，呼〔一〕也不止，遂啟行。至海子，事畢而回，呼辣之聲，隨其往還，入城始絶。來至家得病〔二〕，數日而歿。

蓋來之將亡，陽氣虧矣，故陰氣得以干之。況冥穢之物，不宜相戲，戲則吾心有不得其正矣，心不正，邪必乘之。觀此可以爲戒。

〔一〕「呼」，《馬氏日鈔》作「予」。
〔二〕「得病」，《馬氏日鈔》作「得疾」。

【按】本文出明馬愈《馬氏日鈔》「髑髏怪」；明王圻《稗史彙編》卷一、馮夢龍《古今譚概》卷三四、施顯卿《奇聞類記》卷四、劉侗《帝京景物略》卷三等並載之。

憨皮袋

河内縣民間牆内，得一石碑，乃貫休所畫彌勒佛像。横一柱杖，挑皮袋於背，腰間曳一蕉扇，筆法乃鐵綫描也。坦坦居士贊云：「即此皮袋，非此皮袋。不屬聖凡，不立行解。兀兀騰騰，處處在在。拄杖挑來賜與君，天上人間更無外。」畫法高古，而書字學米元章，流麗勁健，亦皆可愛。

【按】本文出明馬愈《馬氏日鈔》「憨皮袋」；宋坦坦居士贊詩，見明郎瑛《七修類稿》卷三七、蔣一葵《堯山堂外紀》卷四〇等。

牌額

正統間，京師營造衙門，其牌額，皆程南雲書。時王、戴二卿，居太常，是非旁午，下人又多病疫没，二卿爲之弗安。問於先考府君，府君曰：「額上『常』字口不合，故多外謗；又若『吊』字，故人多病損。亟修合之，庶保無事。」二公即令人夜間刊合之，後果獲平善。

余聞宋南渡，太學有至樂齋，舉人多憚居此，易名「待聘」，遂有成名者。錢塘一寺極佳，而僧好訟。沈睿達因閲僧堂，見「堂」字口不合，戲舉筆塗合之，争兢遂息。又聞有火災處，亟須州縣牌額焚之，得免。靖康元年十二日丙子夜，尚書省火，延禮、祠、工、刑、吏部，折尚書省牌擲火中禳之，乃息。乃知祈禳、厭勝，理或有之，但不知其所以然也。

【按】本文出明馬愈《馬氏日鈔》「牌額」。

特迦香

戴德潤一日過予，曰：「西域人進駝雞，在會同館中，盍往觀焉？」遂與之偕往。至則雞高四五尺，毛紫赤色，長距大喙。又有鳥如鷹狀，頭有二角，與鷹無異，身皆黄金色，解國人語言，順其指揮。

觀畢，值通使卜馬琳〔一〕相遇，問其國夷，乃西域鉢露那國人也，具道其使臣坐臥尊嚴，言語不苟，飲食潔精，遇人有禮。德潤欲往窺之，琳曰：「彼有擯者，不可得窺。我導子見之，彼弗敢慢。」如其教以往。

及門，擯者膝行以告，召琳入與語，乃具衣帽請見。余二人入，使乃降床相揖，揖後拱手再四，仍升床，蟠膝而坐。余二人對床坐窗下，琳坐右側胡床上。琳以國語與彼通訪謁意，彼復拱手相謝。

觀其所戴帽，如僧家昆盧帽〔二〕，乃白鳥羽爲之者，頂上嵌一紅鶻石，周圍有金絲相間，髮垂向後，若四五寸長，珥金兩環，衣淡紫，大袖，如僧家〔三〕氅衣，内裙繫在胸次，垂兩紫帶甚潤，躡革履，去履升床。

須臾，茶至，乃巳茶也。各注少許，於椰杯中啜之。茶罷，一擯者捧一小黑盒，

〔一〕「卜馬琳」，《馬氏日鈔》作「十馬琳」。

〔二〕「如僧家昆盧帽」，《馬氏日鈔》作「如僧家昆盧帽相似」。

〔三〕「僧家」，《馬氏日鈔》作「道家」。

膝行上供果，使臣取一枚在手，命以取相傳，余輩各取一枚。果如橄欖形，而色黄白，彼先食之，余輩皆食。果味甘辛，核如棗心，與肉不相粘。擯者持盒去，不再進，盖珍之也。余二人但以目視彼，不能通一語。坐少頃，與琳語，欲辭去。琳耳語云：「食彼茶果，敬之至也。有手帕〔二〕之類在手，可酬謝而去。」袖中俱無，余止有天蠶絲所縫摺疊葵葉扇，世亦難得，即出以爲謝，琳致意焉。使臣把玩再四，拱手笑謝。

余輩告辭，彼命琳留坐。語擯者，移薰爐在地中，枕内取出一黑小盒，啟香爇之，香雖不多，芬芬滿室。即以小盒一枚盛香，一枚與琳，語久之，命以酬扇。琳傳其語云：「此特迦香也，所爇者即是。佩服之，身體常香，神鬼畏伏，其香經百年不壞。今以相酬，祇宜收藏護體，勿焚爇之。」國語「特迦」，唐言「辟邪香」也。余諦視之，香細膩淡白，形如雀卵，臭之甚香，連盒受之，拜手相謝。辭退間，使臣復降床躡履，再揖而出。

歸家，爇粒米許，其香聞於鄰屋，經四五日不歇。連盒奉於先母，先母納篋笥中，

〔二〕「手帕」，《馬氏日鈔》作「手怕」。

衣服皆香。十餘年後，余尚見之。先母即世，篋中惟盒在，而香已失矣。

嘗讀《博物志》云：漢武帝時，弱水西國有人乘毛車渡弱水來獻香者，帝謂是常香，非國所乏，不禮其使，留京師久之。帝幸上林苑，西使奏其香，帝取看之，大如燕卵三枚，與棗相似，帝不悦，付外庫。後長安中大疫，宮中皆疫病，帝不舉樂。西使奏見[一]，請燒所貢香一枚，以辟疫氣，帝不得已，聽之。既爇香，宮中病者登日盡差，長安中百里咸聞香氣，九月餘日，香尤不歇。帝乃厚禮之，遣送還國。觀於此，則香之驅病辟邪，理或有之，但偶未之試耳。

【按】本文出明馬愈《馬氏日鈔》「特迦香」，後部分出西晉張華《博物志》卷二；鄧之誠《骨董瑣記》續記卷二載之。

朔漠三銘

永樂三年，文皇帝北征，抵黑松林而返。初過禽胡山，勒銘云：「瀚海爲鐔，天山

[一]「奏見」，《馬氏日鈔》作「乞見」。

爲鍔。一掃胡塵，永清沙漠！」次立馬峰，復銘云：「惟日月明，惟天地壽。勒銘玄石，與之悠久。」又次清流泉，銘曰：「於鑠六師，用殲醜虜。山高水清，永彰我武。」

【按】本文出馬愈《馬氏日鈔》「朔漠三銘」；明鄭曉《今言》卷四、高岱《鴻猷録》卷八、雷禮《皇明大政記》卷七、何喬遠《名山藏》卷七、李賢《明一統志》卷九〇、茅元儀《武備志》卷二二四、王圻《續文獻通考》卷一二四、徐學聚《國朝典匯》卷三、葉向高《蒼霞草》卷二〇、嚴從簡《殊域周咨録》卷一八、岷峨山人《譯語》、清谷應泰《明史紀事本末》卷二一、談遷《國榷》卷一五、姚之駰《元明事類鈔》卷二三、查繼佐《罪惟録》志卷之五等載之，明周清源《西湖二集》第二卷「宋高宗偏安耽逸豫」入話敷衍之。

常州二守

常州太守莫愚，巧於取賄，而糾察群吏使無所得，郡人爲之語，曰：「太守摸魚，六房曬網。」繼莫者曰葉蓁，有廉操而律下不嚴，吏曹得以行其詐，又爲之語〔二〕，曰：

〔二〕「又爲之語」，《馬氏日鈔》作「又爲之」，

「外郎作鮓，太守拽罾。」言勞而無獲也。

【按】本文出馬愈《馬氏日鈔》「常州二守」；明馮夢龍《古今譚概》卷三一、清褚人獲《堅瓠集》卷三、杜文瀾《古謠諺》載之。

私印對偶

京師姚生，爲錦衣指揮門達館客，詩文尾，用私印云：「錦衣西席。」吴江甘驛丞，蜀人也，内翰江東之婿，亦有私印云「翰林東坦」。於時傳爲的對。

【按】本文出馬愈《馬氏日鈔》「私印對偶」；明蔣一葵《堯山堂外紀》卷八四、文林《琅琊漫抄》、馮夢龍《古今譚概》卷八、查應光《靳史》卷二七、郭子章《六語》諧語卷七、沈德符《萬曆野獲編》卷二六、李紹文《皇明世説新語》卷八、張岱《快園道古》卷一五、清俞正燮《癸巳存稿》卷四、梁章鉅《巧對録》卷四、周召《雙橋隨筆》卷一〇等載之。

徐尚書

江陰徐尚書晞，始爲郡小吏。有富室謀併其鄉某甲田産，誣以人命，甲不勝拷掠，自引服。公心憐之，密導甲家人訴諸憲司，而下文於郡公核實，爲言其冤於官，而釋之，甲泣謝而去。

歲久，公跨驢詣常熟，中途遇甲，邀公至家，公不可，甲挽驢不使行，時日暮而前路頗遠，不得已從之。甲與妻泣拜，設雞黍以待。公適舉杯，而甲逸，問其故，妻泣曰：「吾夫感公活命之仁，而家貧無以報。今夕邂逅，願以鄙陋之姿侍寢。吾夫已假宿鄰家矣。」公大驚曰：「是何言也！鬼神昭列，使徐晞爲是事邪？速覓而夫來則留，否則，雖夜必去矣！」婦依違未應，公色愈厲，起，解驢欲行，婦乃呼甲還。公諭慰再三，乃就枕，達曙告去。夫婦爲之感泣。

【按】本文出明馬愈《馬氏日鈔》「徐尚書」；明焦竑《國朝獻徵録》卷三八、過庭訓《本朝分省人物考》卷二七、張萱《西園聞見録》卷九、清趙宏思《江南通志》卷一九五載之。

談公綽

無錫老人談公綽者，嘗受憲司命，檢[一]災田於淞江，夜宿華亭富人家。富人欲浼作虛數，厚寬之，宿之密室。夜分，一少艾女出其榻後，綽驚叩之，女曰：「妾，此鄉某氏女，父貸主人粟十石，經二歲，積到[二]三十石而無償，因以妾代。今夕奉□戒[三]，求薦枕席。」綽聞之，遽起求出，而門扃，不可啟。呼主人又弗應，乃諭女曰：「汝良家子也，吾安肯污汝！」張燈，坐以待旦。既而，主人啟門入，意綽已納之矣。詰其女，女以實告，主人大慚服。綽因謂曰：「所負，某當代償，幸以女還其家。」主人謝曰：「公，長者也，敢不聽命。」遂焚券而還之。

【按】本文出明馬愈《馬氏日鈔》「談公綽」；明張萱《西園聞見録》卷九、《江南通志》卷一九五等載之。

[一]「檢」，《馬氏日鈔》作「撿」。
[二]「積到」，《馬氏日鈔》作「積利至」。
[三]「奉□戒」，《馬氏日鈔》作「今夕奉主人命」，早稻田大學藏《續耳譚》作「奉主戒」。

破靴令

鄉進士賈時彦善謔，會飲張漢臣家，酒半，漢臣奉觴請令，時彦曰：「予有隱語，乞諸君射之。不中，浮以太白。」乃云：「天不知地知，爾不知我知。」舉座不能解，罰徧，請言之。時彦舉一足加几上示人，乃靴底一腐孔也。滿堂絶倒。

【按】本文出明馬愈《馬氏日鈔》「破靴令」；明馮夢龍《古今譚概》卷二二載之。

王淑英詩

「人生天地間，所貴大節全。爲子必祇慎，爲臣必恭虔。嗟予事君父，自省多過愆。有志未及竟，奇疾忽相纏。泄痢徹晨夕，藥石療靡痊。賓朋具珍美，對之不能咽。意者造化仁，有命歸九泉。曾聞古夷齊，餓死首陽巔。周粟豈不佳，所見諒有偏。高踪邈難繼，偶似無足傳。千秋史臣筆，慎勿稱希賢。」此王淑英〔一〕詩。

〔一〕「王淑英」，《紀善録》作「王叔英」。

淑英，字元采，黄岩人。建文年間，仕爲漢陽知縣。一言一動，不愧古人。縣境旱，陳詞禱於山川，與神約：「一日不雨，則減一膳；二日不雨，則減二膳；三日不雨，則絶粒以待神顯戮。」夜則寢苫、枕塊於齋宫。二日，果大雨。

壬午歲，作此詩，自經死。盖托疾而隱其跡耳[一]。

【按】本文出明杜瓊《紀善録》；亦見明王圻《稗史彙編》卷二九「王叔英」、明陳繼儒《致富奇書》卷四。

陳通判公廉

蘇州府通判陳信，字履信，杭州人。先任大理評事，轉兵馬指揮，升今職。在任二年，有惠政，公而廉。正統十七年，六十七歲，乞致仕。蘇之富人，以重贐追送，毫無所取[二]，而其家甚貧。人[三]有詩送之曰：「公辭榮禄賦歸田，又却蘇民饋贐錢。

[一] 此句後，《紀善録》尚有「此話聽之楊仲舉」。

[二] 「毫無所取」，《紀善録》作「一毫無所取」。

[三] 「人」，《紀善録》作「予」。

一任此生貧到骨，只留清節與人傳。」

【按】本文出明杜瓊《紀善録》；明王鏊《姑蘇志》卷四〇、田汝成《西湖遊覽志餘》卷八、清褚人獲《堅瓠集》壬集卷二等載之。

袁公女

袁政，字文理，任湘陰縣典史，有善政，夏尚書原吉萬擢遂安縣令。未〔二〕視篆，宿於驛亭，夢小兒數十輩，皆被血淋漓，來挽其衣。覺而問故，父老言：「此邑人，生女多不舉，恐爲資裝之費故也。」下令嚴禁之。後邑人生女，皆名爲袁云。

【按】本文出明杜瓊《紀善録》；署名宋邵雍《夢林玄解》卷六、明王鏊《姑蘇志》卷五五、張昶《吴中人物志》卷五、張鳳翼《夢占類考》卷九、李紹文《皇明世説新語》卷二、凌迪知《萬姓統譜》卷二二、清陸壽名《續太平廣記》卷一五、《大清一統志》卷二三四等載之。

〔二〕「未」，《紀善録》作「夫」。

割心療病

蘇城織染局匠李伯順之侄李茂，四歲而失怙恃，叔撫之成人，茂篤孝敬。伯順病將死，醫巫不能救。茂於密室，操刀破心坎下三寸許，以三指探心而出，割心肉，絮指大一塊，復納於内，用香灰封其創，乃以心肉和猪肉烹之，進于叔。叔食之而甘，疾遂愈，茂亦無恙，但面色黄瘦而已。

茂亦未嘗學問，乃能爲人所不能爲之事。夫人苟傷内膜者立死，況劑心傷損者乎？然竟不死者，得非由鬼神護持之力也乎[二]？雖然此事不可爲訓，但録此以敦薄俗耳[三]。

【按】本文出明杜瓊《紀善録》；明張萱《西園聞見録》卷二、潘之恒《亘史鈔》内紀卷四載之。

[二]「由鬼神護持之力也乎」，《紀善録》作「由鬼神護持也乎」。

[三]「但録此以敦薄俗耳」，《紀善録》作「但可敦薄俗耳」。

半個里長

長興里長某者，假以逋税，索里人褚四金，不與。先以鐵索自鎖其頸，因鎖褚四，將以赴官。途遇虎，先嚙里長下截，而上截猶連褚四。忽山後又一虎來争食，兩虎相搏，褚乘機捧半里長奔訴之令。令驗得實，遂釋之。無賴索人，未得金而身先斃，報亦神矣。潘仲涵談。

潘爛頭

德清雷殿潘道士，素習五雷法，役使神鬼，號召風霆。一日，厠中指畫符，口中有詞，一金甲神自空而下，潘無語，第言：「汝將祠前樹移於後。」神怒，以足踏其首，首遂爛，流血漿。患瘡癤者，取抹之，輒愈。至剖決禍福、祈晴雨，皆立驗。至今城隍廟道士得其五雷訣，事能先知云。

雷擊淫男

明郡天風塔，巍峨拂雲，時現舍利。有小優爲遊冶子誘至絶頂，淫之。須臾，雷震擊兩人於地，遊冶子死，優得復蘇。時萬曆辛巳年事。又己亥季冬，金陵兩男子淫於報恩寺塔上，亦爲雷所擊，俱死。夫以靈山清境，爲無知男子所污，獲罪仙聖，兩兩立殛，無足怪矣。

僧救公子

廣東張某爲金華郡守，清介自持，官舍止攜一子。公卒，其子扶櫬歸，路逢僧欲附行，家人力拒，公子納之。凡十許日，清供不輟。過洋，遇盜舟，揚帆而來，僧取彈一發，正中桔槔，帆不能下，竟去。及泊岸，僧曰：「今別公子矣。尊人爲廉吏，茲來爲免公子難耳。」公子挽留不獲，贈以衣緡不納，固請，止持一扇去。越數日，開篋而前扇仍在。

斯盖仙真幻化，以祐善者。不然，以清白吏，後人罹患叵測，非天理矣。沈汝明談。

蛇鱉交化

山陰魚潭張氏族衆，將掃祖塋，買數鱉懸柱間。俟奠畢，將烹之，其一忽化爲蛇。張汝爲談。

又漁人黑哥子，月下親見一蛇，盤旋而跌，俄頃成鱉矣。大較鱉腹部紅者，多蛇化，不可食。

雷蓬頭

雷蓬頭者，名太雲，不知何許人也。少爲書生，好道術，入沙門遊，又棄而學仙。成化間，居太和山中，敝衣蓬首，行若飄雲。人或於山下見之，或失所在，舉頭望之，遥在高崖雲霧中，相距萬仞，或二三十里許。或時假寐一室，扃闔如故，身已在他處。山上祠宫咸固鎖鑰，每雞鳴，諸山法鐘，遠近俱發，道士驚起，曰：「雷仙人入宫矣。」

荊王求見之，固請曰：「側聞神仙之名久矣，願乞片言。」雲曰：「予，丐人也，何足以語仙？」王曰：「汝年幾何矣？」雲曰：「半歲。」王曰：「汝何許人？」雲曰：「幽州生，建康長，廣東編户，遼東應役。」王薉然不悦，曰：「今日幸逢至人，願乞道術。」雲怒曰：「吾非俳優，何術可施！」遂大相詆呰。王不勝怒，密遣人縶之，噀以狗血，遂裹以革，令厭之。桎梏置獄中，欲殺之，夜半忽不見，王甚愧焉。成化末，不知所終。

【按】本文出明徐禎卿《異林》；《古今圖書集成》博物彙編神異典卷二五七載之。

安翁遇仙

福州安翁者，以市酤爲業，常有道人沽，飲輒去，不償直，翁亦不責。久之，道人來會翁，曰：「良意久不酬，今幸枉過，乞遂偕行。」翁許之。須臾，至一山下草庵中，成賓主畢，道人曰：「有一道友，去此甚近，亦有仙術，僕往邀請，共君相娱，可乎？」翁喜諾，道人遂去。

久不來，翁且餒，顧室中蕭然，無供具，惟破釜在壁下，餘飯可升許。仰視屋梁上，懸橘數顆，壁上張畫梅一軸。翁不勝餒，取釜中飯食訖，道人適至，曰：「道侶不遇，無以爲款，不陋貧居，可遂留數日耳。」翁懇辭，道人再三曰：「煩君遠臨，無以相贈，奈何？」翁曰：「可掇壁間畫耳。」道人曰：「此吾道友之物，奈何與君？君既相愛，吾當榻〔一〕之耳。」既覆之，以手拭之，宛然如畫，因題其上，曰：「爲買東平酒一卮，邇來相會話仙機。壺天有路容人到，凡骨無緣化鶴飛。莫道烟霞愁飄渺，好將家國認希夷。可憐寂寞空歸去，休向紅塵説是非。」翁持此遂别。迷道不知所向，問野中人，曰：「福州離此四日程耳。」翁始知〔二〕遇仙，悵恨〔三〕而歸。翁後以壽終於

〔一〕「榻」，當作「搨」，形似而誤。
〔二〕「始知」，《異林》作「始悟」。
〔三〕「悵恨」，《異林》作「悵怏」。

家云。

【按】本文出明徐禎卿《異林》；明徐𤊹《榕陰新檢》卷八、清董天工《武夷山志》卷一九、黄錫蕃《閩中書畫録》卷一四、鄭方坤《全閩詩話》卷一一等載之，《韓湘子傳》第二十七回「卓韋庵主僕重逢，養牛兒文公悟道」入話詩用之。

呂疙瘩

呂疙瘩者，不詳其名里。成化間，嘗遊於襄鄧、河洛之間，冬則臥雪，夏則被褐。好狎兒童，且謔且詈，競爲之結小髻。每摇首，則髮理如櫛，復爲結之，如螺然滿頭，時人呼爲「疙瘩」。

一日，履江水上，江畔一婦人方晨泣〔一〕，見之曰：「呂公若能行水耶？」呂怒，取其杖笞之，復履江去。弘治己未，相傳於隴右白日上升云。

〔一〕「晨泣」，《異林》作「晨汲」。

【按】本文出明徐禎卿《異林》。

張皮雀

張皮雀者，名道修，少從其父參議江西時，每聞道院鐘鼓笙磬之音，輒往觀焉，父不能禁。後還吴中，爲道士，師事胡瘋子。胡瘋子師事莫月鼎，授五雷法，居玄妙觀，弟子甚衆。欲密授道修，以書置屋上，覆瓦中，呼道修曰：「天將雨，亟升屋，敗隙補之。」道修如其言往，胡公曰：「得乎？」應修曰：「得之矣。」於是始得秘訣，驅風雷如神。

常懷一皮雀，狎小兒，每出，則小兒群繞之，故時人謂之「張皮雀」。好飲酒，食狗肉。常有病瘧者求治，會方啖狗肉，遂以汁濡作符，以授之，曰：「謹握之，及家而後啟。」其人易之，曰：「何物能治疾耶？」中途竊視之，忽有神人怒，撻之幾絶。一日行道中，見一人，責之曰：「汝婦將死，盍返觀耶？」入寢中，婦果自縊，忽絶而醒。

天亢旱，太守朱勝求禱，道修曰：「儒輩每毀我，欲雨，設壇於學宮。」太守不可，然不得已，遂强設於里塾。又令人黄冠輦之以行，命置水於兩廡間，呼群兒侍，諧笑滿前。每作符，遣一兒童投水中，則雲氣生其上滃合，雷電轟烈，大雨如注。道修大呼曰：「請誅貪吏！」諸吏跪伏，莫敢仰視。良久曰：「沾足乎？」衆曰「然」，雨乃止。

江陰旱，富民周氏詣禱[一]，道修往視，囷廪甚侈，怒曰：「彼固求福己耳。」且爲之禱，雷雨大作，道修曰：「彼爲富不仁，請焚其廪。」火繞其廬，焚之幾盡。

吴江旱，王道會者禱之，雨已作。道修曰：「王道會亦禱雨乎？今日邂逅誠幸，相角法術，何如？」衆歡然。建兩壇，道修謂道會曰：「左右何居？」道會觀東郊已雲，遂即左，道修在右。有頃，雲歸於西，東望皎然，雨忽大注，道會大慚。

神驗甚衆，不可測也。居常忤兒意，每受棰，不走，但呼「大宿世，大宿世」。以壽終，翌旦，人於松陵長橋上見之。

[一]「詣禱」，《異林》作「請禱」。

【按】本文出明徐禎卿《異林》；明都穆《都公譚纂》卷上、清姚之駰《元明事類鈔》卷一九、趙吉士《寄園寄所寄》卷一〇、《古今圖書集成》博物彙編神異典卷二五七等載之，《警世通言》卷一五「金令美婢酬秀童」入話敷衍之。

趙頭陀

趙頭陀〔一〕，成化間，吴中有吃肉和尚，自言從終南山來，問其姓名，答云：「是趙頭陀。」往來僧居，不假寢榻，常坐於廊廡之間，身著敝衲，不易寒暑。性好餔餟，無所去擇，食如燎毛，飲若填壑，人莫見其溲溺，故呼爲「吃肉和尚」。每見輒曰：「可作一齋耳。」後供者漸不能繼。或絶口纍日，亦復晏然。

有一少年，惡其無厭，欲試苦之。值大寒月，邀請入舍，乃款以餘庖，羊脂雜物，凝貯盂中，曰「和尚食肉」，即舉手張口，瞬息噉盡。又將取水數升與之，曰：「和

〔一〕「趙頭陀」據文本，當爲衍文。

尚渴乎？」便復吸水濾足。奉秫飯，曰：「和尚飯乎？」即飽飫一頓，不謝而去，亦無所苦。

嘗趺坐道上，有一縣吏呵導而來，儼然不動。吏怒，命拽去，鞭笞一十，亦無嗔愧。尋於故處，還復安坐，人皆笑之。

有高媪者，時造其家，媪輒具食。一日忽來，呼媪曰：「吾欲行矣，不爲他人作取檀越，意在相報。」遂端坐檐下，夜半而化。晨有群僧，舁而去之。閭巷男女，聞有此事，競來觀看，投錢萬計，媪意始解。

丹陽都玄敬，博識士也，嘗摩其顱中，圓徑二寸，虛通如穴，光朗異常，竟莫測其爲何如人也。

【按】本文出明徐禎卿《異林》；清周鬱濱《珠里小志》卷一八、馮桂芬《（同治）蘇州府志》卷一四六等載之。

張刺達

張刺達者，相傳是宋時人，爲華州掾。嘗從州太守入華山謁陳摶先生，先生就賓主敍坐訖〔二〕，復設榻於左，似有所伺。太守不之悟。已而，一道人至，藍袍葛巾，蕭如也。先生與之揖而坐焉，道人趨而左，據榻端坐，傲然無遜容。太守不悦，先生事之甚恭，因請曰：「先生袖中攜有何物？幸以相貺。」道人即探出棗三枚，顔色各異，乃以白者授陳先生，赤者自吞食之，青者投太守。太守愈不悦，持以授掾，掾遂啖之。道人遽出。太守問於先生，曰：「是何道者，先生固爲恭乎？」先生曰：「此純陽真人也。」太守悔恨，追不能及。張公自後得道。

國初時，往往遊人家，每顯異跡。太宗開邸北平，嘗召見之，語有神異。及即位，思慕甚篤，遣胡尚書濙徧海嶽間求訪之，後於秦中邂逅。宣述聖意，企仰道真，乞回鶴馭，以慰眷望〔三〕。張公曰：「謹奉詔。但道遠日久，公先就駕，予當繼至耳。」既而，胡方入朝，張公果至。帝延入，問之曰：「何爲是道？」曰：「能食能糞，此即是道。」帝不悦，曰：「卿有仙術，爲朕試之，以爲榮觀，不亦可乎？」張公遣侍豎

〔二〕「就賓主敍坐訖」，《異林》作「敍賓主就坐訖」。
〔三〕「眷望」，《異林》作「睿望」。

异一甕來，即指之曰：「臣欲入此，以觀造化。」即投足縮首，頃刻不見，呼之則諾，視之無形。帝命擊破之，使人各持破甕一片呼之，如月印水，在在俱足，隨呼而應，莫知所爲。帝曰：「卿可試出。」言訖，張公忽在前。帝曰：「卿可更窮造化之道？」張公曰：「諾。」即走入柱中，呼之復出。帝歎曰：「妙哉！張卿出幽入冥，其至神乎？」張公復取水噀於中庭，須臾變成巨川，間岸沙際，横一渡舟。張公舉手招之，舟忽近人，遂登舟去，不知所之。尋視庭際，了無波痕。後帝患疾，食不下，始悟張公之言，歎曰：「張公其能鏡余之死生矣。」先是，張公以草一莖授胡公，曰：「異日，陛下若有危疾，以此療之。」於是，帝服之，果瘥。

【按】本文出明徐禎卿《異林》；明屠隆《鴻苞集》卷三一「張三豐」、清沈青峰《（雍正）陝西通志》卷六五、《古今圖書集成》博物彙編神異典卷二五六、俞樾《茶香室續鈔》卷一八等載之。張剌達，明清人多作「張邋遢」，又與張三豐事相融，故傳説甚多。

卷四

荒異

萬曆戊子歲，三吴大旱，粒米如珠，骸骨相枕。武林城西僻静處，薄暮，一婦獨行，群丐拽至荒廟，剜啖其肉。次早，但見白骨成堆。

又吴家堰童子，負盒過田間，遇一人問曰：「盒何攜？」曰：「黍團，將餉姑耳。」其人曰：「爾曾獲配否？」曰：「未也。」曰：「爾能以盒啖我，我有女願歸爾。」童隨之行，見寠空中，母及女皆淹淹垂盡。童遽返，白之父母，父母曰：「有是哉？可憫也。女既字爾，即姻家矣，盍裹糧周之？」童往，則見團食盡一空，盒在地，夫婦俱縊死，惟女哭臥其傍。童父爲具棺瘞之，攜其女歸。

夫人爲同類，誰忍食之？又無可食而甘死，情斯窮矣。即老人年近百者，亦謂未睹云。

徐生破戒

麻溪徐秉德，善屬文，有聲諸生間。萬曆甲午春，館穀房憲家。夜夢一老僧，長瓜白皙，雙眉垂膝，執一金花杖，呼德曰：「汝欲知終身行徑乎？」德曰：「願聞。」僧以杖指空，見紅日一輪將墜，德惶懼，曰：「果爾，光陰促矣，不知何以能延？」僧曰：「持齋，則可延也。」德深信。自是斷葷，凡兩月，面無神色。歸而家人苦勸，遂不能忍，復嗜葷。又夢前僧曰：「汝不用吾言，今已矣。」未及，染痢，咋其舌，腸腐而死。神僧示夢，業有生機，乃持志不虔，獲罪神理，卒不免於死，亦可懼也哉！

筠溪巧對

歸安沈筠溪先生，少絶敏穎。弱冠補博士弟子，與弟偕之城。時風雨暴作，遇陳方伯兄弟於邸，方伯戲曰：「大雨沉沉，二沈伸頭不出。」公矢口曰：「狂風陣陣，兩陳摇擺不開。」人稱巧對。後賓薦，三爲别駕，以子貴，封中憲大夫，科第蟬聯甲於吴。

【按】明馮夢龍《古今譚概》卷二八、張岱《快園道古》卷一二、清周亮工《字觸》卷五、褚人獲《堅瓠集》卷三、汪升《評釋巧對》卷一一、舒繼英《乾元秘旨》、徐珂《清稗類鈔》卷三五等載之。

龍　墜

餘姚演武場，隆慶己巳歲，值操練，金鼓喧闐，忽有白龍自空而墜，身騎一人。少頃，龍起而人墜，昏仆不省。衆扶擕灌救，半日方蘇。徐問之，則爲閩海捕魚人，以失足下水，龍驚而騰，又因教場喧聲而墜。

一凡夫耳，非有馴龍術，乃能攀附御空而行。史稱黄帝鼎湖乘龍，或非誣矣。

返風仙逝

慈有道劉特山，諱志德，以孝友著聲鄉閭。嘉靖丙辰，倭寇慈，劉奉母及妻子逃，而寇忽至，不得已，登一街側小樓避之。時寇縱火風烈，樓將焚而寇蜂擁，劉不能脱。劉對天長跪，爲母請命，火即返風，倭亦旋退，得脱去。後公以萬曆乙酉夏終，將終之辰，潔體端坐，召子婦，訓以謹行誼、修祀事，徐問：「兩叔父來否？」及二弟至，拱手迎，謂曰：「從此别矣。」遂逝。四近聞有鼓樂聲，從中門而出，咸以爲仙逝云。

舟覆得生

海甯查志文，以廬州二守，駐無爲州，管蘆税事，兼署州印。時巡廬江上，遇颶風暴作，舟覆，漂流數里。查兀坐舟内，一吏捧二印與視，見雲長公護之，忘其在鮫鮹帳中也。偶賈者過，聞覆舟内有聲，鑿而出之，查與捧印吏俱獲全。時查以清吏爲政，識者以爲循吏之報云。

吹簫狡童

徽有富家兒，甫習賈，挾重貲至維揚界，買舟將渡，一賈客精悍有心計者，欲附舟，徽賈納之矣。須臾，又一狡童，持紫簫至，亦求共濟。賈客心計其無性者，勸徽賈擯之，而徽客心豔狡童，竟納舟中。盤桓兩日夜，相得甚歡。及舟次曠漭，月光皎潔，狡童立鷁首，望月吹簫，徽賈方擊掌大快，而賊聞簫聲，從浦中鼓棹出，將迫舟次矣。賈客即墜狡童於江，而急回櫓轉操。賊舟至，問曰：「頃吹簫船何往？」曰：「已從別浦去矣。」賊信之，向浦中往追，徽賈得免於難。

夫徽之富兒以䅽穲習賈，且耽於遊冶，其蒙難宜矣，乃卒賴心計者免，豈其有天幸耶？

章解元

章禮，稽山人，始爲諸生，後棄之，走燕，仍得入試者。甫閱其卷，有巨蟹鼓甲而前，主試者異之，遂置第一。時衆論以章冒籍首薦，攻之急。事聞世廟，問瑺者曰：「何謂冒籍？」瑺者對曰：「各省士子，以順天籍獲儁者，名之爲冒。」世廟曰：「普天下，都是我的秀才，何得言冒耶？」是年試題「舜有臣五人而天下治」，世廟因閲章卷，詰主試者曰：「此卷何以宜冠多士？」對曰：「各卷只言五臣之賢，惟此卷，先發大聖如舜，原足治天下，而又得五臣，所以天下益歸於治，深得尊君之意，允宜首薦。」世廟大喜，冒禁遂寢。

威靈幼顯

四明趙甬江爲兒時，習句讀於鄉塾中。偶與兒童戲於土神廟，大書其壁曰：「發配三千里。」夜塾師夢土神叩己，求於趙處解之，師覺而駭，心憶趙之後必貴也。第諭之曰：「孩輩胡警於神，可往抹之。」趙捉筆往，改「發」字爲「免」字。是夜，師夢神稱謝不已。後趙官至大司空，握符剿倭，稡郡守令，皆負弩先驅，國朝文臣威權，無出趙右者。

【按】本文所敘「貶土地」故事，明代尤其流行，如祝允明《祝子志怪録》卷二「吴狀元戲土地」、侯甸《西樵野記》卷一、《制義刻瑣記》卷二「天曹見譴」、《元明事類鈔》卷二〇「貶土地」、《寄園寄所寄》卷六等，均是此類故事。

史百户嗜酒

史百户者，性嗜飲，晝夜沉醉，不少醒。嘗日謁上官，上官與之語，懵然無所答，上官怒叱之，曰：「汝醉耶。」其父聞之，遂絶其飲。久之，病且作，吴中名醫莫瘵。有張致和者，深於脈理，診之曰：「夜半當絶，勿復紛紛。」及期，果欲絶，其妻泣曰：「汝素嗜飲酒，今死矣。然又不得飲，聊薦一杯，與爾永訣，死當無恨！」遂啟其齒，以温酒灌之。須臾，鼻竅綿綿，若有息焉。又灌之，而脣動；又灌之，而漸蘇。以報致和，致和曰：「彼以酒爲生，酒絶則生絶，慎勿藥之，當飲以醇酒耳。」如其言，果愈。又飲數年，乃死。

【按】本文出明徐禎卿《異林》；清《古今圖書集成》明倫彙編友誼典卷六一等載之。

沈氏《守宫論》

沈氏，秀州人，聰慧能屬文，少選入宫，爲給事中。孝宗皇帝嘗試《六宫守宫論》，沈文最佳。其發端云：「甚矣，秦之無道也，宫豈必守哉？」上悦，擢爲第一。弟溥爲貢士，就試春官，沈贈以詩云：「自少辭家侍禁闈，人間天上兩依稀。朝隨鳳輦趨青瑣，夕捧鸞書入紫薇。銀燭燒殘空有淚，玉釵敲斷竟無歸。年來望爾登金籍，同補山龍上袞衣。」時競傳誦之。

【按】本文出明徐禎卿《異林》；明田藝蘅《詩女史》卷一三、陳繼儒《太平清話》卷一、清嵇曾筠《（雍正）浙江通志》卷二八〇、沈季友《檇李詩繫》卷三四、盛楓《嘉禾徵獻録》卷五〇、姚之駰《元明事類鈔》卷五、《古今圖書集成》明倫彙編閨媛典卷三三六、民國錢尚濠《買愁集》等載之。

孟淑卿詩

孟淑卿，姑蘇人，訓導澄之女。有才辨，工詩，自以配不得志，號曰「荊山居士」。嘗論宋朱淑真詩曰：「作詩須脱胎換質[二]，僧詩無香火氣，乃佳。女子鉛粉亦然。朱生故有俗病，李易安可與語耳。」爲士林所稱。然性疏朗不忌刻[三]，世以此病之。篇什甚富，零落已多，最傳者數篇。《悼亡詩》云：「斑斑羅袖濕啼痕，深恨無香使返魂。豆蔻花存人不見，一簾明月伴黄昏。」又《春歸》云：「落盡棠梨水拍堤，淒淒芳草望中迷。無情最是枝頭鳥，不管人愁只管啼。」又《長信秋詞》末韻云：「君意一如秋節序，不教芳草得長春。」《冬詞》末韻云：「雙蛾争似庭前柳，臘盡春來又放舒。」觀此數詩，真欲與文姬、羽仙輩争長。

【按】本文出明徐禎卿《異林》；明田藝蘅《詩女史》卷一三、李紹文《皇明世説新語》卷六、蔣一葵《堯山堂外紀》卷九三、詹詹外史《情史類略》卷二四「孟淑卿」、陳繼儒《太平清話》卷三等載之。

[二] 「脱胎換質」，《異林》作「脱胎化質」。

[三] 「刻」，《異林》作「客」。

朱氏過虎丘留題

朱氏，海昌人，過吴虎丘山，題詩壁上云：「梵閣憑臨入紫霞，憑欄極目渺無涯。天連淮海三千里，烟鎖吴城十萬家。南北舟航摇落日，高低丘隴接平沙。老僧不管興亡事，安坐蒲團課《法華》。」

【按】本文出明徐禎卿《異林》；明蔣一葵《堯山堂外紀》卷九三、清錢謙益《列朝詩集》閏集卷四、查繼佐《罪惟録》閏懿列傳卷二八、王初桐《奩史》卷四四、揆敘《歷朝閨雅》卷五、陶元藻《全浙詩話》卷三七、張豫章《四朝詩》明詩卷九一等載之。

徐氏《春陰》詩

金陵妓者徐氏，有文藻，作《春陰》詩，末韻云：「楊花厚處春陰薄，清冷不勝單夾衣。」亦爲清唱。

【按】本文出明徐禎卿《異林》；明梅鼎祚《青泥蓮花記》卷一二外編四、周暉《金陵瑣事》

卷二、潘之恒《曲中志》、清錢謙益《列朝詩集小傳》丙集第九、王初桐《奩史》卷四四、徐釚《本事詩》卷三、姚之駰《元明事類鈔》卷一七、張玉書《佩文韻府》卷四之五、朱彝尊《明詩綜》卷三六等載之。

紀異

弘治甲寅，遼東大風晝晦，雨蟲滿地，黑殼大如蠅。次年乙卯，長沙旱，苦竹開花，楓樹生李實，黄連樹生王瓜，苦蕒菜開蓮花，七日而謝。又歲丙辰三月，敘州楠樹生蓮花五十餘朵，李樹生三莢〔一〕，苕苕滿枝。

【按】本文出明徐禎卿《異林》；明馬文升《端肅奏議》卷六《災異疏》、王圻《續文獻通考》卷二二〇、徐學聚《國朝典匯》卷一一四、江盈科《雪濤閣四小書》、清汪灝《廣群芳譜》卷五五、官修《明臣奏疏》卷八《陳災異疏》、姚之駰《元明事類鈔》卷三五、傅維鱗《明書》卷八

〔一〕「三莢」，《異林》作「豆莢」。

五等載之。

雞産異物

弘治甲子，蘇州崇明縣民顧氏家雞，胎息一物，猴頭，餘悉如人狀，長四寸許，有尾，蠕動而無聲。是歲，海盜作。

【按】本文出明徐禎卿《異林》；明徐應秋《玉芝堂談薈》卷三四、清孫之騄《二申野録》卷三等載之。

火鴉

弘治庚戌歲，武昌城中，飛鴉銜一囊，市人兢逐之。囊墮，啟視之，火礫五枚，欻然躍出。是歲，武昌災者三、黄州災、漢陽災。

【按】本文出明徐禎卿《異林》；清孫之騄《二申野録》卷三載之。

周顛仙

太祖皇帝《御制周顛仙傳》草莽未見，今姑從所聞述之。顛仙，不詳何許人，混跡行乞，舉止譎詭。元末，往來江楚間，每至一處，奔而叫曰：「報太平！報太平！」然遇人雖求乞，而態度傲慢，人皆惡且苦之。如是殆十餘年。

時皇祖建義，顛特來委附，上憫之，且獨知其人，因送之僧院，俾事薪水以糊口。顛轉盜肆，侮諸髡，屢盜常住蔬果，日與僧競。僧訴諸上，上亦惡其所爲，召詬而戒之，顛態猶如故。上將除之，諭令遷革。顛笑曰：「公安得死我耶？金刃水火，何能損我一毛哉！」上怒，裸置石臼，以缸覆之，積薪如山，熾以烈焰一晝夜。啟視之，顛兀然坐其中。上笑而釋之，使從軍以行，亦稍令帥師征討。嘗問之：「天下紛紛何時定乎？」顛指桶曰：「破了一箇桶，成了一箇桶。」上亦不究之。然時出没不恒。及討僞漢，索之，將委以事，逸不知所之矣。

入洪武中，上嘗不豫，忽外奏有廬山道士進藥，上令問其詳，曰：「周顛仙使之來。」言畢，將召入，忽不見其人。上乃遣行人至廬山求訪之。既詣山至廬山觀，又見前道士，謂行人曰：「周在竹林寺，方與天眼道者對弈。」因導之往，果見顛在寺門，與一道流弈。行人致上命，顛殊不爲禮。行人侍良久，屢請命，顛曰：「若且入寺遊行，出當語若。」行人入門内，殿堂軒廡，弘麗極至，光耀奪視。未幾登殿，循廊而行，兩廊皆連室，室各有主者。行人次第觀之，或冠裳，或野服，侍從甚都，旌幢、服器、珍具堆積。行人行且數之，左右通二十八，室中皆有人物充牣，啟門治事。獨一室扃閉，睹之，中無一人，獨一巨虺踞其中而已。地有流血，若被傷者。行人出見顛，求復命語，顛曰：「若已見矣。二十八室者，經天之宿所治也，遞次來人間爲民物主。若主方御宇，故其室空，稍有血者，疾徵也。雖然，行起矣。」行人因請曰：「將何以返命取驗耶？不然且得罪。」顛乃賦詩與之，曰：「上覽之，當信矣。」天眼者亦贈一章。行人持之去，稍去回顧，寺亦不復有矣。二詩者，竟達宸矚云，亦淺近語，但不知何所指也。

【按】本文出明祝允明《語怪編》「周顛仙」。《御制周顛仙傳》，原爲朱元璋洪武二十六年祭奠周仙而在廬山所立碑文。後世演繹此文的有，佚名《天潢玉牒》、楊儀《高坡異纂》卷上、鄭曉《今言》卷四、焦竑《熙朝名臣實録》卷二、章潢《（萬曆）新修南昌府志》卷二三、何喬遠《名山藏》卷一〇三、李賢《明一統志》卷四九、五二、王圻《續文獻通考》卷二四三、徐學聚《國朝典匯》一三六、清毛德琦《（康熙）廬山志》卷二、張廷玉《明史》卷二九九《方伎傳》等，均載周顛仙「告太平」「入火不死」等神異故事。本文所載廬山二十八宿之説，又有所發展。

蕭公

蕭公，撫州人，爲人坦率，惟以利濟爲心，亦不知其所參修也。一日，方與鄉人飲，座間隱几少瞑，須臾而起，顧座客曰〔一〕：「適江中有覆舟者，吾往救之，凡幾人，生矣。」示其足穿芒履，果沾泥水。好事者亟往江濱物色之，其言信然，乃始異之。自後往往如是。每以救溺爲務，又能分身四出，或一時爲人招遊，處處赴之。後會語及，各有一蕭公也。後不知其死時之悉，歿遂爲神。

暨太祖伐僞漢，鄱陽湖之役，公擁陰兵助國我師。初不悉知，而其後敵人言：

〔一〕「曰」，《語怪編》作「云」。

「正見空中有數萬甲兵，皆衣紅以助戰，幟上大書『蕭公』字。」由是，太祖皇帝加以封爵，各軍衛廟祀之。其家至今族屬蕃盛，子孫家人死者，亦多隸公部下，爲陰官、陰兵，亦專以拯溺爲事。

今江藩遠近，處處事之，往往降鸞箕，判禍福。人有受福欲報，以咨於人，人亦或判云：「要銀若干。」或金或錢、粟米之屬。或判其數，令送抵其家，與子孫收之。或運箕作家書，道及家事。又云：「今遣人送回某物若干。」每歲恒有數百金寄回，家賴以給。今凡年長黃帽，事之最謹，而兵衛將士及漕運官軍，尤極誠篤。聞外夷之人[一]，亦奉祀之。

【按】本文出明祝允明《語怪編》「蕭公」；明王圻《稗史彙編》卷一三三「蕭公」等載之。本文所傳「蕭公」，民間稱之爲「蕭（肖）公爺爺」，爲江西新淦水神，多有異聞傳説。

[一]「外夷之人」，《語怪編》作「外夷」。

桃園女鬼

嚴州東門外，有桃園，叢葬處也。園中種桃，四繚周墉。弘治中，有一少年，元夕觀燈而歸，行經園傍，偶舉首，見一少女，倚牆頭，露半體，容色絶美，俯視少年，略不隱避。少年略一顧，亦不爲意，捨之行。前遇一人偕行，少年乃衛兵餘丁，其人亦同輩也，且行且縱話。其人問少年：「婚乎？」曰：「未。」曰：「今幾歲？」曰：「十九矣。」又告以時日八字。久之，至歧路，同輩别而他之，少年獨行。夜漸深，行人亦稀，稍聞後有步履聲，回視，即牆頭女也，正相逐而來。少年驚問之，女言：「我平日政自識，爾自忘之。今夜見爾獨歸，故特相從。且將同歸爾家，謀一宵之歡，爾何以驚爲？」少年曰：「汝何自知吾？」女因道其小名、生誕、家事之詳，皆不謬。蓋適尾其同輩行，得之語，其口出也〔二〕。少年聞之信，便已迷惑，偕行至家。

其家有翁媪居一室，子獨寢一房。始出時，自鑰其户，逮歸，不唤翁媪，自啟其

〔二〕「得之語，其口出也」，《語怪編》作「得之自其口出也」。

寢，則女已在室中坐矣，亦不悟〔一〕其何以先在也。燈下諦玩之，殊倍嫣媚，新妝濃豔，衣飾亦極鮮華，皆綺羅盛服也。翁嫗已寢，子將往□室〔二〕取飲食，女言：「無須往，我已挈之來矣。」即從案上取一盒子，啟之，中有熟雞、魚肉之類。及温酒，取而共飲食之，其殽胾猶熱也。啖已就寢，女解衣，内外皆斬然新製，乃與之合，猶處子爾。黎明自去，少年固不知其何人也。迨夜復至，與之飲食、寢合如昨。既而，無夕不至。

稍久之，密鄰聞其語笑聲，潛窺見之，語翁嫗云：「而子必引誘〔三〕良家子與居，後竟當露，禍及二老，奈何？」翁嫗因候夜，同往而覘之，果見女在。翁嫗愛子甚，不驚之。明日呼子語之，故戒諭之曰：「吾不忍聞於官，令爾〔四〕獲罪，爾宜速拒絶之。不然，與其惜爾，而累吾二老人，當忍情執以聞矣。」子不敢諱，備述前因。然雖心欲

〔一〕「悟」，《語怪編》作「寤」。二字通用。

〔二〕「□」，二種明本均爲墨釘，《語怪編》作「爨」。

〔三〕「引誘」，《語怪編》作「誘致」。

〔四〕「爾」，《語怪編》作「汝」。

絶之，而牽戀不忍，且彼亦逕自至，無由可斷。女亦知之〔一〕，殊不畏避，翁嫗無如之何。復謀諸鄰，鄰勸翁首諸官，翁從之，輾轉達于郡守李君。

守召子來，不伺訊鞫，即自承伏云云，然固不知〔二〕其姓屬、居址也。守思之，殆是妖祟，非人也。不下刑箠，教其子，令以長綫綴其衣，明日驗之。子受教歸，比夜入室，女已先在，迎謂曰：「汝何忽欲綴吾衣邪？袖中針綫速與我。」子不能奪，即付之。翌日，復於守，守曰：「今夕當以剪刀斷其裾。」予之剪。歸，女復迎接，怒曰：「奈何又欲剪吾衣裾？速付剪來，吾姑貸汝，子亟予之。」又復於守，守怒，立命民兵數人往擒之。兵將近其家，女已在室知之。時方晴皎，忽大雨作，衆不可前，乃返命於守。守益怒，命一健邑丞帥兵數十往，必取之〔三〕。女亦在室，丞兵將至，忽大雷電，雨翻盆而下，雷火轟掣，殊不能進，亦回返以告。守曰：「然則任之？」呼子問曰：「女之姿貌果何似？衣裳何彩色？」子具言如是如是，其外内裳袂，一一皆

〔一〕「女亦知之」，《語怪編》作「女知之」。
〔二〕「固不知」，《語怪編》作「不知」。
〔三〕「必取之」，《語怪編》作「以取之」。

是紵絲，悉新裁製也。每寢解衣，堆積甚多，而前後只此，終未嘗更易一件。其間一青比甲，密著其體，不甚解脱，即脱之，與一柳黄袴，同置衾畔，不暫舍也。守曰：「吾有「爾去，此後第接之如常時，吾自有所處。」子去時，通判某在座，守顧判曰：「此人所遇之女，一語，欲語公，恐公怒耳。」判曰：「何如？」守沉吟久之，曰：「此人所遇之女，殆或是公愛息小姐者乎？」判大怒言：「公何見侮之甚！吾縱不肖，公同寅也。吾家有此等事邪？公亦何乖繆如是！」守但笑，謂言：「公試歸，問諸夫人。」判愈怒，幾欲駡之。遽起入内，急呼妻，駡守言：「吾爲老畜所辱，乃敢道此語云云。」妻扣其詳，判言：「老畜先問後生，聞其言女容貌、衣飾如此，乃顧謂我云爾。」妻驚曰：「君姑勿怒，或者果是吾家大姐乎？」盖判有長女，未笄而殞，攢諸桃園中，其容色、衣飾良是也。判意少解，出語守：「吾妻云云，其當是吾女邪？」守曰：「固有之，且幽明異途，公何以怒爲？第願公勿恤之，任吾裁治可耳。」判亦姑應之。既而，無所施設，女來如故。

又久之，有巡鹽御史按部，事竣而去，郡集弓兵二百輩護行。守與群僚皆送之野。御史去，守返，兵當散去。守命：「勿散，從吾行。」且迂道從東門以歸。至桃園，守駐車，麾兵悉入園，即命發判女塚視之。女棺之前，有一竅如指大，四圍瑩滑，若有物久出入者。即斲棺，視女貌如生，因舉而焚之。蓋守知女鬼已能神，故寢其事，乘其不知而舉，鬼果不能禦也。

守恐鬼氣侵子深，或復來纏滯，召入郡中，令守郡帑，與同役者直宿。凡三月〔二〕無恙，乃釋之，其怪遂絶。後子亦竟無他。事在弘治中也。

【按】本文出明祝允明《語怪編》「桃園女鬼」；明詹詹外史《情史類編》卷二〇、清陶珽《説郛續》卷四六等載之。

張生

弘治間，南京漢西門〔三〕，有張氏子，未娶，忽爾形氣尪瘁，漸成瘵瘵，久益沉殆，遂將殞殁。前後醫禱既竭。至是，家人審問，得疾之由。始言初獨寢，時有美婦人來

〔二〕「凡三月」，《語怪編》作「三月」。

〔三〕「漢西門」，《語怪編》作「旱西門」。本文音近而訛。

挑引好合。問其姓居，婦曰：「我即對門史包頭家女耳。」既而，夜夜來處，今猶未絶。家人令伺其來，將彼衣飾稍損敗，以驗之。子如戒，婦復來，即潛取其金釵藏去。旦視之，乃磚土也。子大驚，衆持之，徧物色於京城諸寺廟中。久之，得於倉巷中，土地祠夫人之首釵失焉，取以補之，吻合無間。遂碎其像，像之腹中，當下部，置一瓶於其間，口向外，以爲陰藏，精液已盈瓶中。乃碎像，沉於河，其怪乃絶，子亦安愈。京師後生多作詞曲以歌之，子今尚在〔一〕。

【按】本文出明祝允明《語怪編》「張生」；明周暉《續金陵瑣事》題「土金釵」載之。

横林查老

毘陵之北地，曰横林，有查老者居之，年逾五十而死。死後魂歸於家，不見其形，但空中言語，其音即查之素也。凡家事巨細，一一豫言之，某當行、某當止，點檢門

〔一〕「子今尚在」，《語怪編》作「子今故在」。

户什器，失物則指其人姓名及物所在。是以貨殖獲利，爲事不誤，而無失物之虞，家因以致富。外人過謁者，亦聞其言。至於設宴邀賓，亦陳一席於主位，以爲查席，仍聞查言勸酒、留客等，了了分明。久之，人亦不爲異也，如是及三年。一日，語家人曰：「我今去矣」，遂泯。

【按】本文出明祝允明《語怪編》「横林查老」，清陳夢雷《古今圖書集成》博物彙編神異典卷四六載之。

蛇吸人精

姚江張性之，館於苕溪閔光禄家。一館童嘗臥榻側，無疾而目漸黄，肌膚日削，醫治半年無效。忽一夕，月光入户，性之開幕視之，一巨蛇張口，就童子吸其口津，性之輕以杖逐去，童不知也，性之亦不言。次夕，復見蛇將近童子，性之仍逐去。自後遷别室，童亦尋愈。

吴職方弟

南職方郎中吴闇夫季弟敬源，延一塾師，同諸幼徒宿一室，敬源子亦在。二鼓時，師方就寢，恍惚見數青衣，狀若公差，以繩繫其頸，師以爲公差誤攝己也，大呼：「我無干！」數人曰：「誤矣！誤矣！」遽趨出。師惶惑不安，諸弟皆起，正爾駭異，忽聞哭聲從内出，其子急叩門入，敬源無疾，奄忽而逝。蓋冥卒欲攝敬源，而懼繫師也，異哉！嵇叔吉談。

誤殺鄰兒

烏君山下村農，四月間，揮鋤田畔，一鄰家兒拾蚯蚓啖鴨，鋤誤擊兒斃。時曠野無人知，農即埋兒於田。兒父母覓之無踪。後埋處禾茂特異，農方耘，其妻攜餉至，農笑謂妻曰：「汝知此處苗何獨茂？」妻曰：「不知。」農曰：「往時鄰家兒實誤鋤死，埋此處，而父若母至今罔知也。」妻亦不爲意。忽逾月，夫以小忿，辱其妻，妻遽曰：「爾殺鄰兒埋之田，有天理乎？」鄰家聞之，竟往埋處，剜得骸骨，鳴之官，農竟服罪。

奇鑒

山陰俞僉憲南石未第時，訓徒皆幼齡。楚中袁生善機人術，過僉憲公，輒許取科第、居方面；又於衆徒内，見羅公康洲、張公陽和，俱驚許狀元及第；見朱公金庭，又驚許翰苑，且云：「三公俱巨卿。」人人訕笑，以爲諂誑。後南石果登第，官至僉憲；羅、張相繼掇狀元，羅以宗伯終，張以侍讀終，朱以吉士，纍進宗伯，分毫無爽。

夫大魁同出一門，同聚一堂，而師徒皆顯，真遇合之奇。袁於童稚一一别識，術亦神矣。

巨魚

江西南埜民陽富，年十八。萬曆己亥九月，入池捕魚，一巨魚長丈許，狀若小舟，噴冷水啐其腹，流血淋漓。百方治之不愈，荏苒月餘而死。夫有生倫類，噬人者多，未聞魚能噬，且噬之死也。即巨海浩淼，不無吞舟之魚，而勺水潛藏異物，害生叵測，豈夙孽耶？予弟元瀛，令南埜，富妻告守制，知之詳。

吴仕期

宛陵吴仕期，爲諸生，侃直負氣，聞權相張江陵奪情事，作書萬言，極詆其非，爲有力者匿不以聞。後江陵微知，大恚君矣。無何，蕪湖黜諸生王律者，私草一疏，託名嶺南海公瑞，事聞之操江都御史胡櫝。櫝，楚人，江陵黨也，屬太平同知龍武宗治之。武宗希旨，窮治王律，嗾律，波及君，謂疏出君手。以計紿君至，嚴加拷訊，下之獄，絶其食數日。君餒甚，嚙其衣絮殆盡，不死，則以囊沙壓其口殺之。郡中僞言朝廷籍没君家。君之女及子乘小舠，逃於河上。忽兩舟相觸，舟人相哄，視之，則舟載君柩還，適相值云。

後江陵死，孫御史維城上疏訟君冤，有旨，逮龍武宗等鞫治。君弟仕朝相與對簿，時有鴉數頭，繞廳事飛鳴，向問官啞啞，若有所訴。伍佰以杖逐之，不去。仕朝曰：「此即吾兄之冤魂。」問官爲之蘇蘇隕泣，云：「草茅賤士，奮於一念忠憤，賈奇禍而不顧。若君者，與宋陳少陽，異代同聲矣。」屠儀部談。

【按】本文出明屠隆《棲真館集》卷三《孤憤篇·敘》，删改成文；清吴肅公《街南文集》卷一六、陳田《明詩紀事》己籤卷六等節載之。

《宋登科録》

鴻臚卿張鳳梧公分守浙西時，出《宋登科録》二册。《重刻紹興十八年進士》，五甲共三百三十人，宗室登科者十六人，下注「玉牒所」。一甲第一人，會稽王佐。朱晦庵先生，系五甲九十。特奏名一人，列於五甲之後。《寶祐四年進士》，五甲共六百一人，玉牒所七十四人。一甲第一人，文公天祥。各名下俱注治《賦》、治《詩》、治《易》、治《書》、治《春秋》、治《禮記》、治《周禮》。又有一人一兼治者。《紹興録》詳注里居，不注治《賦》等。《寶祐録》無特奏。兩録一以晦翁重，一以文丞相重，故自不可泯也。

吴小仙

吴偉，江夏人，少爲農。忽遇一羽士，言：「爾有異骨，當享大名。旦日於猪市大石上相會。」至則命坐石側，出一鐵錐刺石傍，出泉一綫，命偉掬飲之。乃曰：「任爾學藝，名聞天下。」遂不見。偉後學畫，專十二科，山水人物，入神品。性憨直，與俗寡偕。成國公延見，以「小仙」呼之。後憲宗召至闕下，授錦衣衛鎮撫，待詔仁智殿。有時大醉，蓬首垢面，曳破皂履，踉蹌行，中官扶掖以見，上大笑，命作《松泉圖》，偉跪翻墨汁，信手塗抹，而風雲慘澹生屏障，上歎曰：「真仙筆也。」偉出入掖庭，奴視權貴，求畫又多不與，於是權貴人數短之。居無何，放歸南都。日喜從諸豪客兢集妓館劇飲。孝宗登基，復召見，命畫稱旨，授錦衣衛百户，賜章曰「畫狀元」。後稱疾歸。武宗復遣使召之，使至，未就道中，酒死。偉挾一伎，辱召者三，奬借賜予，詞臣所無，洵榮遇哉！乃賦伉直，不諛權貴，視今世弄柔翰者，瑣尾求榮，真蒼素矣。郭美命先生傳。

【按】本文出明郭正域《合併黄離草》卷二三「吴偉傳」，删改成文，明顧起元《客座贅語》卷七、焦竑《國朝獻徵録》卷一一五藝術傳「吴次翁偉傳」、李濂《嵩渚文集》卷八八「吴偉傳」、清朱彝尊《日下舊聞考》卷三五、傅維鱗《明書》卷一五一列傳一二、黄宗羲《明文海》四一七傳三一等載之。

夜夢六驢

萬曆己丑冬，揚州都令劉道隆，一夕夢遇驢六頭，内一驢向劉叩首，覺而疑問之，思不得其故。雞鳴，忽悟曰：「是矣！是矣！」妻叩其故，劉述其故，且曰：「今人罵僧爲禿驢，意者僧作奸乎？」

旦乘小輿出西門，果遇六僧，因命隸拘之，僧稱：「不入城，且無罪，奈何拘我？」劉詒之曰：「飯爾耳。」及至縣内，一小僧叩首不止，曰：「我非男，乃女也。我父青州選貢生，二兄亦廩生。一日，此五僧來家化齋，母素信佛，因齋之，留其誦經禳星。令我出拜佛，僧見我姿色，故沿至晚，曰：『村中無庵觀，敢求長者家作宿？』父不得已，令暫宿於門房。夜半，五僧持刀排闥而入，將父母、兄嫂並蒼頭數輩，悉皆殺死，只五歲侄，避床下得免。將我登時削髮被緇，挾之而出，晝夜輪奸。其時，我不難一死，以舉家異仇，無由伸雪耳。每白日置我於僻處，二僧堅守，三僧化緣，供我衣食。離家三年，所過不入城市，目中不見官府，故隱忍至今日。幸遇爺臺，是我報冤時也，望爲鞫之。」五僧不待嚴刑，已伏辜矣。劉乃招詳院道，移文青齊，核實得報，即置典刑，而女號泣數日，乃自盡焉。

夫女不死於前而從僧，且隨之三年，似一淫婦人耳。及仇雪而不惜一死以謝父母，豈非從容就義者乎？藉令此女不嫁，附姑成立而後死，若程嬰之拊趙孤，則又賢矣。雖然徇非劉公神明，安能剔奸若此哉？劉善政甚多，兹特其一班耳。

吴駕部女

震州吴駕部公擇女適温太學者，博通書史，每行必載輿俱，喜吟咏。嘗隨父金陵官舍，適季父允兆歸，書扇頭詩曰：「官舍知秋早，那禁骨肉離。長江望不到，風雨細帆遲。」予紀此，以俟彤管之續。吴輯侯談。

【按】本文明姚旅《露書》卷四、支允堅《梅花渡異林》等載之。

王太史配死節

山東王太史象節死，未殮，其配偏召族人爲太史立後，即自縊而死。後太史友人沈澄之爲文奠其墓，有玄鶴遶墓飛鳴者三。見周比部傳。

【按】本文明王圻《稗史彙編》卷四八「王象節妻」、清王士禎《池北偶談》卷七等載之。

頭白夫妻

歸安東林某者，爲怨家所誣，遣戍廣東，當行。原聘妻未配，妻父母以獨女憐恤，捐貲買别婦伴成，女終不嫁。隆慶初，恩宥歸，年逾六十，與前女復諧伉儷，人稱「頭白夫妻」。

大鞋和尚

萬山少林寺，萬曆己亥歲，一僧不知何地來，亦不知何名，常穿大鞋，人呼「大鞋和尚」，輒應。夜行不畏蛇虎，或六七日不歸，日屢餐不飽，即數日不食，亦不饑。寺僧談經，亦往聽。詰以法旨，必答。語不多。人衆囂喧，即避矣。寺裝牟尼佛，缺珠飾頂，詰早於座下得之。行大雨中，衣不濡濕。壬午春，持鉢出，遂不復來。又十三年，寺僧廣慧遇於五臺山下，色澤如前，第眉長數寸云。

虎山塔異

洪武末，僧法慧飾虎丘塔，掘得舍利，五色爛然，劍池水湧作蓮花狀。又正統戊午，重葺露盤。初上，有白鶴數十迴旋塔頂，舍利光連夕燭天。閲月，復紅白光，自塔頂透出，横亘牛斗，遠近無不驚異。張翰林談。

【按】本文出明張益《虎丘修塔記》，删節成文；明錢谷《吴都文粹續集》卷三一、茹昂《重輯虎丘山志》、清馮桂芬《（同治）蘇州府志》卷一四一等載之。

試院鶴

江西萬曆辛卯科，監臨公入院矣，試士名亦足，已爲八月六日，而陳公幼良與同舍友二人，皆在遺棄，竟束裝歸。第幼良因臀瘡，未即發，猶跛曳同遊於院前，有泣下者。乃院門正送水菜畢，從内封鐍，胥人三封，而庭鶴三啄去。監臨正詫〔二〕曰：

〔二〕「監臨正詫」，《耳談類增》作「監臨公正詫」。

「豈外有遺珠乎？」命啟門視，得幼良三人。立試皆佳，即屬藩司給卷，併入試。榜發，幼良解元，一人第三，一人第七十，則鶴啄之力也。清田仙禽，力勝五丁哉？不然，即青鸞作使，北雁傳書，何由啟棘院扉乎？

【按】本文出明王同軌《耳談類增》卷一四「陳解元幼良」；清褚人獲《堅瓠集》續集卷三載之。

婺州鷹

婺州州治，古木之上，有鷹巢，一卒探其子。鷹俟州守王夢龍據案按事，忽飛下，攫一卒之巾去。已而，知其非探巢之卒也，銜巾來還。乃又攫〔一〕探巢者之巾，擲州守案前〔二〕，守詢〔三〕其故，杖此卒而逐之。鷹之靈識如此。其攫探巢者之巾，固已異矣，

〔一〕「又攫」，《鶴林玉露》作「徑攫」。
〔二〕「探巢者之巾，擲州守案前」，《鶴林玉露》作「探巢者之巾而去」。
〔三〕「守詢」，《鶴林玉露》作「太守推問」。

其〔二〕誤攫他卒之巾，復銜來還，尤爲奇異。今人〔三〕舉動差繆，文過遂非，不肯認錯者，多矣。孔子所謂：「可以人不如鳥乎？」

【按】本文出宋羅大經《鶴林玉露》丙編卷三；宋無名氏《湖海新聞續夷堅志》後集卷二、明劉元卿《賢弈編》卷三、彭大翼《山堂肆考》卷二一二、清華希閔《廣事類賦》卷三六、來集之《倘湖樵書》卷一〇、張英《淵鑒類函》卷四二六等載之。

錢臨江斷鵝

錢公若賡守臨江，多異政。有一鄉人〔三〕持鵝入市，寄店中他往，還，索鵝，則店主云：「無之。群鵝，我鳥耳。」其人訟於郡。公令人取店中鵝四隻，各以紙一張，給筆硯，分四處，令其供狀，人無不驚訝。已退食，使人問：「鵝供狀否？」答曰：

〔一〕「其」，《鶴林玉露》作「於」。
〔二〕「今人」，《鶴林玉露》作「世之人」。
〔三〕「有一鄉人」，《耳談類增》作「鄉人」。

「未。」少頃出，下堂視之，曰：「狀已供矣。」因指一鵝曰：「此鄉人鵝。」盖鄉人鵝，食野草，糞青；店鵝，食穀粟，色黃。店主伏罪。

【按】本文出明王同軌《耳談類增》卷六「臨江首錢公」；清褚人獲《堅瓠集》廣集卷二、徐兆昺《四明談助》卷三一、潘懿《（同治）清江縣志》卷一〇等載之。

王清

王清，系椽吏，初授卑官，有異林〔二〕，纍遷嘉興同知，以督責海塘有功，擢兩淮僉憲。逾半年，請告歸。在嘉時，偕太守行香文廟，太守戲指先師曰：「公曾認得這位老先生否？」清曰：「認得。這老先生人品極是高的，只是不曾發科。」郡人大噱。宋印儀談。

【按】本文明江東偉《芙蓉鏡寓言》四集、馮夢龍《古今譚概》卷二四等載之。

〔二〕「異林」，當作「異材」。《古今譚概》等做「異才」。

吴幼安

吴幼安者，毘陵人，簪纓三世，素有積善名。嘉靖甲子，幼安試南都，時明州汪宗伯典試，幼安卷原在額外，汪公業置之，然暮置去，而旦復在案，如是者三。公重閲之，果佳，竟取登榜，人謂種德之報云。見《幼安詩序》。

斷腸不死

紹興一惡少，素兇淫無忌。與鄰婦通奸，爲夫所執，夫先殺其婦，惡即脱逃。夫追及，刀中其腹，腸斷而出。里人縛送官，惡抵婦命。囹圄數年，終不死。每遇會審，人見污穢從斷腸出，以鉢盛之。衆皆切齒遠避，以爲惡報云。章季安談。

小犢鳴冤

陸遠，浙江秀水人，知海州，清修鯁介，發奸如神。一日，出向大伊鎮，途中有小牛犢，鳴於馬前，驅之不去。使人隨犢至坡間，有盜牛者，正殺其母，驚愕，遺皮刀而遁。至鎮，托疾思牛肉，密於屠户家得之，因鞫問，卒服其罪。

【按】本文出明薛瓚《（正德）淮安府志》卷一二，删節成文；明趙文華《（嘉靖）嘉興府圖記》卷一六、張峰《海州志》卷六、過庭訓《本朝分省人物考》卷四五、余懋學《仁獄類編》卷一六、清盛楓《嘉禾徵獻録》卷三二等載之。

盜食腕肉

都匀獄中，繫一盜逾年，忽自啖兩腕肉盡。獄卒報太守鮑公，鮑公親詰之。盜曰：「某但覺腕間癢，不可忍，啖盡方已。」不知何疾也。嚴鳳起談。

陳會元

江右陳棟，號吉所。嘉靖甲子冬，以計偕赴燕。途中同事是公人，而僕從幾三十輩。

過徐州，夜宿一村寺，僧治具其腆，謬爲恭敬，諸孝廉俱歡呼大醉，而吉所獨心悸，坎不入口。時漏已一鼓餘，諸孝廉與僕輩俱熟睡，而吉所獨醒，聞四壁有淬刃聲，大懼，潛促諸同事及僕者，無一應，遂密起，逾垣，墜茅舍下。舍中一女，見而告曰：「村寺僧，皆無行者，君可急走。」吉所甫出，而諸孝廉及僕輩，已剸刃矣。僧核數，知逸其一，急追之。時吉所戴絨冠，披絨衣，倉皇匍匐，而被一無賴者，攘其冠及衣，即服之，徐步道間，僧以爲孝廉也，斃之還，吉所因得脱。晨鳴之官，往捕，猶橫屍寺中，僧遂一一就縶。及春闈，吉所中蕊榜第一，納茅舍女以爲妾。

嗟乎！以主僕數十人，而皆僇於寺，豈其共犯三刑者耶？乃陳君大羅天下，放榜有名，遂得獨免。固知天之所支，不可壞矣。

宦俠

中使孫隆，號東瀛。萬曆初年，出監蘇杭織造。性闊達好施，尤娛情山水。嘗泛西湖，眺支硎、虎丘，飄然有天際真人之想，遂歎曰：「人生何必中貴，即老於湖光山色間，足矣。」所餘貲，不爲第館、水紈、霧縠之積，悉出以點綴名山，繕葺梵宇。虎林、吴苑，叢林古制，樓觀臺榭，逶迤周遭，不下百數處，悉尋踪布巧，結境撰奇，如築十錦塘，建嘉清閣，辟龍井寺，拓鄂王祠，興昭慶、靈隱寺，葺千頃雲，萬仞閣，點綴林、尹二叟棲逸所，尤極壯麗軒敞，所費以萬計。

當戊巳〔一〕歲，時大祲，盖假創建，以贍饑民，非祇爲遊觀也。若施粥施衣，仁澤難以枚舉。然每念豐蔀之阽危，惜東南之財力，税使四出，曲爲調停，使惡少怒湧至者，不得攖噪閭里間。豈惟無貽笑山靈，抑亦能造福黎庶矣。稱爲宦中之俠，夫豈虛哉！

主考死争

慈人顔沖宇，諱鯨。母費氏，未字，夢真人從月宫婆娑入懷中。及孕，夢亦如之，

〔一〕萬曆時期，並無「戊巳」年，據文中所言「時大祲」，當指南畿大水，則其爲「戊申」。

遂生鯨。博學有文望，而拙於書。嘉靖己酉鄉試，一廣文酷愛其卷，而主試者，以字跡潦草，坐落卷。廣文屢争不得，欲自縊，顔因獲雋。旋中丙辰進士，爲名御史，擒伊藩，忤江陵，即罷歸。已老而交章薦揚者，十八疏，真不負所舉云。

陳文偉馭盜

孝廉陳文偉，膂力過人，常五更之田間，猛虎撲地而來，兩手搏虎肩，兩足蹴其勢，虎死，遂以力名。

後爲山東安丘令，流賊百餘掠庫，公第敕群吏謹薄書，諸寶藏一聽掠之。良久，問左右：「賊去幾何？」曰：「約三十里矣。」令左右以一騎一彈來馳赴之，問諸賊：「誰爲首者？」彈中左目，又發，中右目，賊惶駭，伏地乞命，公曰：「好。爲我送庫金。」群賊唯命。公尾其後。抵縣，各杖遣之。

拓弛之士，動輒不羈，旋縱而旋襲，直以此戲劇耳，盖亦其算定也。郭祭酒談。

【按】本文出明郭正域《合併黄離草》卷二三「陳文偉傳」；明焦竑《國朝獻徵録》卷九六、

祁承㸁《牧津》卷四二、清尤侗《明史擬稿》卷六、劉獻廷《廣陽雜記》卷一、佚名《殘明紀事》等載之。

棕樹怪

鶴川魏古虔，以貢士授建昌别駕。不數日，而其配與子女，相繼死者五人，魏亦尋卒，人莫曉其故。後輯署舍，見庭有棕樹，芟之，甫奏刀，血流滿地，枝葉舞動，若有聲，始知爲魏氏害者，即此棕也。用猛火燔炙，怪遂滅。

江西妖術

正德初，有江西粮長數人，運粮數千石，赴南都户部某倉輸納。先入數百石，以粟傷濕，在倉晾暴，就令納者監暴，晝夜不出倉。餘在船，未輸五百餘石。

初粮長帶一小兒，未十歲者同入，至是，倉中人不見小兒，亦不省究。既而，粮長久不出，巡邏者疑之，謂：「凡納者，畏耗減，不得已少暴之，頻告乞收納。何此數人，安能〔二〕無歸心？且日買酒肉入，果何樂如是乎？」入察之，數人散步於庭，其倉扃鍵不開。邏者窺之，聞小兒大呼求救，視之，乃在梁上，急白於官，啟而取之下，並縛衆，出訊之。兒云：「即京師人。衆初至時，同貲買之。既入倉，即置之梁，每夜用香燭品物，供而拜禱。其所禱，乃是將以殺兒祭鬼。至其時，殺祭已迄，則此鬼能搬運他廒之粟，以入此廒，因以作數，而匿舟中之粟也。今時猶少遲，未能即殺而事露耳。」以驗於衆，亦伏，不敢諱〔三〕，俱歸之法司。

適當事官亦其鄉人，以爲兒固未死遂止，從輕典。聞者多惜其漏網云。

【按】本文出明祝允明《語怪編》「江西妖術」。

〔二〕「安能」，《語怪編》作「安然」。

〔三〕「不敢諱」，《語怪編》作「不敢嘩。」

神譴淫男女

往年，兗州有人家贅婿，與其妻妹私通。事頗露，二人屢自分疏。既而語家人：「吾二人不能自明，當共詣岱頂，質諸天齊帝。」遂與俱去，告於神：「吾二人果有私，乞神明加誅。」祝訖，下山，各以爲謾衆而已，神固何知？行至山半，趨林薄僻處行淫焉。久而不歸，家人登山覓之，始得於林，則皆死矣。而其二陰根交接，粘着不解。方知神譴之，以示衆也。

【按】本文出明祝允明《語怪編》「神譴淫男女」；明詹詹外史《情史類略》卷一七「兗州人」、清王初桐《奩史》卷一八等載之。

南京長安街鬼

弘治中，妻父李公貞伯，爲南京上寶卿，居西長安街南。嘗半夜命侍婢秉燭下樓，入爨室取湯水。聞婢呼喚聲，良久始來，問之，云：「有二皂隸青衣執撾喝謂：『汝何敢來此？觸犯，應受杖去。』遂執之將撻，婢固推拒。久之，灶後一婦人出，貌甚端好，冠飾衣服，莊嚴珍麗，狀若貴嬪命婦，徐徐而坐，二皂供侍。婦問故，皂言：『婢犯禁故。』婦曰：『罪固應爾，姑惟宥之。』皂執不可，婦又諄諭。婦旁又隨侍一名〔一〕，傳命令必釋。二皂乃聽命，捨去。婦不暇諦察，得脱，奔迸而來矣。」

【按】本文出明祝允明《語怪編》；明周暉《續金陵瑣事》、清陳梦雷《古今圖書集成》博物彙編神異典卷三三載之。

張郎中作獄神

南京刑部獄中，所事土地之神凡三：一曰刑部土地，一曰司獄土地，一曰某土地，相承如此，不知其所始。正德某歲，本部郎中張君明，夢入獄中，有金紫二人，巍然並坐，見張來，起而相揖甚恭，夢中亦省以爲土地神。問之曰：「二公必某某二

〔一〕「又隨侍一名」，《語怪編》作「又隨侍一皂」。

尊神者與？」同聲曰：「然。」曰：「尚有一公，何在？」二神曰：「嘻！今方缺席，正幸得公耳。」張踞蹐曰：「某無能，且無恙，烏有是哉？殆誤乎？不然，幸爲吾地，請得除，荷誠深[一]。」二神曰：「吾二人正以君剛正明白，力薦之，喜諧所請，而復何辭？」張曰：「然則，當在何時？」曰：「期年耳。」張驚惋而寤，頗謂不爽。至明年之秋，張曰：「今日殆不免乎？」沐浴衣冠，奄然而歿。

【按】本文出明祝允明《語怪編》「張郎中作刑部獄神」。

某縣知縣許某

鄭君說，有許某秀才，病時疫，死一日，復蘇，語家人曰：「始爲捕卒追去，到冥司，冥官視之，曰：『誤矣，奈何？』顧左右，左右或欲便留之，庶免文牘更互。官曰：『不可。吾聞之，因力自告。』官曰：『固不誤爾。』又顧吏曰：『兼恐或是命

[一]「幸爲吾地，請得除，荷誠深」，《語怪編》作「幸爲吾地，規賜除免，感荷誠深」

官，何可苟且？』因命引入一庫，曰：『可自細檢之。』吾入庫，滿中皆紗帽也，其上各有帖記，吾一一舉視。後至一冠，視其識，曰：『某縣知縣許某。』吾即出以告。官：『果爾！吾固謂不可忽也。』又命冥卒〔二〕送歸，倏然而寤〔三〕。」其後果然。偶失録許令名里。後問鄭，尚可得之。

【按】本文出明祝允明《語怪編》「某縣知縣許某」。

真君療病

南京一民家，生子多病，術者謂：「命應出家。」父母因詣洞神宫，禱於上真，許爲黄冠，以事神，冀佑其壽康。

既越童年，頓悔前説，欲爲娶妻，作經紀。子年十八，病疫甚篤。一日，無人在

〔二〕「冥卒」，《語怪編》作「卒」。
〔三〕「倏然而寤」，《語怪編》作「遂寤耳」。

室，子仰看屋梁，忽見真帝自空而降，在承塵之上，怒謂子曰：「汝當來伏侍我，何忽食言？吾今當取汝去。」子心猶明寤，懇告曰：「誠負神明，然此父母意也。」神曰：「然，固非由汝。今吾度汝死，有藥一丸，吾置之窗槅〔二〕間，可取服之，愈矣。愈却，當來事我。」子感謝。神去，至門際，復回，曰：「汝病不消此一丸藥，可飲其半，其半以救一跛子。」言畢而往，子即開爽。父母來，語之故，急趨牖視，果得藥，色若蜂蠟，即剖半吞之。入口，所患脱然，咸驚駭，感佩神賜。既而，家人在肆中坐，見一丐者跛而過門，竦然曰：「神所命救者，此良是已。」呼之，問其疾，既痼矣，因道其故，以藥授之，跛即入咽，便覺脚已舒健，漸次行去，擲杖而歸。明日來謝，步如故矣。

予聞此於魏府指揮徐公，言此子亦與府中有婕，然其父母實冥頑。子既愈，竟負夙約，爲之納婦，今二十五矣，猶未知其後何如耳。

【按】本文出明祝允明《語怪編》「上真賜藥」；明周暉《續金陵瑣事》載之。

〔二〕「窗槅」，《語怪編》作「窗櫺」。

濟瀆貸銀

濟瀆祠，相傳神通。人假貸，前後事不一，漫志其概一二。祠有大池，凡欲假金者，禱於神，以珓決之，神許，則以契券投池中。良久，有銀浮而出，如其數。貸者持去，貿易利市加倍，如期具子本，祭謝而投之，銀没而原浮出其券，如人間式，亦有中保之人。若神不許，則投券入水，頃之，券復浮還。牛馬百物，皆可假借，投之復出，故不死也。嘗有不能償者，捨其兒，以盒[一]盛之投入，俄頃，盒子[二]浮起，啟視之，兒活於中無恙。蓋神鑒其誠，閔而貸其債也，盒外濕而内乾焉。其他類此故多。

【按】本文出明祝允明《語怪編》「濟瀆貸銀」；明謝肇淛《五雜俎》卷三、徐應秋《玉芝堂談薈》卷二四、清來集之《倘湖樵書》卷五、張英《淵鑒類函》卷二八八、李世熊《錢神志》卷三等載之。

[一]「盒」，《語怪編》作「盒子」。
[二]「盒子」，《語怪編》作「盒」。

水寶

弘治中，有回回入貢，道山西某地。經行山下，見居民男女，競汲山下一池，回回駐行，謂伴者：「吾欲買此泉，可往與居人商評。」伴者漫往語，民言：「烏有此？買水何庸，且何以攜去？」回回言：「汝毋計我事，第請言價。」民笑，漫言：「須千金〔一〕。」回回：「諾。」立與之。衆曰：「戲耳，須二千〔二〕金。」回回曰：「諾。」即益之。民曰：「戲耳，烏有賣理。」回回怒，將相擊。民懼，乃聞於縣。縣令亦令紿之曰：「是須三千金。」回回曰：「諾。」即益之。令又反復，言四千以至五千，回回亦益之。令亦懼，以白於府。守令語之：「此直戲耳。」回回大怒，言：「此豈戲事！汝官府皆許我，我以此已逗留數日，今悉以貢物充價。汝尚拒我，我當與決戰。」即挺兵相向。守不得已，可之〔三〕。回回即取椎鑿，循泉破山，入深穴，得泉

〔一〕「千金」，《語怪編》作「十金」。
〔二〕「二千」，《語怪編》作「二十」。
〔三〕「可之」，《語怪編》作「許之」。

源，乃天生一石。池水從中出，即昇出。將去，守令問：「事既成，無番變。試問此何物邪？」回回言：「若等知天下寶有幾？」衆曰：「不知。」回回曰：「金貝珠玉，萬寶皆虛，天下惟二寶耳，水火是也。假令無二寶，人能活耶？二寶自有之，火寶猶易，惟水寶不可得，此是也。凡用汲者，竭而復盈，雖三軍萬衆，城邑國都，只用以給，終無竭時。」語畢，欣持之以往〔一〕。

【按】本文出明祝允明《語怪編》「水寶」；明陳洪謨《治世餘聞》下篇卷二、清姚之駰《元明事類鈔》卷二等載之。

前世娘

宣府都指揮胡縉有妾，死後，八十里外民家産女，生便言：「我，胡都指揮貳室也，可喚吾家人來。」

〔一〕「欣持以往」，《語怪編》作「欣欣持之以往」。

其家來告，胡不信，令二僕往。女見僕，遽呼名，言：「汝輩來何用？請主翁來。」僕返命，胡猶不信，更命二婢事妾者往。婢至，女又呼之，言：「生前事，令必請主翁來。」婢歸言之，胡乃自往。女見胡喜，言：「官人，汝來甚好！」因道前身事。胡即抱女於懷，女附耳切切密言舊事，胡不覺淚下，頓足悲傷，與敘委曲。女又言：「家有某物瘞某地。」胡遂取女歸。女益呼諸子、諸婦、家人，一一慰諭。從而發地，悉得其貨，因呼之爲「前世娘」。女言幽冥間事，與世所傳無異。又言：「死者須飲迷魂湯。我方飲時，爲一犬過，踣而失湯，遂不飲而過，是以記憶了了。」既長，胡將以嫁人，女不肯，言：「當從佛法，終身不嫁。」胡不能强。既至十六七，胡以事死，既而子死，家人皆死，惟一二婦女在，不能活，乃强嫁之。今安然纔二十餘歲耳。時正德己巳所聞。

【按】本文出明祝允明《語怪編》「前世娘」；清趙吉士《寄園寄所寄》卷五、王初桐《奩史》卷一九、清陳梦雷《古今圖書集成》明倫彙編人事典卷一〇〇、俞樾《茶香室續鈔》卷二〇等載之。

鬼治家

海虞有民家，主母死而不離其家。凡家有所爲，鬼語於空中，謹從之，每有利益。鬼日夕在室，與人雜處，第不見其形，暗則言，明則寂。一夕，其女婦言：「試宿火於缶」，伺其言而啟燭之，既而復語。婦急發火，第見黑氣一道，直起三四尺，其上彷彿如人首，迤邐行去。

【按】本文出明祝允明《語怪編》「鬼治家」。

人痾

近歲京師，又有一人兩體者，二頭[二]四臂四股，自項以下，胸腹腰背相對，合爲一身。其陰一男一女，面貌亦男女異相。男身全活，女身乃死者。閉目、不言、不食，

[二]「二頭」，《語怪編》作「兩頭」。

不便溺，二臂抱男身而已，男身全無恙。太倉高三舍人親見之，時亦長大，十七八歲人也，後不知何如。

【按】本文出明祝允明《語怪編》「人痾」。

兩身兒

弘治末，太倉民家生兒兩身，背相粘着，兩面向外，其首如雀，其陰皆雄。

【按】本文出明祝允明《語怪編》「兩身兒」；明徐應秋《玉芝堂談薈》卷一一、清趙吉士《寄園寄所寄》卷五、孫之騄《二申野録》卷三等載之。

金山脱厄

西吴文學沈正旃、沈季和暨太醫馮性文，方舟秣陵，抵鎮江，慕金山之勝，駕輕舠往眺之。及回棹，舟漏水溢，衣履盡濡，幾没於江。而水中隱隱若有扶之者，遂得抵岸。時三君舟次丹陽，沈季和夜夢壽亭侯謂曰：「兩日後，當有水厄。第二君，國器，馮君，亦國手，可保無虞耳。」夫事固有定數，然三君瀕於危，而竟獲神助，可以占異日之樹立矣。

東陽幻術

劉東陽，會稽人。萬曆辛巳，浙省兵變，縛撫臣，笞其背，皆劉實爲倡。後朝廷遣少司馬張佳胤撫之，胤以巨魁不殲，無以懾衆心。而下車即議剿，又恐激變，乃密訪首亂者，陽尊寵之。時東陽與諸同事已散歸稽山，胤特召用，諸同事俱欣欣喜，而劉獨心疑之。與諸同事聯舟，忽墮水中，胤公差以劉死報，胤不復究。劉伏水三日，潛逃寧夏。孛承恩之亂，劉爲鼓噪，迨孛氏就擒，而劉詐縊，復逃海中。說者謂關白即劉東陽，不知是否。

得友全妻

嘉定一鄉民，婦甫娠，即往金陵應募，與同伍吴門二卒相友善。二卒偶給假歸，囑之曰：「來時過余里，幸視余室人安否。」二卒如其言，往探婦，婦爲具雞黍，留宿别室。忽更餘，有尼投宿，乃素相識者。婦延之入，尼曰：「汝先就寢，予欲滌體，甫睡耳。」尼出良久，婦疑之，往偵動定，見釜中湯沸，内有草履。俄而，一野僧入，與尼縛婦，將提履按妊揉之，婦大喝。二卒驚覺，入縛僧、尼送縣，婦得免。時萬曆壬辰進士王福徵尹嘉定讞其獄云。

【按】本文亦見明王圻《稗史彙編》卷六九「野僧縛婦」。

忍死揮釵

四明張秉，官憲副，清操自勵，囊中不餘一錢。後林居，致不能炊。與夫人凭欄眄水，夫人徐謂公曰：「妾曩時勸君無效陳仲之廉，今何自苦如是？」公佯曰：「悔之晚矣。」夫人曰：「妾僅存金釵一股，何不敢言？今見君饑甚，且有悔心，請出釵易米，可乎？」公姑許之。及得釵，竟投水中。

【按】本文亦見明張萱《西園聞見録》卷一三。

周實夫夢

永康周實夫，門有小樓，諸生肄業其上。一夕，夢一鄉間士友來訪，戴一塵垢冬帽，出見，各啜粥兩盂。時孟夏月中而不帽，而其鄉客至，絶無啜粥者。晨醒，方與室人道此夢，婢子報云：「某舉人在外相訪，已在學生樓上矣。」周遽披衣起，盥櫛，取所戴馬尾巾，不獲，再三覓，又不見。室人偶於架上拾一紵絲帽，乃笑覆周首，推而出。周與此友且笑且訝，乃曰：「斯固異矣。然啜粥與否？在我夢，其如之何！」因命庖人煮肉炊飯。不意友之兄，繫獄患病，屬其弟邀周同見縣尹，求保放。時尹正欲出外公幹，其兄使絡繹相請甚急。周曰：「吾最怕空腹曉行。」連呼酒飯，不能就，趑趄間·諸生有粥在缶，乃笑而請曰：「此友粥，姑啜之以應夢，何如？」二人各啜兩盂而去。

【按】本文明張萱《西園聞見録》卷二三、李贄《闇然録最注》卷二、陳良謨《見聞紀訓》卷下等載之。

夢學裏老先生

慈邑一秀才，以前程叩東嶽神，神夜見夢，曰：「來日午時，有鄰邑兩縉紳過於河，試往問之。」秀才如其言，候於河滸，果見兩縉紳方舟而來，一姓蔡，官侍郎，一姓李，官參政。秀才登舟揖見，以嶽神語告之。二公欲以好言相贈，而蔡位與年俱尊於李，李讓蔡言，蔡曰：「顧君只學李老先生，是矣。」秀才喜而退。後補粮，以廣文終。蓋「李」字，與「裏」同音，前所祝者，乃「學裏老先生」，其數已前定也。此夢的出予鄉東嶽之神，前集以屬九鯉仙，豈傳聞之誤耶？

預報解元

鄞縣豐南隅，名坊。其發解之年，叩於慈之東岳神。先一晚，嶽神預報於主觀者，曰：「詰朝，有新解元來，汝可報之。」及南隅至，主觀者以嶽神語告，南隅大喜，遂不宿而返。是年，南隅果登鄉榜第一。後沈蛟門相公、玉堂金馬三學之夢，亦嶽神所賜。以前編所載，不述。

王翺還珠

翺，高邁孤峭，人不敢干以私。鎮遼東還朝，贈送一無所受。有中貴人與同事久，持明珠數顆饋之。公固辭，其人曰：「我饋不受，鄙我也，吾有死而已。」公不得已納之，以綴衣領間，臥起自隨，雖其內子不知也。久之，中貴人死，其從子貧而無依。公使人召之，還其珠，貿得千金。夫人情恒以不取示廉，而翺始不炫己之廉，終不沒人之有，庶幾陰行善者矣。

伽藍示異

嘉靖戊午歲，杭郡學生馮天秩、天敘，延師周憲長毅所浩、友姚州守惺初鳳翔，讀書法相寺，而余大參見齋希周，則藏修於寺之南，與馮氏諸公，相去百武。七月七日，馮氏家遺僕攜酒肴享師友，其僕偶觸犯寺伽藍，甫及書房，而發顛狂，其主人禁之，乃直呼主人名，且有不遜語。衆驚異，而周、姚二公皆不能禁止，亦爲所侮，於是，乃招余公來。方令人去請，而此僕云：「陽官來，吾且退。」則仆地而知人事矣。余在座不發狂，余去而狂顛如故矣。乃留余榻於書舍，而此僕至之余榻前，一夜無事。次日，余親送此僕回家而後止。其年，余發解。於是周、姚二公相向泣曰：「余盖青雲客，我輩其老青衿乎？」至辛酉、壬戌，周公聯捷，官至憲長。乙丑，余始登甲，官至大參。而姚公至萬曆丙子，亦登科，官州守，亦大夫也。不知神人何以獨畏余公，而不畏周、姚二公耶？意者余公爲名御史而畏之耶？仰其人正大而畏之耶？不可曉也。鬼神司造化之柄，其必有可畏者在矣。

夢大貴人

嘉靖丙申歲，杭郡王太守箕泉家，一義媳生産，三日而孩不下。太守公、太夫人夢一神語之曰：「汝家義媳俟大貴人，至則生男矣，毋憂也。」夢覺而適聞擊門聲甚急，時方五鼓耳。令人啟户，則大冢宰張恭懿公翰至。蓋恭懿與太守公同庠，文宗視學，來拉同行耳。恭懿至廳，而其媳已産矣。

嗚呼！恭懿公筮仕四十年，總督兩廣、兩淮、總内憲，由大司空進位冢宰，正色立朝，不依阿於世，與江陵相奪情事議論不合，掛冠而歸。江陵没，而存問薦嘉，徜徉西湖者二十年而卒。神人示夢，信不虚矣。

奸僧

西吴許孚遠，萬曆乙未歲巡撫八閩時，閩中一山寺，素稱靈刹。凡宦族姬妾，以求嗣至者，闔扉守鑰，獨宿殿中，有絳服真人與合，遂得娠，屢往屢驗，莫窺其詐者。

許公聞而心疑之。覓一妓，作良人婦往宿，誡之曰：「夜如有遇，可偵所從來，及所自往，頂上潛以煤記之。」妓如言。見一僧從懺佛蒲團下，絳衣而出，淫之，復入。蓋僧通竅殿中，以蒲團覆之，衆莫覺也。許公次日昧爽突至寺，衆僧俱長跽迎謁。公命去其冠，見一僧黑頂者，立拷鞠之，得其狀，遂屠寺中僧，焚梵宇。

應監

東海有應姓者，捐産賈於燕，偶與一妓歡，遂傾貲。應悔之。一夕，挾利匕，與妓綢繆數四，遂自腐。妓大驚，曲爲調護，得不死。後入掖庭供掃除，旋紆朱紫，貴極中官，亦世間一奇事也。

神醫

羅鍊，故儒家，精醫術診脈，斷人生死，百不失一。有李御史〔一〕，吐黑痰〔二〕，診之曰：「是殆有所思不遂。」李起拜，曰：「神醫也。吾少貧，約婚某〔三〕，爲婦翁所嫌，離去。婦爲吾死，吾不忍婚也。」服藥而愈。

又楚王妃周氏微恙，召入視，曰：「是殆不起，當即〔四〕在今午時。」妃猶飲食，言笑動履如常。王駭，不信。鍊請速治殮具，且出促周氏諸宗人入問疾。妃見宗人至，駭曰：「若屬來何爲？」俄而，中風卒。

又一傭人告公曰：「某無病，但覺首在下，足在上。」鍊俯首良久，目地下鐵杵重六十斤，曰：「若爲捧而上，捧而下，上者三，下者三。」曰：「愈乎？」其人曰：

〔一〕「李御史」，《合併黄離草》作「有李御史某」。
〔二〕「黑痰」，《合併黄離草》作「墨痰」。
〔三〕「約婚某」，《合併黄離草》作「約婚某氏」。
〔四〕「即」，《合併黄離草》作「疾」。

「愈矣。首在上，足在下矣。」問故，曰：「汝以力傷經絡，心逆轉，爲汝反正之耳。」諸如此類，不可殫述。

著醫書一部，授其子某。後子乘醉爲人視疾，錬大怒，曰：「奈何以人性命爲戲乎？」焚其書。又一子某，中鄉試，官知州。郭祭酒談。

【按】本文出明郭正域《合併黄離草》卷二三「羅錬傳」。

天王冥會

處士張姓者，居鴛湖之南，簞豆自樂，與釋子談禪，頗識真乘者。萬曆三年秋，見里中磨腐、屠豬之妻，各宣羅道偈，煽惑男婦，從者甚衆。張欲攘臂斥，又欲爲文刺之，其妻阻止。後夜，對月獨坐，見二力士黄巾繡袄，向前施禮曰：「毘沙門天王邀處士一面。」張倉卒未及致問。忽一人牽青獅來，玉勒錦鞍，蹲踞於地。力士扶張乘之。空濛中，覺風雷聒耳，雲霞爛目。頃至一金城，守者森列。更越重門，方抵殿下。其天王豬首象鼻，若寺中所塑狀。張再拜。天王答禮，命坐於側，從容謂曰：「今天下羅道肆僞，亂吾真教，護法者寧不寒心？所以奉邀至此者，欲勞史筆，一正群邪耳。」即命近侍持白玉硯、文犀管，並雲箋丈餘，列張前。張遂俯首聽命，數百言，一揮而就。天王閱畢，喜曰：「此作真能曲表邪裏，大轉法輪矣。朕將呈覽諸佛，開示十方。君獲福更無量也。」言訖，送行。則牽獅者候於闕下，更有擎幡執盖，奏樂傳香，前導者甚衆。須臾到家，則諸人倏然散去矣。張栩栩自得，若夢覺，益佞佛。鴛湖李叟談。

【按】本文出明周紹濂《鴛湖志餘雪窗談異》卷上「天王冥會録」，多所節録；明胡文焕《稗家粹編》卷四「天王冥會録」、《古今清談萬選》、《燕居筆記》、《萬錦情林》等載之。

趙珙嬖妾

長洲沙湖趙珙有嬖妾，其正室妒[一]，不令視寢，多以白晝乘間私通。後有身[二]，

[一]「其正室妒」，《庚巳編》作「正室甚妒」。
[二]「有身」，《庚巳編》作「有妊」。

生子頭有短肉角，面作藍色，啼聲如鬼，惡而殺之，凡三乳皆然。按《月令》：「二月雷乃發聲，有不戒其容止者，生子不備。」解者謂：「容止」，房室之事，褻瀆天威，故生子，形體必有損缺。今人於日月雷電之下交接，所生男女，往往有形怪異者〔二〕，如趙妾事。世多歸之妖禍，或以爲業致之，是殆未究其所以然也。

【按】本文出明陸粲《庚巳編》卷六「趙珙妻」。

神船

陽山惠瑶説，其鄰居一小民，以事之京師，還至張家灣附船。時方黎明，見河中一船甚大，貴人冠服坐其中，侍衛者十數。民趨拜船所，言：「欲往蘇州，求附載。」貴人曰：「吾船今到蘇州爾。」即命載之。民坐船尾，良久，覺困倦，乃脱所着草屨置身畔，以衣囊爲枕暫睡，不覺沉鼾。

〔二〕「形怪異者」，《庚巳編》作「形體怪異者」。

寢寤開目，乃見身臥草野中，囊藉首如故，而草屨不見。驚起視，而[二]日猶未晡，行出官道，問人：「此何處？」曰：「楓橋也。」益大駭。

循途走至閶門，入一廟中少憩，舉首見神像，儼如舟中貴人。屋偏掛一船，與向所見妝飾不少異[三]，但加小耳，船底及櫓皆濕。探其尾，則草屨在焉。其人大驚，竦慄下拜，問之巫祝，云：「宋相公廟也。」

【按】本文出明陸粲《庚巳編》卷六「神船」。

鬼還家

吳人富某，死逾年，既葬，其子以清明上塚設祭。方悲哭，塚中忽應諾曰：「汝毋庸痛哭，吾今隨汝歸矣。」其子哀慕之極，不復怖畏，即隨聲呼之，鬼便向子曆道平

[二]「而」，《庚巳編》無此字。
[三]「不少異」，《庚巳編》作「不加異」。

生事，甚詳悉。子到家，聞有聲在堂中，則其父魂，識己歸矣。呼妻女出，慰問款密，宛如生時。妻問曰：「君出世許久，亦思食乎？」鬼曰：「甚善。」乃設雞肉於案，雖不見形，而有頃，物自都盡。及暮，曰：「吾當還，可令一僕相送。」僕送到塚，鬼囑曰：「吾某日且歸，可預相候〔二〕。」及期候之，鬼便逐歸。自是晨來暮去，稍稍處置家事，皆有條理。其家每迓賣貨物，商人至，鬼便與議價交易，初以爲怪，後亦安之。鬼畏狗，僕送之，嘗爲驅狗，不令近。一夕將去，適無送者，遂爲群狗所嚙，叫呼上樹而滅，此後竟不復來。

【按】本文出明陸粲《庚巳編》卷六「鬼還家」；明施顯卿《奇聞類記摘抄》卷四載之。

牛言

陽山農民養一牛，已二年，健而善耕。一日暮，忽失去，民出尋之，不得。到一

〔二〕「可預相候」，《庚巳編》作「可豫相候」。

田畔，見一黑衣人立水中，民問：「君見吾牛否？」水中人曰〔二〕：「吾即牛也。負君錢，合耕作二年以償，今滿矣，更當入西山霍清家。君往，得彼錢五千〔三〕，便可賣我。」民聞之，大驚反走，已而顧之，又成牛矣。呼家人同往縛歸。明日，牽至清家賣之，清一見便忻然肯買，酬價恰得五千。

【按】本文出明陸粲《庚巳編》卷六「牛償負錢」。

説夢

常熟雙鳳鄉人顧某，母老，問壽數，夢神擲與一布衮，即諺所謂「撩膝」者。後其母病膝疽而卒，乃悟「撩膝」者，猶云「了膝」耳。

長洲學生徐昊，托朱教諭家人，祈終身事，返報云：「夢到一高山下，但聞大風

〔二〕「水中人曰」，《庚巳編》作「應曰」。

〔三〕「君往，得彼錢五千」，《庚巳編》作「君往彼，得錢五千」。

刮地而已。」後十餘年，昊以蠱病死。死後，或解其意云：「《易卦》：山下有風，爲蠱也。」

文太守林知温州時，遣二吏往問壽數，答云：「問孔老人自知之。」先是，文命孔老人鋸解一木。隸還報知，明日文升堂，老人適跪白板數，云：「五十五片。」與文年數正合，爲之竦然，問曰：「尚可解乎？」曰：「朽爛不堪解。」文大不樂，未幾疽發背卒。

王御史獻臣，故蘇人，而占籍京師。既貴，嘗有[一]桑梓之思，自謂他日得嫁女於蘇，且有一居宅，即留家於此。及知浙之永嘉，使從者往乞靈，以決二事。先問嫁女，云：「白石階前先唱第，也是龍華會裏人。」又問居宅，乃夢到一所，門貼一道家符，上有二印。後王女歸於朱狀元希周之子，其一驗矣。及買第城東，並得一道院，入門見楣間一符，上有天師印二，復與夢合，於是定居焉。

一鄉前輩，忘記姓，爲閩守，便道過家。時其妻有妊將産，守到官，久未得家信，

〔一〕「嘗有」，《庚巳編》作「常有」。

使祈所生男女。報云：「是福寧，不是福清。」守大喜曰：「吾得男矣。」問之曰：「吾行離家時，語吾妻云：『生男當名福寧，生女當名福清。』義取閩之二縣也。然此言獨吾妻知之耳，今仙語云然，非男而何？」數日〔二〕，報至，果男也。

【按】本文出明陸粲《庚巳編》卷六「九仙夢驗」；明《榕陰新檢》卷一二「九仙祈夢」、今人謝其銓等編《于山志》卷一二附録「九仙祈夢」等載之。

神丹

江陰米商有女，年及笄，色美，忽爲神物所憑。常見〔三〕一美丈夫入房與交合，自稱爲「五聖」。父母爲延師巫，治之百方，不能止，後無可奈何，亦任之。女每有所須，雖遠方非時之物，一指顧間可致。時出金銀珠貝之類充牣於室，然

〔二〕「數日」，《庚巳編》作「又數日」。
〔三〕「常見」，《庚巳編》作「嘗見」。

一玩即復攝去，不肯與女。女嘗見金數千錠，積屋隅，試取之，入手便化成瓦石，或是紙所爲者，返之，則又成金矣。

一日，以塊物遺女，其質類石，謂女曰：「此神丹也，人死以熨胞腹，即宜復活〔一〕，宜寶之。止以濟汝一身，雖父母不得與也。」女收藏之。會其伯母卒病死〔二〕，女欲驗其物，即出之以示母，母持去置病者身，即蹶然復生。神來怒責女曰：「語汝云何？安得輕用吾丹！」索而觀之，即奪去，從此遂絶不來。

【按】本文出明陸粲《庚巳編》卷六「神丹」；明楊儀《高坡異纂》卷上載之，言此米商名黄鐘。

陳子經

四明陳桱子經，嘗作《通鑒續編》，書宋祖陳橋之事曰：「匡胤自其而還〔三〕。」方

〔一〕「即宜復活」，《庚巳編》作「即時復活」。

〔二〕「卒病死」，《庚巳編》作「猝病死」。

〔三〕「自其而還」，《庚巳編》作「自立而還」。據後文「乃比朕於篡」，當爲「自立」。

屬筆之頃，雷忽震其几，子經色不變，因厲聲曰：「老天雖擊陳樫之臂，亦不改矣。」後三日，子經晝寢，夢爲人召去，至一所，門闕壯麗，如王者[一]。守門者[二]奔入告云：「陳先生來矣。」子經進，立庭下。殿上傳呼升階，中坐者冕旒黄袍，面色紫黑，降坐迎之，曰：「朕何負於卿，乃比朕於篡耶？」子經具知其宋祖也，謝曰：「死罪，臣誠知以此觸忤陛下，然史貴直筆，陛下雖殺我，不可易也。」王者俯首，子經下階，因驚而寤。

洪武中，子經爲《起居注》，坐法死。臨刑，上曰：「吾特爲宋祖雪憤矣。」

【按】本文出明陸粲《庚巳編》卷七「陳子經」；明沈周《客座新聞》、李紹文《皇明世説新語》卷六、清查繼佐《罪惟録》列傳卷一八、阮葵生《茶餘客話》卷一〇等載之。

一産五男

丙子秋冬間，常之武進人張麻妻，一乳五男。數歲前，長洲二都十五圖人吴奇妻，

[一]「如王者」，《庚巳編》作「如王者居」。

[二]「守門者」，《庚巳編》作「門者」。

一乳四男，皆不育。姨夫徐文甫，嘗見人擔二兒，其腹皮相粘，不可劈，狀若交合者，云亦出胎時死。

【按】本文出明陸粲《庚巳編》卷七；明謝肇淛《五雜俎》卷五、徐應秋《玉芝堂談薈》卷四、清王初桐《奩史》卷六〇等載之。

黄提學

前南畿提學御史黄先生如金，莆田人，弘治甲子，舉福建鄉試第一。前此有鄰縣儒學一齋僕，祈夢於九仙，欲知是科解首所在，得報云：「烏一黄二，水桶門裏，借問黄如金便是。」思本學諸生無此姓名者，必他邑人也，乃之莆田訪焉。侵晨，順途而至一所，有兩人揖於門〔一〕，漫揖之〔二〕曰：「此有黄如金秀才家乎？」曰：「此即是

〔一〕「兩人揖於門」，《庚巳編》作「兩人立於門」。

〔二〕「漫揖之」，《庚巳編》作「僕揖之」。

也。」問兩人姓名，曰烏一、黄二，皆黄氏僕也。窺門中，則有水桶在焉，遂以夢告。已而，黄[二]果占首選。

【按】本文出明陸粲《庚巳編》卷七「黄提學」；明施顯卿《奇聞類記摘抄》卷二、《榕陰新檢》卷一二「九仙祈夢」、清查繼佐《罪惟録》志卷三二下外志等載之。

江東籤

蘇州[三]江東神行祠，在教場之側，以百籤詩決休咎，甚著靈驗。記所知者數事云：

長洲耆儒趙同魯，年八十一。有疾，卜籤得詩云：「前三三與後三三。」是歲同魯卒，乃九月九日也。或言：「兩三三爲九九。」亦正合趙壽數。

[二]「黄」《庚巳編》作「先生」。

[三]「蘇州」，《耳談類增》作「吾蘇」

縣橋居民許氏爲里長，當解軍至湖廣五開衛。憚遠行，祈欲規免，得詩云：「萬里鵬程君有分。」既而解至都司，司門有綽楔，其匾曰「萬里鵬程」。許舉首見之，始憶神語。

長洲學生周景良，庸鄙不學。秋試年，問科名，得詩云：「巍巍獨步向雲間。」自謂得雋之兆。及試於提學憲臣，乃被黜，爲松江府吏，而雲間實松，古郡名也。

府學生陶麟，纍舉不第，卜以決進退，得詩云：「到頭萬事總成空。」以爲終無成矣。後應貢，初試時，編號得「空」字，遂預貢入太學。正德丁卯，始領鄉薦，其朱卷號亦「空」字。辛未上禮部，亦如之，遂擢進士。

毛先生欽〔二〕，少時眷一妓，情好甚密。妓謀托終身焉，私以一釵遺之，約以爲納資。先生持歸，意頗猶豫，潛往謁禱，得詩云：「憶昔蘭房分半釵。」其末云：「到底終須事不諧。」先生讀首句，爲之驚竦下拜，時釵猶在袖也，於是謝絶之。

嘗讀《祠記》云：「神，秦人，姓石名固。」

〔二〕「毛先生欽」，《庚巳編》作「予師毛先生欽」。

【按】本文出明陸粲《庚巳編》卷七「江東簽」。

五足牛

丙子歲，有僧自京師攜一牛至蘇，有五足，一在後胯下，短不能及地[一]，其蹄類人手，而五指間有皮連絡。僧牽於市乞錢，予親見之。常聞[二]正統中，吾鄉劉原博先生上京師，其子宗序見道旁人家畜一牛，五足，其一足[三]生於領，蹄反向上。以告先生，先生曰：「牛土屬，而蹄尤其賤者。今反居上，得無有小人在上，而生變者乎？」後二歲，爲己巳，其言果驗。

【按】本文出明陸粲《庚巳編》卷七「五足牛」。

[一]「短不能及地」，《庚巳編》作「短不及地」。

[二]「常聞」，《庚巳編》作「嘗聞」。

[三]「其一足」，《庚巳編》作「其一」。

變鬼

南京華嚴寺僧月堂者，往年以募緣遊食至貴州，聞土人言：此中夷俗，有人能爲變鬼法。或男子，或婦人，變形爲羊、豕、驢、騾之一〔二〕，嚙人至死，吮其血食之。宣慰二官〔三〕重法禁之，而終不能絶。戒僧云：「臥時善防之。」僧與數人坐寺中〔三〕，夜深時，聞羊鳴户外，少頃，一羊入室，就睡者身，連嗅之。僧念之，得非向人所云乎？即運禪杖力擊其腰下，一羊踣地，遂復本形，乃一裸體婦人也。執而縶之，將以聞官，婦人哀叫不已。天明，倩人往報其家，家人奔來〔四〕寺中，羅拜求免，出白金三

〔二〕「之一」，《庚巳編》作「之類」。

〔三〕「宣慰二官」，《庚巳編》作「宣慰土官」。按宣慰，是元明時期在邊地宣佈政令，安慰百姓之官；土官，則指地方官員。本書誤。

〔三〕「坐寺中」，《庚巳編》作「宿寺中」。

〔四〕「奔來」，《庚巳編》作「齊來」。

百兩丐〔二〕僧贖婦命，僧受之，乃釋婦使去。他日，僧出郊，見土官導從布器械執人〔三〕，生瘞之，問旁觀者，云：「捉變鬼人〔三〕也。」

【按】本文出明陸粲《庚巳編》卷七「變鬼」；亦見於明包汝楫《南中紀聞》、清趙吉士《寄園寄所寄》卷五、張澍《續黔書》卷五、近人胡樸安《中華全國風俗志》下編卷六「金川夷人之幻術」等。

洞庭雞犬

丁丑年，洞庭山民家，有黄犬生小犬〔四〕，長寸餘。又一家，有母雞，冠尾忽長，遂化爲雄，能引吭高鳴。道官薛明净聞其地一巡檢説。

〔二〕「丐」，《庚巳編》作「爲」。
〔三〕「布器械執人」，《庚巳編》作「布野，方執人」。
〔三〕「捉變鬼人」，《庚巳編》作「捉得變鬼人」。
〔四〕「生小犬」，《庚巳編》作「生雙角」。

【按】本文出明陸粲《庚巳編》卷八「洞庭雞犬」。

飛魚

沙湖富人丘氏家，有魚池，近外港。夏月，大雨，水溢，鯉魚長數尺者，率諸魚一一飛出港而去。至暮，水漸退，魚復還，巨鯉仍在前，諸魚從之，飛擲空中，如群蝶交舞。嘗觀范蠡《養魚經》中有「魚能飛去」之說，觀此信然。若去而復還，則尤異也。

【按】本文出明陸粲《庚巳編》卷八「飛魚」；清褚人獲《堅瓠集》餘集卷一載之。

人屙

弘治中，常熟縣民婦生兒，一身兩頭，出胎即死。人争往觀，有與之錢者。民貧，覬久得利，乃腌而藏之〔一〕。乳醫周媪者爲予言，曾爲人家看産兒，有四頭連綴一項，

〔一〕「腌而藏之」，《庚巳編》作「醃而藏之」。

驚懼殺之，埋葬僻處〔一〕。媪秘其家姓，不肯道。

穀亭狐

弘治中，杭州衛有漕船，自京師還至山東。時冬天河凍，停舟八里灣，其地去于亭鎮〔二〕八里，故名。一日薄暮，有婦容服妖冶，立岸上，呼兵士爲首者，求寄宿，曰：「兒，此間鎮上人，將歸母家，日暮不能及。如見留，不敢忘報。」兵拒之，婦不肯去。天益暝，請益亟，言辭哀婉，兵不覺應曰：「諾。」即留之宿兵所，臥處僅與隔一板。中夜，婦呼腹痛，嬌啼宛轉，兵聞之心動，乃自起煎姜湯與飲。稍逼就之，婦殊不羞拒，兵遂與狎，綢繆顛倒〔三〕，良以一奇遇也〔四〕。五鼓，天大雪，婦辭歸，謂兵

〔一〕「埋葬僻處」，《庚巳編》無此句。

〔二〕「于亭鎮」，《庚巳編》作「穀亭鎮」。此篇故事，得名之由。本書誤。

〔三〕「顛倒」，《庚巳編》作「傾倒」。

〔四〕「良以一奇遇也」，《耳談類增》作「良以爲奇遇也」。

曰：「兒家去此不遠，君有心者，兒今夜當復來耳。」兵曰：「幸甚。」以繡枕頂一付，並所市猪肝肺遺之，云：「子可持歸，作羹奉母也。」婦起，凌雪而去。兵寢，日晏未起，時舟中諸人，皆知之。或起循其去路，視積雪中，乃有獸跡數十，大怪之。若計〔二〕曰：「彼美而尤，且侵夜來，未明輒去，寧知非妖乎？」呼兵起，訊之，初尚抵諱，引登岸，指雪跡示焉，乃大驚，吐實。相與到鎮上訪之居人，或云：「此地有數百年老狐，變幻惑人多矣。君所遭者，將無是乎？」亟返舟，集衆持器械、薪火而行。逐其跡至野外，轉入幽邃，跡窮，見大樹可數抱，中穿一穴，枕頭、猪肝皆掛樹枝上。衆喜曰：「此必狐窟也。」環而圍之，投薪穴中，燒爇良久，一狐突烟而出，衆格殺之。兵病癡〔三〕旬日，乃平復。

【按】本文出明陸粲《庚巳編》卷八「穀亭狐」；明憑虛子《狐媚叢談》卷五「穀亭狐」、吴大震《廣豔異編》卷二九「穀亭狐」等載之。

〔二〕「若計」，《庚巳編》作「共記」。

〔三〕「病癡」，《庚巳編》作「神癡」。

真武顯應

松江富人丁生者，壯年無子，其妾有妊，丁禱於所事真武之神，云：「如生男，長成當親攜上太岳燒香，以謝神貺。」已而果得男。

長至六歲，丁與妻妾謀，將踐誓言，皆以子幼道險，欲更須數載。丁以初心不可違，强欲一行，從兩僕，攜其子而往。甫至，舍於旅邸，其子忽疹，數日竟死。丁悲慟，默怨〔二〕曰：「吾父子至誠，數千里而來，神不賜福亦已矣，而更使得此禍乎？」又數日，痛稍定，乃登山，留兒柩邸〔三〕，屬〔三〕旅翁善守之。

越三夕，兩僕來詣翁，以王命〔四〕載其棺而去。詰朝，丁至，問：「棺所在？」翁

〔二〕「默怨」，《庚巳編》作「怨」。
〔三〕「邸」，《庚巳編》作「旅邸」。
〔三〕「屬」，《庚巳編》作「囑」。
〔四〕「王命」，《庚巳編》作「主命」。

具言僕故。所司[一]曰：「兩僕從我上山，今尚在後，安得有此？」僕至，翁面質之，亦駭愕，疑翁有他故，矢天自明。丁大慟曰：「吾違妻妾之言，强以吾兒來。今既死，又並骸骨而失之，吾歸何以見家人也。吾有死而已。」

既入舟，日嘗[二]涕泣不食，奄奄殆至滅性。同歸者多加寬慰，使進食。抵松，未至家數里，一僕[三]先歸報。入門，主母出，盛怒詬其夫曰：「汝唯一子，行數千里，忍令他人挈歸，於汝心安乎？」且責僕以不諫其主。僕驚不知所對，乃奔告其主，主大怪之，即捨舟趨至家。妻妾交口出駡，問其故，乃言：「旬日前昏時，有船泊岸，二客攜兒入門，言『吾輩武當燒香遇，而主爲事少羈，付此兒先送回耳』。」丁大駭，呼兒出看之，瘮瘢猶在面。却道前事，皆不信，請同歸者證之，始知其非妄。問兒所以生，懵然不知也。

【按】本文出明陸粲《庚巳編》卷八「真武顯靈」。

[一]「所司」，《庚巳編》作「丁訝」。

[二]「嘗」，《庚巳編》作「常」。

[三]「一僕」，《庚巳編》作「遣一僕」。

楚巫

楚俗好鬼，最多妖巫，變幻不一，人稱曰「師公」，敬畏之甚。武岡州有姜聰者尤黠，爲城隍廟祝，廟與南渭王府近。王一日脱足纏，爲風吹至廟，聰得之，謂其妻曰：「衣食至矣。」殺鴨取其首，裹以足纏，鐵釘釘之，置神座下，禁咒之。王登時足痛，至廢寢食，延群巫日夜禱祠，終不止。他日，聰托獻新〔一〕，往問疾〔二〕，自言能治。一内豎出私財，具牲牢，請聰爲王作福，而去其釘，足痛頓瘳，獲謝物不貲。又旬餘，復如前〔三〕釘之，王疾如故，又召聰禱而止。自三月至歲且盡，疾時一發，必命聰禱，禱罷輒愈。王心疑之，乃謂聰：「來年將大祭城隍，必厚勞汝。」及是，王故過期不祭，痛輒大作，使人約當以某日祭，則復灑然矣。王燭其奸，召至留之。使校説誘其妻，得三物以獻。王親鞫，聰始猶抵拒，出其物示之，乃具服。獄成，馳驛奏聞，有

〔一〕「獻新」，《庚巳編》作「獻」。
〔二〕「往問疾」，《庚巳編》作「親往問疾」。
〔三〕「如前」，《庚巳編》作「依前」。

旨囚妖人送京，至臨清斃焉。

於時諸巫大抵皆恣横，人家有少酒食，巫經其門，必留享之。或不肯往，便持送其家，不然輒得禍。如出而求利，遇巫於道，懇乞一善言，所獲必豐，否則多虧敗。反脣舉目間，皆能爲禍福。其黨類亦自多仇疾，互以術相軋。新死卒未能棺殮，則延巫作法，以衣裾承屍氣野外散之，經月不穢腐，謂之「寄臭」。來破其法者，竟〔一〕入視，屍臭便作矣。有知者謂：其教中以屍化作一物，如化鯉魚，置崖間，以水覆之。破法者直用火消却〔二〕水，屍自壞臭。惟〔三〕化作沉香，則諸物莫可害，然火亦能爇之。

岷王府出喪，柩重不舉，益數十夫猶然。呼師公解禳，逡巡即行。巫云：「某巫以宿憾，移一山置棺上，適已爲扶去矣。」其詭誕可惡如此。自姜聰之敗，此輩始爲稍稍斂戢云。

鄉人吴用侍其父教授岷府，數目擊其事。時府校有李武者，亦多變幻。用嘗試其

〔一〕「竟」，《庚巳編》作「徑」。

〔二〕「消却」，《庚巳編》作「銷却」。

〔三〕「惟」，《庚巳編》作「唯」。

術，見鵲止屋上，令取之。武默誦咒，鵲旋五〔一〕其前，徒手得之。武云：「是須邂逅用之則可，若預畜獲禽之念，則終日不能一二也。他物皆類此。」〔二〕

【按】本文出明陸粲《庚巳編》卷八「楚巫」。

楊寬

真定之咸寧縣學，有齋僕楊寬者，常因公宴掌酒，見牆角旋風一團，迴環不已。寬意旋風中多有鬼神，試瀝瓢酒酹之，一風頓息，又酬一瓢，亦然。他日，寬與同輩四人，詣東嶽燒香，遇二卒山下，青衣白襴，邀而揖之，曰：「吾受君惠久矣，未有以報，能同過酒家少飲乎？」寬罔識其人，意必誤也，漫應之，同入肆，飲罷別去，竟不曾〔三〕詢其姓名。同輩問之，寬以不識對，皆笑之。既而登山，遊觀廡下，至一神祠，

〔一〕「五」，《庚巳編》作「至」。

〔二〕此句後，《庚巳編》尚有「又云：『其術過洞庭湖，則不能大驗，亦非樂爲是。大抵如閩廣所用南法及梓匠厭勝術，以先世傳習，故不免爲之爾。』吴用者頗善談怪，後四事並是渠説」句。

〔三〕「竟不曾」，《庚巳編》作「並不曾」。

二塑卒狀貌，儼如向所見者，相顧大駭。寬自以遇鬼，悒悒不樂。還故處，復見〔二〕二卒，謂寬曰：「君毋庸疑我，我非禍君者。頗憶往歲事乎？我二人岳帝座下從者也，奉使貴縣，行路饑渴中，得君二瓢之賜，甚愜所願。昨有事西山，偶獲相遇，故以杯酒答謝耳，非有他也。」言訖，忽然〔三〕不見〔三〕。

【按】本文出明陸粲《庚巳編》卷八「楊寬」；明施顯卿《奇聞類記摘抄》卷四載之。

方卵獮猴

弘治末，南昌艾公璞巡撫江南。蘇州屬縣崇明申報云〔四〕：縣民家〔五〕有雞生卵而方者，異而碎之，中有一獮猴，纔大如棗。艾公以告巡江都御史長洲陳公璚，欲同奏於

〔二〕「復見」，《庚巳編》作「仍見」。
〔三〕「忽然」，《庚巳編》作「瞥然」。
〔三〕此句後，《庚巳編》尚有「寬歸，親爲人説」句。
〔四〕「申報云」，《庚巳編》作「申報」。
〔五〕「縣民家」，《庚巳編》作「本縣民間」。

朝。陳公曰：「妖異誠當以聞，然其物怪甚，度已不存矣。萬一柄臣喜事者，承旨取觀〔一〕，何以應命？」艾公乃止。吴用見其文移云。

【按】本文出明陸粲《庚巳編》卷八「方卯獼猴」；明張萱《西園聞見録》卷一〇七、徐應秋《玉芝堂談薈》卷三四、清顧景星《白茅堂集》卷一四、來集之《倘湖樵書》卷二、查繼佐《罪惟録》志卷三、《明書》志卷三、史夢蘭《止園筆談》卷五、姚之駰《元明事類鈔》卷三七等載之。

雀報

鎮江衛左所軍士范某，妻患瘵疾，瀕死，遇楚人與道藥〔二〕，云：「用雀百頭，以藥末〔三〕飼之，至三七日，取其腦服之，當瘥〔四〕。然一雀莫減也。」范如教〔五〕，買雀養

〔一〕「承旨取觀」，《庚巳編》作「以詔旨進」。

〔二〕「遇楚人與道藥」，《庚巳編》作「遇道人與之藥」。

〔三〕「藥末」，《庚巳編》作「藥米」。

〔四〕「當瘥」，《庚巳編》作「當差」。

〔五〕「如教」，《庚巳編》作「如數」。

之，有死者，則旋買之以充數。未旬日，范以公差出，妻睹雀，歎曰：「以吾一人，殘物命至百，甚不仁也。吾甯死，安忍爲此！」開籠放之。夫歸，怒責其妻，妻亦不悔。已而病瘥〔一〕。妻〔二〕久不産育，是年忽有妊，生一男，男兩臂上各有黑痣〔三〕，如〔四〕雀形，一飛一俯〔五〕，羽毛分明，不減刻畫。蓋冥道以此，示放雀之報〔六〕云。

【按】本文出明陸粲《庚巳編》卷八「雀報」；明陳師《禪寄筆談》卷五、清姚之駰《元明事類鈔》卷三七、梁恭臣《東北園筆録續編》卷二等載之。

異人占星

孝陵在御，多好微行，以察人情之向背。嘗以夜出，暫止逆旅，枕石眠草藉上。

〔一〕「病瘥」，《庚巳編》作「病差」。

〔二〕「妻」，《庚巳編》作「初」。

〔三〕「黑痣」，《庚巳編》作「黑瘢」。

〔四〕「如」，《庚巳編》作「宛如」。

〔五〕「一飛一俯」，《庚巳編》作「一飛一俯而啄」。

〔六〕「放雀之報」，《庚巳編》作「放雀報」。

中夜，有兩人起共語，上潛聽之。一人在庭中，一人在室中。庭中人呼室中人曰：「今夜此翁又出矣。吾視玄象，當在民舍中，頭枕石、脚踹藉而臥。」室中人笑曰：「君得無誤耶？」上聞而異之，即以首足易位而寢。俄其人亦至庭中，曰：「君果誤矣。此翁頭枕藉，脚踹石耳。」上聽之，不覺汗浹於背，即夕還宫。購求兩人不可得，是後微行稍稀。〔二〕

【按】本文出明陸粲《庚巳編》卷九「異人占星」；明李紹文《皇明世説新語》卷六、謝肇淛《文海披沙》卷四、清褚人獲《堅瓠集》二集卷二、張英《淵鑒類函》卷三〇六人部六五、民國奕賡《括談》卷上等載之。

黄村匠人

吴山之西黄村匠者王某夜歸，逢一人，青衣白束腰，如隸卒狀。問所之，曰：

〔二〕此句後，《庚巳編》尚有「此與漢武帝微行遇書生事相類」句。

「欲至黃村。」匠人喜曰：「身亦却歸黃村，今相得爲伴，甚佳。」便與偕行數里，卒指道旁民家，謂匠曰：「君亦思酒食乎？吾能於彼取之。」匠曰：「善。」卒入門，少選，攜一鏇酒，及一熟雞來，共坐地上食之。畢，謂匠曰：「君姑留此，我入此家，了少公事也。」匠即取鏇納著柴積中，立伺之。俄見窗内〔一〕擲出一人，手足束縛，繼而卒自窗躍出，負之而去，其行如飛，便聞門内哭聲。匠知非人，驚而奔回。明日往驗之，乃知其家主翁昨夜死矣。問：「得無失物乎？」乃云：「昨祭五聖，失去一鏇酒，一熟雞。」匠者〔二〕告以夜來所見，不信，探柴積得鏇，雞骨猶滿地，始悟其爲冥卒也。

【按】本文出明陸粲《庚巳編》卷九「黃村匠人」；明施顯卿《奇聞類記摘抄》卷四載之。

犬精

弘治中，兗之魚台縣，有民家畜一白犬，甚馴，其主出行，犬嘗〔三〕隨之。他日，

〔一〕「窗内」，《庚巳編》作「窗裏」。
〔二〕「匠者」，《庚巳編》作「匠」。
〔三〕「嘗」，《庚巳編》作「常」。

主商於遠方，既去，犬亦不見。經兩三日，主輒歸，妻問其故，曰：「途中遇盜，財物俱盡，今幸得性命耳〔二〕。」妻了不疑。

周旋閱歲，其真夫歸，形狀悉同，不可辨。兩人各自争真僞，妻及鄰里不能明，乃白於縣。縣令逮兩人至，亦無如之何，皆置之獄。縣一小卒聞其事，以語其妻，妻曰：「是不難辯。先歸者，殆犬精也。欲驗之，當視其婦胸乳間，有爪傷血紋，即是矣。蓋犬與人交，嘗自後以爪按其胸故也。」卒以白令。令召其婦問：「爾家嘗有犬乎？」曰：「有白犬，前隨夫出矣。」裸而視其胸，有血紋甚多，令知是怪〔三〕，密使人以血污其僞夫，即成犬形，立撲殺之。

令從容問卒：「汝計善矣，何從得之？」謝曰：「吾妻所教也。」令諭之曰：「汝妻不與犬通，何緣知此？汝歸，第密察之。」卒歸，看妻亦有紋，比此婦尤多，以令語責之。妻窮，吐實，乃知亦與一犬通故也。妻慚，自縊死。〔三〕

〔二〕「今幸得性命耳」，《庚巳編》作「幸逃得性命耳」。

〔三〕「令知是怪」，《庚巳編》作「令知爲怪」。

〔三〕此後，《庚巳編》尚有「吾鄉陳都御史璚，時奉使彼中，得其案牘」句。

【按】本文出陸粲《庚巳編》卷九「犬精」；明朱國禎《湧幢小品》卷三一、胡文煥《稗家粹編》卷七「犬精」、清張英《淵鑑類函》卷四三六獸部八等載之。

雷譴道士

玄妙觀李道士，早歲頗精於焚修，晚更怠忽。嘗上青詞，乘醉戲書「天尊」爲「夫尊」，「大帝」爲「犬帝」。一日，被雷震死，背上朱書二行可辨，云：「『夫尊』可恕，『犬帝』難容。」事在天順、成化間。

【按】本文出陸粲《庚巳編》卷九「雷譴道士」；明姚旅《露書》卷一三所載「王皇猶自可，犬帝最難當」與此相近，清錢彩、金豐《説岳全傳》第七十三回「胡夢蝶醉後吟詩游地獄，金兀朮三曹對案再興兵」敷衍成「玉皇可恕，犬帝難容」。

酆都走無常

酆都走無常事，邑博〔二〕熊君，君即酆都人也，言之甚悉。蓋彼中以此爲常，或人

〔二〕此前，《語怪編》有「二編已書之後，以問」句。

行道路間，或負擔任物，忽擲跳數四，便仆於地，冥然如死。途人家屬但聚觀以伺之，或六時，或竟日，甚或越宿，必自甦，不復驚異救治也。比其甦扣之，則多以勾攝，蓋冥府追逮繁冗時，鬼吏不足，則取諸人間，令攝鬼卒承牒行事，事訖即還。或有搬運負戴之役亦然。皆名「走無常」，無時無之。

宣德、永樂間，年歲未的。有江西尤和，以進士，來爲酆都令。下車，左右請謁酆都觀。觀在酆都山，居邑外，且山勢穹巍岑遠，草木蔚密。觀奠其陽，殊極雄偉。觀之後山陰，復有山殿之，其境益幽詭，叢灌蔽翳，人跡罕到。中亦有宮宇，則所謂北陰也。其下即大獄，凡鄉之禱祀者，必之前觀，香火極盛。而凡仕於彼者，初涖政，亦必虔謁，與社稷、城隍等耳。尤和初至，聞衆請，岸然曰：「烏有是哉！吾久聞此語，今來當官，正欲〔二〕除之，以息從前愚惑，尚有於謁禱邪？然固當一往視之，然後毀除。」即命駕以往。初見山門崇煥，已怒。比入，危急〔三〕甚遥，入中門，廣庭修廡，

〔二〕「正欲」，《語怪編》作「政欲」。

〔三〕「危急」，《語怪編》作「危級」。

堂殿宏麗，尤略無瞻揖之儀，傲睨四顧。及後室從宇，皆視之徧。返駕，言：「伺當命工悉去之。」及至縣，亦無他。

明晨，方治事，忽身畔一門子跌仆於地〔二〕，倚其靴而僵。尤蹴開，顧左右：「應是卒死，舁之去。」左右告：「非卒死，此走無常也。」尤大怒：「何復爲此誑語邪？吾固欲當弛此風〔三〕，妄云云者，應加以重罰，而復敢爾邪？」左右言：「明公姑從衆，任之，當自起，問之可驗。苟爲不然，一移動，則即死矣。奈何？」尤令喚其父母來語之故，父母皆懇曰：「望公姑任之，伺渠必自歸，倘移之，必死矣。」尤因任之。

越二日夜，尤方坐，童忽欠伸長吁，如夢覺者，徐徐而起，神觀爽然。尤問之，童言：「向從公歸，方執事，忽走無常，始回耳。」尤曰：「其詳奈何？」曰：「初爲冥官召去，言爾可往江西某邑里，攝尤睦，文牒已具，即持之行。至彼，覓尤家，

〔二〕「跌仆於地」，《語怪編》作「跌仆於公座下」。

〔三〕「吾固欲當弛此風」，《語怪編》作「吾固曰當弛此風」。

得之，守門外，二日始得入。」尤聞之，大驚，盖睦即其弟也。因扣其室廬何似，童述之，即其家也。尤曰：「何以二日方入邪？」曰：「其家有犬，極惡[一]，不能前。屢入屢爲犬噬，輒退，後乘間得入耳。」尤思之，果有此犬[二]，曰：「所攝者何如人？」曰：「即尤睦秀才也，其貌爾爾。」語至是，尤不覺慘沮，知爲其弟審矣。因曰：「今則何如？」曰：「隨以[三]拘逮同趨，徑歸於酆都矣。」曰：「然則奈何？」曰：「既至後，不與我事，即俾我返。然頗聞睦當得重辟，不可生矣。」尤聞之，大慟，急命人訊於家。得報，睦果以是日暴亡。尤乃入觀醮謝，且欲整飾宮觀，以致皈依之誠。視其居，事事完備，已窮狀麗，特門外無坊表之建，綽楔表於門外大道，而稍飾諸暗弊處，復自爲文紀其事，鑱之石，立觀中，以示未信，今猶存焉。

【按】本文出明祝允明《語怪編》；清褚人獲《堅瓠集》秘集卷三、姚之駰《元明事類鈔》卷二〇、袁棟《書隱叢説》卷三、清陳梦雷《古今圖書集成》博物彙編神異典卷三六等載之。

[一]「極惡」，《語怪編》作「瘈惡」。
[二]「此犬」，《語怪編》作「瘈犬」。
[三]「隨以」，《語怪編》作「隨己」。

卷五

詩鬼

東海屠儀部緯真，萬曆初，遊太末，同〔一〕友人寄宿一大家樓中，主人同話至丙夜〔二〕別去。方滅燭就寢，即有足聲登樓，詰之，至半梯而息。少選，友人驚呼，緯真〔三〕遽問之，云：「適有一巨手，冷如冰鐵，摑吾面。」言迄，驚怖異常。緯真〔四〕即起，一手

〔一〕「東海屠儀部緯真，萬曆初，遊太末，同」一句，爲作者所加。
〔二〕「丙夜」，《由拳集》作「半夜」。
〔三〕「緯真」，《由拳集》作「玄同子」。
〔四〕「緯真」，《由拳集》作「玄同子」。

加其額，一手按其胸，而漫爲戲語云：「爾爲何物，敢無狀乃爾？爾〔一〕或靈異能言，吾且與爾縱談通夕〔二〕。不然，非英物也。」緯真詰以神化變化之説，空中一一相答，第不見形。語迄，吟一詩曰：「寒山驚旅魂，年光疾如馳。誰臥白雲樓，明月弄空水。」吟畢寂然〔三〕。此樓〔四〕軒敞，甲於城市〔五〕。語云「高明之家，鬼瞰其室」，理或然耶？是則，鬼之風逸者矣〔六〕。屠緯真談。

【按】本文出屠隆《由拳集》卷一八「開化遊記上」，取其一節，删録成文。文中的「鬼詩」，爲撰者所加。

〔一〕此前，《由拳集》有「爾能加于吾友人，胡不亦見惠一拳？」句。

〔二〕此句後，《由拳集》有「能詩乎？且乞高倡」句。

〔三〕「緯真詰以深化變化之説，空中一一相答，第不見形。語迄，吟一詩曰：『寒山驚旅魂，年光疾如馳。誰臥白雲樓，明月弄空水。』吟畢寂然」，《由拳集》作「『亦笑傖父，何畏若此？』友人至五鼓乃定，竟不知其故」。

〔四〕「此樓」，《由拳集》作「茲樓」。

〔五〕「城市」，《由拳集》作「城中」。

〔六〕「理或然耶？是則，鬼之風逸者矣」，《由拳集》作「理或有之，然不可知矣」。

祝京兆

姑蘇祝京兆允明，別號枝山。生性恬寂，築小圃，蒔花卉，日徜徉其中。書法遒逸，冠絶諸家。有直臨郡，囑有司索書，不顧，强之再三，乃潛出，命童子駕輕舠，攜一琴、一熏爐，匿蘆葦中，追者操筆研索徧，至洲旁，聞琴聲悠越，始獲見，遂據艅艎，運肘若有神云。周稚尊談。

太白山人

太白孫一元，自稱秦人，放逸不羈，徧歷名勝，家於湖，遂爲湖人。嘗登岱嶽，憩日觀，視日出處，大奇之，駭叫狂走。興至，矢口爲詩，頃刻千言，無不絶倒。遊龍井，醉題松間大石曰：「太白山人醉攜須彌山去。」其豪致若此。

又與殷雲霄泛西湖，雲霄着方山冠，山人戴華陽巾，被高士服。把酒四望，山人顧謂雲霄曰：「昔青蓮居士李白與尚書郎張謂泛沔州南湖，因改爲『郎官湖』。今日，予與子追踪前事，西湖固可名『高士湖』矣。」

正德庚辰，山人卒，輿櫬葬之，怪其輕甚，豈翩翩羽化歟？山人高致，類古許叔玄、劉孟卿諸人，真可謂蟬蜕塵溷者。至今入桂瓢堂，輒有青霞白石之思，蓋亦奇氣所鍾矣。

【按】本文「高士湖」軼事，明田汝成《西湖遊覽志餘》卷一一、《浄慈寺志》卷二八言此湖爲杭州西湖，而明胡震亨《海鹽縣圖經》卷三、《海寧州志稿》卷四〇、清趙一清《東潛文稿》卷下等均言爲海鹽南北湖。

閔王二生

烏程閔生文齊，萬曆癸巳，嘗飲胡姬肆側，時潘司寇家奴陶洪者，挾〔二〕胡姬劇飲，

〔二〕「挾」，《梅花渡異林》作「亦挾」。

故〔一〕爲老儒令戲〔二〕閔。閔大詬〔三〕，陶洪據〔四〕上座，呼同飲惡少雷秀等，鞭閔數十，闔郡洶洶。

諸生王紹基輩，糾衆訴之戴郡守朝用，戴置不問。諸生擁千餘，復訴之督學君〔五〕。督學猶豫未決〔六〕，諸生復具牒，辭甚激烈。恐罪首事者，列名如八卦形，鼓噪而前。紹基潛削髮披緇，外加儒冠服〔七〕。正在詰辨〔八〕，忽去冠服，作比丘狀〔九〕，督學〔十〕大

〔一〕「故」，《梅花渡異林》作「而故」。

〔二〕「令戲」，《梅花渡異林》作「以嘲」。

〔三〕「大詬」，《梅花渡異林》作「大詬之」。

〔四〕「據」，《梅花渡異林》作「輒據」。

〔五〕「督學君」，《梅花渡異林》作「督學伍衷萃」。

〔六〕「督學猶豫未決」，《梅花渡異林》作「伍懦怯特甚，且有所私，不敢發」。

〔七〕「儒冠服」，《梅花渡異林》作「儒飾」。

〔八〕「正在詰辨」，《梅花渡異林》作「詰辨間，伍復左袒潘奴，基」。

〔九〕此句後，《梅花渡異林》有「以儒之不足恃也」。

〔十〕「督學」，《梅花渡異林》作「伍」。

爲錯愕，然僅薄譴陶洪〔一〕。文齊怏怏成心疾。丁酉浙闈〔二〕，書《逍遥遊》《赤壁賦》各一通，又大書「風花雪月」四字，揚拳而出，至今狂嘯未已也〔三〕。

【按】本文見支允堅《梅花渡異林》卷四。

夢神授方

苕上沈玉陽司馬，爨備兵西粤，以征徭浪賊積勞，疾鬱胸間，凝結不可解。時駐梧州，偏招諸名醫療之，無效。家衆正爾倉惶，時公子學憲公卧榻側，忽夢一人，銅冠野服，呼語曰：「若父病，但餌木香五錢、半夏三錢，則愈矣。」覺以告公。公即召諸醫與語，皆大驚愕不可。公自念諸醫業罔濟，遂堅意從夢中方。諸醫皆曰：「果爾，

〔一〕「薄譴陶洪」，《梅花渡異林》作「薄譴陶洪而已」。

〔二〕「闈」，《梅花渡異林》作「闈中」。

〔三〕「至今狂嘯未已也」，《梅花渡異林》作「狂嘯未已。人皆咎伍之貪險多欲，而一時士風爲之頓靡云」。

罪不在吾儕。」公曰：「然。」遂將二品爲末，先御其半，則腹大痛難堪，諸醫皆曰：「不用吾等言乃爾。」公曰：「已無奈矣。」又逾一二時，去宿穢甚夥，頓覺爽豁。又進前藥，宿穢頓空，藿然瘥矣。

公之貴也，每建巨伐，食厚報，雖當危迫，天牖之矣。

滅蠶報

武康徐七家，每歲育蠶甚夥。萬曆甲午夏，蠶將老矣，以桑值倍常，棄蠶於水，而盡鬻桑，操奇贏。明年，桑賤如土，徐多蓄蠶，業纍纍上簇矣。越數日，蠶不一繭，百方禳之，忽攢成一繭，大可如盤，極重不可舉。自謂異瑞，喜不自勝。至暮，火煌煌出繭中，頃大震一聲，蠶紛裂，有黑物如鴉者無數，繞於室間。火大熾，竟不可撲，咸謂滅蠶之報。予家老蒼頭目睹，言之詳。

【按】本文見明王圻《稗史彙編》卷一七〇、《吴興舊聞》卷二。

割股救嫡

震州張息耕配潘氏，逮下有恩，妾慎氏甚德之。及息耕死，嫡庶相依猶母女。嫡疾阽危，妾爇香祝神，願以身代，竟不愈。忽引清鋒割股投劑，嫡遂差。古江漢小星，皆以詠嫡，然直不妒已耳。未有能致其感，而以身報者。雖然親病而子割股者，世恒有之，若妾爲嫡，則眇矣。

僧報鑣鑣

隆慶間，浙江驛前張信之肆中，日炊鑣鑣出貿。有僧至，自稱仙芝山來。每開籠，先與一枚，如是者三年。已收足蒲團，不復來。自後，信之三□〔一〕來，來乞食，食盡忽死。鄰里將挾詐，僧已知，即語徒，曰：「檀越將有難，予往救之，爾爲守户。」遂

〔一〕「三□」，早稻田大學藏《續耳譚》作「三丘」。

出神，附丐體。丐甦，望江口冉冉而去，投于江，信之卒免禍。此與《印空集》所載因公報羅賈事差類，即所捐甚眇，而亦一誠所感，終食報云。柳元貞談。

人化虎

劍州李忠者，臥病旬餘，令其子市藥。子歸，而忠化爲虎，視其子，朵頤而涎出。子訝而視父，乃虎也。急趨出，與母第反望，閉其室。旋聞咆哮之聲，穴壁窺之，乃真虎也。時出時還，數月後，竟不還。張君房談。

《莊子》曰：「牛哀病七日而化爲虎」。《博物志》曰：「江漢有貙人，能化爲虎。」蟄氣所感，其異如此。

【按】本文出宋蘇軾《漁樵閒話》；宋曾慥《類説》卷五五、《説郛》卷二一、明王穉登《虎苑》卷下、陳繼儒《虎薈》卷五、卷六、徐應秋《玉芝堂談薈》卷一〇等載之。文中言《莊子》記載牛哀化虎事，實爲《淮南子》。

數止此

廬陵彭思永，始就舉時，持[一]金釧數隻，棲於旅舍。同舉者過之，請出釧爲玩。客有墜其一釧[二]於袖中者，思永視之不言。衆莫知也，皆驚求之，永曰：「數止此耳[三]。」袖釧者[四]揖而舉手，忽[五]釧墜於地。衆服其量。

【按】本文出宋程顥《明道先生文集》卷三；元脱脱《宋史》卷三二〇、明鄭瑄《昨非庵日纂》卷一〇、黄汝亨《廉吏傳》、柯維騏《宋史新編》卷一〇二、李贄《闇然録最注》、劉萬春《守官漫録》卷二、邵經邦《弘簡録》卷一四四、余之禎《（萬曆）吉安府志》卷三一、清嵇璜《續通志》卷三四四、李世熊《錢神志》卷七、吴士玉《駢字類編》卷一五〇、張英《淵鑒類函》卷三八一、張鑒《淺近録》、張玉書《佩文韻府》卷七六、周碩勳《（乾隆）潮州府志》卷三三等載之。

〔一〕「持」，《明道先生文集》有「貧無餘貲，惟持」。
〔二〕「其一釧」，《明道先生文集》作「其一」。
〔三〕「數止此耳」，《明道先生文集》作「數止此耳，非有失也。」
〔四〕「袖釧者」，《明道先生文集》作「將去，袖釧者」。
〔五〕「忽」，《明道先生文集》無此字。

何吉陽

何吉陽遷，故與黄州庠士某以學問友善。吉陽巡撫江西，過家。某青衫來謁，門者不即爲通，因散步堂上，環視壁間懸軸，其首則嚴分宜筆也。遂索前刺，書一絶曰：「椒山已死虹塘謫，天下誰人是介翁？今日華堂誦詩草，始知公度却能容。」囑門者投之，遽拂衣去。吉陽得詩自慚，亟遣追之，舟去遠矣。

【按】本文張萱《西園聞見録》卷一二、李贄《闇然録最注》、馮夢龍《古今譚概》卷三〇、清褚人獲《堅瓠集》卷三等載之。

尤弘遠

鄉人尤弘遠，居東城，其鄰莊氏有女奴，與相悦，私交信問，願托終身，後得嫁爲遠妾。遠妻妒悍，日虐之，又爲諸厭勝法，咒詛於神，欲妾〔二〕速死。居無何，妾果

〔二〕「妾」，《庚巳編》作「使」。

病卒。

又歲餘而妻病，久不瘥，厭厭床褥，家人倦於侍，乃呼一里嫗，使相伴宿。及夜，見一女子，紅裳緑衫，冉冉行至遠妻床前，視之，乃其妾也。指妻身訝〔二〕曰：「我命未合死，爾多爲咒詛，令我夭殁，情理慘廊〔三〕。我今控訴，已得理於岳司，必追汝抵命。明日晚間，令汝腰痛，定去矣。」言訖而滅。嫗平日往來尤氏，熟識妾貌，其衣乃殮時所服也。聞語甚恐，不能寐，天明即去。又兩日來問訊，則遠妻果以次日之暮死，死時呼腰痛。

嫗乃具言所見，遠聞之，心念妾冤，而其妻往日所許誓願，及文書之類甚多，必爲己累，甚憂之。素奉道，乃日持誦《玉皇經》凡數百部。謀建法事，擇主行者，禱於所事真武，以珓卜之，連舉數人，皆名流，不許。最後舉玄妙觀沈道士，乃得之。因大建水陸道場數晝夜，備極誠潔，欲以謝前過。

〔二〕「訝」，《庚巳編》無此字，《説庫》本《庚巳編》作「辞」。
〔三〕「慘廊」，《庚巳編》作「慘虐」。

後遠得病，昏迷中，見隸卒持帖來勾攝。遠隨而行，路皆昏黑，到一大門闕下，匾曰「岳府」。入門，隸捽遠跪於庭，殿上王者叱問：「汝妻〔二〕攀訴汝〔三〕同爲咒詛，致妾非命，汝〔三〕知罪乎？」遠叩頭謝非己過。王者呼左右，押尤弘遠妻妾來證之，卒奉命去。少選押至，皆囚首桎梏，跪階下。王使對證〔四〕，往復甚苦。久之，妻辭屈，妾亦具言罪不在夫。王者震怒，叱其妻曰：「汝〔五〕爲人正室，生既妒虐，强瀆鬼神。死復誑妄，干官府，汝〔六〕罪容可逭乎？」便令卒押送酆都，仍釋妾囚，判送受生案。王呼遠曰：「汝雖不知情，然此婦人所爲咒詛，文書甚多，如何破除？」遠未及答，王案旁一緑衣判官白王曰：「高真處已有文書來，與准折過矣。」王令吏檢看，乃啟一櫥，櫥中文書叢沓，吏抽一卷呈王，王覽之，俾授遠。遠惶懼中，不暇細讀，但見朱

〔二〕「汝妻」，《庚巳編》作「爾妻」。
〔三〕「汝」，《庚巳編》作「爾」。
〔三〕「汝」，《庚巳編》作「爾」。
〔四〕「對證」，《庚巳編》作「對辨」。
〔五〕「汝」，《庚巳編》作「爾」。
〔六〕「汝」，《庚巳編》作「爾」。

字數行在紙尾。王曰：「文移酆都當云呈，今乃云咨，誤矣。此雖行持者之過，然亦汝責也。」遠不知所對。俄有甲冑者二神將見庭中，遠視之，一關公、一靈官〔一〕也。二將〔二〕謂王曰：「此亦小失，不足問。」王頷之。靈官以足蹴遠背，曰：「去！」遂得出。

復行冥晦中，路數折，入一司，僧六人坐其中，呼遠詰問王者言：「且還，當入五瘟司去。」遠曰：「吾不知所謂『五瘟』，但聞先天一氣耳。」因具言高真赦罪之故。僧曰：「然。汝知奉道，而忘却佛耶？這邊利害亦非細。汝今得歸到家，宜急延年高有德僧六員，誦《法華經》六部回向，乃可消滅宿愆也。」命放出，遂得活。死已逾日矣。即請六員僧〔三〕，皆年七十以上者，誦經如數。迄今每月朔，常持念經懺，雖極冗不廢〔四〕。

〔一〕「靈官」，《庚巳編》作「心將王靈官」。
〔二〕「二將」，《庚巳編》作「靈官」。
〔三〕「六員僧」，《庚巳編》作「六僧」。
〔四〕文後，《庚巳編》有「鄧鎧説」。

【按】本文出明陸粲《庚巳編》卷九；清周克復《歷朝法華經持驗記》卷六載之，西子湖伏雌教主《醋葫蘆》第十七回「波斯閱招救難，都氏帶罪受經」將本文化爲地獄所斷案卷。

昭陵銀兔

陝西九嵕山，唐太宗昭陵在焉。嘗有醴泉縣村民取薪於山，見白兔突起草中，異而逐之。兔躍入巨穴，民不覺失足亦墜焉。乃入隧道中，頗覺暗黑〔二〕，其旁纍銅缸十數，皆盛油，設關捩流注。最下一缸，中宿火，其竅有礙，油不下，火熒熒欲滅。民爲通之，火復明。向所逐兔，宛然在旁，乃銀鑄者，上有刻字云：「撥燈人，賜銀兔一個。」民視四周，積金銀珠貝，瑰麗萬狀，再拜請曰：「小人貧，所賜不足以贍，願更益之。」於是恣意取之，懷挾將出而路迷，跬步莫辨，便捨之，乃復有門豁然。遂攜

〔二〕「暗黑」，《庚巳編》作「黯黑」。

兔而出，隧門旋[二]閉，僅有微罅。民歸，鄰居惡少年聞之者，競到陵所，跡其罅掘之，杳不可窮。事覺，皆被逮繫，民亦幾坐讞云。

【按】本文出明陸粲《庚巳編》卷九；清來集之《倘湖樵書》卷八載之。

梁澤

三原縣按察分司，素多怪，居者輒死，使官莫敢入。士子梁澤以氣自負，常謂諸友：「吾能宿此。」諸友出錢以賭之，澤許諾。

以夜入，坐堂上。三鼓月色明朗，聞廡間有人，切切私語，若相推而前者，久之不至，澤便厲聲云：「何不速來？」俄有三人，列跪庭下，稍前者一青衣，次一黃衣，一白衣，貌色不可辨識。澤罵曰：「老魅敢數害人。」青衣曰：「非敢然也，乃見者

〔二〕「旋」，《庚巳編》作「隨」。

自怖死耳。」澤曰：「汝何爲者？」青衣曰：「我，筆也。」〔一〕「居何在？」曰：「在儀門屋上第三瓦溝中。」問黃衣，低回未言。青衣代答曰：「彼，金釵也，在庭中槐樹下。」問白衣，曰：「我，劍也，在堂東柱礎下。」〔二〕「汝等今來爲欲相苦耶？」皆曰：「不敢。」共獻一紙，曰：「此公一生履歷也，今報公，令前知。」澤受而麾之曰：「去。」三物各投所言處，一時都滅，澤便臥。達曙，諸友私謂〔三〕必死，來見之，驚。澤爲説向所見，未信，去將人操鍤來，按次求之，盡得三物。出其紙，如故楮幣，都無一字，及夕映視之，跡瞭然。從是廨中永無害怖。

澤後登第，爲御史。成化間，巡按山東，以監試事註誤謫官卒。具如〔四〕其紙上語。

【按】本文出明陸粲《庚巳編》卷九；明江盈科《雪濤小説·聞紀》、清褚人獲《堅瓠集》秘集卷一等載之。

〔一〕此處，《庚巳編》有「問」。

〔二〕此處，《庚巳編》有「澤曰」。

〔三〕「私謂」，《庚巳編》作「忖謂」。

〔四〕「具如」，《庚巳編》作「如」。

蝎魔

西安有蝎魔寺，塑大蝎於棟間。相傳國初有女子，素不慧，病死復生，遂明敏，以文史知名。時有布政適喪儷，客以女爲言，遂娶之。月餘日，布政方視事，有所需，使閽人入私廨取之，呼夫人不應，但見老蝎大如車輪，臥於榻。閽驚而出，以白焉，不信，叱爲妖妄。閽請曰：「他日相公下堂，願無謦欬，密掩之，必可見也。」如其言，果見老蝎伏榻上，展轉間，又成好女子矣。雖抵諱，而詞意頗羞澀，已而忽失所在。是夕人定，乃出拜燈下，曰：「身本蝎魔，所以夤緣見公者，非敢爲幻惑，欲有求耳。公能不終拒，乃敢輸情。」許之，乃曰：「昔爲魔，得罪冥道，賴觀音大士救拔，免於〔二〕死。因假女屍爲人，幸獲侍左右，覬公建一蘭若，以報大士之德耳。今醜跡已彰，幸公哀憐。」布政頷之，女子忽然不見〔三〕。他日，乃命所司建寺，至今存焉。

〔二〕「免於」，《庚巳編》作「免其」。
〔三〕「忽然不見」，《庚巳編》作「遂隱」。

【按】本文出明陸粲《庚巳編》卷九；明施顯卿《奇聞類記》卷四、署名郎瑛《續巳編》、《續豔異續集》卷一一、清褚人獲《堅瓠集》餘集卷一、姚之駰《元明事類鈔》卷四〇、《古今圖書集成》博物彙編禽蟲典卷一七八、沈青峰《（雍正）陝西通志》卷一〇〇、嚴長明《（乾隆）西安府志》卷七九等載之。

人妖公案

都察院爲以男裝女，魘魅行奸，異常事，該直隸真定府晉州奏：犯人桑沖，供係山西太原府石州李家灣文水東都軍籍李大剛侄，自幼賣與榆次縣人桑茂爲義男。成化元年，訪得大同府山陰縣，已故民人谷才，以男裝女，隨處教人女子生活，暗行奸宿，一十八年，不曾事發。沖要得仿效，到大同南關住入王長家尋見谷才，投拜爲師。將眉臉絞剃，分作三柳，帯一〔二〕鬏髻，妝作婦人身首。就彼學會女工，描剪花樣，扣繡

〔二〕「一」，《庚巳編》作「上」。

鞋頂，合包造飯等項，相謝回家。比有本縣北家山任茂、張虎，谷城縣張端大，馬站村王大喜，文水縣任昉、孫成、孫原，前來見沖，學會前情。沖與各人言說：「恁們到各處人家，出入小心，若有事發，休攀出我來。」當就各散去訖。成化三年三月内，沖離家到今十月[二]，别無生理，專一在外[三]圖奸。經歷大同、平陽、太原、真定、保定、順天、順德、河澗[三]、濟南、東昌等府，朔州、永年、大谷等，共四十五府、州、縣，及鄉、村、鎮、店七十八處。到處用心打聽良家出色女子，設計假妝逃走乞食婦人，先到旁[四]住貧小人家投作工。一二日，使其傳説引進，教作女工，遇晚同歇，誑言作戲，哄説喜允，默與奸宿。若有秉正不從者，候至更深，使小法子，將隨身帶着雞子一個，去清，桃辛七個，柳辛七個，俱燒灰，新針一個，鐵槌搗爛，燒酒一口，合成迷藥，噴於女子身上。默念昏迷咒，使其女子手脚不動，口不能言。行奸畢，又

〔二〕「十月」，《庚巳編》作「十年」。
〔三〕「專一在外」，《庚巳編》作「在外專一」。
〔三〕「河澗」，《庚巳編》作「河間」。
〔四〕「旁」，《庚巳編》作「傍」。

念解昏咒，女子方醒。但有剛直怒罵者，沖再三陪情，女子含忍。或住三朝五日，恐人識出，又行那移别處求奸。此得〔二〕計十年，奸通良家女子一百八十二人，一向不曾事發。成化十三年七月十三日酉時分，前到真定府晉州，地名聶村，生員高宣家，詐稱是趙州民人張林妾，爲夫打駡，逃走，前來投宿。本人仍留在南房内宿歇。至起更時分，有高宣婿趙文舉，潛入房内求奸。沖將伊推打，被趙文舉將沖捽倒在炕按住，用手揣無胸乳，摸有腎囊，將沖捉送晉州。審供前情是實。參照本犯立心異人，有類十惡，律無該載。除將本犯，並奸宿良家女子姓名開單，連人牢固押法司收問外，乞敕法司將本犯問擬重罪等因。具本奏，奉聖旨：「都察院看了來説。欽此。欽遵。」臣等看得桑沖所犯，死有餘辜，其所供任茂等，俱各習學前術，四散奸淫，欲將桑沖問擬死罪。仍行各處巡按御史，挨拿任茂等解京，一體問罪，以警將來。及前項婦女，俱被桑沖以術迷亂，其奸非出本心，又干礙人衆，亦合免其查究。成化十三年十一月二日掌院事太子少保兼左都御史王等具題。二十二日於奉天門奏。奉聖旨：「是。這

〔二〕「此得」，《庚巳編》作「似此得」。

廝情犯醜惡，有傷風化，便淩遲了，不必覆奏。任茂等七名，務要上緊挨究，得獲解來。欽此。」〔二〕

【按】本文出明陸粲《庚巳編》卷九；文中桑沖，亦作桑翀。明戴冠《濯纓亭筆記》卷二、方弘静《千一録》卷二四、雷禮《皇明大政紀》卷一五、沈國元《皇明從信録》卷二三、涂山《明政統宗》卷一五、謝肇淛《五雜俎》卷八、徐應秋《玉芝堂談薈》卷一〇、陳建《皇明通紀輯要》卷二三、清褚人獲《堅瓠集》餘集卷四、查繼佐《罪惟録》列傳卷三一、袁枚《新齊諧》卷二三、俞樾《茶香室叢鈔》三鈔卷六等載之，明馮夢龍《醒世恒言》卷十「劉小官雌雄兄弟」敷衍之、清蒲松齡《聊齋志異》卷一三「人妖」據爲創作。

升遐先兆

弘治十七年，蘇城專諸巷俗名〔三〕鑽龜巷，有百姓病死，到地府見閻君。披籍看之，

〔二〕《庚巳編》後有「右得之友人家舊抄公牘中」句。
〔三〕「俗名」，《庚巳編》作「俗呼」。

言：「汝算未盡。」放令却回。其家公室服用[二]，盡如人世，但怪王及吏卒皆着縞素，私問之，人云：「陽間天子崩，故爲帶孝耳。」百姓得活，私爲所親説之。越明年五月，而至尊厭代。○按《玄怪録》，高安尉辛公平，元和末，遇陰吏之迎駕者，與俱入寢殿，見上升輿，甲馬引從而去。後數月，乃有攀髯之泣。今此百姓所見，亦隔越半歲，其事略同。

【按】本文出明陸粲《庚巳編》卷一〇。

張潮

蘇學生張潮惟信，戊寅十二月二十八日得寒疾死，年止四十二。其女痛父之殁，號慟隕絶，良久復蘇，云：「見父服朱袍，張黄蓋，後二人青袍青盖，皆乘肩輿，從者數十人，呵殿而行。」女望見父在輿中，呼問所之，曰：「吾今爲衢州知府，以正旦

〔二〕「其家公室服用」，《庚巳編》作「其間宫室服用」。

到任，故急行耳。」女垂涕問曰：「父今做官，母女孤零無依，何不挈之俱行也？」潮亦泫然，曰：「未也。汝母壽應至七十五，至期吾當自來領取。吾在彼，左右乏人，對門暑襪鋪王家女子頗淑慧，吾欲取之。」又指示女曰：「二公乃同知、通判，一昆山人姓張，一太倉人姓王，皆秀才也。與吾同選、復同僚，今俱赴任耳。」言訖馳去。時王氏女正得疾甚重，未幾果死。時有〔二〕與張潮善者往吊，聞女言如此。

【按】本文出明陸粲《庚巳編》卷一〇。

王貫

王貫，字一之，故蜀人，係籍錦衣衛，居京師，舉成化丁未進士。知縣〔三〕，到任年餘，有廉能稱。一日，忽語其妻徐氏曰：「吾當爲此地城隍，行且與爾別矣。」妻愕

〔二〕「時有」，《庚巳編》作「予親友」。
〔三〕「知縣」，《庚巳編》作「知□□縣」。

然曰：「君病狂耶？」貫曰：「不然。昨夢帝遣使銜命來，吾以家累多，宦業未成，力辭不得允，勢必須去，期在明夕耳。」又呼其子永年囑之曰：「好事若母，力爲善人。」及明夕漏下十數刻，冠帶升堂，召吏使鳴鼓，集僚屬。吏白：「深夜非時。」貫不聽。鼓竟，同官畢集，貫整容[二]曰：「予得與諸公同事，幸甚。今受帝命爲城隍，不得復相周旋。荷諸公愛甚，敢以妻子爲托，顧薄俸足以爲裝，但少賜周旋，令得歸故里足矣。」同官方怪愕，貫起向之再拜曰：「予今非狂也，今即行矣。」語訖，還內沐浴，公服端坐，呼妻子與訣，了無慘戚容。俄而，自稱頭眩，遂瞑目而逝。及明，顏色如生，同官爲殮殯，護其妻子還家。京師醫士陳希恩，貫妻甥也，因說張潮事及此。

【按】本文出明陸粲《庚巳編》卷一〇。

〔二〕「整容」，《庚巳編》作「從容」。

赤肚子

李道人者，徽之黟人，生於正德庚午望日。甫十歲，父歿，道人肆情酒色，揮金不惜，與俠妓鳳仙善。中年病羸七載，瀕死。忽有丐者，門外呼曰：「小病行藥，大病行工。」李因迎視，丐以手摩其頂，曰：「若再革旬日，必不救矣。」乃索蒐蛋五十，酒一甕，以右手摟道人膝，左手且剥且吸，頃刻而盡。初摟時，皆聞道人骨砉然有聲，凡坐七晝夜，而病霍然。問其姓名，曰：「吾乃丘長春十代孫清浄敖蓬頭也。」問宅里，則東指海上而已。於是道人與鳳仙皆卒業爲徒，三年盡得其還丹修煉之術。一日，同登天目，丐者忽不見。道人益虔奉之，築庵於萬年縣，居鳳仙爲道姑，而自棄妻子孽利，雲遊天下。初走全州之湘山，更歷太和山。與元時，聞道人共證真修。從此不着衣履，雖嚴冬大雪，赤身以爲常，人皆呼爲「赤肚子」云。

居十年，轉入終南山，與鐵帽道人爲侶。其年可數百，不知何許人。又十年之匡廬，途遇老者，跪懇之歸，道人不顧。見者曰：「彼頽然者，非爾翁耶？」道人亦不答。及探跪者，乃知是道人次子，年已古稀矣，號泣數日而去。又三年，始到茅山。

萬曆己亥，大宗伯王忠銘公迎至留都。都中上自公卿，下及士庶，皆以得睹道人爲幸。予因執弟子禮，延入太常署舍，居處旬餘。大約道人以歡喜作緣，以遊戲説法。冬夏一衲，不襦不袴，叩齒掠髮，不輟於時，浩歌大笑，不絶於口。能一日九食，又能九日一食。飲輒數斗，葷蔬惟適。上不泄，而靈根時灌；下不漏，而洞府常虚。贈以金帛，多不納，即納，悉付其弟子，隨給道路貧人。年九十有奇，而冰肌玉骨若四十許。每誡予早絶塵紛，杜絶惡趣，予不覺甘而不苦，神游於十洲三島之間也。因紀之，以傳道人之概，並期自奮以脱此窠臼云。

【按】本文明張萱《西園聞見録》卷一〇六載之，文字稍異。

詩嘲朝臣

天順辛巳七月二日，曹吉祥、曹欽與錦衣衛指揮逯杲、都御史寇深謀逆〔一〕，恭順

〔一〕「曹吉祥、曹欽與錦衣衛指揮逯杲、都御史寇深謀逆」，與史實誤。《七修類稿》作「錦衣衛指揮逯杲與都御史寇深不勝其過，而少裁抑之」。

侯吴謹聞變，告懷甯伯孫鏜，達上，不得啟門。五鼓，欽已横殺於街，舉火攻門，朝臣多避走，逯、寇二公首被殺僇，李閣老〔二〕被執，得不死。比明，孫鏜會官〔三〕大戰於四牌樓，至暮乃平，恭順亦戰死。京師時有詩云：「曹奴此日發顛狂，寇逯諸公死亦當〔三〕。學士叩頭如犬吠謂宰相李賢〔四〕，尚書鎖頸似牽羊謂吏部王翺〔五〕。萬安叩首稱三叔，恭順〔六〕當胸〔七〕戰一場。寄與滿朝當道者，將何面目見吾皇。」嗚呼！爲人臣者，不能制賊於未亂，臨難又坐觀成敗，若李賢、王翺，小人之尤也。其他諸公薄乎雲爾，惡得無罪。睹此詩詞，顏亦厚矣。

【按】本文出明郎瑛《七修類稿》卷一三，删節成文；清褚人獲《堅瓠集》三集卷一、趙吉

〔一〕「李閣老」，《七修類稿》作「李閣老賢」。

〔二〕「會官」，《七修類稿》作「會出征官」。

〔三〕此詩下，《七修類稿》有小注，曰：「謂寇深、逯杲」。

〔四〕「謂宰相李賢」，《七修類稿》作「謂李賢」。

〔五〕「謂吏部王翺」，《七修類稿》作「謂王翺」。

〔六〕「恭順」下，《七修類稿》小注云「吴謹爲恭順侯」。

〔七〕「當胸」，《七修類稿》作「當匈」。

士《寄園寄所寄》卷一二、獨逸窩退士《笑笑録》卷三等載之。

汝甯異燕

始汝甯燕秀才夫妻，年四十無子〔一〕。一日，其巢梁燕，產三卵於几上，其妻煮而食之〔二〕，一產三男子，形貌皆一，不少差别。始生時，恐其久而無别也，即蓄髮，分中、左、右三髻識之。光州守陸公，杭郡人，聞之，因適郡造其家。三子出見，童丱矣。考以課藝，大加賞譽，解贈而去。後生攜三子抵州謁謝，燕談間，生曰：「此不足爲異。聞貴治有一產三女者。」公以問人，曰：「有之。」即召其人至，乃女又與兒同庚，益異之。曰：「此天合也。」即爲主婚，各以次第配之〔三〕。其婚配後，女家云：「女母食三燕卵而生三女，其燕亦其家巢梁燕焉。」夫簡狄吞燕卵而生契，豈燕之

〔一〕「始汝甯燕秀才夫妻，年四十無子」，《耳談類增》作「汝甯有燕秀才婦」。

〔二〕「一日，其巢梁燕，產三卵於几上，其妻煮而食之」，《耳談類增》無此句。

〔三〕「配之」，《耳談類增》言：「莊静甫談不悉，過汝詢之，果然」；後爲編者所加。

異，自古已然哉？

【按】本文出明王同軌《耳談類增》卷一八；明《稗史彙編》卷四三、清王價《中州雜俎》卷一四、陸壽名《續太平廣記》卷一七、王初桐《奩史》卷六〇等載之。

王逸季夢

太倉王弇州季子士駿，素有聲藝林，而性甚佻闥，近婦女。萬曆丁酉，忽夢閻君逮至庭下，叱曰：「吾姑未罪汝！」命卒引之一室，見群麗畢集，駿偏視之，皆其平生所暱，幻形至者也。其一素不識，問卒，卒曰：「此即爾暗中誤爲某婦與合者。」駿曰：「是也。吾業悔無及，君何以示我？」卒曰：「爾第斷葷，一更前輸，可矣。」力白王，得放歸。覺而深自引咎，持齋佞佛，如是者半載餘。一夕，闈中邂逅私人，久相睥睨，遂不能禁。不數日奄化。

欲之於人，甚矣哉！即聰明男子，亦脱此窠田，冥報無以逃也。惜哉！

刀筆辨

長洲鐫工馬士龍與錢塘傭書人郭天民，同集吴叔華家。馬長而郭幼，郭不之讓，與争座。馬曰：「乳臭兒，敢我伉耶？我聞刀筆吏，抑刀在前乎？筆在前乎？」郭曰：「老賊！老賊！我有筆如刀，抑筆在前乎？刀在前乎？」馬語塞，竟讓郭坐。即俚語耶？然鬭捷一時，各擅其巧，可供談麈。

【按】本文明李在躬《萬花金谷集》、浮白齋主人《雅謔》、清褚人獲《堅瓠集》三集卷一等載之。

馬報仇

吉水王維楨判夔州，會石和尚流劫入夔，是時王同知受牒捕賊，性懦而滑，托疾不敢出。公忿，數之曰：「汝所主何事？忍委赤子餓虎口耶？」時指揮曹能、柴成與王素黨結避禍，故詭辭激公曰：「公誠爲國出力乎？某等願以身相翼。」公即日勒民兵與賊趣戰，曹、柴望走，公陷圍中，不得脱。賊欲降公，公大奮罵，賊以刀斷其喉及右臂，馬自死所，奔至府，凡三百里，府門闔，乃長嘶，蹄其扃，若告急狀。守者納之，血淋漓，毛鬣盡赤。後二十五日，子廣始得公屍，殮之。然貧甚，不能歸也，因鬻馬於王同知。王已得馬，而不償值。覩既行一夜，馬哀鳴不止，王命秣者加莝豆，亦不止。王自起視櫪，馬驟嚙其頸，不釋，復奮首搗其胸，仆之地。翌日，王同知嘔血數升死。

【按】本文出明羅洪先《羅洪先集》卷五「戰馬記」，多有删節；明王同軌《耳談類增》卷五〇、杜應芳《補續全蜀藝文志》卷二八、焦竑《國朝獻徵録》卷九八、劉元卿《賢弈編》卷三、余之禎《（萬曆）吉安府志》卷二二、李贄《闇然録最注》、余懋學《説頤》卷一、賀復徵《文章辨體匯選》卷九八、清黄廷桂《（雍正）四川通志》卷四二、黄宗羲《明文海》卷三四五、張廷玉《明史》卷二八九、來集之《倘湖樵書》卷三、王鴻緒《横雲山人集》史稿列傳一六五、《古今圖書集成》博物彙編禽蟲典卷一〇〇等載之。

黠賊

錢塘一黠賊，見林中書家銅爐瓶，列堂几，遂寫林姻家帖，極胸前，半露外，又僞寫林回帖，藏於袖，趨入林家。閽人問所自，曰：「余某家主人有帖借爐瓶。」曰：「家爺正在廳，汝自入見。」賊徘徊顧盼，見林君入，即望内作叩頭狀。須臾，攜銅爐瓶，將贋回帖仍極胸，從容而出。向閽人拱手曰：「已借得爐瓶矣。」竟肩之而去。

又桐鄉一老媪，向誦經，有古銅磬。一賊以石塊作包，負之至媪門外。人問：「何物？」曰：「銅磬，將鬻耳。」入門，見無人，棄石於地，負磬反向門内曰：「欲買磬乎？」曰：「家自有。」賊包磬，復負而出，内外皆不覺。

【按】本文第二則，見明馮夢龍《古今譚概》卷二一。即穿窬細行，非徂詐不能，視梁上君子，此較巧矣。

理齋戲語

鳳林夏五名景倩者，延師周四維訓子。以不稱，欲再延。妻曰：「何爲又增人口？」夫不從，又延羅成吾。時諸理齋先生亦館於夏，戲爲口號，曰：「夏五本是五，增口却成吾。四維又未去，如何又請羅？」又夏五甚短，妻極長，每同立，夫僅齊妻乳。先生偶見，作歇後語曰：「夏五官人罔談彼，夏五娘子靡恃己。有時堂前德建名，剛剛撞着果珍李。」一時哄然。

【按】本文明王圻《稗史彙編》卷九四、馮夢龍《古今譚概》卷二七、張岱《快園道古》卷一二、清褚人獲《堅瓠集》二集卷一、周亮工《字觸》卷五等載之。

陳明遠

興化陳明遠，嘗舉進士，過泗州，遊普照寺，見老僧讀金字《金剛經》，僧顧明遠曰：「子亦樂此耶？」遂以授之。明年，從父鑄官海陵，忽病死。將大殮，子復温，移刻乃甦。自言：「見四卒，深目虎喙，驅之西北行，勢甚暴。所經皆廣野，漸逼大河，府治嚴密。三卒先入，一守明遠於大門外。須臾，一僧乘虚而來，即泗州嘗遇授經者也。呼明遠前，使自懺悔。復有吏馳出呼明遠，則其季父鈛，亡已三年矣，云：『我今録冤簿，然非佳職也。此局置吏甚多，而簿書會稽，常若不及。』言未竟，若有呼之者，因疾馳去。僧引明遠遊旁兩廡，見囚繫數百，亦有禽獸諸蟲，悉能人言，與囚對辨。遂復引出，趨東南，見井閭人物，差類人世，但天氣垂慘，似欲雨時，而途中所遇，往往皆昔日豪俠不羈之士，趑趄狼狽，若爲物所迫，求亡匿而不可得者。俄及前所過廣野，遇溪水漲甚，僧執杖端，以末授明遠而導之。始涉淺水，既而漸深將溺，因驚呼而始蘇。」見《明遠再生傳》。

【按】本文出宋崔公度《陳明遠再生傳》，删節成文；亦見宋張邦基《墨莊漫録》卷一〇、清《古今圖書集成》明倫彙編人事典卷九九等。

張氏子入冥

御史張西銘希載，雲南人。有季弟，年十二三，得疾死，而屍不冷，家人不忍殮。三日，開目復活。母詢其所以，答云：「病中忽忽，不自省了，但覺二吏夾持我，行通衢間，人烟市肆，不異人世。到一公廨，制甚卑下，吾父及伯父並立於門，見我呼問所以來，答云：『適在家爲二吏引至此。』二父且喜且悲，詢家人安否，及生計甚悉，我一一答之。父曰：『汝〔二〕勿憂，汝命未盡，到前司當得放還。』且戒〔三〕云：『前頭〔三〕人與汝湯水，却不可食，食便不得歸矣。』吾敬諾。吏引向一司，主者未出，庭中吏卒，頭面皆詭異可怖。吾見案上有一卷書，題曰《注死簿》，揭視之，首一行曰：『某日府學生周某午時死，府吏朱某戌時死。』又欲視其次，二吏見之呵，曰：『小兒那得看此。』以手掩之。已而主者出，呼問姓名，檢簿看畢，曰〔四〕：『非也，姓同名異，所追誤矣。』命吏送還。仍到向處，二父猶在，喜謂我曰：『從此去，可速達家。』遂循而歸，不覺便活耳。」母聞其言，不甚信，遣人陰察兒所言二人。至其日，周生者，晨自學舍歸，及門中風，至午死。朱生晚間猶無恙，至昏時，而鎮守内臣過其地，朱正轄夫役，以人數不足死杖下，時刻不爽。始大異之。時希載從宦於外，母貽書，令市褐紗五百匹，制僧服，爲兒懺悔。希載道吴江，以托盛醫官買之，爲盛具

〔二〕「汝」，《庚巳編》作「兒」。
〔三〕「戒」《庚巳編》作「示戒」。
〔三〕「前頭」，《庚巳編》作「前路」。
〔四〕「曰」，《庚巳編》作「叱曰」。

說如此。

【按】本文出明陸粲《庚巳編》卷一〇。

嚴震直

嚴震直，字子敏，湖之驥村人，有寵高皇帝朝，纍官户部尚書。後奉使安南，死於途，歸葬郭外。他日，有舟過其墓側，遇一老公附舟，云：「欲至驥村。」及到嚴氏宅前，謂舟人曰：「我入内，使家人以錢畀汝。」乃登岸，一足踐於水，濡其靴。既入，久而不出，因叩[一]其家曰：「適有老公附舟，入門，今安在？」訝曰：「無之。」顧地上有足跡，循之，乃入家廟中，視嚴公像，一足靴果濕，方知是神歸也。

【按】本文出明陸粲《庚巳編》卷一〇。

[一]「叩」，《庚巳編》作「扣」。

唐玘

吴縣吏唐玘，嘉定江灣鎮人，年十八，習吏事。嘗送客入城，歸倦甚，隱几而臥。忽冥然如夢，見兩皂衣牽馬來，曰：「昆山某官邀君飲。」玘便上馬，馳出嘉定北門，入昆山南門，逕迤環城而行。忽復有二人出，持牒叱曰：「吾，山王遣來，追違限者，汝不得復乘馬。」即捽玘至地，出袖中綆，繫其頸。行抵山王廟門下，入報。内傳呼召入，跪於庭。神衣黄袍，插金花，侍衛甚衆，謂玘曰：「知汝有吏才，特召來，爲我掌四殿八廂公牘。」指階上竹筒十六示之曰：「此皆文案也。」山王爲昆城妖神，玘素知，自念一承職，永不得生矣，因力辭曰：「某素不諳吏事，亦不識一字，惟大王哀免。」再三强之，固不從。神怒，叱左右加刑，五毒備極，痛苦不堪，而玘執詞愈堅，神無如之何。乃令行刑者提置廡下，而别書牒，令人持去，追某縣〔二〕某人來。去約半日，追至一人，神復以前語語之，此人忻然拜命。神喜，即爲易冠服，領十六筩，退

〔二〕「某縣」，《庚巳編》作「其縣」。

入司中。神呼前兩人，送玘付土地祠，令轉達東嶽還魂。

至祠，土神冠珮出受牒，自遣部下兩隸〔二〕送詣嶽祠。既到，停門外，入投牒未出，玘望之，見嶽帝冠冕赭袍，據案治事，侍立皆紫衣紗帽者，不知幾百，而庭下往來擾擾，又數百人。玘自念：「吾方足痛，恐入門，諸人不堪踐踏。」躊躇間，忽門内有人出呼，曰：「郎君何爲在此？」視之，乃唐氏故僕也。玘具説前事，僕曰：「郎君當復生，吾今送歸。」玘告以足痛，僕曰：「當覓一舟相載也。」扶玘至岸下，一空舟無頭尾，僅有腹，掖登之，縮脚而卧。僕立舟上，不見其鼓棹，而舟自動。祠下去家約四十里，頃刻已至，又掖而升岸，回顧，失僕及舟所在。入門，爲門限所蹶，惺然而寤，以手捫四壁，不可出，已知在棺中也。乃以足蹴其板，家人聞而駭之，亟揭棺蓋，視玘已活，距死時四十七日矣。欲扶出之，憊不可起，破棺後一板，始得出。灌以姜汁，氣息才屬，而雙目昏暗，手足皆傷，厭厭未有生意。

方謀迎醫，忽有全真道士，過門乞齋，聞之，謂其父曰：「吾能治之，但須先灸

〔二〕「兩隸」，《庚巳編》作「兩人」。

其胸穴，若知痛，乃可生也。」父喜，引入，爇艾灸之。火方燃，遽呼痛，道人曰：「生矣。」然猶不能言。道人出囊中紫藥一錠，形制如墨，令研碎，以米汁調其半灌之，留半以待昏時服。藥盡，則能言而行矣。家人如教，治具以待。道人不食，止啖水果數顆，及酒三杯而已。抵暮告去，去未久，家人覓所藏藥，已失之，於是交相尤恨，以爲必無生理。詰旦，道人至，告以故，笑曰：「不足惜也。」復出半錠與之，正昨所失者。家人愚，不以爲異，贈以十金，道人笑曰：「我方外士，安用金爲？」又以布二十匹，曰：「且留之，明日來取。」遂去，竟不復至。玘得復生〔二〕之後，備述冥中事如此。

【按】本文出明陸粲《庚巳編》卷一〇。

張都憲

都御史張公泰，肅寧人，少時貌極醜。嘗得危疾，夢其父以罪被逮，當論死，已

〔二〕「復生」，《庚巳編》作「生」。

白於官，請以身代。官聽之，即械赴市中就刑，揮刀霍然頭落，其魂遂入冥司。見閻君，曰：「此人無罪，應得受生。判生山東民家爲男子。」遣吏卒押送。見一大雞前導，己隨而行，其年蓋屬酉云。至其家，婦適坐蓐，遂投胎而生。既浴，置炕上，家人環視，或指之曰：「好一小兒。」俄身漸長大。又曰：「何詎如許？」遂蹶然而覺，乃長眠榻上，冥然經日矣。旦起，家人視之，皆驚而不識，豐頤偉貌，迥異曩時。公具言所夢，益相怪駭，久之，稍稍察其聲言居止〔三〕，與舊不殊，乃信之。公後舉進士，歷任至今官。

幼女殺二虜

沿塞居民苦虜，有穿井以待者。虜至，則舉家入井匿其旁，虜不能害。偶一家夫婦已老，只育一女，甫十五，將入井避虜，而虜已迫，夫婦相攜奔山顛，只女入井中。

〔三〕「聲言居止」，《庚巳編》作「聲音舉止」。

二虜見之，以爲奇貨。一虜入井，以繩縛女，一虜居岸者，攜而上，解其繩，與井中虜自縛，岸虜復攜之，將至半，而岸虜力竭，有憊狀，幼女伺其傍，遂奮力推之下井。二虜方計不知所出，女即呼父母下山，以石亂抛井中，二虜俱斃。女之父，斬二首以獻，得厚賞。經歷孫金吾談。

丹客

客有以丹術行騙者，假造銀器，盛輿從，復典妓爲妾，日飲於西湖，鷁首所羅列器皿，望之皆朱提白鏹。

一富翁見而心豔之，前揖問曰：「公何術而富若此？」客曰：「丹成，特長物耳。」富翁遂延客，並其妾至家，出二千金爲母，使煉之。客入鉛汞，煉逾十日，密約以長鬣突至，詒曰：「家罹内艱，盍亟往。」客大哭，謂主人曰：「事出無奈，可煩主君同余婢守爐，余不日來耳。」客實竊丹去，又囑妓私與主媾，而主不悟也，遂墮計中。與妓綢繆數宵而客至，啟爐視之，佯驚曰：「事敗矣。汝侵余妾，丹已壞矣。」主君無以應，復出厚鏹酬客，客作怏怏狀去，主君猶以得遣爲幸，卒不悟已爲客賣也。嗟嗟！始爲利誘，既爲色迷，求羨得贏，又奚怪焉。

【按】本文見明馮夢龍《智囊》雜智部、《古今譚概》卷二一、清張貴勝《遣愁集》卷八等載之，明凌濛初《初刻拍案驚奇》卷十八「丹客半黍九還，富翁千金一笑」據以爲本事。

鬻柑

檇李旅店，忽一老人杖策荷篠，以賣柑爲事。及暮，必醉，醉必浩歌甚樂，如是者月餘。其柑不販不益，而鮮紅美潔，日滿於器。主人疑之，夜偵其狀，見老人用香爐盛土，植柑於内，輕手拂拭，口若誦咒，隨即屈膝偃卧。爐中，俄而葉，俄而花，又俄而實，遲明則纍纍垂熟矣。主人奇其術，因與結歡，密邀飲，願受教。老人曰：「此太上養道法。給身有餘，給家不足。君有家口累，縱學無益於君。」主人哀懇數四，拜伏不起。老人曰：「君意既誠，當教汝。第市肆，非煉學之所，須往深山授之。」因與約日偕行。主人喜極，且私計曰：「此術甚簡妙。若夕種千頭，則朝得萬錢，不數富可大富，何謂『止可給身』乎？」及朝欲行，老人曰：「君貪心甚熾，已爲太上所覺，事難教矣。不然，予罪且不可免。」主人嘿然，再拜謝過。老人曰：「機心既露，雖悔何及？」越宿，老人竟去，不復來矣。明年，有同店者，又見老人在廬州賣枇杷矣。

【按】本文出明周紹濂《鴛渚志餘雪窗談異》卷上，删節成文；亦見《嘉興府圖經》卷二〇、明胡文煥《稗家粹編》卷五等。

還孤地

吉水灘頭一豪家造樓，占逾其孤侄嫠嫂地基僅一間許〔一〕，其孤嫠莫誰何〔二〕，惟旦夕焚香，稽首叩天〔三〕。一日，半空中〔四〕忽大雷電風雨，移其樓，空其地，以歸孤嫠。

〔一〕「一間許」，《簪齋瑣綴録》作「一間」。
〔二〕「莫誰何」，《簪齋瑣綴録》作「吞聲忍氣」。
〔三〕「叩天」，《簪齋瑣綴録》作「籲天」。
〔四〕「一日，半空中」，《簪齋瑣綴録》作「弘治二年五月十八日夜」；本文將此句，移至文末。

至晚〔二〕，衆人〔三〕視之，不失尺寸。弘治二年五月十八日事也。

【按】本文出明尹直《謇齋瑣綴録》卷六，明李默《孤樹裒談》卷九、施顯卿《奇聞類記》卷一、張萱《西園聞見録》卷一〇七、李贄《闇然録最注》、李纁《古今藥石》卷下、清來集之《倘湖樵書》卷四、蕭智漢《月日紀古》卷五、王初桐《奩史》卷一八、孫之騄《二申野録》卷三等載之。

施藥陰功

嚴冢宰，滇人，父故能醫。一日，鄰有醫者，死三日復蘇，語人云：「至一大第宅，有穹碑，主者令亟記碑上語，傳示人間。語曰：『醫生嚴用和，施藥陰功多。自壽添二紀，養子登高科。』」誦畢，遂瞑。已而冢宰生，弱冠登甲辰第。

【按】本文所謂嚴冢宰，即嚴清（一五二四～一五九〇）。其文見明劉萬春《守官漫録》卷一、

〔二〕「至晚」，《謇齋瑣綴録》作「至曉」。
〔三〕「衆人」，《謇齋瑣綴録》作「人」。

張萱《西園聞見録》卷一六、李贄《闇然録最注》、清褚人獲《堅瓠集》秘集卷一等。

潘婦

肇慶府學生程衡之妻，潘婦訓導陳紀召，之遷文昌諭也，寄銀二百於衡，音問不聞。越五載，紀召與衡皆死矣，家又犯盜。或説之，可因而爲利。潘曰：「利人之有，不義；敗夫之名，不仁。」待紀召子思忠至，乃舉還之，封識如故。事在隆慶庚午年間也。夫潘非有學問之素，而廉操自其天性。閨闥之内，幽獨之守，亦從心之所安耳。

【按】本文見明李贄《闇然録最注》、李紹文《皇明世説新語》卷六、清江藩《（道光）肇慶府志》卷一九、阮元《（道光）廣東通志》卷三一七、萬斯同《明史》卷三九五等。

誤死

少參梁公，自言微時曾病死，兩無常縛之以去，見城隍，居於側室。梁至案前，隍索籍按之，駭曰：「誤矣！公後禄尚遠，何故至此？」重撻兩無常，命乘輿而返。掾卒數輩，皆索錢，答曰：「我得活，願重酬。」掾卒又附耳曰：「君若不靳，可置廊下，受惠多矣。倘一進殿内，當爲官物，我輩何有焉？」少頃，梁蘇，即呼弟，持錢十萬，化於城隍廟之側廡。及歸，言：「大殿方在修葺，神遷千傍。」竟與死時所見相合。後萬曆壬午歲，余家司馬與梁公同寅楚藩，所談甚悉。梁諱問孟，河南衛輝人，登乙丑傍，官至僉都御史。

竹月三無

廣文姓王，號竹月者，老邁而髮齒已落，更闕一耳。其同僚戲爲之語曰：「竹月號三無，無恥之恥無；然而無有爾，則亦無有乎？」聞者皆絶倒。

偶繡衣使者莅府，各縣屬候見於官署中，談及「三無」之語，以爲笑謔。及縣令與竹月同至繡衣前，而睹其狀，思及前語，不覺笑有聲。繡衣疑令慢己，詰之，令因以實對，繡衣亦大笑，疑遂釋。

【按】本文見明馮夢龍《古今譚概》卷二〇、清褚人獲《堅瓠集》二集卷一、獨逸窩退士《笑笑録》卷四等。

男飾

金陵女黄善聰者，年十一，失母，父販爲業，乃令爲男飾，旅遊數年。父死，詭姓名爲張勝。有李英者，亦販，自故鄉來，不知其爲女也，因結爲伴，寢食與同，恒稱疾，不脱衣襪。逾年，與英偕返鄉，已年二十矣。突然峨巾，往見其姊。姊謂：「我本無弟，惟小妹隨父在外。爾胡爲來？」乃笑曰：「我即善聰也。」已而泣語之故，姊惡之，曰：「男女同處，何以自明？」因拒不納。善聰不勝其憤，曰：「苟有污，死未免也。」姊信之，始返初服。越三日，英來候，善聰出見，英大驚愕，歸忽忽如有所失，英母憂之。以英猶未娶，乃求婚焉。善聰不從，曰：「此身若竟歸英，人其謂我何？」親鄰交勸，不得已從之。

按女易男飾者，南齊有東陽婁逞，五代有臨邛黄崇嘏、國初蜀有韓貞女，茲又見善聽焉。

【按】本文見明馮夢龍《智囊》閨智部、謝肇淛《五雜俎》卷八、清張廷玉《明史》卷三〇一、陳絳《金罍子》下篇卷七、黄瑜《雙槐歲鈔》卷一〇、焦竑《焦氏筆乘》卷三、田藝蘅《留青日札》卷二〇、王圻《續文獻通考》卷七九、徐應秋《玉芝堂談薈》卷一〇、清褚人獲《堅瓠集》餘集卷四、穆彰阿《（嘉慶）大清一統志》卷七六、王初桐《奩史》卷六一、張貴勝《遣愁集》卷一三、趙吉士《寄園寄所寄》卷六等。明馮夢龍《喻世明言》卷二八「黄善聰男裝原是女扮，李秀卿結弟却成娶妻」正文敷衍之。

尼計殺賊

語溪東里三元廟女尼，奉神甚虔。五月間繅絲，有人祈籤神前，夜將盜之。尼偶覺，至夜滚燒繭湯，自匿灶傍，屏息以俟。果有賊穿垣而入，將取絲，尼即以湯潑賊，賊立仆。尼慮累己，移屍於河。明日，其兄從屢潭經過，見一屍浮水，有巨蛇繞頸，逼視，乃其弟也。屢潭去尼所三十里許，時非急流，不知一夕何以至彼，而又有蛇繞，豈神默祐尼而示之報耶？

子娶母

秀水鄉民李傑，萬曆庚辰歲祲，不能聊生。一估舟泊河下，以妻易麥十石，子甫離襁褓，捨之而去。未幾，父亡，叔撫之。丙申歲，子年十九，客河南光山縣，有羨金，欲買婦。里有孀婦，將再醮，媒以秀水客言，婦欣然有首丘之思，遂偕伉儷。到家，子先登岸，語叔曰：「此行幸獲利，又娶室歸矣。」叔欣然曰：「幸甚！」頃之，婦入，叔熟視，大驚，曰：「此即汝母！」詳詰，果其母也。子自經死。夫母醮凡三，原非完婦，遇合不幸，無足憫者。獨其子無心，遭此人倫窮極，飲痛以死，天何令至此耶？

凌司寇殺儒

凌司寇雲翼，蘇州人，貴介自恣，不束其僕。吴縣學生章士偉，憲副美中公之子，憲副卒，偉賃凌别舍。初移居，偉書春聯數幅，攤几上，凌僕懷之而去，偉詈之，竟被凌僕捶楚死。諸生聚城隍廟，相誓戮力鳴冤。誓畢，即往訴雲翼。翼知諸生之來，預集壯僕百許，棍杖、穢惡等物畢具。諸生未及數語，翼大詬罵，即入，門早扃，擁衆撲擊，諸生伶仃狼藉，僅啟門檻，從下一一鑽去，巾帽衣靴，零落殆盡。有被重傷者，不數日悉斃。郡中刊《坑儒圖》，臺省交章盡詆其惡，子僅謫戍，以僕填命云。

【按】本文所敘凌雲翼毆死章士偉之事，《神宗實録》卷一九八、朱吾弼《皇明留臺奏議》卷一八、沈德符《萬曆野獲編》卷一四、清談遷《國榷》卷七、卷七四、萬斯同《明史》卷三一五等並記其事。

新羅僧

武林馬生季玉，少參禪理，茹素誦經。萬曆己亥季冬，往括蒼訪友歸，恍惚失足至深谷。梵宫隱隱，天暮往假宿焉。地絶清幽，望竹林有佛火，小寮間坐一老僧，方瞳修眉，廣頤長耳，披布衣一二層。季玉詢知爲新羅國介師，合掌再拜，力叩禪機。

師曰：「汝從何處來？」曰：「錢塘。」「汝從何處去？」曰「錢塘。」師曰：「汝知所自來，知所自去，便是禪機。」次早，季玉歸，潛以所攜金納曇旃下，師已知之，曰：「留此無用。」命侍者與碎之，縫於衲中。行未兩日，雪下數尺，途中僵凍無算。季玉得碎金易食，免於死。以嶂巒峻僻，不能再往，嘗以爲恨。

雌鴛投釜

淮安[一]鹽城大踪湖漁夫弋一雄鴛，刳削置釜中煮之。其雌者隨棹飛鳴不去，漁夫方啟釜，即投沸湯中死。漁夫見之大駭[二]，不敢食。洪振父談。

【按】本文見《（正德）淮安府志》卷一五、《（天啟）淮安府志》卷二四、清《古今圖書集成》博物彙編禽蟲典卷四七、張潮《虞初新志》卷一八《聖師録》、來集之《倘湖樵書》卷六等。

[一]「淮安」前，《（正德）淮安府志》有「成化六年十月間」句。

[二]「見之大駭」，《（正德）淮安府志》作「怪之」。

桂林義姑

桂林女年十七，未字人，父若母，皆早殞。止一兄，客死長淮，遺孤僅數歲，家貧甚，無以供朝夕。嫂有異志，姑徐謂曰：「即不幸兄先朝露，尚遺此一脈，黄口呱呱，母氏忍相遺耶？『我心匪席』，願矢志終身，兩人者相依存此孤。」遂截髮誓不適人，卒以全嫂節，而撫兄孤。

夫姑特一女子耳，完節保孤，丈夫所難者，女子能之。史稱：齊軍壓魯，魯姑棄己子而抱兄子，坐却齊軍，而魯以全。如桂林姑者，不亦千秋比烈哉！祝給舍談。

索柑駢語

德清章選部之弟叔達，少機敏。一日，同數友過凌太學家，几上見佛手柑，一友有睥睨意，生平以四六自負者，凌戲曰：「君第爲四六語索之，何如？」叔達曰：「我代爲之。」信口曰：「睹君佛手，頓生盜心。若靳分香，甯甘遺臭。」一坐絶倒。

【按】本文見清褚人獲《堅瓠集》補集卷六。

詠「尹」字

京兆尹訪蘇環〔一〕，既去〔二〕，環令男頙〔三〕詠「尹」字。乃詠〔四〕曰：「丑雖有足，甲不成身〔五〕。見君無口，知伊少人。」其敏捷如此〔六〕。張給舍談。

【按】本文出唐鄭處誨《明皇雜録》卷上，删節成文；宋李昉《太平廣記》卷一七四、曾慥《類説》卷一六、阮閲《詩話總龜》卷二、謝維新《事類備要》前集卷三一、佚名《錦繡萬花谷》後集卷一五、計有功《唐詩紀事》卷一〇、元陰時夫《韻府群玉》卷一〇、陳耀文《天中記》卷

〔一〕「蘇環」，《明皇雜録》作「蘇瓌」。

〔二〕「既去」，《明皇雜録》無。

〔三〕「環令男頙」，《明皇雜録》作「命頙」。

〔四〕「乃詠」，《明皇雜録》作「乃」。

〔五〕「成身」，《明皇雜録》作「全身」。

〔六〕「其敏捷如此」，《明皇雜録》無。

二五、查應光《靳史》卷一〇、蔣一葵《堯山堂外紀》卷二五、馮夢龍《古今譚概》卷二八、陳禹謨《駢志》卷四、彭大翼《山堂肆考》卷九一、徐柏齡《蟫精雋》卷一四、黄學海《筠齋漫録》續集卷下、許自昌《捧腹集》卷一、張自烈《正字通》卷三、清周亮工《字觸》卷五、況周頤《眉廬叢話》等載之。

誤解詩

經生多有〔一〕不省文章。嘗一邑有兩人同官，其一或舉杜荀鶴詩贊「也應無處避征徭」之句，其一難之曰：「此詩誤〔二〕矣，『野鷹』何嘗有『征徭』乎？」舉詩者解曰：「必是〔三〕當年科取翎毛耳。」

【按】本文出宋劉攽《貢父詩話》；宋曾慥《類説》卷五六、阮閲《詩話總龜》卷三九、明謝

〔一〕「多有」，《詩話總龜》引《貢父詩話》作「多」。
〔二〕「誤」，《詩話總龜》作「失」。
〔三〕「必是」前，《詩話總龜》有「古人有言，豈有失也？」句。

肇淛《五雜組》卷一六、馮夢龍《古今譚概》卷六、查應光《靳史》卷二四、清鄭方坤《五代詩話》卷二等載之。

辯潘四死

吴興潘編修子文陽，死於非命，載《前編》，未確。文陽素性殘戾，家僕鮮當意者。萬曆戊子六月，輸粟入南都，止攜一僕。過姑蘇，買少年善謳者三人。閨中獨挈妾之婢春桃與俱。春桃妖而淫，與一少年調謔，彼此有心，而未之遂。又諸僕恨主鞭朴，且垂涎主人金，獨礙故僕，難於措手，後故僕亦遣歸。閏六月間，遂以藥酒中文陽，與春桃淫畢，起剜割主體如女屍，藏之地板下，共分金闔扉，攜春桃出門，紿逆旅主人曰：「吾主往淮，數日必歸。」途中賣春桃，而各操厚貲還家。

南邸喧傳，潘公子殺春桃逃矣，逆旅主人懼累己，鳴之官。官至啟門，止空室，獨穢氣從板下起，開視一屍，類女，移牒吴興，拘文陽抵罪。前歸僕曰：「彼三惡少，必作不軌矣。」令人徧緝，悉獲。詰春桃，則已賣金華作倚門婦矣，遂拘之，與三惡少俱坐死。是年仲春至孟夏，文陽應死者有三：殺僕妻一，置妾死一，盜斧劈一，俱幸免。乃南行，竟罹大禍。豈天欲酷示之罰，而故緩其死耶？

余又謂僮僕佻闥者，不可暱，亦遠害之道也。陸午臺爲司寇時親鞫。

【按】本文出明祝允堅《梅花渡異林》卷四「時事漫記」。

牛王

有客自中原來者，云：「北方有牛王廟，畫百牛於壁，而牛王居中。」問：「牛王爲何人？」乃冉伯牛。

【按】本文出宋高文虎《蓼花洲閑録》；亦見元俞琰《席上腐談》卷上、明陸楫《古今説海》説纂部、陳耀文《天中記》卷二九、查應光《靳史》卷二八、清潘永因《宋稗類鈔》卷七、梁學昌《庭立記聞》卷二等載之，清李緑園《歧路燈》第一百一回「盛希瓊觸忿邯鄲縣，婁厚存探古趙州橋」言及：「午後，到臨洺關，同謁冉伯牛祠，還説有伯牛墓。譚紹聞道：『伯牛有疾，見於《魯論》。伯牛，魯人也，爲何遠葬於此？』婁樸道：『唐宋間，農民賽牛神，例畫百牛於壁，名百牛廟，後來訛起來，便成冉伯牛廟。這也是没要緊的話。』」

姓名戲

陳亞自爲「亞」字謎，曰：「若教有口便啞，且要無心爲惡。中間全没肚腸，外面强生稜角。」

【按】本文宋吴處厚《青箱雜記》卷一、佚名《文酒清話》、阮元《詩話總龜》卷三八、曾慥《類説》卷四、祝穆《事文類聚》别集卷二〇、明郭子章《諧語》卷六、許自昌《捧腹集》卷三、查應光《靳史》卷一七、蔣一葵《堯山堂外紀》卷四五、馮夢龍《古今譚概》卷二九、清褚人獲《堅瓠集》三集卷二、周亮工《字觸》卷五、潘永因《宋稗類鈔》卷六、張玉書《佩文韻府》卷六、三之七、梁章鉅《浪跡叢談》卷七等載之。

義鷹

婺州州治古木之上有鷹巢，一卒探取其子。郡守王夢龍，方據案視事，鷹忽飛下，攫一卒之巾〔一〕。已而知其非探巢者〔二〕，銜巾來還，乃徑攫探巢之巾而去。太守詢〔三〕其故，因杖此卒〔四〕。夫禽鳥之靈如此。攫巾，固已異矣，誤攫而還，還而復攫，尤異〔五〕。方堪輿談。

【按】本文出宋羅大經《鶴林玉露》卷三「婺州鷹巢」；明徐咸《西園雜記》卷上、劉元卿《賢弈編》卷三、彭大翼《山堂肆考》卷二一二、清來集之《倘湖樵書》卷一〇、華希閔《廣事類賦》卷三六、張英《淵鑒類函》卷四二六載之。

〔一〕「攫一卒之巾」，《鶴林玉露》作「攫一卒之巾以去」。
〔二〕「探巢者」，《鶴林玉露》作「探巢之卒也」。
〔三〕「詢」，《鶴林玉露》作「推問」。
〔四〕「因杖此卒」，《鶴林玉露》作「杖此卒而逐之」。
〔五〕「攫巾，固已異矣，誤攫而還，還而復攫，尤異」，《鶴林玉露》作「其攫探巢者之巾，固已異矣，於誤攫他卒之巾，復銜來還，尤爲奇異。世之人，舉動差繆，文過飾非，不肯認錯者多矣。夫子所謂『可以人而不如鳥乎？』」

賢夫人

臨江御史盧秩配嚴氏，秩按直隸時，保定千户朱剛無辜歐殺三人事露，以白金二千兩、黄金二百兩，僞爲秩家書，送夫人求活。嚴得書覺僞，令子懷誠，執送法司，坐以律，於是秩名位益顯。見王侍郎《却金傳》。

【按】本文出明王偉《賢婦却金傳》，删節成文；明劉松《（隆慶）臨江府志》卷一二載之。

神刀

唵嗒之國，有刀如竹葉者，刮垢輒如新。時申瑶泉〔一〕柄政，僅得其一。癸未〔二〕殿試，子用懋〔三〕挾之以入。懋與朱國祚〔四〕聯座，中貴人有以饌貽懋者，偶污朱卷，朱方

〔一〕「申瑶泉」，早稻田大學藏《續耳譚》作「王天寺」。

〔二〕「癸未」，早稻田大學藏《續耳譚》作「癸□」。

〔三〕「用懋」，早稻田大學藏《續耳譚》作「一峰」。

〔四〕「懋與朱國祚」，早稻田大學藏《續耳譚》作「峰与韩应龙」。

惶懼，而申即以刀刮之，毫無痕跡。是年，朱廷試第一。夫朱[二]宜大魁矣。何以倏污其卷，豈天欲以顯小匕之神奇耶？然則是刀也，來自毳幕之遥，入於黄扉之邃，若天預爲朱公設也。方朱公傳臚[三]之辰，兩燭遠峙，而交輝於庭，靈異何炯灼哉！語稱「天下福」，信非偶矣。

厠生

嘉靖末，福清葉養陽公配林氏，避島寇之外家。適彌月，俗謂「女歸而産，於家不利」，共驅之出。林無所依歸，敗厠而生兒，因名曰「厠」。未幾，寇復大至，林抱兒徒步，足盡瘃，匿叢莽中。兒啼不止，林祝曰：「爾果吾兒，當止啼。」兒啼遂止，賊睨而過之。亡何，走失道，至海壖，海水鹹，漬膚盡潰。頃一老父，過而詫曰：

[二]「朱」，早稻田大學藏《續耳譚》作「韩」。
[三]「朱公」，早稻田大學藏《續耳譚》作「韩公」。

「賊且至，爾以兒與我，我爲爾負兒，前路當還。」林初不忍，賊漸迫，乃拉淚與之。踉蹌行至前，則老父以抱兒待矣。問姓名不答，忽不見。林子三，其一今少宗伯向高，即厠生者。史稱稷感帝武，契出鳦卵。天生偉人，固自不凡。宗伯生於厠，天顯之矣。見郭祭酒傳。

【按】本文出明郭正域《合併黄離草》卷二三「林宜人傳」，删節成文；明葉向高《蒼霞草》卷一六「先母林孺人壙志」、清郝玉麟《福建通志》卷二七三等載之。

僧化棺

正德間，洛中士人張夢賢素奉釋教。時有一僧來募化，與齋不食，與鏹不取。日必一至，家人頗厭詫，且詰其所以來，亦不答，如是者月餘。賢先是曾得奇疾，幾危，置一柩，虚於家。僧必欲得此，家人又大詬，賢獨慨與。越十四年，賢舉於鄉。又六年，授某邑令，晉兵部主政，奉使琉球，遘疾將終。忽一僧不知從何來，語賢曰：「今日送柩還汝，柩在廣化刹中。」語畢，忽不見。賢云：「即往時募化僧也。」令家人至剎，前柩宛然在。未幾，賢果死，遂以貯之。異哉！余叔汝藝談。

兗州嶽廟

兗州府嶽廟，素著靈跡。弘治中，蘇州[一]龔元之知府事，嘗於中夜聞有鞭朴聲，以問左右，左右有知者，具言廟之神異，元之弗信也。凌晨往謁廟，無所睹，召言者責之。其人言：「但須至誠，乃得進見。」明日，齋沐更衣，以夜往，祭禱良久，門啟而入。見五人冕服如王者出迎，延坐賓位。元之辭讓，王者曰：「公，陽官，予，陰官也。於職事無統攝，請坐。」已而進茶，元之未敢飲，神曰：「此齋筵中茶也，飲之無害。」元之請曰：「聞有十王，彼五王安在？」曰：「已赴齋矣。」求觀獄，辭曰：「獄禁嚴，不得入。有一事，當以奉觀耳。」命舁一僧至，熾炭炙其背，曰：「是此地某寺僧也，平日募緣所得，皆供酒食費，不修殿宇，故受罰如此。」問曰：「猶有解

[一]「蘇州」，《庚巳編》作「吾蘇」。

乎？」曰：「今改過，則可免也。」遂辭出。既歸，使人密訪其僧，正患背疽且死，告以所見，僧悔懼，傾貲修建，病却愈。

【按】本文出明陸粲《庚巳編》卷一「兗州嶽廟」；明施顯卿《奇聞類記》卷四、胡文煥《稗家粹編》卷四、張應武等《（萬曆）嘉定縣志》卷一七載之。

守銀犬

閶門一民家〔一〕，以開行爲業。家蓄一犬甚健，日臥一檻旁，頃刻不離。人有至其所者，輒噬之。家人相戒，莫敢犯。有商人至門，不知而近之，犬噬其股流血。商號呼罵其主，其主亦惡犬，謝曰：「君姑勿怒，明日當烹之共食耳。」商歸邸中，夜夢若有告之者，曰：「吾乃主人之父也，死若干年矣。有銀數百兩，埋檻下，生時不及語吾子，子不知也。一念不忘，復生爲犬，所以朝夕不去者，蓋前此冥數，未可傳於子，

〔一〕「一民家」後，《庚巳編》有「忘記姓名」句。

故守以待之耳，不意誤犯君。今子欲烹我，我欲告以故，彼必不見信，君幸往見之，令不吾殺也。」商竦然驚覺，即起奔詣其家，叩門〔二〕，主迎〔三〕，商問：「犬安在？」則已被烹且熟矣。商人惋恨，具語以所夢，其主猶未信。商請驗之，撤檻，果得一瓦缽，盛銀四百餘兩。痛悔無及，乃裹〔三〕其犬而瘞之。

【按】本文出明陸粲《庚巳編》卷一「守銀犬」。

村民遇土地

鄉中小民〔四〕于某，嘗出行，遇一老人，自稱土地，呼于名曰：「汝將死矣，我特來報汝。」于曰：「我方壯年，無疾病，何爲而死？」不顧而行，老人忽不見。數日

〔二〕「叩門」，《庚巳編》作「扣門」。
〔三〕「主迎」，《庚巳編》作「主出迎」。
〔三〕「裹」，《庚巳編》作「哀」。
〔四〕「鄉中小民」前，《庚巳編》有「家君又説」。

他出，仍遇之，又謂曰：「汝必[一]死矣。」于曰：「我死何如？」老人曰：「汝當落水死。」于强辭拒之，而意甚恐。居無何，鄰村有與于同姓名者，以他事赴水死，而于竟無恙。豈鬼神亦有誤耶，抑聊戲之也？

【按】本文出明陸粲《庚巳編》卷一「村民遇土地」。

王組

長洲學生王組，弘治己酉初，應鄉試時，有校官托所親鬻舉於蘇，適無願者，亟欲賤售焉。同學生奚純來，招組共圖之，事濱就矣。一夕，組夢身中鄉試六十七名，甫中試而父死，妻繼死，妻之父亦死，俄而，身亦死。及覺，心怪之，旦[二]往見純，秘不言夢[三]。純怒，責以重利輕名，曰：「我即自爲之，計所費，不過數十金。」已

[一]「必」，《庚巳編》作「必將」。

[二]「旦」，《庚巳編》作「且」。

[三] 此後，《庚巳編》尚有「但托以年幼學疏，不欲暴得名第，辭不就」句。

如果〔二〕中式，名次正如所夢。緪方以爲異，既而其父與妻之父，相繼皆死，緪益異之。居無何，純竟死。緪乃以所夢告人，曰：「使當時我爲之，今已入鬼録矣。」科名之不可以僥倖得也如此。

【按】本文出明陸粲《庚巳編》卷一「王緪」；清李世熊《錢神志》卷五載之。

靈芝

弘治癸亥，予里人陸忠家，牆下産一芝。明年，連産九本，亦有重臺者，五彩爛然，後皆拔去。予曾得其一枯莖藏之。

【按】本文出明陸粲《庚巳編》卷一「靈芝」。

〔二〕「已如果」，《庚巳編》作「已而果」。

三足鱉

庚午夏，太倉州有百姓，道見漁者，持一鱉而三足，買歸，令婦炰之。既熟，呼婦共餐，婦不欲食，出坐門外。久之，不聞其夫聲，入視，已失所在，地上止存髮一縷，衣服冠履，事事皆在，如蜕形者。驚怖號唤，里甲〔一〕聞之，以婦謀殺夫而詐諉也，録之官。知州莆田黄廷宣鞫之，得其情，以爲異物，理或當有，歸婦於獄。召漁者，立限令捕三足鱉來。數日得之，以獻。即於官廳，召此婦依前烹治，而出重囚令食之，食畢，引入獄，及門已化盡矣，所存衣髮，皆與百姓同，乃原婦罪。

漁魚〔二〕云：初被網〔三〕於川，舉網驚其太重，及岸視之，見〔四〕一肉塊如人形，五官俱具，而無手足，閉目蠢動。漁大驚怕，擲之水中。又别網一所，得物狀亦如之。群

〔一〕「里甲」，《庚巳編》作「里中」。
〔二〕「漁魚」，《庚巳編》作「群漁」。
〔三〕「初被網」，《庚巳編》作「初被命，網」。
〔四〕「見」，《庚巳編》作「乃」。

漁懼，共買牲酒祭水神，禱曰：「我輩奉命於官，尋三足鱉，乃連得怪物，如違限，必獲罪矣。惟神祐之。」禱畢而網，乃得畢〔二〕焉。竟不知前二物爲何也。

按《爾雅》曰：「鱉三足爲能。」注云：「今陽羨君山上有池，中出三足鱉。」又《山海經》曰：「從山多三足鱉。」是物，世亦有〔三〕，但人食而化，傳記所無。然一舉而得二異，尤前所未聞也。

【按】本文出明陸粲《庚巳編》卷一「三足鱉」；明楊儀《高坡異纂》卷下、王圻《稗史彙編》卷一六一、張岱《夜航船》卷一七、清陳芳生《疑獄箋》卷三、褚人獲《堅瓠集》壬集卷四、陳元龍《格致鏡原》卷九四、姚之駰《元明事類鈔》卷三九、張英《淵鑒類函》卷四四一、陸壽名《續太平廣記》卷七、王昶《（嘉慶）直隸太倉州志》卷六二載之。

〔二〕「畢」，《庚巳編》作「鱉」。
〔三〕「世亦有」，《庚巳編》作「世宜有」。

方學

無錫方學，少時預選〔二〕爲諸生。其夜，夢一人持一桃、一梨授之，曰：「二人之命，懸於君手。」覺而異焉，心識之。後領鄉書，弘治己未，會試禮部。時江陰士人徐經，於主文者有夤緣，爲華給事中昶所奏，下制獄驗問。華以學同鄉，且素厚，援以爲證，將引入廷鞫，道遇鄉人貢主事安甫，遺以桃李各一，曰：「事之虛實，待君一言，彼二人之命，皆懸〔三〕君手矣。」學驟憶前夢，爲之竦然。獨安甫所遺，而夢中爲梨，似若少差，然亦神矣。學證獄事，人多知之，此不復列。

【按】本文出明陸粲《庚巳編》卷二「方學」。

〔二〕「預選」，《庚巳編》作「豫選」。
〔三〕「懸」，《庚巳編》作「在」。

周岐鳳

周岐鳳，初名鳳，江陰之青陽人。性敏絶倫，身兼百藝，詩文筆札亦可觀。平生所服用，皆自製。嘗與其僕各市一帽，既而曰：「吾帽竟與汝無别乎？。」即瓜分之。僕有所如，少頃却回，岐鳳已縷金縫而戴之矣，其巧捷類此。然陰險狡獪，挾邪術，肆爲奸淫，以故不齒於人。

寓宿富家，與主人劇飲，就寢。主婦中夜輾轉不寐，若聞有相唤者，啟門欲出，遲回自疑，促〔二〕其夫起，告其故，夫往覘之，岐鳳方裸體散髮，跳躑爲厭勝。執而痛棰之，幾死。

郡守禱雨觀中，鳳岐着道服，髽髻負劍往謁，守罔識也，與之語，稍益狎蕩，俄擲其劍，躡而凌空以去。守大驚，謂真仙來也。岐鳳去，語〔三〕諸吏輩以爲笑。已而守

〔二〕「促」，《庚巳編》作「蹴」。
〔三〕「語」，《庚巳編》無此字。

微聞之，將捕執焉，則已逸矣。

後客於新塘陸氏，陸氏兄弟曰季方、季圓。季圓死，季方析産不均，季圓妻何氏忿之。時大理卿熊概，巡撫江南，大煽威虐。至江陰，何遂列季方不法事，迎訴於水次。概不受，何赴水，概乃受之。季方懼，以黄金十鎰托岐鳳入都解營，岐鳳浪費殆盡，陸氏竟被籍没，恨入骨，詞連岐鳳。季方既伏法，岐鳳變姓名逃匿江湖，日無定居，御一舟，自奉極侈，食器皆以金爲之。

嘗抵蘇，蘇人錢曄投之詞〔二〕曰：「聞説多才惜未逢，年來何處覓行踪？一身作客如張儉，四海何人是孔融。野市鶯花春對酒，河橋風雨夜推蓬。機心盡付東流水，回首家山一夢中。」岐鳳得詩大慟。後入都圖自值〔三〕，竟病死邸中，劉主事珏買棺殯之。

死後，三吴間有召仙者，岐鳳至，詞翰多類其生平所爲，言事往往奇中。一日，有詩云：「長安萬里月，杜陵三月春。一茗一爐香，清風來故人。」又云：「海外獨

〔二〕「詞」，《庚巳編》作「詩」。

〔三〕「值」，《庚巳編》作「直」。

身游，風雲際會秋。我傳靈德去，仗劍鬼神愁。」書其後曰：「設茗與香，誦此詩，吾即至。」後試之，信然。

松江守私廨失金首飾，請仙問之，則大書四句云：「久旱逢甘雨，他鄉遇故知。洞房花燭夜，金榜掛名時。」求釋其意，不答。請書名，乃書曰：「周岐鳳。」守不悦，以爲鬼語不足憑。間爲一學官言之，對曰：「此世俗所言賦《四喜詩》耳。」守愕然曰：「吾家有小女奴，實名四喜，得無是乎？」執而訊之，物果爲是婢〔一〕所竊，猶藏廨後灰堆中，乃悟前語〔二〕。

【按】本文出明陸粲《庚巳編》卷二「周岐鳳」；文中錢曄詩，頗得文人青睞，明黄暐《蓬窗類紀》卷一、黄瑜《雙槐歲鈔》卷五、顧元慶《夷白齋詩話》、余永麟《北窗瑣語》、王錡《寓圃雜記》卷九、梅鼎祚《才鬼記》卷一六、張鳳翼《處實堂集》續集卷二甲乙稿、張一中《尺牘争奇》卷四、周順昌《忠介燼餘録》卷二、沈德潛《明詩別裁集》卷三、清陳田《明詩紀事》乙籤卷一三、錢謙益《列朝詩集》乙集卷七、張豫章《四朝詩》明詩卷七四、朱彝尊《明詩綜》卷二

〔一〕「是婢」，《庚巳編》無此。

〔二〕此後，《庚巳編》猶有「予之先曾大父亦與岐鳳交，然薄其爲人，每來則置之別墅，不令至家也」句。

三、錢尚濠《買愁集》等載之。

戚編修

餘姚戚瀾，少時嘗得危疾，息已絶，逾時復甦。自言被人執至一官府，有貴人坐堂上，引見，問鄉里、姓名、年幾何，具以對。貴人曰：「非也，追誤矣。」顧吏令釋之，得出。還至中途，遇雨，憩佛寺，步入一室中，滿地皆紗帽楦也，以手扳舉之不動。旁有人謂曰：「此非君物也，君所有者在此。」指一架，令取之，隨手而得，視其内，有字曰「七品」。後瀾果以進士，終翰林編修。

【按】本文出明陸粲《庚巳編》卷二「戚編修」；明焦竑《玉堂叢語》卷八載之。

臨江狐

臨江富人陳崇古，所居後，有果園，委一人守之，販鬻利息，皆由其手。其人年可四十許，頗修整，不類庸下人，獨居園中小屋間。

一夕，有美姬來就之，自言能飲，索酒共酌，且求歡。其人疑之，扣其居止、姓名，終不答，曰：「與君有夙緣，故相從，無問也。」遂與狎。自是每夜輒至，日久情密如伉儷，亦不復扣其所從來也。比舍人怪園中常有人語聲，窺見之，以告主人。主人以〔二〕其費財也，召責之，其人初抵諱，因請主〔三〕覆視記籍，曾無虧漏。更加研問，乃吐實，主亦任之。是夜姬來，云：「而主謂吾誘汝財耶？」因從容言：「吾非禍君者，此世界内，如吾者無慮千數，皆修仙道，吾事將就，特借君陽氣助耳。更幾日數足，吾亦不復留此，於君無損也。」他日來，劇飲沉醉，談謔益歡，其人試挑之曰：「子於世間亦有畏乎？」姬以醉忘情，且恃交稔，無復防虞，直答曰：「吾無所畏。吾睡時則有光旋繞身畔，人欲不利於我者，一躡此光，吾已驚覺，終不能有所加也。所最惡者，人能遠立，以口承其光，而徐吸之，則彼得壽，而吾禍矣。」其人唯唯。俟

〔二〕「以」，《庚巳編》作「爲」。

〔三〕「主」，《庚巳編》作「主人」。

其去，目逆而送之，遥見其踉蹌[一]仆田中，往看姬，寐正熟，有光照地如月，依言吸之，覺胸臆隱隱熱下，光盡斂，乃歸。明日復至其所，有老狐死焉。

景泰中，盛允高莅鹽課揚州，陳氏有商於揚者道其事，云此人尚在，年九十餘矣。

【按】本文出明陸粲《庚巳編》卷二「臨江狐」；明憑虚子《狐媚叢談》卷五、胡文焕《稗家粹編》卷七、清褚人獲《堅瓠集》續集卷一等載之。

西山狐

范益者，精於脈藥，仕元，至正間，爲大都醫官，年七十矣。嘗有老嫗詣其門，曰：「家有二女屬病，欲請公往治之。」問其家所在，曰：「西山。」益憚途遠，以老辭，曰：「必不得已，可攜來就診耳。」嫗去良久，攜女至，皆少艾。益診之，愕然，曰：「何以俱非人脈，必異類也。」因謂嫗：「爾無隱，當實告我。」嫗惶恐跪訴，

[一]「踉蹌」，《庚巳編》作「狼蹌」。

曰：「妾實非人，乃西山老狐也。知公神術，能生吾女，故來投懇。今已覺露，幸仁者憐而容之。」益曰：「濟物，吾心也，固不爾拒。然此禁城中，帝王所在，萬神訶護，爾醜類何得至此？」嫗曰：「真天子自在濠州，城隍社令皆移守於彼，此間空虛，故吾輩不妨出入耳。」益異其言，授以藥，嫗及二女拜謝而去。是時太祖〔二〕龍潛淮右云〔三〕。

【按】本文出明陸粲《庚巳編》卷三「西山狐」；明憑虚子《狐媚叢談》卷五、謝肇淛《五雜俎》卷九、清王士禎《古夫於亭雜録》卷三、姚之駰《元明事類抄》卷一八、俞樾《茶香室叢鈔》卷一七、《（光緒）順天府志》卷七〇等載之；《三遂平妖傳》借用此事。

程學士降筆

弘治己未，篁墩程先生主考會試，以言者去國，未幾發背卒。是年，有〔三〕雪夜祈

〔二〕「太祖」，《庚巳編》作「高皇帝」。

〔三〕此後，《庚巳編》猶有「益，吾鄉劉原博先生之外祖也。劉之祖能道其事」句。

〔三〕「有」，《庚巳編》作「京师有」

仙者，先生至，降筆云：「夜偕東坡遊，聞有請仙者，予亦謫仙之流也，事之不偶，殆有甚焉者，詩以紀之。」因書一絶云：「江山何日許重來，白骨青林事可哀。吾黨莫憐清夢遠，海東東去是蓬萊。」又二律云：「紫閣勳名近已休，文章空自壓儒流。孤忠〔一〕敢許懸天日，浩氣還應射斗牛。蘇子蟄松遭衆謗，杜陵荒草唤窮愁。乾坤不盡江流意，回首青山一故丘。」「斯文今古一堪哀，道學〔二〕真傳己作灰。鴻雁未高羅網合，麒麟偶見信時猜。迅雷不起金縢策，紫殿誰知武庫才。此氣那同芳草合，渾淪來往共盈虧。」讀者哀〔三〕之。玩其氣格，盖彷佛先生平昔云。

【按】本文出明陸粲《庚巳編》卷三「程學士降筆」；明沈周《客座新聞》卷八、陳全之《蓬窗日録》卷八、陳洪謨《治世餘文》上篇卷二、焦竑《玉堂叢語》卷八、蔣一葵《堯山堂外紀》卷八七、王會昌《詩話類編》卷九、清朱彝尊《日下舊聞考》卷一六〇、宋長白《柳亭詩話》卷六等載之。

〔一〕「孤忠」，《庚巳編》作「孤舟」。
〔二〕「道學」，《庚巳編》作「吾道」。
〔三〕「哀」，《庚巳編》作「悲」。

蔣　生

蔣生者，名煥，吴人也。少年美姿容，而性質温雅。弘治辛酉，以縣學生領鄉薦，會試北上。道出臨清，日暮憩止道旁民家，愛其門户瀟灑。延佇移時，堂中有女郎，方映窗〔二〕，悄悄獨立，睹生風儀，注目情動，呼青衣邀入中堂。女郎更衣出拜，韶顔稚齒，殆若天仙，生一見，爲之心醉。逡巡，設酒肴，延坐，談謔稍狎，抵夜同入小閣，遂偕繾綣。時其父適以他往，經三日歸，爲家人所白，翁聞之怒甚，將報焉。既而沉思久之，顧生曰：「爾〔三〕良家子，俊士也，吾一女素鍾愛，今一旦至此，已無可奈何。雖甘心於子，不足贖吾恥。顧吾女猶未有家，子能爲吾婿乎？不則，吾將執汝送縣官矣。」生唯唯從命，遂偕伉儷。留連越旬，俄迫試期，遂辭行登途。臨別相顧，悽斷雨泣，升車而去。抵京入試，下第，還到翁家。

〔二〕「方映窗」，《庚巳編》作「映方窗」。

〔三〕「爾」，《庚巳編》作「汝」。

翁哭而迎曰：「自子行邁，吾女朝夕悲思，因而成疾，今死矣。」引示以女櫬，生悚然汗下〔一〕，仆地欲絶。是夕，設祭躍慟〔二〕。

辭翁登舟，女已先在矣。從此舟行月餘，嘗覺其在旁，抵家已復在室中。自是，動息不離，至啜茶亦於杯中見之。生迷罔憔悴，遂成瘵疾。家人研問，始具述其事。疾益甚，乃徙城中寓所，女復隨至，不久竟死，時年二十有三而已〔三〕。

【按】本文見明陸粲《庚巳編》卷三「蔣生」；亦見明吴大震《廣豔異編》卷八。

盛氏怪

郡醫官盛早被檄攝獄事，有數囚死，不以理。壬申夏四月，盛罷攝，攜獄中刑具數事歸家，囚憑而爲厲。初有犬，自外銜一死狐而入，置之地，狐忽躍起，犬亦人立，

〔一〕「悚然汗下」，《庚巳編》作「潸然淚下」。

〔二〕「躍慟」，《庚巳編》作「號慟」。

〔三〕此後，《庚巳編》尚有「予姊之夫於生有親，能道其事」句。

與之相搏。家人擊逐之，即不見。從此，妖變百出：器案互相擊撞，床席自移，嘗覺有青衣女在室，忽鑽於榻下，查不可尋。一男子着單衣，往來廡間，俄變成大猪，瞥然遂滅。諸婦嘗夜坐，見窗外立異物如人，長丈許，皆奔避。怪入，舉手撼燈，其影蔽一屋〔一〕。端午日，有醫生饋猪頭，置肉杌上，連作聲長鳴，剖爲四懸之，鳴如故。又有饋齋饅頭者，方持之，内有聲如鬼。如此數月，多方禳之不效。爲徙居城中，乃稍稍止。後盛三男連死〔二〕，家俱〔三〕皆患病。死喪狼藉，後乃安〔四〕。

【按】本文出明陸粲《庚巳編》卷三「盛氏怪」。

〔一〕「一屋」，《庚巳編》作「一室」。
〔二〕「連死」，《庚巳編》作「相繼夭」。
〔三〕「家俱」，《庚巳編》作「家人亦」。
〔四〕「後乃安」，《庚巳編》作「久而洎安」。

人爲牛

蘇城大鹿巷〔一〕唐豆腐家，以磨麵爲生。其子婦陸氏有弟，死四年矣。唐之季子嘗晝寢假寐〔二〕，夢陸子來語之曰：「予不幸死，被罰爲牛，今賣於君家。君以親故，幸善遇我，視眼上有白翳者，乃我也。」驚覺，問之其家傭工，兩日前，正買二牛，一小者目果有白翳。後賣者來説，此牛適四歲矣。陸子平日與唐交易，負其直，不時輸，嘗誓云：「我若欠錢，應作畜生償汝。」至是，人以爲果報云。

嘉定〔三〕富人王全者，嘗夢其亡父曰：「吾生時欠江陰某甲錢，今托生其家爲牛以償，且滿矣，爾往贖吾歸。諸牛惟吾身白，善記之，慎毋〔四〕論價。」全尋到其家，視欄内果有一白牛，求市之，其家惜此牛健而善運，不許，倍價乃得載歸。覆以帷幕，擇

〔一〕「大鹿巷」，早稻田大學藏《續耳譚》作「大名巷」，誤。

〔二〕「晝寢假寐」，《庚巳編》作「晝假寐」。

〔三〕「嘉定」，《庚巳編》作「又嘉定」。

〔四〕「毋」，《庚巳編》作「無」。

芻豆精好者以飼之，數歲方死〔二〕。

【按】本文出明陸粲《庚巳編》卷三「人爲牛」。

顧　鎮

正德辛未夏，疫癘盛行。葑門瓊姬墩西居民顧鎮家，老幼皆染疾，因祈於神，誓合家茹素以禳災。適巡撫開倉賑濟，鎮入城關領〔三〕，偶忘其誓，於肆中買魚三尾，酒一壺。飲啖畢，附舟而歸，不以語家人也。是日，感疾不食，頃而終。家人見三小鰟魮螯其背，及殮，又見三魚躍入棺中，索之則不復有矣。問之同入城者，乃知鎮前所食，正此物也。神蓋以示警云。

【按】本文出明陸粲《庚巳編》卷三「顧鎮」。

〔二〕「數歲方死」，《庚巳編》作「數歲死」。
〔三〕「領」，《庚巳編》作「領米」。

王　變

蓟門人王變〔一〕，以辛未冬至日詣玄妙觀高真殿燒香，途中見漁者持一鱉甚肥大，變素所嗜，令從者買之，先歸烹庖。既入廟，一念在是，殊不誠恪。歸而食罷，至暮，其陰側忽腫一塊，痛不可忍，數日幾死，禱醫〔二〕百方不效。延巫者周道虎，附覡召將，判云：「温元帥下報壇。申時玄天親降，東南方黑雲爲驗。」至時，黑雲起於巽隅〔三〕，隱隱見披髮仗劍者立雲際，滿堂中檀麝香氣氤氲。須臾，乩大發，入變〔四〕寢所，判令其妻掖病者，以湯洗腫處，腫破，出一骨，首尾形狀，宛如一鱉，創合而愈。自是其家奉真武，甚是虔恪。

【按】本文出明陸粲《庚巳編》卷三「王欒」。

〔一〕「變」，《庚巳編》作「欒」。

〔二〕「禱醫」，《庚巳編》作「醫禱」。

〔三〕「巽隅」，《庚巳編》作「巽偶」。

〔四〕「變」，《庚巳編》作「欒」。

猪犬生兒

壬申春，長洲陽城湖旁民家，母猪産一雛，猪頭而人手足。十二月十六日，嘉定二十二都民家，犬生一兒，形狀皆人，但足根短，背微有毛。或以人與畜交而生，理或然也。

【按】本文出明陸粲《庚巳編》卷三「猪犬生兒」；清查繼佐《罪惟録》志卷三載之。

梓潼神

陳僖敏公鎰父孟玉，爲人願愨，鄉閭稱善士。嘗出行登厠，見鐺底〔二〕飯一塊在厠旁，拾取於水中滌而食之。其平居不欲暴殄，率如此。是夜，夢神人告之曰：「翁好善如此，當獲福報。吾梓潼神也，將降生以大而門。

〔二〕「鐺底」，《庚巳編》作「鍋底」。

吾在胥門綫香橋人家樓上，其家不知奉事，翁今速往迎歸爾。」既覺，語其妻，則妻夢亦如之。即訪至其家，主婦出，延之登樓，壁掛神像，塵埃脱落，因乞以歸。加裝飾，奉事甚虔。未幾有妊，生信敏，任至太子太保、左都御史，纍贈翁如其官，母爲夫人一品云。

以予觀之，如信敏公之碩德偉度，功在西土，民皆尸而祝之，爲一時爲臣，殆所謂其生有自來者耶？

【按】本文出明陸粲《庚巳編》卷三「梓潼神」；明徐咸《皇明名臣言行録》前集卷七、張萱《西園聞見録》卷二三、劉萬春《守官漫録》卷一、劉宗周《人譜類記》增訂五、清石成金《傳家寶全集》第二集等載之。

婦人生鬚

弘治末，隨州應山縣女子生髭，長三寸餘，見於邸報。予里人卓四者，往年商於鄖陽，見主家一婦美色，頷下生鬚三繚，約數十莖，長數寸，人目爲「三鬚娘」云。

【按】本文出明陸粲《庚巳編》卷三「婦人生鬚」；亦見載于明唐錦《龍江夢餘録》卷四、王世懋《二酉委譚》、沈德符《敝帚軒剩語》卷上、《萬曆野獲編補遺》卷四、謝肇淛《五雜俎》卷五、陳繼儒《偃曝餘談》卷上、李樂《見聞雜記》卷一一、吕毖《明朝小史》卷一〇、清褚人獲《堅瓠集》續集卷一、查繼佐《罪惟録》志卷三、王初桐《奩史》卷三一、梁玉繩《瞥記》卷四、趙吉士《寄園寄所寄》卷五、孫之騄《二申野記》卷三等。

王主簿

張氏據蘇日，胥門有王主簿者，故元官也，平日所積俸貲頗厚。主簿感傷寒，七日死。既葬，二子析産，求其貲不得，疑母匿之，以咎母，母無以自明，終日喧競。主簿對門有徐姓者，商於遠方，歸至金山，泊舟五聖廟下。黎明時起，見一舟上，五人冠帶坐，皆衣白，中一人，則主簿也。徐故與王通家，主簿，其父行也。未知其死，揖而問曰：「丈何緣來此？」主簿呼之前〔二〕，曰：「君來甚善，吾正欲有所懇也。吾在此數日矣。來時匆遽，不及處分家事。吾有薄貲若干，藏臥榻中板下，二子不知，乃與母競。又要分書一紙，藏匣中，置房門簾楹上，君爲我語之。」又密謂曰：「君歸告吾家人，早晚有太兵〔三〕到吴城，城中人當大半死，宜急移居杭州，可免也。」徐唯唯，恍然登舟而别。

歸到主簿家，見其妻，説曾相見狀，妻怒以爲妄語。徐具道所以，二子聞之，發地板，果得白金八百兩，視簾楹匣子，亦如所言，家人神之。因與徐俱挈家遷於杭。未幾數日〔三〕，而大兵〔四〕圍吴矣。

【按】本文出明陸粲《庚巳編》卷四「王主簿」。

〔二〕「呼之前」，《庚巳編》作「前」。
〔三〕「太兵」，《庚巳編》作「大兵」。
〔三〕「未幾數日」，《庚巳編》作「不兩月」。
〔四〕「大兵」，《庚巳編》作「天兵」。

雞精

陳元善，蘇之婁門人，情度瀟灑，尤好奉道，多學爲請仙、召將諸術，自稱法名洞真。往來嘉定諸大家，子侄與爲狎友。

嘗寓談氏，其家畜一雞，已十八年。元善方與主人語，雞自庭中飛至其前，舒翅伸頸，遂死於地。夜宿書房中，有女子款門，笑而入，自稱主人之女，慕君曠達，故來相就。元善視之，姿色絶妍麗，問其年，曰：「十八矣。」遂留與狎。自是晨往暮來，荏苒且經歲。

女間自言命屬雞。元善每有所如，女輒隨至，意稍疑之而不能絶。每一來，覺意中昏沉如醉夢，去則灑然。以語談氏，主人驚曰：「吾家安有此女？至比鄰人家，亦無之，必祟也。且彼云『年十八而屬雞』，以今歲計之，生肖不合。獨吾家所畜雞，其年正如此數，將無是乎？」陳用其技，書符咒水，欲以辟之，女來如故。或密藏符於懷袖間，女輒知之，怒曰：「爾乃疑我！」以手挾而反覆撲之，俟符墜地，則奪去。或教其以《周易》一册，置裹肚中，女至，撲之再三，終不墜，乃捨去。

一夕，與數友同宿王櫝所，相戒無睡，以覘其來。夜中，衆聞元善叱駡聲，起視，見其身憑於床，類交合之狀，已而，遺精在席上。元善如夢覺，衆大噪逐之，見帳頂一黑團，作雞聲飛出窗外。乃相與延術士，結壇召將吏遣之。女見元善，謝曰：「無逐我，我數日將往無錫托生矣。汝送我不可至井亭，懼爲井神所收，當送我於野地耳。」如其言，以符水、祭物送城外數里荒僻處，自是遂絶。

【按】本文出明陸粲《庚巳編》卷四「雞精」；明詹詹外史《情史類略》卷二一「雞精」、吴大震《廣豔異編》卷二五「陳元善」、《豔異編續集》卷一一「陳元善」、清葆光子《物妖志》禽類等載之。

取債子

長洲陸墓人戴客，以鬻瓦器爲業，頗足衣食。止生一子，極愛之，衣裘飲博，恣其所需。子年十六，得疾，臥床褥者半年，醫藥禱祠，百方不效，子竟死。夫婦痛惜，厚加殮葬，誦經建醮，費又不貲，家具爲之一空，猶念其子不已，終日哭泣。

一日，有媪[一]挐舟艤岸，款門而入，不忍其夫婦之悲哽，因進曰：「死生常理，何悲如此？然翁姥愛深難割，今念令嗣者，亦欲一見之否耶？」夫婦掩涕，謝曰：「長逝之人，永沉冥漠，幽明隔越，安有見期？如媪之言，非所敢望也。」媪曰：「若然，亦易事耳。」驚喜扣其説，媪曰：「吾將引到一處，即當見之。然翁姥不須俱行，以一人往，可也。」戴喜，即令其妻偕入舟，媪戒不得妄窺。

鼓棹如飛，食頃，到一處市廛中，居民稠密。媪導以登，遥見其子立來鋪[二]中，方持概爲人量米，望見母來，即趨出拜母，喜可知也。子言：「兒[三]今爲此家開鋪，正念母，欲一見母，姑留此，吾入報主家，令相迎也。」即奔入。媪招母入舟，以箬蓬密覆，漾舟中流，使潛窺之。其子少選便出，裝飾大異，儼一牛頭野叉也。四顧罵曰：「老畜安在？渠少我債二十年，尚欠四年未滿。今來，我正欲報人執之，恨少遲，令得走却。」抱怒而入。

[一]「媪」，《庚巳編》作「嫗」。

[二]「來鋪」，據下文及《庚巳編》當爲「米鋪」。

[三]「兒」，《庚巳編》作「見」。

母伏舟中，不敢喘，嫗謂曰：「已見之乎？」放舟復還故處，述所見於其夫，自是悲念始息。尋嫗舟亦不復見矣。

【按】本文出明陸粲《庚巳編》卷四「戴婦見死兒」。

姑嫂殺賊

正德末、申間，狂賊劉六、劉七輩，嘯聚十餘萬衆，殺掠齊魯之境。一日，次東平州，州有一嫂二姑，避賊出奔，遇其部將於道，度勢不可脱，即跪俟道左。賊悦其色，逼至莽地，欲次第污之。時賊大衆已起營，獨所過賊來榼去，嫂不得已，聽所爲，次及大姑，姑俟賊上身，即將兩手交接賊頸，小姑以死立〔一〕其身，賊時已斃〔二〕，作力不能起，嫂即以刀砍其首，斃之。往報之官，准格給賞，時皆壯之。

〔一〕「立」，《兩山墨談》作「踞」。

〔二〕「斃」，《兩山墨談》作「疲」。

予讀楊鐵崖《濮州娘》樂府，因知薛花娘之事，非誣飾者。花娘，濮州娼也，賊朱莫〔一〕者掠之，因與裸飲，賊既酣，擁花娘臥，花娘乘其睡，抽佩刀刺殺之，乃遁出報官，兵因遂進攻，盡擒其衆。東川〔二〕婦之事，大略類此。然花娘斃敵於醺酣，而三婦乃斃賊於倉促，此尤奇快也〔三〕。

【按】本文出明陳霆《兩山墨談》卷一七；明張岱《石匱書》卷二一二、《山東通志》卷一七八載之。

〔一〕「朱莫」，《兩山墨談》作「朱鬃」。

〔二〕「東川」，《兩山墨談》作「東平」。

〔三〕此後，《兩山墨談》尚有「作《三婦制一虎》，續《濮州娘》之後。『一虎哮，三婦怖以咷。三婦順，一虎疲以困。虎生獰，嗜欲亦其性。幕天不醜裸人國，席地寧知陷身穽。按虎頸，踞虎腰，虎雖有力不得跳。肉屏未竟聚麀樂，血顱已落屠豬刀。嗟嗟三婦非五虎，胸次沉機乃雄武，爲君寄謝晉男子，下車攘臂會何數。』」一段。

卷　六

沈伯楚遇仙

武陵孝廉沈伯楚，任儋州守，登北山真覺寺，見一丐醉臥廊下，伯楚思「此僻地，何有丐在？且神采特異，必非常人」，拱立俟之。丐久不醒，伯楚附耳輕呼，丐大怒，以手撲其面，伯楚但遜謝，問：「師來何爲？」丐曰：「爲行醫。」伯楚與語良久，異之，邀至衙門，丐連浮十大白而止。

時州判子弱疾，瀕死。丐往，令扶起。出囊針，插入腦後，片時，流黄水，即能起坐。又針頂穴，即能掛足下床。又針膝，能轉步矣。不數日，痊瘥。又人生腸癰，針腦穴，腸盡出，用利刃割去癰毒，敷以藥，頃轉針，腸自縮入，癰遂愈。又一人失跌折左足，筋盡出，用紅末藥擦上，以手按摩良久，足如舊。醫皆立愈，始知爲仙。

居七日，療十餘病，忽語伯楚欲行，伯楚不能挽，贈以金，不顧。出郭數里，忽不見。伯楚傳得針法，歸治病，屢獲奇驗云。

何兢復父仇

蕭山庠士何兢父爲侍御時，按浙者，亦何姓，將臨越。蕭山令鄒志遠迎之途，適兢父盛騶從來，令誤爲按浙者，長跽道左，遂大恚兢父。誣以不法事，密拟遣戍，佯召飲，文牒預具，至即促之行。途中令擦其雙目，致之死。兢傷父死非命，以姑蘇王某，其父執也，與謀報復之策。王與寢同一室，兢終夕不寐。王試呼之，無不應，王知其意堅，遂夾輔之。逾十六年，志遠晉江西僉憲，尚未履任，兢亦擦其雙目。聞之朝，兢與志遠對鞫，齒肱肉擊志遠，肉幾盡。志遠曰：「汝何如毆父母官？」兢曰：「印不在手。」曰：「汝何如毆江西僉事？」曰：「憑不在手。」志遠曰：「汝當念我八旬母。」兢曰：「吾父死，吾止三歲，汝何不念我三歲兒？」志遠無以對，坐無辜殺人論死，兢父冤得白。

【按】本文明《孝宗實録》卷一七一、蔡仲光《何孝子傳》、《（萬曆）紹興府志》卷五〇、《（萬曆）蕭山縣志》卷四五、陳洪謨《治世餘聞》下編卷四、徐象梅《兩浙名賢録》卷六、沈德符《萬曆野獲編》卷一八、徐復祚《花當閣叢談》卷四、張岱《快園道古》卷一、清查繼佐《罪惟録》、張廷玉《明史》卷二九七、《（乾隆）蕭山縣志》卷二三人物一、《（乾隆）浙江通志》卷一八五、《嘉慶重修一統志》、毛奇齡《西河集》卷七三《蕭山三先生傳》之二《何孝子傳》、《何孝子傳奇引》、王應奎《柳南隨筆》卷四、《清朝文徵》等載之，明謝氏《何孝子傳奇》、張宗子《義烈傳》、丁鳴春《鄮知縣湘湖記》等敷衍之，清來集之作樂府《何孝子》。

辨僧冤

臨洮一富家，萬曆壬辰十二月廿一夜，有僧投宿，不許，因棲後厢之側。有盗闖入，攜其資，並負婦人而去。僧慮禍及，遂踉蹌而行。約二里許，忽墮井，則前婦先爲盗殺投井中，僧無計出。天明，人捕去，兢云：「僧見婦姿色，劫而求奸，不遂，因殺之，投屍於井。」問官不能辨，竟坐僧死。呈檢司黄公，黄公心念：「僧既殺婦，何故自投井中？」是夕，夢一婦人向公連呼：「好好三！好好三！」次日，公以閲武過塘巷，見人問門楣上，大書「好」字，盖其俗每新歲，書「好」字，舊書者參差影出，連見四「好」字。又掛一牌云：「何麻六打鐵」。公猛省夢中云云，「果即此人耶？」命擒去，果殺婦賊也。一詢即伏，前贓猶在，僧寃得白。連仲子談。

周腐儒

閩人周朴，性喜吟詩。每遇景物，搜奇抉思，日旰忘返，苟得句，則欣然自快。時野逢一負薪者，忽持之，且厲聲曰：「我得之矣。」句云：「子孫何處爲閑客，松柏被人伐作薪。」樵夫矍然驚駭，掣臂棄薪而走。遇徼卒，疑樵者爲偷兒，執而訊之。朴徐往告卒曰：「適見負薪，因得句耳。」卒乃釋之。

一士人欲戲之，一日跨驢於路，見朴來，故掩面，吟朴舊詩云：「禹力不到處，河聲流向東。」朴聞，遽隨其後。士促驢而去，略不顧。行數里，追及，語曰：「我詩『河聲流向西』，非向東也。」士人頷之而已。閩中傳以爲笑。連仲子談。

【按】本文宋計有功《唐詩紀事》卷七一；宋尤袤《全唐詩話》卷六、陳應行《吟窗雜録》卷二八、明徐興公《榕陰新檢》卷一六、陳鳴鶴《東越文苑》卷一、查應光《靳史》卷一三、蔣一葵《堯山堂外紀》卷三六、馮夢龍《古今譚概》卷三、清費經虞《雅倫》卷一七、魯曾煜《（乾隆）福州府志》卷七五、鄭方坤《全閩詩話》卷一、徐倬《全唐詩録》卷九七、張玉書《佩文韻府》卷一七、鄭傑《閩詩録》甲級卷五、獨逸窩退士《笑笑録》卷六等載之。

癡主簿

德清有馬主簿，本富家子，昏愚不肖世事。忽一晚三更時，扣大令門甚急，令以爲非火即盗，驚惶而出。簿云：「我思四月間，田蠶兩值，百姓甚忙。何不出示，使百姓四月種田，十月養蠶，何如？」令曰：「十月間，安得有葉？」簿無以對，但云：「夜深矣，請睡罷。」自此後，每夜出，其妻必紿之曰：「有倭子在外，不可出。」遇聖節，其妻曰：「可出行禮。」簿摇手曰：「且慢且慢，有倭子在外。」

【按】本文見明馮夢龍《古今譚概》卷四、江東偉《芙蓉鏡寓言》四集、浮白齋主人《雅詭》等。

壅水全城

隆慶間，廣平淫雨浹旬，山水暴漲，浸入東門。城中男婦嗷號，震動天地。俄見城上雲霧中，關公一脚踢倒城門樓櫓，填塞水頭，城不得陷。

【按】本文清潘錫恩《乾坤正氣集》卷七、張鎮《解梁關公志》卷一、《古今圖書集成》博物彙編神異典第三八等載之。

巨鼠

河間士人丘仲驤，讀書雲樓僧舍。萬曆庚子夏夜，已闔扉寢矣，忽聞啾啾聲，出自薰籠下。驤啟視，見巨鼠如小兒起立，即伏劍砍之，連砍不中。鼠跽地，作人語曰：「予歷八百春秋矣，君能活我，必有以報君。」驤異之，爲木桶置鼠，日啖以脱粟。

有問輒應，凡未來事，即能前知。遇風清月白人静時，悠然而歌，若弦管聲。驤曰：「汝既聰明解事，能文乎？」命以題，即口誦，驤握管書之，斐然成章。□日[一]，鼠爲《易》義，驤出示一友，友大駭曰：「此予數日前作，何以在□□[二]？」驤紿曰：「此予所爲，爾何攘爲己有？」蓋鼠已成祟，能窺竊人□□也[三]。驤將秋試，多留飲食，扃門而行。及試《孟》義，鼠曾爲之，驤□□□□[四]，矢筆直書。與别卷雷同，不録，緣《孟》義亦他人作，而鼠所竊也。驤垂翅歸，鼠已先期遁矣。是不知何怪，始以狡全身，既以敗匿跡，夫亦怪之黠者歟？徐惺宇談。

獨腕尼

播州宣慰楊應龍叛，贛兵楊炯陣亡。訃至家，妻柳氏殮其衣帽，自縊者屢，皆爲

[一]「□日」，早稲田大學藏《續耳譚》作「一日」。
[二]「何以在□□」，早稲田大學藏《續耳譚》作「何以在子所」。
[三]「能竊窺人□□也」，早稲田大學藏《續耳譚》作「能竊窺文故也」。
[四]「驤□□□□」，早稲田大學藏《續耳譚》作「驤默而記憶」。

人覺，不死。豪家兒慕其姿色，争委禽焉。柳執不可。姑利厚貲，潛許之。萬曆庚子六月，豪家來娶，姑逼使升輿。柳大詬曰：「奴子無知犯我，我豈爲狗彘行！」豪怒，自入牽其手。柳佯曰：「姑徐徐，俟我更衣行耳。」乃跽向天曰：「吾實不幸，夫死，吾腕爲人污矣。」即引利刀，斷去其腕，豪驚遁。自此祝髮爲比丘尼。王孩之談。

【按】本文明王圻《稗史彙編》卷四八「獨腕尼」、詹詹外史《情史類略》卷一「獨腕尼」、清王初桐《奩史》卷二七載之。

周娘子墓

萊州士人傅稚成遊洛，息周園之捫月軒，傅散步誦《洛神賦》，不覺深入，相近内闈。周女名秋鴻者，以採茉莉花相遇，微笑。稚成以爲悦己，日夕想念，至廢寢食。女父亦稍覺，以生丰神灑逸，將有配生意，第以母服未闋，期以明年八月來諧婚焉。生不得已而歸。女憂思成疾，不數月，溘焉化矣，其家葬之二十里外馬首塢新阡。生以明年五月入洛，至馬首塢，已黑昏，就一舍求宿。頃有人出，生詰以何地，其人曰：「此周娘子墓舍。」生寢至夜半，忽一女子雙鬟縞服，冉冉而前，曰：「妾，秋鴻也，僑居於此。思君無聊，圖一會耳。」相與綣繾。至曉，女曰：「妾慮人知，從此別矣。」生疑訝，急至其家，知秋鴻死已逾年，盖魂交云。此萬曆戊子事。祝去病談。

五穀樹

金陵有丞相府，國初胡惟庸舊址也。有樹名五穀樹，一樹而兼五種，爲五穀豐歉之徵。如其年麥熟，則樹發麥。其年黍熟，則樹生黍葉，五穀皆然。沈觀頤中丞目睹者。

【按】本文出明閔文振《異識資暇》，略有删節；明徐應秋《玉芝堂談薈》卷三五、清褚人獲《堅瓠集》續集卷四、談遷《棗林雜俎》中集、朱翊清《埋憂集》卷七等載之。

雷丸

淮西〔一〕士人楊緬〔二〕，中年得奇疾〔三〕，每發言〔四〕，腹輒有應聲〔五〕。未幾〔六〕，其□〔七〕浸大。有道士見而驚〔八〕曰：「此應聲蟲也，久不治，延及妻子。宜讀《本草》，過蟲所不應者，當取服之。」緬如言，讀至「雷丸」，蟲忽無聲，乃頓餌數粒，遂愈。後〔九〕至長汀，遇一丐者，亦有是疾，觀者甚衆〔一〇〕，因教之使服雷丸。丐謝曰：「某所求衣

〔一〕此前，《遯齋閑覽》「余友劉伯時，嘗見」句。
〔二〕「楊緬」，《遯齋閑覽》作「楊勔」。
〔三〕「奇疾」，《遯齋閑覽》作「異疾」。
〔四〕「每發言」，《遯齋閑覽》作「每發言應答」。
〔五〕「腹輒有應聲」，《遯齋閑覽》作「腹中輒有小聲效之」。
〔六〕「未幾」，《遯齋閑覽》作「數年間」。
〔七〕「其□」，《遯齋閑覽》作「其聲」。
〔八〕「見而驚」，《遯齋閑覽》作「見之，驚」。
〔九〕「後」前，《遯齋閑覽》尚有「余始未以爲信，其」句。
〔一〇〕「觀者甚衆」，《遯齋閑覽》作「環而觀之者甚衆」。

食於人者[二]，惟藉此耳。」竟不肯服。後數年，緬復至長汀，見前丐尚在[三]。張禎父談。

【按】本文出宋陳正敏《遯齋閑覽》「應聲蟲」；宋吴幵《優古堂詩話》、彭乘《續墨客揮麈》卷五、吴曾《能改齋漫録》卷八、張杲《醫説》卷五、明焦竑《焦氏筆乘》卷五、馮夢龍《古今譚概》卷三四、王肯堂《證治準繩》卷一八、徐應秋《玉芝堂談薈》卷一一、張介賓《景嶽全書》卷三五、清趙吉士《寄園寄所寄》卷一〇、吴襄《子史精華》卷一三九、吴儀洛《本草從新》卷九、張璐《張氏醫通》卷九、張玉書《佩文韻府》卷一四之三等載之。

奇對

武進王文恪公，六七歲時，寄學於舅家。一小婢送茶，王戲以手握其手，後爲人覺。舅出對云：「奴手爲拿，此後莫拿奴手。」王即對曰：「人言是信，從今毋信人

[二]「某所以求衣食於人者」，《遯齋閑覽》作「某貧無他技，所以求衣食於人者」。

[三]「竟不肯服。後數年，緬復至長汀，見前丐尚在」，《遯齋閑覽》無此句。

言。」又世傳：「朝登箕子之山，危如纍卵。夜宿丈人之館，安若泰山。」

【按】本文前對明蔣一葵《堯山堂外紀》卷八八、查應光《靳史》卷二八、趙瑜《兒世説》、張岱《快園道古》卷五、清褚人獲《堅瓠集》五集卷二、張貴勝《遣愁集》卷八、周亮工《字觸》卷五、汪陞《評釋巧對》卷一一、梁章鉅《巧對録》卷六、林慶銓《楹聯述録》卷一二等載之。後對，宋周密《齊東野語》卷一七、元危居安《梅磵詩話》卷上、清厲鶚《宋詩紀事》卷一二、彭元瑞《宋四六話》卷一二、周春《遼詩話》卷下等載之。

兩世寫經

西陵高麗寺僧永明，形貌頎秀，甚嚴戒律。嘉靖乙丑歲，得《圓覺》古本，日坐一室，援筆書之，未及半，溘焉化去。隆慶間，三衢王氏子，名童燦者，數歲，口誦《圓覺》朗朗，問之，亦不自知。年十五，偶隨父至高麗，見壁間永明象酷類己，因詰永明行徑，知有未了經。索閲之，宛然手澤也，遂悟前身爲僧。因竟其書，真出一手。請之父，曰：「此吾故址，兒願留此以修净業。」父不可。歸家數年，父卒，爲治窆事。一日，負瓶缽，飄然不知所之。邵和之談。

又太原進士華人，幼能讀番經，恍惚前身爲西僧。二事偶同，因並紀之。

【按】本文後段故事，出明黄瑜《雙槐歲鈔》卷八，其文曰：「近時進士太原王德華瓊，幼年能讀番經，恍然悟前身爲西僧。」

女生鬚

弘治末，應山女子生髭，長三寸餘。又吴人卓四者，往年商於鄭陽，見王家一婦美色，頷下生鬚三繚，約數十莖，長可數寸，人呼爲「三鬚娘」云。《雞肋》載：唐李公弼母鬚長五寸許，封韓國太夫人。《草木子》載：宋徽宗時，都下朱節妻，髭長尺許，詔爲女道士。豈陰陽反覆事，古亦有之歟？

【按】本文明代女子生鬚事，出明陸粲《庚巳編》卷三，本書卷五載之。唐女子生鬚事，載宋晁補之《雞肋集》卷六五，「李公弼母」，當爲「李公光弼母」。宋女子生鬚事，見明郎瑛《七修類稿》卷四八。

牛角現異

慈溪張謙，中嘉靖壬辰進士，居鄉仁厚好施，尤惡食牛。嘗爲文，以曉諭閭里。一日，過於市，遇屠牛垣。牛望張來，兩淚淋淋，長跽請命。張哀而贖之，歸養於庄。數年死，復埋之。後有孫諱光裕者，萬曆壬午，甫十九歲，試於鄉，分考方楊悦其卷，呈主試者，主試謂：「平平爾。」欲裁數四。忽見有二大牛角，横於卷上，主試大異之，遂以殿。人咸謂葬牛之報云。

【按】本文民國《劫殺救劫集》卷三載之，題「二大牛角横闈卷」。

臍出並蓮

成都浣花溪左，相傳虞學士故址，人居稠密。鬻紙周奎女，甚嬌豔，所居樓臨池。鄰子周大澤隔窗凝盼，目成久之，速於父母不得達。後女因賣翠，媪密期太澤，以布挽之而上。一夕失手，男墜水，女持短木赴水救之，水深，俱溺死，時鬨傳以爲逃也。

池素不植蓮，逾年，忽生並蒂蓮，鮮妍特異，又無片葉，人皆駭之。俟水乾，去淤泥一二尺，見二屍合抱側臥，蓮俱出臍中，合爲一本。情欲之感，幻異若此。昔稱思婦剖心，樓臺見影，要不可謂誣也。萬曆庚子夏事。嚴起鳳談。

天磯僧

湖州霞募山天磯僧，少鬻身，爲人執掃除之役，輒歎曰：「此但能驅地上塵，不能去心中塵。」主以爲法器，聽之祝髮爲僧。遂屏俗緣，一心證道，事能前知。

萬曆己亥冬，黄昏時，呼小住持曰：「今夜有人至，當具十三人炊，並設盂筯如數。」衆咸竊嗤未信。頃又云：「可開廒，貯粟一囊俟之。」至丙夜，有盜十二人，各擕一囊至。僧曰：「爾等憊矣，盍啖飯？然尚有一人不至，何也？」蓋一人以探望後至。食畢，僧曰：「爾等欲得粟耳，茲固檀越所施，即以施爾衆，可也。」指以粟處，任取之。後至者曰：「余囊遺于路，奈何？」僧曰：「吾固先貯以俟。」令肩之去。

群盜出門，誡曰：「大路有虎，須從小隘處行。」群盜相謀，曰：「若預知吾輩來，必於小路暗算吾輩。」遂促大路行，果有虎，搏一盜去，衆皆蹲伏若迷。次日，爲巡者悉獲。

《藏經》云：「定能生慧。」天磯少不習梵字，定後輒解。予每聽談説《般若》與吾儒墳典，言下即了。又繪大士、羅漢像，極盡神巧，則此第小慧耳。

【按】本文見明王圻《稗史彙編》卷六九。

紫簫

毘陵沈暹之子，甚喜品簫，有紫玉簫攜與俱，無間寢食，自號「鳳簫子」，簫側因刻「鳳簫」二字。精神悉敝於此，因勞成疾，年十九而亡。父痛傷，以簫瘞棺傍。後清浦陸坤家子，亦自幼品簫，一夕，扃户將寢矣，見紫衣童子蹣跚而來，以爲鬼也，叩之，忽不見。晨起，一紫玉簫宛然在几上，有「鳳簫」字，大喜，以爲吾好在此，而神授之。其事鬧傳，暹之嗟異，買輕舠往偵焉。見陸氏子，形貌儼然己子，遂大慟，詰其所生時日，與其子死時日同。索簫觀之，即往時瘞棺傍者也。遲之因以甥女配陸氏子，情好甚洽。予叔汝藝談。

產　怪

歸安學齋夫某妻，娠十四月。萬曆丁酉五月，產一物，兩面皆具眉目口鼻，又生四足。甫離腹，即能□行。頃之，行如飛。共撲殺之，觀者雲湧。予友嵇山甫目睹。

陸學憲　馮孝廉

學憲陸平川公，苕上人也。應舉時，閱者將陸作批「稚作」二字，擲之地。是夜，隱几而臥，恍見綠衣小兒，亟拜不已，視之，無所有。如是者三，閱者異之，謂：「此必有陰德。」遂將「稚作」改「雅作」，果得雋。

又萬曆庚子，浙闈檇李馮鑒卷，主司閱而棄之。夢一儒服者，長跪哀懇。復閱，又棄之，亦三慂，始録。二事偶同，因並載。

邦贊戲僧

慈人有桂邦贊者，善爲戲言，言不經思，必令人笑。偶入郡而返，遇一僧於道，僧問曰：「相公何來？」邦贊答曰：「從府城來。」僧曰：「有新聞否？」答曰：「府城東大門被脱去了。」僧問：「誰脱？」即答曰：「賊秃！賊秃！」越鄉語「秃」與「脱」同音。

擇婿識兩會元

越有耆儒管姓者，善丰鑒，居介姚江、慈水間。生一女，謂其妻曰：「予女異日當極貴，第婿未有當意者。」乃徧訪於慈，得袁煒，於姚，得胡正蒙。歸語妻曰：「二人皆大魁之器。第胡有子，而爵位則袁更顯。」妻曰：「試從其顯者。」竟以女妻袁。

後袁與胡，俱中蕊榜第一。而袁由鼎甲入相，果乏嗣；胡以常伯終，有三子云。

劉偉

劉先生偉者，曾爲侍御，爲兗州守，卒於官。大司馬韓苑洛翁，時爲某縣簿，實主其喪事。或云：「劉乃不死，往往見人間。」翁不以爲然。後參藩山西衛經歷某，亦翁鄉人也。朔日參謁不至，詰之，則云：「夜因劉先生過訪，旦遂起遲耳。」翁問：「劉爲誰？」曰：「前兗州守也。」翁大駭異，言之方伯蔡公，命與偕來。既入見，即握手，縷縷道平生事，且曰：「子昔癯也，今肥矣。」又曰：「子記彈琴時事乎？我過而翁家，殺雞爲黍，命子撫琴，子爲彈《昭君》《梅花》二曲。今忘之耶？」翁曰：「然。」即席惟飲酒，肉食皆不御。明旦，清戎察院聞之，曰：「異哉，故臺長也。」亟遣使招致之，遂不知所在。徧境内物色，卒不可得。

【按】本文出明李遷《鶯谷山房記》，多有删節；明王廷相《内台集》、李贄《闇然録最注》、宋淳《劉仙傳》、王同軌《耳談類增》卷二三、陸廷枝《説聽》、趙樞生《劉太守仙解傳》、清黄宗義《明文海》卷四二〇傳三四等載之。謝肇淛《五雜俎》卷六言：「如劉偉者爲太守，卒數十年，忽往來人間，言未曾死，則妄也。」恰指出了本文的志怪屬性。

不及試期

天順癸未，一士人上京會試，逆旅主人遺寶環於盥器，其僕拾〔一〕而匿之。越旬日〔二〕以告，士人驚曰：「奈何以我故，使彼骨肉相傷乎？亟反。」其一僕〔三〕曰：「期廹矣，姑俟試畢而返。無已，我其獨往乎？〔四〕」士人不聽，親往而歸之環，因再拜謝過。已，不及〔五〕試矣。適棘闈不戒，災於鬱攸，入試者死且大半，朝議乃補試，而士人與在高選。

〔一〕「拾」，《芝園集》作「探」。

〔二〕「越旬日」，《芝園集》作「行數舍」。

〔三〕「一僕」，《芝園集》作「僕」。

〔四〕其後，《芝園集》尚有「否則必不及試矣。夫離親戚，裹資糧，跋涉數千里而來，何爲者耶？」句。

〔五〕「不及」，《芝園集》作「果不及」。

【按】本文出明張時徹《芝園集》外集卷八；明李贄《闇然録最注》載之。

史御史

史良佐，南京人，爲御史，巡西城，而家住東城。每出入，怒其里人不爲起。一日，執數輩，送東城御史。御史詰之，其居首者對曰：「民等總被倪尚書誤却。」曰：「尚書何如？」曰：「尚書亦南京人，其在兵部時，每肩輿過里門，衆或走匿。輒使人諭止曰：『與爾曹同鄉里，吾不能過里門下車，乃勞爾曹起耶？』民等愚，意史公猶倪公，是以無避，不虞其怒也。」御史内善其言，悉解遣之不問[一]。倪尚書者[二]，謂文毅也。

【按】本文出明陸延枝《説聽》卷三；明張萱《西園聞見録》卷五、鄭瑄《昨非庵日纂》卷一〇、劉萬春《守官漫録》卷二、陳繼儒《讀書鏡》卷八、查應光《靳史》卷二七、清趙吉士

[一]「遣之不問」，《説聽》作「遣之」。

[二]「倪尚書者」，《説聽》作「倪尚書」。

《寄園寄所寄》卷二、葉良儀《餘年閒話》卷二、黄叔璥《南台舊聞》卷一六、覺羅烏爾通阿《居官日省録》卷六等載之。明周暉《金陵瑣事》卷一載：「御史飲虹李公，家在飲虹橋南。每赴衙門，必過鐵作坊。鐵匠造作自如，多坐不起身。飲虹怪之，言於中城。御史牌拘一坊人，將詰問之，且加責也。衆訴云：『某等坐不起身，相沿已久。當年倪尚書老爺，家住本坊，親囑不必起身，恐妨造作。不識李爺計較，却被倪尚書誤了。今蒙治以國法，此後再不敢矣』。御史對李飲虹云：『聽衆人之説，我尚慚悔。』」與此極類，可視爲本文的衍化。

玉簪妓

王某，洛陽人，寓祥符，以販木爲業，與妓者唐玉簪交狎。唐善歌舞、雜劇事，某曲盡殷勤，爲之迷戀，歲遺白金百兩。

周府郡王者，談者失記封號。人稱「鼓樓東殿下」者，以居址得名。雅好音樂。聞玉簪名，召見，試其技而悦之，以厚價畀其姥，遂留之。某悲思成疾，賂府中出入之嫗，傳語妓云：「倘得見一面，便死無恨，盍亦求之。」妓乘間，爲言殿下，首肯，且戲云：「須净了身進來。」媪以告某，某即割勢，幾絶，越三月，始痊。上謁殿下，命解衣視之，笑曰：「世間有此風漢！既净身，就服事我。」某拜諾。遂使玉簪立門内見之，相向嗚咽而已。殿下與貲千金，歲收其息焉。是事無足書，書以發一笑耳。

【按】本文出陸廷枝《説聽》卷三；明詹詹外史《情史類略》卷七「洛陽王某」、清汪價《中州雜俎》卷一五載之。

馮蝶翠

洞庭葉某，商於大梁，眷一妓馮蝶翠者，罄其貲，迨凍餒，爲磨傭。久之，馮騎驢過其處，葉適在階頭曬麥。馮下驢，走小巷中，使驢夫招葉。葉辭以無顏相見，强而後至。馮對之流涕曰：「君爲妾至此乎？」出白金二兩，授葉，云：「以此具禮更衣，來訪吾母。」如言而往。馮私以五十金贈之，曰：「行矣，勉爲生計。」葉戀戀不捨，隨罄其貲[一]，仍傭於磨家。歲餘，邂逅如初。馮謂葉：「汝豈人耶？」要之抵

[一]「其貲」，《説聽》作「其金」。

家，重與十鎰，且云：「囊傾矣。倘更留，必縊死，以絶君念。」葉遂將金去，買布入陜換褐，利倍。又販藥至揚州，數倍。貿易三載，貨盈數千。乃以其千，取馮歸老焉。彼哉以勢利交者，盛如趨市，衰如棄屣，聞斯妓之行，能無愧乎？

【按】本文出明陸廷枝《説聽》卷三；明梅鼎祚《青泥蓮花記》卷三「馮蝶翠」、吴大震《廣豔異編》卷一一「馮蝶翠」、詹詹外史《情史類略》卷四「馮蝶翠」、清沉周頤《餐櫻廡隨筆》等載之。

坎三

湖廣棗陽縣主簿坎某，真定人也。一日，命匠人某，修馬凳。至晚還家，其子問：「何晏也？」匠語之故，曰：「得非真定坎三耶？」父驚問：「何以知？」云：「兒是彼鄰王三也。坎選官時，借我銀三十兩。彼處關王廟鼓，亦我出錢造者。家有祖母、母親及二子，猶憶穿藍紵衣乘馬，何乃在此？餘皆可置，獨念阿母耳。」匠往報坎，坎云：「王三者，死數年矣，借銀造鼓事，果有之。」即召此子至，首問：

「母安否？」坎答以無恙。與坎道其前生，問身後家事甚悉。時吾鄉朱紳爲縣令，親見此子，年五六歲矣。

【按】本文出明陸廷枝《説聽》卷四。

鄧成十六變牛

金壇縣建昌圍，有鄧成十六者，正德中，長鄉賦。其鄉小民，貸其貲，鄧重利取之，至破其家。已而鄧死，期年，見夢於子四〔二〕：「吾以刻剥某甲事，爲陰司所謫，令作畜生於其家。初爲豕，見殺；今復爲牛，數月矣。昨得價若干，並母賣與鄉人。明晨來，當牽至某橋下，汝其倍價贖還，庶免子〔三〕苦也。」其子汗洽而覺，白其母，母夢亦如之，大驚，亟持銀，待於橋下，果有人牽二牛至，問之，正買諸某家者，價亦

〔二〕「四」，《説聽》作「曰」，形似而訛。
〔三〕「子」，當作「于」，形似而訛。

如數，遂增價買歸。置之密室中，飼以秔飯，夏則紗幃帳之，事如生時。其犢始至，即遊行囤窖間，若巡視者。東作時，至田所，爲一佃僕痛鞭，曰：「汝死作畜生，何復管吾輩耶？」是夕，又夢於子曰：「某人無狀嗔我，大被鞭策，汝爲我懲治。」其子遂笞其僕而逐之〔二〕。

【按】本文出明陸廷枝《説聽》卷四。

劉偉不死

劉偉者，陝西朝邑人，爲御史，升兗州太守卒，且若干祀矣。忽往來於山西省城，人呼爲「劉御史」。或爲具飲食，即啖之，夜莫測其宿何所。已而，藩臬諸公皆知之。劉同邑韓尚書邦奇，時爲參議，語蔡憲使天祐曰：「劉公，吾父友也。吾少常見之，死久矣，今何以尚在？」欲訪之而無由，蔡曰：「當遣人要致之。」一承差在傍，

〔二〕其後，《説聽》尚有「壬午年先君往茅山間，輿夫言此」句。

曰：「非劉御史乎？某識之矣。」遂令往。劉聞召即至，二公先待於布政司，劉戴斗笠野服而入，諸公延之上坐，謂韓云：「與君契闊多年。」韓與言其身後家事，劉曰：「凡子所言，吾皆知之。至於吾所知者，則子不知也。令弟三哥邦靖，曩官於此，因其易言，故不欲見。君慎言之〔二〕，吾將有以告。」因握韓手，與密語者久之，曰：「願無泄也。」還坐。衆問之曰：「公一向山中，有何所得？」曰：「但能相耳。」蔡曰：「然則視諸同僚誰先陞？」。曰：「子問誰先陞，即子先矣。」時僉事張某〔三〕，忽發問曰：「公既死，安得更生？」曰：「我却不死，汝到要死。」遂散。朱〔三〕幾，蔡陞都憲，張病死。後有道士至劉家，曰：「老師父令傳語：『這番真個死矣，從是不復見於山西云。』」〔四〕

【按】本文出明陸廷枝《説聽》卷四。

〔二〕「君慎言之」，《説聽》作「君慎言者」。

〔三〕「僉事張某」，《説聽》作「張僉事某」。

〔三〕「朱」，當爲「未」，形似而訛。

〔四〕此句後尚有「韓秘其語，不肯告人。此蔡公親對魏莊渠言者，傳聞異辭，此爲實録」句。

觀音示夢

嘉靖間，荊王夜夢人云：「補我衣裳，當保祐王子孫。」王曰：「汝何物？」人曰：「但張目而視，側耳而聽，當自知之。」覺而不識所謂。一日，偶閲書，見觀音像，頓悟神語，曰：「『張目而視』，非『觀』乎？『側耳而聽』，非『音』乎？」府旁有觀音閣，王往視之，棟宇毁壞，塑像爲風雨剥落矣。亟命修飾，立碑記之。

【按】本文出陸廷枝《説聽》卷四；明李紹文《皇明世説新語》卷四、清褚人獲《堅瓠集》秘集卷一載之。王同《（光緒）唐棲志》卷七「觀音閣」下，丁元模《募建錦林村觀音閣疏》，將本文引爲事典。

陸世明

長洲陸世明，俊才藻思，聲稱藉甚。舉於鄉，赴省試，下第歸。過臨清，鈔關錯認爲商，令納税，陸即書一絶呈主事云：「獻策金門苦未收，歸心日夜水東流。扁舟載得愁千斛，聞説君王不税愁。」主事見詩，驚愧，亟迎入，款贈甚厚。

金陵一妓，能詩，善鼓琴，以「月琴」自號，世明過其家，口占《點絳唇》贈之云：「三尺冰弦，夜深彈破青天竅。意中人杳，只有清光到。雲雨無緣，總是相思調。愁懷抱，嫦娥心照，訴與他知道。」妓求室中春聯，即援筆書云：「半窻花影人初起，一曲桐音月正中。」妓贊誦不已，徐言：「『中』字恐不如『高』字。」世明欣然易之。

先君幼善屬對，錢漕湖先生秋日過家，指庭中樹曰：「秋聲在樹鳴金鐵」，先君即對云：「山色當窗罨畫圖。」謝樂全見其目秀，言：「聰明露在眼上。」先君應聲云：「錦繡羅於胸中。」時年甫六七歲耳。稍長，同陸象孫看兩客對弈、飲酒，象孫謂客曰：「圍棋賭酒，一着一酌。」客無以應。先君云：「何不對『坐滿觀書，五更五經』？」他若「臣作股肱耳目」對「予敷心腹賢腸」，「五事貌言視聽思」對「七音宫商角徵羽」，此類甚多。不能悉記。

是時有蔣燾者，年十一，爲府學生，遇聖節赴玄妙觀習儀。巡按某御史，見二鶴飛集三清殿，命之屬對，云「三清殿上棲雙鶴」，燾隨應以「五色雲中駕六龍」。御史驚歎曰：「他日，人中龍也。」後燾竟夭歿，惜哉。

【按】本文出明陸廷枝《説聽》卷四；明蔣一葵《堯山堂外紀》卷九八、查應光《靳史》卷二九、劉萬春《守官漫録》卷五、清褚人獲《堅瓠集》三集卷一、王初桐《奩史》卷五四等均載陸世明「下第詩」及「贈妓詞」，明吴安國《纍瓦編》、清丁柔克《柳弧》卷三載陸世明「下第詩」。周暉《續金陵瑣事》卷下載陸世明「贈妓詞」。明查應光《靳史》卷二九、蔣一葵《堯山堂外紀》卷九八等載「先君善對」事。明蔣一葵《堯山堂外紀》卷九八、清汪陞《評釋巧對》卷八載「蔣焘」事。

涯翁

歐陽中丞重，江西廬陵人。巡撫雲南，不給軍糧，爲衆奏聞，奪職歸。過公館驛遞中，必題詩壁上，大抵怨望之辭也。時年甫四十，稱「涯翁書」。有無名子，書二絶於其詩〔一〕後，云：「怨辭隨處滿垣飛，聞道先生放逐歸。四十稱翁非太早，人生七十古來稀。」「醉翁千古號文宗，此日涯翁姓偶同。却想齊名就充老，世間安有四句翁。」〔二〕

〔一〕「其詩」，《説聽》作「其書」。

〔二〕此詩後，尚有「先君過貴陽某驛，見此詩廳壁上。近考廬陵謫滁，號醉翁，年正四十，作詩者未知也。然中丞之竊此文宗，誠可誚。」句。

【按】本文出明陸廷枝《説聽》卷四；明馮夢龍《古今譚概》卷二七、王會昌《詩話類編》卷二七、清褚人獲《堅瓠集》二集卷四載之。

況侯抑中官

蘇州，古大郡也，守牧非名公不授[一]。自入我朝，魏公觀以文化爲治，姚公善以忠烈建節，赫如也。自時厥後，乃得況公鍾焉。公本江西人，實姓黄氏。初以小吏，給役禮部，同僚[二]每有事白堂上，必引公與俱，有所顧問，則回詢於公以答。尚書吕公震奇之，因薦爲儀制主事。

仁宗賓天，宣宗在南京，當遣禮官一人迎駕。衆皆憚行。吕尚書以公就命，公挺然出，曰：「是固非我不可。」鋪馬馳七晝夜至南京。駕發，公紗帽直領芒鞋，步扶版

[一] 此句後，《吴中故語》尚有「載見前聞」句。
[二] 「同僚」，《吴中故語》作「司僚」。

轎，行千餘里，不辭其勞。宣宗憐之，敕令就騎。每至頓次，則已先謁道左。宣宗由是知其忠勤可用。

時承平歲久，中使時出四方，絡繹不絕，採寶、幹辦之類，名色甚多。如蘇州一處，恒有五六人居焉。由來內官，羅太監尤久，或織造，或採促織，或買禽鳥花木，皆倚以剥民，祈求無藝。郡佐、縣正，少忤，則加捶撻，雖太守，亦時訶責不貸也。其他經過內宦尤横，至縛同知，臥於驛邊水次。鞭笞他官，動至五六十，以爲常矣。

會知府缺，楊文貞公以公薦而知蘇州，有內官難治，乃請賜敕書以行。文貞難其事，不敢直言，乃以數「毋」字，假之以柄。下車之日，首謁一勢宦於驛，拜下不答，斂揖起去：「老太監固不喜拜，且長揖。」既乃就坐，與之抗論畢，出麾僚屬，先上馬入城。而已，御轎押其後。由是，內官至蘇，皆不得撻郡縣之吏矣。來內官，以事杖吴縣主簿吴清，况聞之，徑往執其兩手，怒數曰：「汝何得打吾主簿？縣中不要辦事，只幹汝一頭事乎？」來懼，謝爲設食而止。於是終况公之時，十餘年間未嘗罹內官之患也。

然况公爲政，特尚嚴峻，故時有以輕罪而杖死者。御史某巡按在蘇，况適過交衢中，拱手而過，不下轎徑去。人乃銜之，兢〔二〕以爲謗，故久抑遏不遷。至九年，復爲留守，卒官。然蘇州至今風俗淳厚，則皆其變之也。至於減三分糧，當一代軍，則其惠澤之在人者不小也。然其初非吕尚書之薦，宣廟之知，楊文貞之助，則安得如是？而九年之間，使不滿而他徙，則其政未必告成若此也〔三〕。

【按】本文出楊循吉《吴中故語》，略有删節；明焦竑《國朝獻徵録》卷八三、張萱《西園聞見録》卷一五、尹守衡《皇明史竊》卷一〇〇，清俞樾《茶香室續鈔》卷四等載之。清蕭穆《敬孚類稿》卷二《重刊况太守集序》，引楊循吉《吴中故語》對其况姓、黄姓有所辨證，其結論爲：「夫公實姓况，承姓黄氏，復姓况氏，以宣德五年特授蘇州知府，賜敕書賜鈔馳驛之任，具見本集《年譜》及傳狀，確鑿如是。楊氏在當時頗稱明晰掌故者，所記况公二事即舛訛如是，則《吴中故事》其他恐亦有不能盡信者矣。」蕭穆以傳狀之實駁小説之虚，亦見其謬。

〔二〕「兢」，《吴中故語》作「竟」。

〔三〕此句下，《吴中故語》尚有「郎中引與之俱，逸其名，不恥下問以達其下，亦賢矣哉」句。

王瘸子[一]

王瘸子，名臣，京中人，挾術遊江湖。天順初，謁大都督董公於金山。公閲其術，王出木刻小童，置案上，長可三寸，眉目咸具，手足能動。王索碗貯水，鼓掌呼童子浴，童子躍入水，作澡浴狀，須臾躍出。公大奇之。逮北歸，公命諸武胄餞於海上，賭白金一餅，王受而擲諸海。水珠濺坐席，武胄皆動色。王起，謝曰：「銀在，物相戲耳。」乃復出諸袖中，衆益以爲奇。憲廟時，用近幸薦，拜錦衣百户。尋與巨璫王敬，同往江南採辦，所過括取金帛古玩，誅求無厭，郡邑騷動。大冢宰三原王公，時以中執法巡撫南畿，按其挾左道惑衆。上悔而竟斬之，傳首江南，敬亦竄逐。人心

[一]「王瘸子」，《蓬窗類紀》作「王瘤子」。按明董斯張《（崇禎）吴興備志》卷三一、黄光升《昭代典則》卷二一、唐鶴徵《皇明輔世編》卷二等均言王臣爲「王瘤子」。明顧清《（正德）松江府志》卷二四、姜南《蓉堂詩話》卷一四、黄瑜《雙槐歲鈔》卷九、沈國元《皇明從信録》卷二三、王恕《王端毅公奏議》卷五、徐學謨《國朝典匯》卷三三、張弼《張東海文集》卷四、鄭曉《吾學編》卷一六、蔣一葵《堯山堂外紀》卷八六、何良俊《四友齋叢説》卷七等均稱爲「王瘸子」。當以王瘸子爲是。

稱快。

【按】本文出明黄暐《蓬窗類紀》卷二；王瘸子之事，明清典籍多有記載。

劉欽謨穎慧

參政劉公欽謨，穎慧絶倫，經書子史，過目終身不忘。爲庠生時，出遇雨，避於染肆。有簿籍，公閲之，則染帳也。少頃，晴霽，公去。未幾，染肆回禄。諸嘗以衣帛與染，而取之者百輩，紛競多寡，莫能決。公聞，爲楷書〔二〕一帙畀之，毫髮不爽，其穎慧如此。

【按】本文出明黄暐《蓬窗類紀》卷二。

〔二〕「楷書」，《蓬窗類紀》作「詳書」。

周鼎穎敏

嘉禾周鼎，字伯器，穎敏絶倫，初爲大司徒山陽金榮襄公幕下士。正統末，從公〔一〕討閩中寇，師次杭州，四明章文仲慕伯器名，來謁公，曰：「聞有周鼎者，願與角。」公作《南征詩》百韻，進兩生於前，爲誦一過，問之，皆曰：「能記。」遂各書一通上之，一字不遺。周曰：「吾〔二〕從末句倒誦至前。」章謝曰：「而今而後，知讓君矣。」

周以從功〔三〕爲某縣典史，迂腐不任事，罷歸。晚年，乘小舟，遨遊三吴，所至，持金幣求詩文者甚衆，卒藉此以爲〔四〕生涯。又以羨餘〔五〕買田數百畝，家遂裕。嘗修《杭州志》，年八十餘，燈下書蠅頭細字，界畫烏闌，不折紙爲範，信手與目，毫髮不

〔一〕「從公」，《蓬窗類紀》作「公從」。據前文，當以《蓬窗類紀》爲是。
〔二〕「吾」，《蓬窗類紀》作「請」。
〔三〕「從功」，《蓬窗類紀》作「從征功」。據前文，當以《蓬窗類紀》爲是。
〔四〕「以爲」，《蓬窗類紀》作「爲」。
〔五〕「羨餘」，《蓬窗類紀》作「衍餘」。當以本文爲正。

爽。成化中，罹回禄，詩文稿一無所存。周蒙被而臥數日，忽起書，釐爲一十二册，不下數千百篇，不惟無遺忘，而前後次第[二]亦不紊。嘗爲予作《先太宜人壽序》《文始堂》及《東樓記》，卒時年近九十云。

【按】本文出明黄暐《蓬窗類紀》卷二；清人多取之以爲周鼎傳記，如錢謙益《列朝詩集》乙集卷五、沈季友《檇李詩繫》卷九、盛楓《嘉禾徵獻録》卷四六等。

張皮雀

張皮雀，蘇衛人，嘗爲胡風子僕從。胡術奇妙，日賣雷於市。市童畀一錢，輒以朱書「雷」字於童掌，令握固，少縱，雷即應聲。張從之久，胡察其誠恪，悉以術授之。張貧無完衣，髽髮不冠，亦頗顛呆。袖有皮雀，時作聲。出則群兒相逐。宣德癸丑，三吴亢旱。郡守况伯律延張，張曰：「須道流畀吾往。」况曰：「誒

[二]「次第」，《蓬窗類紀》作「次序」。

有雨，當昇而還。」張曰：「諾。」翌日，結壇於〔一〕義役倉。有司列俟〔二〕，張索酒數十缾，飲盡，鼾臥。天無纖翳，衆嘩欲散。張欠伸，索鏡，鏡至，以墨塗鏡，而虛其中，天亦黑雲四布，惟中天露日。張謂守曰：「是無難，俾道官塗之。」守懇請。張握筆一塗滿鏡，雲亦忽合，電掣霆飛，雨如建瓴。逾時，守焚香告足。張拭鏡，雨尋止。守遣道流昇張還，贈以厚幣，不納。

張購沉香，自刻小像，甚肖。刻既，即卒。像〔三〕今尚存。後數月，杭遣使來取天蓬尺，謂張在祈雨，家人以死告。使遽還，已得雨矣，皆謂其得屍解云。

【按】本文出明黃暐《蓬窗類紀》卷三；清馮桂芬《（同治）蘇州府志》卷一三五、《（民國）吴縣志》卷七七下等載之。

〔一〕「結壇於」，《蓬窗類紀》作「結壇」。
〔二〕「有司列俟」，《蓬窗類紀》作「有司列侍」。
〔三〕「像」，《蓬窗類紀》作「象」。

鄒鼎

吴鄒鼎，富甚，舉家入粟拜官。鼎子璿與璣，璿仲子鎧，皆七品散官，鼎侄〔二〕海，與璿冢子鎡，皆蘇衛百户。鼎〔三〕卒，璇頗驕横。璣早夭，妻李氏，年二十，貌美，孀範甚潔，就第中構院，奉其姑與居，不逾户閾。歲時祀祭亦不出，惟遣婢捧璣主入院，相對長號。吴人賢之。

城有顯宦，喪厥配，慕李，欲繼之，浼李嫂往諷。李聞，蒙被卧，不應，嫂愧而去。後嫂以他事至，李亦閉户不納。姑年九十餘卒，時李年近五十矣。天或鑒李苦節，特永其姑之年，使有所依也。

時璇與海亦卒，家漸落，鎡視璇益横。嘗被酒，毆死其鄰朱某，揮金如土，僅以身免。又健訟，訟輒敗。與鎧皆嗜飲博，由是囊貲空乏，田園繼盡，惟餘所居而已。

〔二〕「侄」，《蓬窗類紀》作「姪」，兩者通用。
〔三〕「鼎」，《蓬窗類紀》作「李鼎」，誤。

鎡妻闔又不以道濟之，間謂鎡曰：「寡孀臥室內，聞有瘞金，盍取之？」鎡曰：「善。」鎡妹嫁金山者，適歸，遂與謀〔一〕。翌日〔二〕，妹與闔往省李，李款留，抵暮而散。忽報李死，吴人咸訝而悲之〔三〕。鎡遽火其柩，既乃與闔窪李之室迨徧，卒無金。不數月，闔死，鎡母死，鎡亦死，鎡之子婦又死。與九十之姑，五柩同殯一堂。鎡子魯，貧無力葬，售所居，葬焉。魯今纍纍無所棲止。孰謂天道果遠耶？

【按】本文出明黄暐《蓬窗類紀》卷四。

風起文稿

皇朝文臣得拜極品爵者，不數人，威寧伯王公其一也。公當廷試日，稿甫就，忽旋風起腋下，騰公卷於雲霄中。廷臣與同試者咸仰視，彌久彌高，至於不能見乃已。

〔一〕「謀」，《蓬窗類紀》作「疇」。
〔二〕「翌日」，《蓬窗類紀》作「翌旦」。
〔三〕「咸訝而悲之」，《蓬窗類紀》作「或訝而悲」。

中官以聞，詔許別楮謄進。後公由中執法、大司馬以進於伯爵。書之以志異云。

【按】本文出明黄暐《蓬窗類紀》卷一；清錢謙益《列朝詩集》丙集卷三、湯斌《擬明史稿》均記載了王越廷試卷飛之事；而清李調元《制義科瑣記》卷二《風揚卷》：「景泰二年辛未，王越方殿試，時旋風掣其卷揚去。御史爲言，乃重給卷，使畢試。逾年，朝鮮貢使至，攜所揚卷以進。景帝見越姓名，異之，謂吏部曰：『識之，此當任風憲。』因授御史。」則爲本文的敷衍。

人似魚形

京中有人手足俱無。父盛以布囊，僅滿二尺，儼如魚形，挾之出，觀者如堵。其面甚巨，其聲甚雄，能就地打滾，世未有如此人也。

【按】本文出明黄暐《蓬窗類紀》卷一，明馮夢龍《古今譚概》卷二〇、清孫之騄《二申野録》卷二等載之。

女活佛

里有[一]貧家女，性頗慧。數歲時，聆其伯母誦佛書，輒記不忘。里有慕之者，以禮聘爲婦。後伯母死，女繼之誦，日久不輟。文義通曉，專心事佛，不復有嫁意。母恚曰：「欲辭婚，聘禮何償？[二]」女曰：「必有施之者。」母誶女退。未幾，一翁以白金來施，視聘禮倍焉。里人與其家咸詫女能前知。母以所施，半償聘禮。女曰：「全畀之，恐亦不得用也。」乃作偈曰：「業緣休認是姻緣，一念真空已了然。迷時與你爲媳婦，今日身居天外天。」母攜金與偈往，遂得辭。不數日，聘家金爲盜持去。由是人信女神靈，呼爲活佛，遠近齎香幣來拜。諜事者，坐以妖人惑衆，收下錦衣獄。雜治之，無驗。移繫秋臺，莫能行，以筐舁至。予適試政秋曹，嘗一見之。鞫亦無驗。抑之嫁，則請死。繼諭之，曰：「君命也，孰敢辭。」遂令邑庠生某娶焉，未幾卒。

[一]「里有」，《蓬窗類紀》作「燕有」。據後文，當爲「燕有」。

[二]「欲辭婚，聘禮何償」，《蓬窗類紀》作「欲辭，聘禮奚償」。

【按】本文出明黄暐《蓬窗類紀》卷一。

黠僧

黠僧德藐，貌美年少，能足飛過項，若無骨者。與人握手行，潛從後蹴其帽，人不知爲藐也。尋丈牆垣，如越户限。好服緋穿皂舄，行市中，訕之者，輒被擊，力愈雄者仆愈重。

嘗於廣東寄居僧德[一]。總兵歐公帳下，一旗牌勇甚，見藐狀，遽呼爲「興子」，大爲藐窘辱。旗牌白歐，歐遣勇士數人，持梃俟於僧舍外，藐不知，赤手出。群鬨擊之，藐佯求免，擊者少怠，忽躍敓一梃，運轉如風，傷者過半。衆知不敵，棄杖伏地。歐神其藝，羅致門下。後擒王肖養，藐功居多。

吾友吴鳴翰，從厥考大廣公於廣藩，目睹其事，爲予言之。

[一]「僧德」，《蓬窗類紀》作「僧舍」。

【按】本文出明黄暐《蓬窗類紀》卷三。

水、火、稱、毒

天竺國人，性狷急，志尚貞質，於財無苟得，於義有餘讓，政教敦質，風俗猶和。兇悖之人，時虧國憲，謀危君父，事蹟彰明者，幽於囹圄，無所刑戮，任其生死，但不齒於人倫，而置之度外焉。其犯傷禮義，悖逆忠孝者，則劓鼻、截耳、斷手、刖足，或驅出國門，或放荒裔。自餘而犯，輸財贖罪而已。理獄占辭，不加荊朴，隨問款對，據事平科。若拒違而犯，恥過飾非，欲究情實，事須案問者，其法凡有四條：曰水，曰火，曰稱，曰毒。水則將罪人與石，盛以連囊，沈之深流，校其真僞，人沉石浮，則有犯；人浮石沉，則無隱。火乃燒鐵，令罪人踞上，復使足蹈，既遣掌案，又令舌舐，虚則無所損，實則有所傷。懦弱之人，不堪炎熾者，令捧，未開花，散之向焰，虚則花發，實則花焦。稱則以人石平衡，視其輕重，虚則人低石舉，實則石重人輕。毒則以一羖羊，剖其右髀，隨訟人所食之，分雜諸毒藥，置剖髀中，令食之，實則毒發而死，虛則毒歇而蘇。上下以此相準，永爲常法。

【按】本文原出唐玄奘《大唐西域記》卷二，明馬愈《馬氏日鈔》亦載之。將上述兩文與本文相較，本文文字與《大唐西域記》原文，多有删節；文字與馬愈相近，本文實則録自馬愈《馬氏日鈔》。

馬生角

正統戊辰，寶坻縣民周本家馬生角，長二寸，本怪而縱之野外。《京房易傳》曰：「臣易上政，不順，厥妖，馬生角，茲謂賢士不足。」又曰：「天子親征伐，馬生角。」是時王振擅權，後有北征之謀，其應明矣。

明年己巳八月八日，日晡時，金星見於月內，月淡而星甚明。《天官書》云：「太白入月，軍出將敗。」又曰：「若失行於日月之東方，而夕見於太陽之後，主中國兵敗。」是月十五日，有土木之敗，而其所占亦驗。

【按】本文出明馬愈《馬氏日鈔》；明楊儀《高坡異纂》卷中、清于敏中《日下舊聞考》卷一

一三、張之洞《（光緒）順天府志》卷六九「馬生角」，清孫之騄《二申野録》卷二記載「太白入月」等載之。

程濟仙術

程濟，朝邑人，有仙術，不知何所承授。嘗爲四川岳池縣教諭，地相去數千里，旦暮寢食，未嘗離家，而日治岳池事不廢。革除中，上書言：「西北方兵將起，當預爲之備。」朝廷以其言，妖妄惑世，繫至京，將置重典，濟曰：「陛下幸且赦臣，及期無驗，就戮未晚也。」及期，靖難師起，遂赦出之。使護軍北行，戰於徐州，大捷。會曹國公師退，文皇至江上，濟亡命，不知所終。初徐州之捷，諸得〔一〕立石紀功，具載姓名。濟夜潛往祭之，人莫測其意。文皇過徐見之，命擊碑，一再擊，遽曰：「止！止！爲我録碑來。」既正位，按碑盡族諸將。濟姓名，正當初擊處，字缺，不能辨，

〔一〕「諸得」，《高坡異纂》作「諸將」。

獨得免。曩者之祭，盖禳之也。

【按】本文出明陸楫《古今説海》説纂部張芹《備遺録》，題爲「岳池縣教諭程公」；明楊儀《高坡異纂》卷上、黄佐《革除遺事》卷三、屠隆《鴻苞集》卷四二、許相卿《革除志》卷六、趙善政《賓退録》卷一、杜應芳《補續全蜀藝文志》卷四九、屠叔方《建文朝野彙編》卷七、清黄廷桂《（雍正）四川通志》卷四五、姚之駰《元明事類鈔》卷一九、俞樾《茶香室叢鈔》卷一四載之。然就文本文字言，本文實出自明楊儀《高坡異纂》。

體玄逍遥翁

卓敬，字惟恭，温州瑞安人。卓本瑞安巨姓，所居地因名卓奥，猶唐之稱杜曲也。敬幼警悟絶人，讀書能十行俱下，過目終身不忘。七歲時，從群兒游，有異人過而見之，曰：「此兒骨法非常，後日當爲名公卿。惜血不華色，恐不能善其終耳。」年十五，讀書寶香山中，嘗夜歸，遇暴風雨，避大樹下。水至，輾轉遷徙，晦冥中，竟迷歸路。遥見林外有火光，急趨赴之，乃一小院落。内有讀書聲，敬心稍自慰。

扣其門，有一童子應聲而出，曰：「先生知郎君將來，使吾候之於此。」敬仰視其門，有大書「體玄」二字爲扁，遂相携而入。見一老翁，坐長明燈下，敬往揖之。翁起相勞苦，曰：「深山中，昏夜遇風雨，得無疑懼乎？」敬曰：「歸省，吾晨昏之常。恐貽吾親憂，雖甚勞困無恨，但得一燭尋路，即可歸矣。」翁笑曰：「山中那得有燭？何但有少枯葉，郎君且燎濕衣，徐爲之計。」敬起解衣，問向童子曰：「翁爲誰？何姓？」童子曰：「先生不欲人知其姓，每向人自稱『逍遥翁』。」又問：「汝何名？」曰：「吾名少孤。」敬疑其爲隱君子者。修謹進曰：「敬家只在山下，往來山中甚熟，未聞有『體玄』之院，亦未聞有『逍遥翁』之名，敢以爲請。」翁曰：「昔體玄先生，嘗居逍遥谷中。吾世業爲醫，往來中條山中。後因避難，聞陶隱居有丹室在此，因採藥南來，結庵少憩，不覺遂淹歲月。不久，亦還故山耳。」又問：「體玄爲何人？」翁曰：「此吾先世事，郎君亦無用知也。」頃之，燎衣乾，敬又懇乞還家。翁起謂敬曰：「郎君既不肯留以待旦，吾有一牛，可騎之而歸。昏夜泥淖，當有所恃，無懼也。」敬大喜過望。即命少孤牽牛出，又呼一童名少逸，曰：「汝可將吾舊籠來。」就籠中出一僧帽，謂敬曰：「既不能留款，以此帽爲贈。」敬辭曰：「吾爲書生，平生志氣，將匡濟天下。翁爲長者，既蒙訓教，安得以此相戲？」翁曰：「吾昔亦嘗有志斯世，後因所輔非材，不用吾謀，禍幾不測。得此一籠，始獲解脱。不然，豈復能生出宜秋門乎？郎君第收此帽，他日當自理會也。」敬堅却之，翁但再三歎息而已。敬遥窺籠中諸物，悉箍桶工匠所用，及僧家衣鉢耳。兩童送至門外，敬乘牛致謝而别。

方出林，牛行甚駛，勢若飛禽，不復能控制，身亦安穩無恐。須臾，已及門矣。遥從牛背呼其家，家人已就寢。驚起，隔牆應之曰：「夜已向闌，郎君安得以此時冒風雨獨歸耶？」敬答曰：「吾得過隱君子，借一牛騎歸。不然，今日必不能還矣。」舉火將牽牛入，牛忽抖擻咆哮，化爲一黑虎而去。室中人盡震驚而出。比明，尋訪體玄山居，不可得。數日後，乃在縣西四十里，陶弘景丹室故基旁，有一古廟，仿佛是雨夜所經行者。其壁有潘閬《夏日宿西禪院》詩，即東坡少日所見「夜涼疑有雨，院静若無僧」之筆也。筆墨猶新，循其路歸，見虎蹤歷歷尚存焉。

按潘閬，字逍遥，大名人。通《易》《春秋》，尤以《詩》知名。爲王繼恩所薦，太宗召見，賜進士第。尋察其狂妄，追詔罷之。又多出入盧相多遜門下，多遜嘗遣吏趙白交通秦王，閬預有謀焉。多遜敗，宅隨毁廢。閬時方在講堂巷藥肆中，聞之，知事將連逮，即奔入多遜鄰家，曰：「萬無搜近之理，所謂『弩下逃箭』也。」其鄰匿之牆中。閬作詩曰：「不信先生語，剛來帝里遊。清宵無好夢，白日有閒愁。」事稍解，服僧服，髡鬚，五更，持磬出宜秋門，變姓名，入中條山。朝廷圖形，下諸路捕之，不得。潛居一寺中，題詩鐘樓上。縣令見之，此必潘逍遥句也。命召之，又逃去，投故人阮道。時爲秦理掾，諷秦帥曹武惠上言，太宗赦其罪，以四門助教招之，乃出。真宗朝，王繼恩敗，籍其家。其中緘題往來，詩頌滿門，事連宮禁，上惡其朋黨，禍將不測。閬自疑，將逃去，京兆尹先收繫獄。上聞之，詔：「中外臣僚與王繼恩交識及通書尺者，一切不問。」釋閬罪，以爲滁州參軍，卒泗上。

按敬登洪武壬辰進士，除給事中，遷宗人府經歷。建文君登極，上疏言：「燕藩宜遷徙内地，以消其萌。」上不聽。靖難師起，悔之。升户部侍郎。文廟繼統，執敬數其罪，繫獄，將赦之，卒以姚廣老之言，不得免禍，私諡『忠貞』。

愚謂閬之素行，本無足觀，其輔盧相之事，亦不得與卓忠貞同日語。然始末大略，則頗近之。豈竇香山靈，先知聖人將興，憫忠貞忠孝天性，假閬事以發公求生之謀乎？然閬之生，終不及忠貞之死。忠貞亦將無憾於地下矣。鬼神恍惚，難以臆決，謹備録所聞如此。

【按】本文出明楊儀《高坡異纂》卷上；明湯日昭《（萬曆）温州府志》卷一八、焦竑《國朝獻徵録》卷三〇户部三、李維楨《忠貞録》卷二「騎虎記」、姜準《岐海瑣談》、陳仁錫《皇明世法録》卷九一、朱國禎《湧幢小品》卷二八「體玄僧帽」、清葉鈔《明紀編遺》卷五等載之。

李茂元

李茂元，字惟大，洛陽人。初名原〔二〕，其師曰：「昔省元，有同姓名者。」其父曰：「然則名茂元，何如？」其師復曰：「此亦近歲本省發解第二人名也。」父曰：「豈以二人故，至廢名耶？」逐以茂元名，後果亦鄉試名第二。

正德辛巳登進士，拜行人，嘗使陝，浴於故華清宫温泉。其池中石座上，有紅斑

〔二〕「原」，《高坡異纂》作「源」。

文，俗訛傳爲楊妃入月痕也。茂元見之，心動，浴罷登輿，幨帷外有一婦人手，熟視之，忽不見。夜宿公館，有婦人至，容貌絶世，而肌肉頗豐，自稱太真，言「君一念所及，幽明相感，不能忘情」，遂惑之。自是，輒跡所歷，每夜必至，百方遣之，不能去。心志喪亂，以疾告歸，久之方絶。歷南京户部郎，其後終〔二〕陝西僉事。

【按】本文出明楊儀《高坡異纂》卷上；清褚人獲《堅瓠集》廣集卷六、王初桐《奩史》卷三一、《古今圖書集成》明倫彙編閨媛典卷三六〇等載之。

死復治家

常州府城北數里，地名石柱頭，富民范廣，死數日，忽自外來。家人初不信，呼爲妖怪。廣厲聲叱之，舉其死後數事，訓戒其妻子，各有實據，始悉伏罪。因薦酒肴，雖見廣飲食之狀，而物不加損。人近之，則屢却，不能及其身。雖妻子亦令：「勿親

〔二〕「其後終」，《高坡異纂》作「終」。

我，餘與生時無異也。」自是，日坐廳，自處分家事畢〔一〕，即忽不見。及舉其喪，凡葬埋饋奠，亦自臨之。

一日，謂其子曰：「明日吾有小詣，武進縣有公差一人至〔二〕，汝可預備錢二百爲贈，慎弗多與。」其子如教。明日，果有二卒來。子述其事，卒不信，益錢至四百，始去。中途遇廣，謂曰：「吾囑吾子宿具錢，足備二子取酒之費矣，奈何欺幼稚，多取索耶？」欲挽二卒還，卒懼，棄錢水中走。自是，内外悚畏，盜賊不及其門者數年。家以大治，久漸不見。舉人陳瓊，舊嘗主其塾，聞其事，往訪之。隔座舉茶杯曰：「幽明相隔，不能親奉也。」〔三〕

【按】本文出楊儀《高坡異纂》卷上。

〔一〕「自是，日坐廳，自處分家事畢」，《高坡異纂》作「自是日坐廳事，處分家事畢」。

〔二〕「明日吾有小詣，武進縣有公差一人至」，《高坡異纂》作「明日吾有小事，詣武進縣，有公差二人至」。

〔三〕此句後，《高坡異纂》尚有「予正德丁丑下第，與瓊同舟南還，言之甚詳」句。

趙涓善弈

趙涓，寧波人。其姑少從諸女郎，入山中遊。人跡既遠，忽遇二女子，在松下對奕。趙就問之，二女子稍爲指示行子「侵綽聯斷」之説，初亦不知弈爲何事也，歸以告其父母。心異之，從親戚家借得棋子試之。又無人可與爲敵，乃以意授兄子涓，涓僅得其概。數日間，名著郡中，雖素號國手者，對涓便縮數子。

當時鄞人樓得達，江陰相子先，皆以棋知名，得入供奉憲廟。初，涓至京，並召入，與二人弈。每以金盛賞銀，多少無定數，勝者扣頭啟盒取之。二人連日不能勝，夜出，私叩涓曰：「吾以棋取上寵，顧今君纍勝，名已著矣。若數局不一復，且將得罪。料〔一〕上盒子中，賞銀雖多，不過三兩。今願以銀一錠爲君壽，乞詐敗，以示與君能相上下。」涓許之。明日入，樓先對局，涓詐敗。樓叩頭，啟盒中，乃補錦衣百户空名御札及一牙牌也。帝初意欲官涓，涓竟不得。帝歎曰：「孰謂天子能造命哉！」卒

〔一〕「料」，《高坡異纂》作「計」。

官樓。後范洪亦得涓分數，視涓姑，高下益懸絶矣。

【按】本文出明楊儀《高坡異纂》卷中；明王圻《稗史彙編》卷一六六、清董沛《（光緒）鄞縣志》卷四五、近人鄧之誠《骨董續記》卷一等載之。

唐文

唐文，字儀卿，上世華州人，徙居河東。文少從父宦城陽，城陽君初無子，晚獨生文。然性質魯鈍，日課讀唐人五言詩二十字，師口授數十百過，令自誦，即茫然不能舉一辭。城陽君怒，日撻之，不能進。乙卯歲，延庠生章敬教之。敬患文魯鈍，托以秋將大比，請入定林寺温習故業。定林寺者，去城陽西十五里，山中古寺也。前有大樹巨圍，陰蔽數十畝，蓋勝境也。城陽君遣文從行。是秋，敬下第。九月未望，一日再至寺，文以父命邀敬還。初文之從章讀書寺中也，寺故有梓潼像，頗著靈異，士子多來祈請。文旦暮焚香拜禮，乞稍慧，以全父子之愛。是日，早食畢，文獨出，坐樹下石床上，見有美女子，從樹東來，意甚閒静。文問之，女曰：「予，文曲輔星之精，子之配也。」文不省。女又曰：「今世人所共見七星旁，各有一小星。文曲旁小星，即吾也。子，即文曲星之精。往者歲在戊申，紫微初御世，土氣掩斗，故子蒙塵下謫，今盖八載矣。凡貴星有謫者，法當夙慧〔二〕，大魁天下，位極人臣，子孫滿前，出入殿陛者，多至五六十年，少亦不下三四十年。但子下謫時，值牛女交會之夕，潛窺天漢中戲狎之象，又愆期五百九十刻，被訴於天帝。天帝大怒，減福之半，故暫令子魯鈍，不出三四年，復本性矣。」文亦不省，謂女子曰：「何物二人，能令吾不慧，傷吾父子，吾且必報之矣。」女子笑曰：「子真所謂下愚者，彼天神耳。子今下謫塵世，將奈彼何哉？雖然，無庸報也。疇昔之事，有犯塵緣，亦終與子會矣。方子潛窺時，天孫誤以子爲牽牛，攬子衣渡河，天帝知而醜之，亦謫塵中。天孫謫時，執牽牛手，不忍別，帝又大怒，以爲牽牛戀天孫，批其頰，傷左眉中，血流被體，並謫牽牛矣。特貫索纏牛女，度當緩十六年乃發。又牽牛去〔三〕不得同行，後天孫一載耳。」文曰：「然則汝爲少婦，行空山中，將何爲？」女曰：「吾不見子久，請於天帝，即得下從子矣。然山中秋氣早肅，子得無寒乎？」口

〔二〕「夙慧」，《高坡異纂》作「聰慧」。

〔三〕「去」，《高坡異纂》作「法」。本文形似而訛。

中吐五色雲，手捧雲，掣拽之，成錦帨，長丈餘，輝光燦爛，覆文身，視之目眩。忽女子上樹杪，文驚異，呼寺中人出，共觀之，已不見女子，惟見彩雲南飛，隱隱如聞音樂之聲。章備記其事，及爲長歌，遂刻石寺中云〔二〕。

〔二〕本句後尚有大段文字。其文曰：〔已上皆敬文後事，長歌石已毀，不能復記。先大夫遵谷府君爲莒守日，猶及見其抄本，以下並得之士民相傳〕。文後果大開悟，文名傾海內。年二十三，前夫人錢氏死，明年再娶於清河張氏，少文七歲。問其生，即見神女時也，心異之。又五年而發解，又十年而登進士，以使事攜家屬入吳。其冬北還至毗陵，冰合，舟不能進，乃舍舟陸行。道中見一童子稱牛郎，願自鬻，文遂攜之以北。牛郎事文甚謹，文撫之殊厚，若其子，易其名曰壽安。久之，自言有家禍，請暫歸省。文曰：「爾縣尹武元功，吾同年友也，吾爲若致書與尹，尹當有以處汝矣。」遂發書遣歸。文夫人在毗陵，爲文置一妾，名玉英，甚彗麗。冰解，偕行至京，文亦寵之。先是元功爲尹，政令嚴肅，部中有胡氏子名朝者，負官緡亡去，親戚皆逮繫。事連其婦兄成進，進曰：「吾妹尚未有行，朝自甲申夏竄，歷五年矣，奈何事及我。」辨於縣尹，遂判牒付進，許其妹別嫁。朝歸，以書進尹。尹初欲脱朝罪，或説尹曰：「朝妻公已判別嫁矣，若脱朝，朝必求故妻於進。是公吐權貴而食牒辭也。有二失焉。」尹以爲然，遂正朝罪，流陝州。文之再入朝也，又使山東。將行時，微聞其妾有夫，囑夫人使訪其親戚還之。文行，適夫人母死，弟幼，莫恃以爲葬，遂攜妾還河東。思還妾，計無由求妾親戚，欲得南士人嫁之。時朝既流關內，閒遊河東，唐公僮僕中無識朝者，朝亦無由見夫人。獨媒氏知朝與妾同鄉里，卒嫁與之。歡會之夕，各道鄉邑父母姓名。妾即進妹，朝前所聘妻未行者也，相向悲泣。明日俱至夫人家陳謝，願服勤至死，文歸。因詰壽安者，即朝。其生以乙丑，牛爲丑神，故小字牛郎。妻又果先牛郎一年生，朝之初竄時，父怒甚，以斧傷右眉間，痕固在焉。乃私歎天人之際，雖若玄穆，而兆命不渝。章敬石記，悉有徵焉。文諱言其事，使山東時自毀其石，故時罕傳焉。

【按】本文出明楊儀《高坡異纂》卷中，多有删節。

鬼頭王

南京王指揮敏，初無子，以運糧把總至京。過濟寧，買一妾，色美而賢。内外宗姻，咸敬愛之，生一子。未幾，夫與正室相繼死，妾治家教子，極有法度。既而子襲官，復爲把總。部運北上，懇請其外家所在，但言：「嫁時年幼，已忘之矣。」妾之歸王氏者三十餘年，早起必梳沐於榻上幃幙〔一〕中，至老愈嚴肅。子户〔二〕晨省，立於户外，伺其自出，然後敢前謁拜。近侍有二婢，亦未嘗見其梳沐也。一日，晨興頗遲，二婢立榻前，忽風動帳開，乃見一無頭人坐帳中，持髑髏置膝上，妝飾猶未竟。見二婢，倉皇舉髑髏加頸不及，身首俱仆。婢驚呼，子婦入，則固一枯骨也，人因呼其子爲「鬼頭王」。

〔一〕「帷幙」，《高坡異纂》作「帷幕」。二字通用。

〔二〕「子户」，《高坡異纂》作「子婦」。本文音似而訛。

【按】本文出明楊儀《高坡異纂》卷中；明周暉《續金陵瑣事》、清曾衍東《小豆棚》卷一一、李調元《尾蔗叢談》卷一等載之。

雞卵、鵝卵

嘉靖初年，靈壽縣民劉月家雄雞生卵。縣令不肯信，縛雞至官衙，晚亦生一卵，但殼軟耳。嘉靖七年七月十五日，其縣雨雹，大者如牛頭，小者如杯盤。有人拾得二雹，正如鵝卵，積數日不消，置水中不沉，觀者日衆，縣尉不能禁，遂擊破之，其中皆水，更無他異。

【按】本文出明楊儀《高坡異纂》卷中。

于子仁異術

于子仁，湖廣武岡州人。有雋才，多異術，舉洪武乙丑進士，歷官知登州府。部内有虎患，遣卒持牒入山焚之。明日，虎自入府，伏庭下。子仁數其罪，杖百下，厲聲叱出之，虎復循故道去。或以妖術聞，詔下子仁獄。數日，瘐死獄中，棄其屍。忽夜歸家，家人悉以爲鬼物，閉門拒之。子仁自言：「吾時在獄，實逃出，謂死詐耳。」門内人多方辨驗，無他，始納之。後居家不自韜晦，日與故舊遊宴，或泛舟逆水而上，不用帆櫓。或音樂供帳，無人自具，以此爲樂。其仇家劉氏縶之，白知州伍芳，請奏聞，芳不從，劉自詣闕告之。命官按狀，未至州一日，失子仁所在，惟遺鐵索而已，劉竟坐欺罔死。子仁自號「七十二峰道人」〔二〕，父嘗藝爲梓人，或以子仁爲梓人，訛也。詞翰清妙，人多有藏之者。

【按】本文出明楊儀《高坡異纂》卷下；明馮夢龍《古今譚概》卷三二、《明書》列傳卷三二、葉鈔《明紀編遺》卷五、鄧顯鶴《沅湘耆舊集》卷三、卷二〇〇等載之。

新建伯傳略

新建伯初被讁，至杭寓勝果寺。恐逆瑾議其後，托投江死，留題於壁。其序略曰：

〔二〕「七十二峰道人」，誤。于子仁自號「七十一雲峰道人」，著有《七十一雲峰詩草》。

「予，餘姚王守仁也，以罪南謫。道錢塘，以病且暑，寓居江頭之勝果寺。一日，有二校，排闥而入，直抵予卧内，挾予而行。有二人出自某山蒙茸中，其來甚速，若將尾予者。既及，執二校，二校即挺刃厲聲，曰：『今日之事，非彼即我，勢不兩生。吾奉吾主命，行萬餘里，至謫所，不獲，乃今得見於此，尚可少貸，以不畢吾事耶？』二人請曰：『王公，今之大賢，今死刃下〔二〕，不亦難乎？』二校曰：『諾。』即出繩丈餘，令予自縊。二人又請曰：『以縊與刃，其慘一也。無已，令自溺江死，何如？』二校曰：『是則可耳。』將予鎖江頭空室中，予從窗謂二人曰：『予今夕固決死，爲我報家人知之。』二人曰：『使公無手筆，恐無所取信。』予告無以作書，二人則從窗隙，與我紙筆。予爲詩二首，《告終辭》一章授之，以爲家信。詩曰：『學道無聞歲月虚，天乎至此欲何如？生曾許國慚無補，死不忘親恨有餘。自信孤忠懸日月，豈論遺骨葬江魚。百年臣子悲何極，日夜潮聲泣子胥。』其二曰：『敢將世道一身擔，顯被

〔二〕「今死刃下」，《高坡異纂》作「令死刃下」。

生刑〔一〕萬死甘。滿腹文章方有用，百年臣子獨無慚。涓流裨海今真見，片雪填溝舊齒談。昔代衣冠誰上品，狀元門第好奇男。』其《告終辭》曰：『皇天茫茫，降殃之無憑兮，窅莫知其所自。予誠何絶於幽明兮，羌無門而罔訴〔二〕。臣得罪於君兮，無所逃於天地。固黨人之爲此兮，予將致命而遂志。委身而事主兮，夫焉吾之可有？狗聲拆〔三〕以求容兮，非前修之所守。吾豈不知直道之殞軀兮，庶予心之不忘。定予志詎朝夕兮，孰顛沛而有忘。上穹林之杳杳兮，下深谷之冥冥。白刃奚其相向兮，恍〔四〕予視若飄風。内精神以淵静兮，神氣泊而冲容。固神明之有知兮，起壯士於蒙叢〔五〕。奮前持以相格兮，曰孰爲事刃於貞忠。景冉冉以將夕兮，釋予之頹宫。曰受命以相及兮，非故於子

〔一〕「生刑」，《高坡異纂》作「天刑」。「天刑」，古人多指「上天對惡人的懲罰」，或者閹刑、宫刑，與詩意不合。

〔二〕「罔訴」，《高坡異纂》作「生訴」。

〔三〕「聲拆」，《高坡異纂》作「聲色」。本文誤。

〔四〕「恍」，《高坡異纂》作「盼」。

〔五〕「蒙叢」，《高坡異纂》作「蒙茸」。

之爲攻。不自益[一]以免予兮，夕予將浮水於江。嗚呼噫嘻！予誠愧於明哲保身兮，豈效匹夫而自經。終不免於鴟夷兮，固將溯江濤而上征[二]。已矣乎！疇昔之夕，予夢坐於兩楹兮，忽二伻來予覿。曰予伍君三閭之僕兮，跽陳辭而加璧。啟緘書若有睹兮，恍神交於千載。曰世濁而不可居兮，子奚不來游於溟海。鬱予懷之恍愴兮，懷故都之拳拳。將夷險惟命之從兮，孰君親而忍捐。嗚呼噫嘻！命苟至於斯，亦予心之所安也。固晝夜以爲常矣，予非死之爲難也。泥陰壁之岑岑兮，猿猱若受予長條。颭[三]帝

[一]「自益」，《高坡異纂》作「自盡」。

[二]「上征」，《高坡異纂》作「長征」。

[三]此字後，本文刻印時，似乎有錯行或闕葉之誤。所闕文爲：「結蟠於圮垣兮，山鬼吊於岩暾。雲冥冥而晝晦兮，長風怒而江號。頹陽倏其西匿兮，行將赴於江濤。嗚呼噫嘻。一死其何之兮，念層闈之重傷也。予死之奄然兮，傷吾親之長也。羌吾君之明聖兮，亦臣死之宜然。臣誠有憾於君兮，痛讒賊之諛便。構其辭以相説兮，變黑白而燠寒。假遊之竊辟兮，君言察彼之爲殘。死而有知兮，逝將訴於帝庭。去讒而遠佞兮，何幽之不贊於明。昔高宗之在殷兮，賚良弼以中興。申甫生而屏翰兮，致周宣於康成。帝何以投讒於有北兮，焉能啟君之衷。揚列祖之鴻庥兮，永配天於無窮。臣死且不朽兮，隨江流而朝宗。嗚呼噫嘻。大化屈伸兮，升降飛揚。感神氣之風霆兮，溘予將反乎帝卿。驂玉虬之蜿蜒兮，鳳凰翼而翱翔。從靈均與伍胥兮，彭咸禦而相將。經申徒之故宅兮，歷重華之陟方。降大壑之茫茫兮，登裂缺而怨予。懷故都之無時兮，振長風而遠去。已矣乎，上爲列星兮，下爲江河。山嶽興雲兮，雨澤滂沱。風霆流形兮，品物咸和。固正氣之所存兮，豈邪穢而同科。將予騎箕尾而從傅説兮，凌日月之巍峨。啟」。

闕而籢清風兮，掃六合之煩苛。亂曰：予童顓知罔知兮，姿狂愚以冥行。悔中道而改轍兮，亦倀倀其焉明。忽正途之有覺兮，策予馬而遥征。搜荊其獨生兮，忘予力之不任〔二〕。天之喪斯文兮，不畀予於有聞。矢此心之無諼兮，斃予將來〔三〕於孔之門。嗚呼，已矣乎復奚言。予耳兮予目，予手兮予足。澄予心兮，肅雍以穆。反乎大化兮，遊清虚之廖廓。』詩下有隙紙，篆書自注云：『二人，一姓沈，一姓殷，俱住江頭，必報吾家，必報吾家。』紙尾又有篆書云：『陽明公入水，沈玉殷計報。是歲正德丁卯仲秋。』當三試之後，舉子畢集於杭。一旦忽失王公所在，舍人見所寓僧舍壁上，有二紙，或又得其雙履於江上，以爲真死矣，告諸其弟伯敬。因而，省中皆聞之，執僧四出追訪，士子聚觀前詩、辭，隨毁於衆人之手。有一士子，與其弟同舍，見之最先，故得全録其辭，並得二詩。其序則但一過目，不及畢録，而群手至矣。前序略盖寫其意，予爲點竄數字，令成文可讀。今人止能知其前詩一首，餘並不復知也。王公七日

〔二〕「不任」，《高坡異纂》作「不忍」。

〔三〕「將來」，《高坡異纂》作「將求」。

後，至廣信府，自言入江，有神人救之。一夕漂至漳州府境登岸，有中和堂主人邀歸山室中，贈以詩曰：『十五年前始識荊，此來消息最先聞。君將性命輕毫髮，誰把綱常重一分。寰海已知誇令德，皇天終不喪斯文。武夷山下經行處，好對青尊醉夕曛。』公自言：『從漳至廣信，所經寺觀、驛舍，皆有留題。』」其説甚奇，人頗知其意，不復細驗也〔一〕。

【按】本文出楊儀《高坡異纂》卷下，多有删節；明董谷《碧里雜存》下卷、王會昌《詩話類編》卷六、清褚人獲《堅瓠集》六集卷四等略載其投江及詩二首，墨憨齋《三教偶拈》敷衍之。

尹蓬頭

尹蓬頭，名繼先，臨洮人。目見徽、欽北狩時事，至元，得禮部度牒爲僧。遇異人，授以接命之術。

〔一〕此句後，《高坡異纂》尚有「又公記夢詩並序並附入」句。

元末，嘗乘黑驢游燕雲間，接命於真定。遇群盜奪其驢，刀傷其身面二三處，遂入滇南山中避亂。景泰中，時往來荊、襄、陝、洛間，人尚未之知也。成化末，過江西，有宗室叩其術，不答。宗室怒，杖之垂死，令左右置棺中舁出，生焚之。尹密告舁棺人曰：「死則死矣，幸微露竅穴，少便呼吸。」其人憐而許之。及舉火，特空棺耳。游南都，成國公見所佩元朝羊皮度牒，始共駭異，知其年且二百餘矣。遣一婦人侍之，將私叩其術也。弘治末，復在南京接命。浙江鎮守太監劉璟召之。夜過無錫高橋，巡司詰問，不答，被縛。明日出度牒示之，得釋。未幾，將還南都，道經蘇州，從而拜禮者，日無算。知府林世遠收繫獄月餘。璟間遣使至，釋之。正德初，太監賴義掌東廠，召至入京。劉瑾時方竊權，欲以威劫其術。尹終無言，璟怒，遂以妖言惑衆，緝送法司議死。時閔公珪爲刑書，止令招年九十，免死，押發原籍鉗束，後居鐵鶴觀中。一日，土民修殿發土，土中得鐵鶴，士女兢往〔二〕觀之，尹笑撫之，曰：「自我埋汝，忽復二百年矣，幸再相見也。」跨鐵鶴背，飛上殿脊，對衆高揖而去。守臣

〔二〕「兢往」，《高坡異纂》作「悉集」。

懼，秘其事。

初在刑部，問官叩其術：「合用婦人否？」頷之而已。或再王〔二〕問之，自言：「每一接命，必得奇禍。是獄也，豈有餘殃乎？」對問官惟請死期，略無懼色。一食能盡胡餅數十，酒數斗；或數日不與，亦未嘗告饑。平居惟單衣袍，隆冬不寒。及遣發日，忽爲人求纊襖，或給之，甫出門，脱付解人，且曰：「秦地苦寒，特求此贈耳。」前所佩羊皮度牒，劉璟收之，後璟死，用以殉葬。

【按】本文出明楊儀《高坡異纂》卷下；明李紹文《皇明世説新語》卷六、清黄宗羲《明文海》卷四二〇傳三四、袁鈞《四明文征》卷一六等載之。

赤肚子

當今神仙家，所共知而目觀者，有赤肚子，不知何許人。正德末，忽至密雲，就

〔二〕「再王」，爲「再三」之誤。

人家屋檐下居。冬月，雖大風雪，身無寸絲，惟以氈方尺餘，蔽其前後。或一食能兼數人，或數日不食。兩手指常拳曲不舒，人問之，不答。一日，有道士乘驢過之，赤肚遽起，隨入一野廟中，相對悲泣。道士曰：「我以汝爲死矣，乃尚在耶？」講論通夕而别。

偏胡子姓許，善相術。比老遇異人，令之相，許答曰：「子神清、氣清、骨清，神仙相也。」異人笑拂其鬚，凡經掌握處，明日皆黑，因此遂名。後入終南山求道。今人多在齊魯運河中見之。

若王野極，憲廟封爲太玄真人。今上御極初，前星未耀，或薦之。召至京，不兩月死，其死亦甚異。

【按】本文出明楊儀《高坡異纂》卷下；明江東偉《芙蓉鏡寓言》三集、李紹文《皇明世説新語》卷六、鄭仲夔《偶記》卷六、《玉麈新譚》卷六等録偏胡子事。

十七字詩

僞周用王敬夫、蔡彦文、葉德新三人謀國事，而抵於亡。丁未春，伏誅於南京，風乾蔡、葉之屍於稱竿者一月。先是民間作十七字詩云：「丞相做事業，專用黄菜葉。一夜西風來，乾鶩。」後竟驗焉。

【按】本文出明吴寬《平吴録》；明祝允明《語怪》、郎瑛《七修類稿》卷一三、楊儀《壟起雜事》、徐禎卿《翦勝野聞》、蔣一葵《堯山堂外紀》卷七四、郭子章《六語》讖語卷五、查應光《靳史》卷二五、何喬遠《名山藏》卷四四、馮夢龍《古今譚概》卷三一、趙善政《賓退録》卷一、錢謙益《國初群雄事略》卷七、張岱《石匱書》卷二一六、清翟灝《通俗編》卷三六、陳焯《宋元詩會》卷九一、傅維鱗《明書》卷九〇、吴士玉《駢字類編》卷一五八、徐乾學《資治通鑒後編》卷一八二、周鬱彬《珠里小志》卷四、王廣業《海陵竹枝詞》、周昂《元季伏莽志》卷六等載之。

蘇後湖

蘇後湖養直高隱，文學舊所知者。近見曾端伯編《本朝名士百家詩選》，各爲傳，引述養高死甚奇，漫録其概云。

養直事佛甚謹，深契禪説，又得養生之術。三年前，盛夏與客對棋，有衣褐者持偈云：「羅浮山道人江觀潮。」未及起迎，道人直造就坐〔一〕，旁若無人。養直驚愕，問所從來。答曰：「羅浮黄真人以君不好世人之好，炁母已成，令某持丹度公，可服之。」袖中出一小合，藥黄色而膏融。養直遲疑間，道人曰：「此丹非金非石，乃真氣煉成。疑即且止，俟有急服之。」出門徑去，俄頃不見。養直以丹置佛室。後與客飲，醉後食密雪和龍腦，一夕暴下而卒。所親記道人之言，亟服丹。視其堅如石，磨以飲之，即蘇。自是康强異常，齒落者更生〔二〕，髮白者〔三〕再黑，眼枯者更明。紹興十七年歲旦日，與家人酌别，且告辭鄰里。二日，東方未明，被衣曳杖出門，行步如飛，妻孥謹挽其衣，則已逝矣。

黄真人者，石晉時，爲惠州太守。天福中，棄官入羅浮山，今居水簾洞，人不得見。養直命畫工齋潔瞑想，以其意爲黄真人像。畫畢，則宛然江道人也。識者以爲姓

〔一〕「直造就坐」，《跋蘇養直詞翰》作「直就坐」。
〔二〕「更生」，《跋蘇養直詞翰》作「復生」。
〔三〕「髮白者」，《跋蘇養直詞翰》作「鬒白者」。

江，而以夏來，即黄真人矣。以是知養直之亡，豈道家所謂屍解者乎？

【按】本文原出宋曾慥《跋蘇養直詞翰》，多有删節；宋胡仔《苕溪漁隱叢話後集》卷三六、元俞希魯《（至順）鎮江志》卷二〇、明祝允明《語怪編》、王圻《稗史彙編》卷六二、趙琦美《趙氏鐵網珊瑚》卷四、清卞永譽《式古堂書畫匯考》卷一三書一三、來集之《倘湖樵書》卷八等載之。細審本文，則其出自祝允明《語怪編》。

捉鬼巫

北濠之東，有一巫人，呼爲「某捉鬼」。嘗爲人送鬼，自持咒前行，令一童擔羹飯、香燭、紙錢從之。既行，童覺擔漸重，愈前愈重，至不能任。巫乃令置之地，取紙燒之以驗，見紙上黑氣一道，卓然如立。巫曰：「此冤鬼難治。」與童皆怖甚，捨擔疾趨而前，鬼奔逐之。至前，轉角三家村，巫大呼，一家出救，扶歸其家。既而，與童皆死。

【按】本文出明祝允明《語怪編》；《古今圖書集成》博物彙編神異典卷四六載之。

張道士

太倉沙頭市道士張碧虚，早歲遊江湖，得異術。所居村中，一教書學究家，僅足衣食。嘗有五人泊舟其門，衣冠如貴游公子，延學究入舟，盛設享之，學究因亦設酒以謝。自是無日不來，來必款飲，所費浸多，漸不能給，至典賣衣物以繼之。其所飲酒瓶罌，堆積滿場，其家苦之而不能遠也。鄰人怪之，扣以五人居止、姓名，謝不知，乃曰：「此必祟也。聞張碧虚精於斬勘，盍招之？」乃使人請張。

張先令其家迎所奉王靈官像，供其室，爲怪攝去，繼掛真武，亦如之，乃以令牌、天蓬尺往，復被攝置梁上。張怒，自備香紙符檄至其家。行持數日，忽所攝牌、尺自梁上墜下，仍用學究館生所寫仿書裹之。張喜曰：「是計窮矣。」已而，其家一群兒奔入，告云：「有數百個鬼，朱髮藍膚，頭目獰惡，在場上逡巡。」又傳報云：「一將軍紅衣兜鍪，從者數百人，皆着紅。將軍立場間，指揮〔三〕紅衣人將諸鬼一一捽入諸酒

〔三〕「指揮」，《庚巳編》作「指麾」。

瓶中。諸鬼彷徨搶攘，勢甚洶洶。」張知將軍是靈官神也。使兒伺其每〔二〕一鬼，則持瓶來，書一符封之，投於水，入便〔三〕沉下去。瓶投盡，鬼亦盡，將軍及從者一時都滅。乃設祭謝將，未畢，學究家忽失其長子，徧尋不得，數日乃歸。問之，云：「被五人者，捽我入舟，意象迷罔，行百數十里，身忽在岸，恍如夢覺，乃在蘇州吴山下。因從居民問路得歸。」吴山，地近楞枷，疑五鬼者，五通也。

【按】本文出明陸粲《庚巳編》卷六；民國郭則澐《洞靈小志》卷七載之。

岳武穆祠

岳武穆王廟食湯陰，其地蓋王之故鄉也。弘治丙辰，粲從父宫保公，以御史巡按河南，且滿歲，行部至縣，經祠所，見牆上石刻「盡忠報國」四大字，徑可四尺，意

〔二〕「每」，《庚巳編》作「每入」。
〔三〕「入便」，《庚巳編》作「便」。

將祇謁。

是夕，宿察院，夢入祠瞻拜，神起迎，款語良久。神曰：「予比解兵柄時，在西湖遊衍，甚得山水之樂，恨不久耳。」公問曰：「史言王爲秦檜謀陷，有諸？」曰：「誠然。然致害者，張希獄也。」因請於公曰：「某棲托於此，屋宇傾圮，幸公一鼎新之。」公辭以職非守土，且不久當代去，恐未易料理。神曰：「正須公一言於守、巡耳。」公唯唯，視神目與鼻，左右若有四創，揖而去，遂寤。

遲明，往謁神像，與夢中所見肖似。祠宇穿漏，神面爲霖雨摧剥，有損傷者四處。公異之。閲縣庫，得羡銀八十兩，以托分巡僉事包裕，又以書與巡撫陳都御史德，修新其祠。祠成，弘敞倍勝於舊。

【按】本文出明陸粲《庚巳編》卷六；明王圻《稗史彙編》卷一六九載之。

金箔張

國初有金箔張者，山西人，自幼多技能。嘗以鄉人不善金箔，往學於杭，歸以授之，用此得名。一日，經河南濟源，其神號靈異，人有乞貸貨帛者，隨所須浮出水。張見之曰：「是惡足言神？蓋伏機耳。」歸即鑿池，仿其制爲之，已而果然。每客至，玩以爲戲。

嘗遇道人，引之觀池，道人曰：「吾亦有小術，君當過吾所觀之。」翌日，天未明，張見空中，兩童乘一龍，復控一龍，下其家，請張乘龍〔一〕，龍不服，兩童鞭之，乃得上。須臾，至一山，草屋三間，道人坐其中。張再拜請教，道人指庭中曰：「此有丹在，子可取之。」張周視無所見。令再尋之，終無獲。道人問曰：「此庭東南角，不有物乎？」張對曰：「但見犬糞耳。」道人乃歎曰：「子無緣，且當留形住世耳。」又曰：「此中甚寂，子欲避名，可移家同住也。」居月餘，頗得道人底藴。一日，偶出散步，少頃回顧，唯空山而已。詢之人，乃在大同城外。

張歸，不以道自名。猶來杭剥金，旦乘驢而至，暮則還家，倏忽數千里。或縛草爲龍，跨之而行，歸則以掛房檐間。時作戲術以娱人，每適市，人争隨求觀。孝陵聞

〔一〕「乘龍」，《庚巳編》作「升龍」。

之，召至闕下，而責以妖術惑衆。張謝曰：「臣非妖術，特戲術耳。」上欲試之，張出袖中小銅瓶，以湯沃之，瓶口出五色雲，充滿殿庭。上悦，欲盡其術，時正臘月，命開荷花。張請駕至金水河，索乾石蓮子，亂撒池中。頃刻，花開滿池，香豔可愛，上亦爲啫啫。張索紙，剪爲一舫，置之水，踏而登焉，鼓棹放歌，往來花叢中。倏忽轉向岸中，即失所在，而荷花亦無有矣。亟命四遠索之，竟不可得，後莫知其所終。

【按】本文出陸粲《庚巳編》卷九；明都穆《都公譚纂》卷上、祝允明《野記》、清俞樾《茶香室叢鈔》卷一一、吴慶坻《（光緒）杭州府志》卷八一、民國李榕《（民國）杭州府志》卷八一、近人曹繡君《混號録》等載之，明陸人龍《型世言》第三十四回「奇顛清俗累，仙術動朝廷」敷衍之。

黑廝

黑廝者，陜西按察司隸也。洪武中，有按察使當〔一〕朝覲詣京，籍其從者，名黑廝

〔一〕「當」，《庚巳編》作「適當」。

豫焉。俄一夕病死，使將擇代者，更造其籍。是夕，恍見黑廝跪白曰：「籍無庸改也，小人雖死，尚能事公。所患潼關難過，公但於關外大呼吾名，即出矣。」許之。比行，所經驛傳，百需皆備，詰之，則云：「適有隸報公將至，令〔一〕治具爾。」問其狀，曰：「肥短而黑。」使心知其黑廝也。出門〔二〕，呼其名訖，便聞鬼語云：「某已出關矣。」自陝護至淮安，謝不肯行，曰：「都城隍嚴，某不敢入京師，當止此以候公。」使入朝，以事收下吏〔三〕。久之，黑廝遂降於居民，言：「吾，黑廝大王也，當血食此土。」鄉民翕然信之，爲立廟。憑巫言禍福甚驗，禱謝無虛日，巫積所施予至數百金。歲餘，使事白，復官。將渡江，黑廝下教於巫曰：「某日某官將至，具宴犒，而所有金，悉歸之。不者，吾且罪汝。」巫不得已，往迎焉，以金獻。前一日，使已見黑廝來白已曰：「公謹無泄吾名，懼不爲福。」巫至，始受其獻。巫不解神意，數問焉，不答。巫隨行數百里，固請之，乃以實告。巫愠，歸以語鄉人，相率投詞都城隍訴之，

〔一〕「令」，《庚巳編》作「乃令」。
〔二〕「出門」，《庚巳編》作「出關」。據前後文意，知爲「出關」。
〔三〕「以事收下吏」，《庚巳編》作「以事下吏」。

毀其廟，靈享〔二〕遂絶。

【按】本文出明陸粲《庚巳編》卷九；舊署郎瑛《續巳編》、清《古今圖書集成》博物彙編神異典卷四六等載之。

上梁時日

誠意公嘗過吴門，中夜聞邪許聲，以問左右，曰：「人家上梁也。」又問其家貧富，及屋之豐儉，曰：「貧家，數楹屋耳。」公歎曰：「擇日人，術精乃爾。」又曰：「惜哉，其不久也。」左右問故，公曰：「此日此時，上梁最吉，家當大發，然必巨室乃可。若貧家驟富，必復更置此屋，旺氣一去，其衰可待也。」其後家生計日長，不數載，藏鏹百萬，果撤屋廣之。未久，遂貧落如故。

【按】本文出陸粲《庚巳編》卷一〇。

〔二〕「靈享」，《庚巳編》作「靈響」。

張孟介

湖州張廉孟介，以都御史鎮雲南。嘗巡邊徼，夜宿軍營。人定後，自攜燈出遊，顧一美婦人在旁，張驚愕，遽以燈授之，婦亦不辭，執燈侍側。既訖，麾令前行，婦亦如命。入帳，欲觀書以自持而無書，偶得《大明律》讀之，至五鼓不一轉盻。婦不能惑，擲燈而隱，竟不知何怪。

【按】本文出明陸粲《庚巳編》卷一〇；明楊儀《高坡異纂》卷上載之。

趙重陽

常熟之直塘今屬太倉，有錢外郎者，險人也。家居武斷鄉曲。其里中有婦，曰趙重陽，色美，錢心慕之，且以其夫貧可餌。一旦，召語曰：「聞汝〔三〕有幹局者，何乃坐

〔三〕「汝」，《説聽》作「爾」。

守困窮？吾貸汝〔二〕錢販布如何？」夫幸甚，即以貲易布，使商於臨清。錢遂與婦通。預居貨以待其夫歸，歸一二日，輒具舟遣之，如是者數矣，里人皆知之，而夫了不覺。一日，在客邸，與同伴争詈，爲發其事。夫忍耻歸，錢又如前遣之。既行，至木梳港，潮落不能去，復暫到家，錢方擁趙暢飲，見之愕然，夫慚且怒，然憚錢之强，不敢發，旋回舟中。錢陰與趙計，夜遣人詐爲盜殺之，而以被盜聞官。夫之族人，知而發其謀。縣令楊子器逮兩人鞫之，不承，姑繫之獄。自是，數月亢旱。桑通判民懌謂子器曰：「君知所以不雨乎？坐趙重陽獄未決耳。君能雪此冤，雨必至矣。」子器大悟，立加嚴刑，始款服。少時，大雨如注，闔縣歡呼，以爲神。

錢遂訴之上官，移獄於府。居歲餘，有劫盜十餘人入獄，錢享以酒肴，從容誘之曰：「吾知爾輩，不過一死，能爲我認劫殺商人事，於爾罪無所加，而可以脱我，當厚給爾。」盜許之。及被訊時，具款首，一如錢指，錢乃援盜詞以辨。太守新蔡曹公鳳，召子器詰之，子器力言其故，曰：「彼直巧爲營脱耳。」於是計不行。

〔二〕「汝」，《説聽》作「爾」。

錢又訴於朝，下南京三法司提問。錢已賂津要爲内援，竟以盜辭爲據，錢與趙皆幸免。方出都門，少憩，是日天色晴明，忽疾雷一聲，兩人皆震死，一時哄傳，以爲奇異之事〔一〕。由此觀之，天道甚邇，可謂茫茫乎？

【按】本文出明陸廷枝《説聽》卷三；明李本固《汝南遺事》卷下、張岱《夜航船》卷四、清嵇曾筠《（雍正）浙江通志》卷一六八、陳梦雷《古今圖書集成》明倫彙編閨媛部卷三五七、民國陳海曙《不可紀》等載之。

寡居生犬

温州府閻人費襄，其母寡居，忽有娠。及至臨期〔二〕，産四犬子，而其母亦隨死〔三〕。

【按】本文出明陸廷枝《説聽》卷三；明姜準《歧海瑣談》、今人陳瑞贊《東甌逸事匯録》下

〔一〕「奇異之事」，《説聽》作「奇事」。
〔二〕「及至臨期」，《説聽》作「及期」。
〔三〕「而其母亦隨死」，《説聽》作「母亦隨死」。

編卷二九等載之。

猴交育子

弘治間，洛陽民婦阿周山行，遇群猴，執歸洞中。一老猴妻之，群猴敬事不敢犯。日採山果爲糧，或盜得米粟，周敲石取火，炊食之。歲餘，生一子，人身猴面，微有毛，恒爲老猴守視，不得脱。一旦，老猴病目，周拾毒藥傅而盲之。乘群猴出，遂攜子逃歸夫家。邵氏乳史太守兒〔一〕，後隨至洛，親睹阿周母子。

【按】本文出明陸廷枝《説聽》卷三；明詹詹外史《情史類略》卷二三「猴」、清來集之《倘湖樵書》卷一〇、蟲天子張廷華編《香豔叢書·靈物志》等載之。

弘治間異事

胥門外，韓氏母豕生子，豕身人首。又常熟錢元吉家，羊生一兒，通體如人。俱

〔一〕此句前，《説聽》有「吾吴氏婦」。

弘治中事也。

弘治四年四月八日，西安天雨毛，其長尺許，黎黑色。

十六年三月七日，南昌縣民涂寬家母豕生子一十二口，内有一豕不分陰陽，一頭二身八足。林見素奏引《文獻通考》云：「豕生八足，下不一也。」

十八年冬，吴中地大震，産白毛，又雨粉點。

【按】本文出明陸廷枝《説聽》卷三；明王圻《稗史彙編》卷一七二載之。

顧令却錢

顧先生瀾〔二〕，居吴城臨頓里，受性介潔，不苟取予。宰山東淄川，入覲，父老爲率邑民，出數十緡以獻，竟賦詩却之，云：「笑舒雙手去朝天，榮辱升沉聽自然。珍

〔二〕「顧先生瀾」，《説聽》作「蘭」。據清潘衍桐《兩浙輶軒續録》卷八、李格《（民國）杭州府志》卷三九等，顧瀾，字葛民，海甯諸生，墓在杭州東山，張翰爲之作《墓志銘》。

重淄人莫相贈，近來劉寵不收錢。」竟不受〔二〕。

【按】本文出明陸廷枝《説聽》；明張萱《西園聞見録》卷一三、清褚人獲《堅瓠集》三集卷三、成瓘《（道光）濟南府志》卷三六等載之。

張羅兒

弘治初，汴城張羅兒家〔三〕，歲朝具果餌供祖，越兩日漸少。張疑之，夜伏几下窺伺。至二更，有白狐來盜食，張急起，迎狐，狐忽變爲白髮老人，張即以父呼之，食飲盡設，狐喜云：「吾兒孝順。」爲之盡醉，遂留不去。凡有所須，必爲致之。甫三歲，貲盈數萬，乃構廣廈，長子納官典膳，次子爲儀賓。富盛既久，張忽念身後子孫若慢狐，狐必耗吾家矣，乃謀害之。戲指窗隙及物空中云：「能出入乎？」狐入復出，

〔二〕「竟不受」，《説聽》無此句。

〔三〕文後空五格，據《説聽》，所闕爲「北人呼篩爲羅，其家業此」的釋語。

試之數四，狐弗疑也。乃誘狐入瓿，閉置湯鑊内，益薪燃[一]之，狐呼曰：「吾有德於若，反見殺耶？『人而不仁』，天必殃之！乃公閲歲三百，今爲釜中魚。悲乎！」狐死之三日，其家失火，所蓄蕩然。逾年，次子酗酒殺人，斃於獄。又明年，闔門疫死，人以爲害狐之報云。

【按】本文出明陸廷枝《説聽》卷三；明王圻《稗史彙編》卷二七三、憑虚子《狐媚叢談》卷五等載之。

少三兒

周府後山狐精，與宫女少三兒[二]通。弘治間，出嫁汴人，居富樂，狐隨之，謂三兒曰：「吾能前知，兼善醫術。汝若供我，使汝多財。」三兒語其夫，夫固無賴子也，

[一]「燃」，《説聽》作「然」。
[二]「少三兒」，《説聽》作「小三兒」。

即聽之。掃一室，中掛紅幔，幔内設坐，狐至不現形，但響嘯，呼三兒，三兒立幔外，諸問卜、求醫者，跪於前，狐在内斷其吉凶，無不靈驗，其家日獲銀一二兩。

時某參政之妻，患血崩，衆醫莫能療，病危矣。參政不得已，使問之，狐曰：「井水送下，夜半血當止矣。」果然。又服二丸，疾已全愈。參政乃來稱謝，以察之。狐空中「待我往東嶽查其壽數。」去少選，復嘯至，曰：「命未絶。」出藥一丸，云：與參政劇談宋元事，至唐末五代，則朦朧矣。參政嘆服，聽民起神堂。

吴蘇〔二〕李元璧客於汴，病喉，勺水〔三〕不下者七日矣。求狐治之，以黄金一兩爲藥直，請益，倍與之，乃得藥一丸，服之即瘥。其神效之速，不可悉紀。

正德初，鎮守寥太監之弟鵬，召富樂索千金，富樂言：「所得財貨，隨手費盡，無有也。」鵬怒，下之獄，狐亦自是不至矣。

【按】本文出明陸廷枝《説聽》卷三；明王圻《稗史彙編》卷二七三「狐變老人」、憑虚子

〔二〕「吴蘇」，《説聽》作「吾蘇」。

〔三〕「勺水」，《説聽》作「勺飲」。

《狐媚叢談》卷五「狐能治病」、詹詹外史《情史類略》卷二一「狐精」、清葆光子《物妖志》獸類等載之。

鍾髽髻

鍾髽髻者，乾州人，隱於終南山，有遁法。都御史張泰聞其名，召見，欲受其術，不從，乃遣還。時大雨，左右欲以盖送之，張公笑曰：「不須也。」鍾徑衝雨而出，倏然弗見〔二〕，使人往饋以果核，室門尚扃，而鍾已在内，衣裳了無沾濡，出攜果核入房，身忽又在外，莫能測也。

時與諸生共行至乾陵，諸生戲曰：「先生有奇術，盍試之乎？」謝無有，因强之，握土一塊，遂不見。諸生至城門，則見鍾臥其下，曰：「君輩來何遲也，吾寢一覺矣。」其幻化若此。

〔二〕「倏然弗見」，《説聽》作「倏然不見」。

【按】本文出明陸廷枝《説聽》卷三；明謝肇淛《五雜俎》卷五曰：「鍾鑿髻握土一塊，遂不見，土遁者也。」

牛師

鳳翔有牛師者，莫知其年歲。鄉里老人云：「兒時見其狀若是，至今猶不改觀。」顱如嬰兒，冬月不挾纊。士子數輩，欲困之。大雪中，俟其過，要與立語，逾時，雪深尺，諸生皆不堪，而師略無寒態，當其立處，丈許雪不凝積。平生健飲啖，每入城，城中數十家，争延致之，一時食徧，不云飽也。

居城外故窑中，一旦臥疾，謂其弟子曰：「吾病思戌肉。所蓄黄犬，其烹以飼我，勿去其皮。」弟子如命，熟犬以獻。師食之都盡，曰：「吾病似愈矣，可爲我具浴。」坐浴盤中，弟子益薪而去，湯沸而師不起，爛其半體。弟子至，亟扶出，語之曰：「吾不覺也。」潰而成瘡，臭不可近。弟子厭苦，相知問候者，亦不敢入門，因歎曰：「吾乃爲人所惡若此耶？」起易新衣，去床褥積污，曰：「可扶我坐。」坐須臾而逝，時正德某年四月十五日也。

及是月二十七日，有人持書至云：「十五日者〔二〕，見師於其地，令達此書於弟子。」啟之，真手書也。後衆自他郡還者，皆曰：「見師牽一黄犬在前。」言爲〔三〕化去不死矣。

【按】本文出明陸廷枝《説聽》卷三。

白女

白女者，娼也，與吴人袁節，情好甚篤，誓不以身他近。其姥阻截百端，而白志益堅。有富商求偶於白，不從，母棰之成疾。以書招節一見，節憚姥，不敢往。白憂念且死，囑其母曰：「葬吾，須吾袁郎來。」言終而絶。及舉葬，柩堅重，十餘人不能

〔二〕「十五日者」，《説聽》作「十五日」。

〔三〕「言爲」，《説聽》作「信爲」。

勝。姥〔二〕曰：「嘻，其是袁郎未至也。」即促節至，撫棺曰：「袁郎至矣。」應聲而起，人以爲異。節爲延僧誦經薦之，如悲伉儷焉。

【按】本文出明陸廷枝《説聽》卷三；明梅鼎祚《青泥蓮花記》卷六、詹詹外史《情史類略》卷一〇等載之。

金德宣

南濠金德宣，正德初，販豆麥於楓橋下河。一晚入酒館，忽有客來，長身偉貌，美鬚髯，金默異之，揖客共飲，歡若平生，竟與同歸。越宿，客謂金曰：「吾舟泊滸墅，須遣价引之。」金從之。客俟舟至，舁雙笥，出銀二千，並一簿，授金，曰：「荷愛長者，敢煩派此於機户？」金視之，織龍鳳衣數也。駭問：「何爲？」曰：「身是秦府儀賓也，奉殿下命，辦此。」時已秋杪，屈指計云：「往探姻親宦閩者，初春到

〔二〕「姥」，《説聽》作「母」。

吴，幸預爲督成。」及期，已織完，畀之，客喜謝去。

金後販布之湖廣，江中遇盜，金暨同伴，俱就縛，劫貨將盡矣。有舸揚六帆，如飛而至，中坐衣龍袍者，惟言：「搬却大船來。」金偶舉頭，龍袍者見之，大呼曰：「是吾故人。」趨解縛，一行人盡得釋。招金過船相見，即向織龍鳳衣客也。慰問良久，設席款之，奏女樂，見其妻妾四人。酒闌，召諭群盜曰：「吾自賚若輩，故人物，毫毛不許動。」舉還之。尋語金云：「乘舸浮海，未嘗沿江。昨得一姝，趁便風遊衍，不覺至此，殆天假良晤也。」臨别，又贈壓驚黄金一錠。衆詢知其故，皆曰：「某等數千金劫去，因君復來，德君何已，願各分半以謝。」金峻却之，曰：「若然，則予亦盜也。」衆乃止。金從此不復爲商矣。

甲戌歲，以解户如南京，遇諸途。盜問其寓所，云：「明當參候。」是日，盜與某都督飲博，巡江察院潛訪擒去。金惶懼纍日，聞杖死，始安。

【按】本文出明陸廷枝《説聽》卷三；彈詞《玉蜻蜓》（又名《芙蓉洞》）中「長江遇盜」一事，即從本文敷衍而來。

李百户

正德初，徐州李百户，以酤爲業。一日，有人負兒來市飲食，年可六七歲矣，李疑爲盜兒者，問：「兒從何來？」其人曰：「此吾主翁子也。自任所回，覆舟死，惟郎與某得生，流離至此。」李視其貌秀美，曰：「予無子，肯嗣我乎？」其人幸甚，遂畀之銀二兩去。留是子，從師讀書，又買一童隨侍。久之，有擡大士像，擊鼓鈸求施者，見兒抱哭，顧謂李曰：「予，陝西人，失兒兩載餘矣。自北而南，物色不可得，乃假募緣，到處引童子出觀，冀或相值，今何幸得之公家！」李語之故，亟更衣，登拜，曰：「公收育吾子，非常恩也。」啟囊出白金二百兩饋李，曰：「周流日久，止餘此耳，未足爲謝。」將兒去。後遣僕夫馳贈五百兩，又爲買邊功，授錦衣衛指揮〔二〕。蓋其家貲百萬，僅有此兒，故報之若是。李之任，數月即移疾歸，安享富貴，終其身。噫！語所謂「倘來之物」非耶，斯亦奇矣。

〔二〕「指揮」，《説聽》作「百户」。

【按】本文出明陸廷枝《説聽》卷三。

岳武穆僇檜後

秦檜裔孫某，宰湯陰，綽有政聲。每欲謁岳武穆廟，逡巡弗果。將及瓜，謂同僚曰：「少保雖與先世有惡，豈在後嗣耶？且吾守官，可無愧神明，往謁何傷？」遂爲文祭之。拜不能起，嘔血數升，扶出廟門即死。事在嘉靖初年。魏恭簡公提學河南歸，爲所親言者。

【按】本文出明陸廷枝《説聽》卷四；清褚人獲《堅瓠集》續集卷四、王士禎《池北偶談》卷一〇、卷二三、朱栩清《埋憂集》卷五、近人丁傳靖《宋人軼事彙編》卷一五等載之。

史四

涿州史四，素無行。在别墅，奸其鄰人女，長兄聞而撻之百餘，逐歸，死於途，家人不知也。見其疾趨入門，妻在室將産，亦云：「郎已回」，頃忽不見。隨生一男，面脅皆半青，方疑駭，而史凶訃至矣。舁屍來家，其面與脅，皆半青〔二〕，與所産之子，毫無所異〔三〕，乃知即其父托生也。

【按】本文出明陸廷枝《説聽》卷四。

道人食麵

吳城東有回道院，中塑回道人像，隔牆賣麵家。一日，有道裝者至，食數碗麵，趨入道院，顧謂主人曰：「來，償汝錢。」隨使童子索之。衆道士云：「今日無人外出，吾院中〔三〕亦無外來者，安得有此？」童子尚不肯〔四〕信。忽仰見塑像，指曰：「此

〔二〕「其面與脅，皆半青」，《説聽》作「其面肋半青」。
〔三〕「與所産之子，毫無所異」，《説聽》作「與子無異」。
〔三〕「吾院中」，《説聽》無此句。
〔四〕「尚不肯」，《説聽》作「未」。

即前〔二〕睒麵道人，何嘿嘿耶？」衆道士仰視〔三〕其脣，尚有麵在〔三〕，爲之駭異。神仙遊戲於〔四〕域中，其變化不測如此。

【按】本文出明陸廷枝《説聽》卷四；清徐崧《百城烟水》卷三節録之。

陳十三老人

寧波陳十三老人者，嘗病瘧，經年不瘥。有人教以置虎皮鎮之，乃坐臥一虎皮十載，而病如故。後忽見〔五〕虎皮夜出，化虎食物。每銜畜豕至家，家人利其所有，不問也。一日，自外負一人股至，其姥懼曰：「老賊作怪矣。」操杖伏門外俟焉，見其蒙虎

〔二〕「前」，《説聽》無此字。

〔三〕「衆道士仰視」，《説聽》作「衆視」。

〔三〕「尚有麵在」，《説聽》作「有麵」。

〔四〕「遊戲於」，《説聽》作「遊戲」。

〔五〕「忽見」，《説聽》作「忽蒙」。蒙皮化虎，爲本文的關鍵，「忽見」之改，錯訛太甚。

皮欲化，即出擊之，時一手尚未變，遂躍去，竟不復還。自後山行者，往往見一虎，前一足尚是人手。有知者，則呼曰：「陳十三老人，吾汝鄰也，莫作惡。」虎聞之，弭耳垂尾而去。其不識者，乃食之，如是者數年。一夕暴雷，山中震死一虎，衆視之，即人手之虎也。

【按】本文出陸廷枝《説聽》卷四；明陳繼儒《虎薈》卷五、清趙彪詔《談虎》、陳梦雷《古今圖書集成》博物匯典禽蟲典卷六五等載之。

變婆

貴州平越山寨苗民，有婦年可六十餘，生數子矣。丙戌秋日入山，迷不能歸，掇食水中螃蟹充饑，不覺偏體生毛，變形如野人。與虎交合，夜則引虎至民舍，爲虎啟門，攫食人畜。或時化爲美婦，不知者近之，輒爲所抱持，以爪破胸飲血，人呼爲「變婆」。歲庚寅，先君寓其地，聞之從游諸生云。

【按】本文出明陸廷枝《説聽》卷四；明陳繼儒《虎薈》卷六、清孫之騄《晴川蟹録》後蟹録卷一、王初桐《奩史》卷八一、趙彪詔《談虎》等載之。

假銀買羊

俞翶者，中書族叔之僕也，平生專以假銀騙人。戊戌夏月，至常州貿易，經賣羊家，欲以銀一兩三錢，買四羊，主人求益，弗許而去。明日，主人將出，囑其妻曰：「昨買羊者，儻再來，稍增價，可與之。」翶果瞷其夫之亡也，以壹兩八錢買去。夫歸，怪其增價太多，視之，乃假銀也，怒駡其妻，妻忿縊死，夫痛其妻，亦縊焉。至七月間，翶被迅雷擊死陳湖濱，四羊亦死，盖翶屍上。遠近快異其事，天彰明威，以警人如此。

【按】本文出明陸廷枝《説聽》卷四；清姚文然《姚端恪公集》外集卷八、近人史玉涵《感應類鈔》奢儉類載之。

王宗妾

南京刑部典吏王宗，福建人。一日當直，忽報其妾爲人殺死舍館，宗奔去，旋來，告尚書周公。用發河南司究問，欲坐宗罪。宗云：「聞報而歸，衆所共見，且是婦無外行，素與宗歡，何爲殺之？」考掠纍日，終無異辭。既數月，都察院會審，事檄浙江道御史楊逢春。楊示約某夜二更後鞫王宗獄。如期鞫之，猝命隸云：「門外有睹視者，執以來。」果獲兩人，甲云：「彼挈某伴行，不知其由。」乃捨之。用刑究乙，乙具服，言：「與王宗館主人妻亂，爲其妾所窺，殺之以滅口。」即置於法，而釋宗。楊曰：「若日間，則觀者衆矣，何由踪跡其人？人非切己事，肯深夜來瞰耶？」由是举稱爲神明〔一〕。

【按】本文出明陸廷枝《説聽》卷四；明馮夢龍《智囊》卷一〇、清陸壽名《續太平廣記》卷一六、陳芳生《疑獄箋》卷二、胡文炳《折獄高抬貴手補》卷二、黄叔璥《南台舊聞》卷一二、

〔一〕此後《説聽》尚有「一時聲振都下」句。

楊景仁《式敬編》卷四、金庸齋《居官必覽》卷五等載之。

朱某妻顧氏

北門橋朱某妻顧氏，每夜有巨人來共寢，日漸羸憊。家人語婦云：「取其佩戴之物，斯知何怪矣。」婦俟與交時，拔其頭上一件，藏於席下。明視之，乃紗帽展翅也。朱驗之土地祠中，判官正失此翅。具報兵馬司，轉申刑部，問判官杖罪一百。成招，拽像至中衢，杖而碎之，中有血水流出。顧氏得無恙。

【按】本文出明陸廷枝《説聽》卷四；《情史類略》卷一九載之。

易外郎婢

長洲易外郎，己亥年，家中怪作，所藏肴核，嘗移置他所，罄之。但聞空中云：「我食某人矣。」時有大磚擲下，然終不傷人也。姻家曹某至，戲曰：「若能取我帽乎？」言未既，帽忽去頂，空中曰：「汝信乎？」曰：「信矣。」與之索帽，云：「在灰堆上，可往取之。」果然。易未如之何。聞杭州某道士有異術，致之求治，道士曰：「是鬼物也，憑陰人爲崇，君能棄之否？」易曰：「妻女之外，一如法旨。」道士曰：「定是君家奴輩。」遂書符化之，有婢在廚下，直飛墮其身，曰：「即此人也。亟鬻之，斯無患矣。」易呼婢問之，云：「有一人夜夜來，與人同睡，且戒曰：『吾與若好也，倘泄於人，將不利汝。』兒恐，故弗敢言。」易即賣婢與某甲，而怪隨擾其室，乃以婢歸其母家，後不知如何。

【按】本文出明陸延枝《説聽》卷四。

周文襄公見鬼

正統辛酉秋，巡撫周文襄公赴京議事，挈予同去，訪先師魏少宰。回途至夾馬營，晚涼，與其家子〔二〕仁俊在船面侍坐。

〔二〕「家子」，《烟霞小説》「冢子」。本文形似而訛。

文襄見兩岸石橰敗露，忽語予曰：「若曾見鬼乎？」予曰：「不曾。」文襄曰：「吾曾見一鬼，甚奇異，盖吾鄉盧陵老儒周尚山之魂也。尚山在京，求仕不偶。都御史劉觀，延作館賓，與同鄉諸縉紳交往甚久，物故於宣德二年。魂忽附於翰林修撰尹鳳岐之次子，求見諸舊故，於吾尤切。出言成章，詞雖俚淺，而録之者，筆〔二〕不能及。又能言人禍福。尹公專請諸公相見，欲釋此事。吾時爲越府長史，與文淵何御史、南雲程中書，吏部鄭侍郎之弟，四人同往。但見此子緊閉雙目，面壁而臥，口不絶言。何執牙牌，叱咄之，曰：『甚麽人在此無禮？』其子微笑，朗吟曰：『諸公袞袞盡朝臣，不信陰陽與鬼神。劉觀家中曾識面，如何問我是何人？』謂吾曰：『長史先生王佐才，連朝相請不輕來。胸中無限不平事，要與從容話一回。』又吟曰：『昔年承著尚山文，爛若春空五彩雲。久在泉臺樂耽玩，天葩端的吐奇芬。』又云：『深辱雄文見遺，不曾致謝。』吾曰：『令郎已送布四端。』即曰：『此土布，何足以謝雄文？』高吟曰：『蠢子來京帶土宜，四端粗布表相知。如何可潤雄文筆，地下難忘一寸私。』又

〔二〕「筆」，《烟霞小説》作「必」，本文音似而訛。

曰：『抑庵爲我述行藏，東里與我作墓志，並諸公哀挽之作，萃成一集，煩公序以冠其端。』吾曰：『先生今亦奚用哉？』答曰：『九泉之下，也是眉目。譬如老尹得一敕命，即在地下誇耀於人。』又高吟曰：『尹公敕命得焚黄，地下逢人炫寵光。詩序寫來焚與我，九泉之下也煌煌。』就呼何繡衣：『如何失信，不送鳳陽墨與我？』何曰：『我在鳳陽回，先生已捐館，故不曾送。』即訝然曰：『你欺心！你欺心！你在鳳陽回，我方有病。因老劉有事，故不踐言。』遂吟曰：『百煉玄霜出鳳陽，君曾許我助文房。今朝竟發欺心語，巡按回時始臥床。』曰：『老劉何爲得禍？』遂叱曰：『老劉好兒子！假如你在浙江巡按回，送他一織金緞子，他何曾得來？』又吟曰：『君在浙江巡按回，織金緞子送都臺。如今却說劉公過，此口煩君再莫開。』何曰：『先生你曾央我一事。』答曰：『有表弟王某爲學官，爲進香，科歛盤費，以我面皮，不曾責打，也鈕他一個徒罪。』復爲〔二〕何曰：『你央及我的事如何？』何遏之曰：『你又央我一事。』答曰：『有張姓者，因我死了，不曾輕恕他。』復謂何曰：『你央

〔二〕「爲」，《烟霞小説》作「謂」。本文音似而訛。

我的事如何？』蓋因織金段子一事，切中心腑，恐泄他事之短，甚難回話。吾隨沮曰：『尚山先生，不必窮此事。一向在於何處？』答曰：『我平生不曾信鬼，今日輪到我做鬼，方才知道有這鬼。且人者，日之光。鬼者，月之光。日之光，能及物。月之光，不能及物。』吾問何故，曰：『譬如一件濕衣服，晒在日之下，則乾，月之下，不能乾。』又問之曰：『世間多少人死，皆無靈異，惟先生靈異若此？』答曰：『君獨不詳月有弦、望、晦、朔？故鬼亦有靈爽寂滅之異也。』偏問諸故舊，且挽南雲手，吟曰：『南雲内翰鳳池仙，筆上生花正妙年。我自沉淪君獨奮，人生窮達總由天。』又吟曰：『縉紳知己滿朝端，總是相思會面難。此位郎官不相識，丰姿絶似鄭天官。』蓋鄭天官有事不得來，因遣其弟來致意，以其日前，不曾會面，而起疑似之言。南雲問曰：『長史先生當如何〔二〕？』答曰：『在京堂上，前程萬里。』吾問：『南雲如何？』答曰：『也是在京堂上。』隨問〔三〕：『何繡衣如何？』答曰：『我不説！我不説！』

〔二〕「當如何」，《烟霞小説》作「入後何如」。

〔三〕「隨問」，《烟霞小説》作「又問」。

蓋憾其初叱咄之意，强之，曰：『也是在京堂上。』微云：『可惜！可惜！』衆莫能喻其意。正敘話間，忽厲聲曰：『尹公！尹公！我借令子聰明，以發我平生不平之意，何故説：「乃於吾兒而見殃？」』衆愕然，未知其意。蓋尹公以吾輩三四人來，聊致小祭，作祭文遣之。文中云：『既不念吾同學，又不念吾同鄉，吾於汝而何負？乃於吾兒而見殃。』然此文尚未終篇脱稿，書房與敘話處又隔遠，何遽知其然耶？衆皆奇異。吾問曰：『先生欲何爲？』答曰：『吾無他，惟一念不忘故舊，欲與一會耳。尹公以鄉里之故，特此相累。可於某日備二十桌盛席，延諸公，更煩長史先生爲主人。會訖則去，必不見殃於其子也。取紙筆來，爲吾列諸姓氏。』首東里，次抑庵，次鄭公，次吾，何得第十三，尹得第二十三，其子得三十七，末席。言既，其子齁齁而睡。移刻，即欠伸張目。驚見吾輩在坐，起與爲禮。問其所言，懵然莫知也。至期，諸公畢集，惟東里以事不赴。其魂又附於此子，稱吾爲主人，備談舊事，盡歡如散〔二〕。從是，降神之事遂息。」

〔二〕「如散」，《烟霞小説》作「盡散」。

予因進曰：「得無尹公家之不祥乎？」文襄曰：「何爲不祥？此子其年中舉。」予驚異其事，詳記之心中，幾五十年矣。惟何公「可惜之事」不解。後聞何公以吏部尚書致仕在家，其子喬新爲給事中，與張真人結姻。真人被其叔母，赴京奏其違法，有旨抄提。給事泄其語，真人逃竄。有旨窮究其情，何恐禍及，遂自經死。其謂「可惜」者，爲此也。弘治元年三月望日述。

【按】本文出明陸廷枝編《烟霞小説》「紀周文襄公見鬼事」，明梅鼎祚《才鬼記》卷一三、徐復祚《花當閣叢談》卷六、王會昌《詩話類編》卷一〇等載之。

據校書目

明一統志　［明］李賢等撰，文淵閣《四庫全書》本。

明史　［清］張廷玉等撰，中華書局，一九七四年。

明史　［清］萬斯同撰，清抄本。

大清一統志　［清］穆彰阿等纂，文淵閣《四庫全書》本。

疑獄集　［五代］和凝撰，文淵閣《四庫全書》本。

鴻猷録　［明］高岱撰，明嘉靖四十四年高思誠刻本。

西湖遊覽志餘　［明］田汝成撰，浙江人民出版社，一九八〇年。

吴中人物志　［明］張昶撰，明隆慶四年刻本。

萬曆野獲編　［明］沈德符撰，中華書局，一九九七年。

弇州史料　［明］王世貞撰，明萬曆四十二年刻本。

國朝獻徵録　［明］焦竑輯，明萬曆四十四年徐象橒曼山館刻本。

兩浙名賢録　［明］徐象梅撰，天啟光碧堂刻本。

本朝分省人物考　〔明〕過庭訓撰，明天啟刻本。

熙朝名臣實録　〔明〕焦竑輯，明末刻本。

皇明詞林人物考　〔明〕王兆雲輯，《四庫存目叢書》本。

今獻備遺　〔明〕項篤壽撰，文淵閣《四庫全書》本。

馬端肅奏議　〔明〕馬文升撰，文淵閣《四庫全書》本。

名山藏　〔明〕何喬遠輯，明崇禎間刻本。

石匱書　〔明〕張岱撰，清稿本。

嘉禾征獻録　〔清〕盛楓撰，清稿本。

明史紀事本末　〔清〕谷應泰撰，中華書局，一九七七年。

罪惟録　〔清〕查繼佐撰，浙江古籍出版社，二〇一二年。

明紀編遺　〔清〕葉鈞撰，清初刻本。

明書　〔清〕傅維鱗撰，清康熙三十四年本誠堂刻本。

明名臣言行録　〔清〕徐開任輯，清康熙刻本。

二申野録　〔清〕孫之騄撰，清光緒二十七年吟香堂刊本。

姑蘇志　〔明〕王鏊撰，文淵閣《四庫全書》本。

（正德）淮安府志　〔明〕陳艮山等纂，正德十三年刻本。

（弘治）徽州府志　〔明〕汪舜民等纂，明弘治刻本。

（隆慶）臨江府志　〔明〕劉松明等纂，天一閣藏本。

廣輿記　〔明〕陸應陽輯，〔清〕蔡方炳增輯，清康熙間刻本。

（乾隆）貴州通志　〔清〕鄂爾泰等纂，乾隆六年刊本。

普陀山志　〔清〕許琰撰，乾隆刻本。

江西通志　〔清〕謝旻等纂，文淵閣《四庫全書》本。

江南通志　〔清〕尹繼善等纂，文淵閣《四庫全書》本。

（乾隆）江南通志　〔清〕趙宏恩纂，文淵閣《四庫全書》本。

（乾隆）福州府志　〔清〕魯曾煜纂，清乾隆十九年刻本。

解州全志　〔清〕言如泗等纂修，清乾隆二十九年刻本。

（乾隆）鄞縣志　〔清〕錢維喬修、錢大昕纂，乾隆五十三年刻本。

武夷山志　〔清〕董天工修，清乾隆刻本。

（嘉慶）直隸太倉州志　〔清〕王昶纂，清嘉慶七年刻本。

（同治）清江縣志　［清］潘懿纂，清同治九年刻本。

珠里小志　［清］周鬱濱纂，上海書店，一九九二年。

（同治）蘇州府志　［清］馮桂芬等纂，江蘇古籍出版社，一九九一年。

（光緒）南匯縣志　［清］金福曾纂，清光緒五年刻本。

（光緒）順天府志　［清］張之洞等纂，清光緒十二年刻十五年重印本。

龍華志　［清］釋道淵輯，清抄本。

搜神記　［晉］干寶撰，李劍國新輯，中華書局，二〇〇七年。

博物志　［晉］張華撰，文淵閣《四庫全書》本。

初學記　［唐］徐堅等撰，文淵閣《四庫全書》本。

法苑珠林　［唐］釋道世撰，文淵閣《四庫全書》本。

太平廣記　［宋］李昉等輯，文淵閣《四庫全書》本。

東軒筆録　［宋］魏泰撰，文淵閣《四庫全書》本。

古今合璧事類備要　［宋］謝維新輯，文淵閣《四庫全書》本。

錦繡萬花谷　［宋］佚名輯，宋刻本。

類説　［宋］曾慥輯，文淵閣《四庫全書》本。
紺珠集　［宋］朱勝非撰，文淵閣《四庫全書》本。
古今事文類聚　［宋］祝穆撰，文淵閣《四庫全書》本。
癸辛雜識　［宋］周密撰，文淵閣《四庫全書》本。
夷堅志補　［宋］洪邁撰，清影宋抄本。
夢林玄解　［宋］邵雍纂輯，明崇禎刻本。
搜神秘覽　［宋］章炳文撰，涵芬樓《續古逸叢書》影印宋刻本。
韻府群玉　［元］陰時夫撰，文淵閣《四庫全書》本。
輟耕録　［元］陶宗儀撰，文淵閣《四庫全書》本。
謇齋瑣綴録　［明］尹直撰，明鈔本。
餘冬序録　［明］何孟春撰，明嘉靖七年刻本。
兩山墨談　［明］陳霆撰，明嘉靖十八年李檗刻本。
濯纓亭筆記　［明］戴冠撰，明嘉靖二十六年刻本。
詩女史　［明］田藝蘅編，嘉靖三十六年刻本。
雙槐歲抄　［明］黄瑜撰，明嘉靖三十八年刻本。

古今説海　〔明〕陸楫輯，文淵閣《四庫全書》本。

今言　〔明〕鄭曉撰，明嘉靖四十五年刻本。

皇朝平吴録　〔明〕吴寬撰，明鈔本。

花影集　〔明〕陶輔撰，中華書局，二〇〇八年。

七修類稿　〔明〕郎瑛撰，明刻本。

續巳編　〔明〕郎瑛撰，《續説郛》本。

新編古今奇聞類紀　〔明〕施顯卿輯，明萬曆四年刻本。

古今寓言　〔明〕詹景鳳輯，萬曆九年刻本。

夢類占考　〔明〕張鳳翼輯，萬曆十三年刻本。

水東日記　〔明〕葉盛撰，中華書局二〇〇七年。

都公譚纂　〔明〕都穆撰，明鈔本。

寓圃雜記　〔明〕王錡撰，明抄本。

高坡異纂　〔明〕楊儀撰，明萬曆十八年《烟霞小説》本。

異林　〔明〕徐禎卿撰，明萬曆十八年《烟霞小説》本。

説聽　〔明〕陸延枝撰，明萬曆十八年《烟霞小説》本。

蓬窗類紀　[明]黄暐撰，《涵芬樓秘笈》本。

吴中故語　[明]楊循吉撰，明萬曆十八年《烟霞小説》本。

紀善録　[明]杜瓊撰，明萬曆十八年《烟霞小説》本。

馬氏日鈔　[明]馬愈撰，明萬曆十八年《烟霞小説》本。

禪寄筆談　[明]陳師撰，明萬曆二十一年刻本。

風世類編　[明]程世用撰，明萬曆二十八年刻本。

筠齋漫録　[明]黄學海撰，明萬曆三十年刻本。

耳談類增　[明]王同軌撰，明萬曆三十一年唐晟唐昶刻。

續文獻通考　[明]王圻撰，明萬曆三十一年刻本。

汾上續談　[明]朱震孟撰，萬曆刻本。

闇然堂類纂　[明]潘士藻撰，明萬曆刻本。

榕陰新檢　[明]徐𤊹撰，明萬曆三十四年刻本。

問奇類林　[明]郭良翰輯，萬曆三十七年黄吉士刻本。

續問奇類林　[明]郭良翰輯，明萬曆三十七年黄吉士刻本。

文海披沙　[明]謝肇淛撰，明萬曆三十七年沈儆炌刻本。

稗家粹編　［明］胡文煥輯，書目文獻出版社，一九八八年。

皇明世説新語　［明］李紹文撰，明萬曆刻本。

捧腹集　［明］許自昌輯，明萬曆刻本。

華夷花木鳥獸珍玩考　［明］慎懋官輯，明萬曆刻本。

戒庵老人漫筆　［明］李詡撰，清順治五年世德堂重刻本。

樗齋漫録　［明］許自昌撰，明萬曆刻本。

菽園雜記　［明］陸容撰，中華書局，二〇〇七年。

狀元圖考　［明］顧鼎臣撰，萬曆刻本。

稗史彙編　［明］王圻輯，明萬曆刻本。

五雜俎　［明］謝肇淛撰，明萬曆四十四年如韋館刻本。

譯語　［明］岷峨山人撰，明萬曆四十五年刻本。

游居柿録　［明］袁中道撰，萬曆四十六年刻本。

狐媚叢談　［明］憑虛子輯，明萬曆草玄居刻本。

廣豔異編　［明］吴大震輯，明刻本。

太平清話　［明］陳繼儒撰，明萬曆刻寶顔堂秘笈本。

重訂增補陶朱公致富奇書　［明］陳繼儒撰，清康熙十七年刻本。

芙蓉鏡寓言　［明］江東偉撰，浙江古籍出版社，一九八六年。

牧津　［明］祁承爜撰，明刻本。

續金陵瑣事　［明］周暉撰，南京出版社，二〇〇七年。

焦氏説楛　［明］焦周撰，明萬曆刻本。

六語　［明］郭子章輯，明萬曆刻本。

震澤長語　［明］王鏊撰，中華書局，一九八五年。

孤樹裒談　［明］李默撰，明刊本。

殊域周咨録　［明］嚴從簡撰，明萬曆刻本。

劉氏鴻書　［明］劉仲達輯，明萬曆刻本。

山樵暇語　［明］俞弁撰，明抄本。

鴛渚志餘雪窗談異　［明］周紹濂撰，中華書局，二〇〇八年刊本。

聞見録　［明］陳繼儒撰，明萬曆寶顏堂秘笈本。

名疑　［明］陳士元撰，文淵閣《四庫全書》本。

正字通　［明］張自烈撰，清康熙刻本。

萬姓統譜　〔明〕凌迪知撰，文淵閣《四庫全書》本。

亘史鈔　〔明〕潘之恒撰，明刻本。

二酉委譚摘録　〔明〕王世懋撰，《叢書集成》初編本。

曲中志　〔明〕潘之恒撰，清順治三年宛委山堂刻本。

古今譚概　〔明〕馮夢龍編著，中華書局，二〇〇七年。

情史類略　〔明〕詹詹外史輯，春風文藝出版社，一九八六年。

湧幢小品　〔明〕朱國禎撰，天啟二年刻本。

牧津　〔明〕祁承㸁撰，明天啟四年刻本。

國朝典滙　〔明〕徐學聚撰，天啟四年刻本。

雪濤小説·聞紀　〔明〕江盈科撰，上海古籍出版社，二〇〇〇年。

詩評密諦　〔明〕王良臣撰，天啟間刻本。

露書　〔明〕姚旅撰，天啟刻本。

靳史　〔明〕查應光輯，明天啟刻本。

漢前將軍漢壽亭侯關公志　〔明〕丁纊輯，明崇禎五年刊本。

無夢園初集　〔明〕陳仁錫撰，明崇禎六年張一鳴刻本。

梅花渡異林　〔明〕支允堅撰，明崇禎刊本。

古今詞統　〔明〕卓人月、徐士俊輯，明崇禎刻本。

詩譚　〔明〕葉廷秀撰，明崇禎胡正言十竹齋刻本。

帝京景物略　〔明〕劉侗撰，明崇禎刻本。

關帝歷代顯聖志傳　〔明〕穆氏編輯，明崇禎刻本。

昨非庵日纂　〔明〕鄭瑄輯，明崇禎刻本。

沈氏日旦　〔明〕沈長卿撰，明崇禎間刻本。

濟南紀政　〔明〕徐榜撰，《叢書集成》初編本。

晏林子　〔明〕趙釴撰，《叢書集成》初編本。

西園聞見録　〔明〕張萱撰，哈佛燕京學社刻印本，一九四〇年。

雅謔　〔明〕浮白齋主人述，清刻本。

玉芝堂談薈　〔明〕徐應秋撰，文淵閣《四庫全書》本。

圖書編　〔明〕章潢撰，文淵閣《四庫全書》本。

天中記　〔明〕陳耀文撰，文淵閣《四庫全書》本。

山堂肆考　〔明〕彭大翼撰，文淵閣《四庫全書》本。

人譜類記　［明］劉宗周撰，文淵閣《四庫全書》本。

物理小識　［明］方以智撰，文淵閣《四庫全書》本。

花當閣叢談　［明］徐復祚撰，清嘉慶刻《借月山房匯抄》本。

蕘山堂外紀　［明］蔣一葵撰，明刻本。

快園道古　［明］張岱撰，浙江古籍出版社，一九八六年。

倘湖樵書　［明］來集之輯，清乾隆重刻本。

歧海瑣談　［明］姜準撰，上海社會科學院出版社，二〇〇二年。

闇然録最注　［明］李贄撰，社會科學文獻出版社，二〇一二年。

錢神志　［明］李世熊撰，清同治十年活字印本。

僧尼孽海　［明］唐伯虎選輯，日本早稻田大學藏本。

吴都法乘　［明］周永年撰，清鈔本。

夜航船　［明］張岱撰，清鈔本。

夢占逸旨　［明］陳士元撰，清嘉慶吴氏聽彝堂刻《藝海珠塵》本。

續震澤紀聞　［明］王禹聲撰，明末刻本。

説郛續　［清］陶珽編，清順治三年宛委山堂刻本。

玉劍尊聞　［清］梁維樞撰，清順治賜麟堂刻本。

明史擬稿　［清］尤侗撰，清康熙間刻本。

堅瓠集　［清］褚人獲輯，清刻本。

雒閩源流録　［清］張夏撰，清康熙二十一年彝敘堂刻本。

遺愁集　［清］張貴勝撰，清康熙二十七年刻本。

寄園寄所寄　［清］趙吉士輯，清康熙三十五年刻本。

蓉槎蠡説　［清］程哲撰，清康熙五十年程氏七略書堂刻本。

無聲詩史　［清］姜紹書撰，清康熙五十九年觀妙齋刻本。

字觸　［清］周亮工輯，清康熙吴門種書堂刻本。

明文英華　［清］顧有孝輯，清康熙間傳萬堂刻本。

五種遺規　［清］陳弘謀輯，清乾隆刻本。

言行匯纂　［清］王朗川輯，清乾隆刻本。

全閩詩　［清］鄭方坤編，清乾隆詩話軒刻本。

御定佩文韻府　［清］張玉書等撰，文淵閣《四庫全書》本。

御定佩文齋廣群芳譜　［清］汪灝、張逸少等輯，文淵閣《四庫全書》本。

居易録　〔清〕王士禛撰，文淵閣《四庫全書》本。

元明事類鈔　〔清〕姚之駰撰，文淵閣《四庫全書》本。

宋稗類鈔　〔清〕潘永因編，文淵閣《四庫全書》本。

雙橋隨筆　〔清〕周召撰，文淵閣《四庫全書》本。

格致鏡原　〔清〕陳元龍撰，文淵閣《四庫全書》本。

御定淵鑒類函　〔清〕張英、王士禛纂，文淵閣《四庫全書》本。

古今圖書集成　〔清〕陳夢雷編，齊魯書社，二〇〇六年。

奩史　〔清〕王初桐輯，清嘉慶二年伊江阿刻本。

猫乘　〔清〕王初桐編，清嘉慶三年刻本。

柳南隨筆　〔清〕王應奎撰，嘉慶刻《借月山房匯抄》本。

初月樓聞見録　〔清〕吴德旋撰，清道光二年刻本。

玉臺畫史　〔清〕湯漱玉輯，清道光十七年汪氏振綺堂刻本。

癸巳存稿　〔清〕俞正燮撰，清道光二十八年《連筠簃叢書》本。

巧對録　〔清〕梁章鉅撰，清道光二十九年甌城文華堂刻本。

廣陽雜記　〔清〕劉獻廷撰，清同治四年周星詒家抄本。

止園筆談　〔清〕史夢蘭撰，清光緒四年刻本。

笑笑録　〔清〕獨逸窩退士撰，清光緒鉛印《申報館叢書》本。

夜雨秋燈録　〔清〕宣鼎撰，清光緒鉛印《申報館叢書》本。

續文獻通考　〔清〕嵇璜等纂，清光緒十三年刻本。

字觸補　〔清〕桑靈直撰，清光緒十七年刻本。

多暇録　〔清〕程庭鷺撰，清光緒二十年觀自得齋刻本。

茶香室續鈔　〔清〕俞樾撰，清光緒二十五年刻《春在堂全書》本。

元詩紀事　〔清〕陳衍輯，清光緒鉛印本。

尾蔗叢談　〔清〕李調元撰，清光緒刻本。

棗林雜俎　〔清〕談遷撰，清抄本。

殘明紀事　〔清〕佚名撰，清鈔本。

閩中書畫録　〔清〕黄錫蕃撰，民國三十二年《合衆圖書館叢書》本。

四明談助　〔清〕徐兆昺撰，寧波出版社，二〇〇〇年。

續眉廬叢話　〔清〕況周頤撰，山西古籍出版社，一九九五年。

萇楚齋四筆　〔清〕劉聲木撰，民國排印本。

南台舊聞　〔清〕黄叔璥輯，清刻本。

猫苑　〔清〕黄漢輯，清咸豐二年翁雲草堂刻本。

六事箴言　〔清〕葉玉屏輯，《茂雪堂叢書》本。

格言聯璧　〔清〕金蘭生輯，中州古籍出版社，二〇一〇年。

續太平廣記　〔清〕陸壽名輯，北京出版社，一九九五年。

溪上遺聞集録　〔清〕尹元煒撰，江蘇廣陵古籍刻《筆記小説大觀》本。

明語林　〔清〕吴肅公撰，宣統元年印《碧琳琅館叢書》本。

明詩紀事　〔清〕陳田輯，清貴陽陳氏聽詩齋刻本。

評釋巧對　〔清〕汪陞撰，《聯話叢書》本。

閑道録　〔清〕熊賜履撰，清刻本。

甌海軼聞　〔清〕孫衣言撰，上海社會科學院出版社，二〇〇五年。

劇説　〔清〕焦循撰，《中國古典戲曲論著集成》本。

訂訛類編續補　〔清〕杭世駿撰，《嘉業堂叢書》本。

詞餘叢話　〔清〕楊恩壽撰，《中國古典戲曲論著集成》本。

小豆棚　〔清〕曾衍東撰，齊魯書社，二〇〇四年。

不下帶編　〔清〕金植撰，清稿本。

國榷　〔清〕談遷撰，清抄本。

解人頤　〔清〕錢德蒼輯，清刻本。

古今名扇録　〔清〕陸紹曾輯，清抄本。

越畫見聞　〔清〕陶元藻撰，民國三年山陰吳隱西泠印社本。

古今詩話探奇　〔清〕蔣鳴珂輯，上海廣益書局民國七年刊本。

雪橋詩話　〔民國〕楊鍾羲撰，民國劉承乾求恕齋校刊本。

莊諧詩話　〔清〕李伯元撰，上海大東書局民國十四年《南亭四話》本。

法曹圭臬　陳鏡伊輯，民國鉛印本。

曲海總目提要　董康輯，天津古籍出版社，一九九二年。

骨董瑣記　鄧之誠撰，中國書店，一九九六年。

嵩渚文集　〔明〕李濂撰，嘉靖刻本。

歐陽南野先生文集　〔明〕歐陽德撰，明嘉靖三十七年刻本。

念庵羅先生集　〔明〕羅洪先撰，明嘉靖四十二年刻本。

芝園定集　［明］張時徹撰，明嘉靖刻本。
由拳集　［明］屠隆撰，明萬曆八年刻本。
棲真館集　［明］屠隆撰，明萬曆十八年吕氏棲真館刻本。
弇州山人四部續稿　［明］王世貞撰，沈一貫選，明萬曆二十年刻本。
環碧齋集　［明］祝世禄撰，明萬曆刊本。
環碧齋尺牘　［明］祝世禄撰，萬曆刻本。
處實堂集　［明］張鳳翼撰，明萬曆刻本。
太函集　［明］汪道昆撰，明萬曆刻本。
鴻苞集　［明］屠隆撰，萬曆三十八年刊本。
合併黄離草　［明］郭正域撰，萬曆四十年史記事刻本。
唐伯虎先生集　［明］唐寅撰，何大成輯，明萬曆刻本。
詩話類編　［明］王會昌撰，明萬曆刻本。
蒼霞草　［明］葉向高撰，明萬曆間刻本。
王奉常集　［明］王世懋撰，明刻本。
重編瓊臺稿　［明］丘濬撰，文淵閣《四庫全書》本。

石倉歷代詩選　[明]曹學佺編，文淵閣《四庫全書》本。

升庵集　[明]楊慎撰，張士佩編，文淵閣《四庫全書》本。

雪濤詩評　[明]江盈科撰，清順治三年宛委山堂刊《説郛續》本。

列朝詩集　[清]錢謙益輯，清順治九年毛氏汲古閣刻本。

姚端恪公集　[清]姚文然撰，清康熙二十二年姚士粦刻本。

大呼集　[清]梁顯祖撰，清康熙間刻本。

皇明十六名家小品　[明]何偉然選，明崇禎六年刻本。

文章辨體匯選　[明]賀復征編，文淵閣《四庫全書》本。

粵西詩文載　[清]汪森輯，文淵閣《四庫全書》本。

明文海　[清]黄宗羲編，文淵閣《四庫全書》本。

歷代題畫詩類　[清]陳邦彦修，文淵閣《四庫全書》本。

佩文齋詠物詩選　[清]張玉書、汪霦等編，文淵閣《四庫全書》本。

四朝詩　[清]張豫章編，文淵閣《四庫全書》本。

四明文徵　[清]袁鈞輯，《四明叢書》本。

六如居士外集　[清]唐仲冕編，清嘉慶刻本。

全浙詩話 〔清〕陶元藻輯，清嘉慶元年怡雲閣刻本。
烟嶼樓詩集 〔清〕徐時棟撰，清同治七年葉鴻年刻本。
楊園先生全集 〔清〕張履祥撰，清同治十年江蘇書局刻本。
尊聞居士集 〔清〕羅有高撰，清光緒七年刻本。

西湖二集 〔明〕周清源撰，浙江人民出版社，一九八一年。
韓湘子傳 〔明〕楊爾曾編，明天啟三年金陵九如堂刻本。
喻世明言 〔明〕馮夢龍輯，明天啟天許齋刻本。
三教偶拈 〔明〕馮夢龍編，明天啟刻本。
醒世恒言 〔明〕馮夢龍輯，明葉敬池刻本。
警世通言 〔明〕馮夢龍輯，明天啟四年刻本。
墨憨齋重定雙雄記 〔明〕馮夢龍撰，《古本戲曲叢刊》初集本。
三遂平妖傳 〔明〕馮夢龍撰，北京大學出版社，一九八五年。
拍案驚奇 〔明〕凌濛初撰，明崇禎尚友堂刻本。
型世言 〔明〕陸人龍撰，中華書局，一九九三年。

初刻拍案驚奇　〔明〕凌濛初撰，明崇禎尚友堂刻本。

二刻拍案驚奇　〔明〕凌濛初撰，明崇禎五年尚友堂刻本。

醉醒石　〔明〕東魯古狂生撰，上海古籍出版社《古本小説集成》本。

醋葫蘆　〔明〕西子湖伏雌教主編，中州古籍出版社，一九九三年。

檮杌閑評　〔清〕不題撰人，齊魯書社，二〇〇八年。

隋唐演義　〔清〕褚人獲撰，上海古籍出版社，一九八一年。

姑妄言　〔清〕曹去晶撰，一九九七年《思無邪匯寶》本。

説岳全傳　〔清〕錢彩、金豐撰，上海古籍出版社，二〇〇九年。

娱目醒心編　〔清〕杜剛撰，上海古籍出版社，一九八八年。

飛花豔想　〔清〕樵雲山人撰，吉林文史出版社，一九九七年。

濟公傳　〔清〕郭小亭撰，中華書局，二〇〇四年。

稀見筆記叢刊

已出版

猗園　〔明〕錢希言　著
鬼董　〔宋〕佚名　著　夜航船　〔清〕破額山人　著
妄妄録　〔清〕朱海　著
古禾雜識　〔清〕項映薇　著　鐙窗瑣話　〔清〕于源　著
續耳譚　〔明〕劉忭等　同撰
集異新抄　〔明〕佚名　著　〔清〕李振青　抄　高辛硯齋雜著　〔清〕俞鳳翰　撰
翼駧稗編　〔清〕湯用中　著
籜廊瑣記　〔清〕王守毅　著
風世類編　〔明〕程時用　撰　闇然堂類纂　〔明〕潘士藻　撰
新鐫金像評釋古今清談萬選　〔明〕泰華山人　編選
疑耀　〔明〕張萱　撰
退庵隨筆　〔清〕梁章鉅　編
述異記　〔清〕東軒主人　撰　鸝砭軒質言　〔清〕戴蓮芬　撰
仙媛紀事　〔明〕楊爾曾　輯

即將出版

藏山稿外編　［清］徐　芳　著
在野邇言　［清］王嘉楨　著　薰蕕并載　［清］佚　名　著
魏塘紀勝·續　［清］曹廷棟　著　東畬雜記　附　幽湖百詠　［清］沈廷瑞　著　鴛鴦湖小志　［民國］陶元鏞　輯
見聞隨筆　［清］齊學裘　撰
見聞續筆　［清］齊學裘　撰
狐媚叢談　［明］墨浪子　編
松蔭庵漫録　［民國］尊聞閣主　輯